ŒUVRES COMPLÈTES

TROISIÈME VOLUME.

RÉCITS ÉPISODIQUES

— ◎ —

II

ÉGYPTE ET PROVENCE

OU

LES VOISINS DE SOLANS.

Marseille. — Typographie et Lithographie ARNAUD et Comp., Cannebière, 10.

SOUVENIRS ET SITES

DE

PROVENCE

RÉCITS ÉPISODIQUES

IIᵗ

ÉGYPTE ET PROVENCE OU LES VOISINS DE SOLANS

NOUVELLES PROVENÇALES

PAR

M.-L.-E. MÉRY.

PARIS

MICHEL LÉVY FRÈRES, LIBRAIRES-ÉDITEURS,

RUE VIVIENNE, 2 bis

1858

ÉGYPTE ET PROVENCE

ou

LES VOISINS DE SOLANS.

TROISIÈME ET DERNIÈRE PARTIE

I

— Ma femme a le diable au corps ; est-ce qu'elle n'aurait pas pu attendre jusqu'à demain pour me faire aller
à Marseille ? Il n'y a pas une heure que j'étais tranquillement assis sur mon canapé, au fond de mon salon de
compagnie, entre la magnifique Mme Frenet et la sémil-
lante Mme Dupré ; que je tenais dans ma main droite la
main gauche de l'une, et dans ma main gauche la main
droite de l'autre ; que mes pieds heurtaient sournoise-
ment leurs pieds ; et me voilà sur la selle de mon cheval,
faisant des haut-le-corps et n'y voyant goutte dans cet
horrible chemin ! Pas une étoile au ciel ; le temps est à
l'orage, je sens une goutte de pluie sur mon nez. Tiens,
voilà un éclair ; je vais arriver à Marseille à la lueur des
éclairs et au bruit des tonnerres ! Oh ! ces femmes !... ces
femmes !... « — Il y a un cheval sellé à la grille, tu vas

partir pour Marseille et porter une lettre de M. l'adjoint à M. le procureur du roi. » — Ah! tout cela est bientôt dit, et c'est moi qu'elle choisit pour porter la lettre de M. l'adjoint! Pourquoi m'a-t-elle choisi? Est-ce qu'elle ne pouvait pas envoyer un domestique ou un paysan, ou l'adjoint lui-même? A la vérité, Pompée ne connaît bien que moi, et Pompée est un cheval qui se tire d'affaires la nuit comme le jour. Mais que lui prend-il à Pompée? Ah! il a vu un éclair et il s'est dressé sur ses pieds de derrière! Allons, Pompée, sois sage, sois sage, mon ami! Ah! mon Dieu, il se dresse encore sur ses pieds de derrière! Bon, le voilà qui retombe lourdement sur ses pieds de devant, maintenant il tourne sur lui-même, il renifle, il se cabre, il hérisse son dos, il secoue la tête, il ne veut plus avancer, il ne connaît plus son maître.... Ah! mon Dieu, il me jette à terre!...j'y suis, ouf!...

Notre cavalier désarçonné ajouta :

— Pourvu que je ne me sois pas brisé au moins une côte! Mais ce cheval a tous les diables dans le ventre! Le voilà immobile et frissonnant. Essayons de nous relever. Aïe!... aïe!..,

Le lecteur a reconnu Bernard dans ce cavalier, qui avait commencé, dès qu'il eut atteint l'extrémité de l'allée de sa bastide, son plaintif monologue. Bernard ne savait pas résister aux ordres de sa femme, mais il croyait qu'il pouvait au moins exprimer son opinion sur les volontés d'Eugénie lorsqu'il n'était plus en sa présence. Aussi donnait-il un libre cours à sa mauvaise humeur, tout en galopant vers Marseille, quand Pompée, peu ac-

coutumé à voyager la nuit et effrayé par les éclairs qui
s'allumaient tout à coup dans le ciel, jugea à propos de
se débarrasser du cavalier, qui le flattait de la main et de
la voix, sans pouvoir faire rentrer le calme dans ses esprits. Bernard était tombé dans la poussière, à côté de
son cheval qui reniflait vivement. Pompée n'avait pas,
heureusement, une mauvaise tête ; il était seulement
aussi poltron que son maître, et parfois il affichait
certaines velléités d'indépendance qui le portèrent à faire
perdre l'équilibre à son cavalier. Bernard vint prendre
son cheval par la bride, et le maître et l'animal échangèrent un regard troublé ; un coup de tonnerre avait ré-
veillé tous les échos des gorges de Garlaban.

— Et dire qu'il n'y a pas une heure que je tenais dans
ma main droite la main gauche de l'une, et dans ma main
gauche la main droite de l'autre ! s'écria douloureuse-
sement Bernard, qui se signa à un second coup de tonnerre.

— Décidément c'est un orage, ajouta notre héros, qui
tremblait autant que son cheval.

En effet, de larges gouttes de pluie tombaient sur les
mains de Bernard et les éclairs devenaient plus vifs et
plus rapides. L'extrême chaleur du jour durait encore et
la nuit était étouffante ; un vent sinistre se levait, rasait
lourdement les branches des arbres et faisait frissonner
les feuilles. Devant lui, Bernard, en regardant l'atmosphère, voyait soudainement jaillir du noir chaos des nuages le jet rapide d'une large flamme qui s'éteignait tout-
à-coup ; puis un roulement de foudres se prolongeant au
loin éclatait dans les profondeurs obscures de l'air.

— Elle aurait bien pu attendre jusqu'à demain, se dit Bernard, violemment tenté de reprendre le chemin de sa bastide.

Mais il fit un effort, se remit en selle, et caressant le cou de Pompée du plat de la main, il finit par décider son coursier à reprendre le trot.

Pendant quelque temps le ciel resta en repos, et Bernard put continuer son monologue.

— Comment ma femme a-t-elle su que le voisin du château n'était rien autre que Melval ? Talleyrand s'y serait cassé le nez ; mais Eugénie en pourrait remontrer à Fouché lui-même. Ce pauvre Melval, qui s'est fait conspirateur pour le compte de Bonaparte ! Oh ! ma femme n'entend pas raillerie.... Mais que prend-il encore à Pompée ?

Pompée s'était arrêté une seconde fois : c'était le bruit de l'Huveaune qui causait une autre peur à ce cheval, le plus poltron des animaux de son espèce, et qui avait bien dégénéré du cheval de Job, lequel ne se faisait pas faute de dire : *allons* ! Pompée n'avait jamais dit, de sa vie, *allons* ! seulement il faisait volontiers par signe l'équivalent de cette parole, quand il s'agissait de prendre le chemin de son écurie.

— Mais, mon ami, dit Bernard, si tu t'arrêtes ainsi à chaque pas, nous n'arriverons jamais chez le procureur du roi ! Courage, Pompée !.... Bah ! en voici d'une autre !

Pompée tendait les oreilles vers la rivière qui grondait dans le silence de la nuit ; il cherchait l'explication de ce bruit et éprouvait dans son épine dorsale une si grande

agitation, que la selle sur laquelle Bernard était juché se
soulevait; Bernard, perdant de nouveau l'équilibre,
tomba sur le coû de Pompée qu'il étreignit vivement de
ses bras; le cheval se dressa encore sur ses pieds de derrière, et notre cavalier glissa sur la route, où il arriva
pourtant sain et sauf.

— Me voilà encore sur mes deux pieds, dit Bernard;
il est écrit que je n'arriverai pas cette nuit chez le procureur du roi.

Alors, se décidant à prendre les rênes de Pompée, il
essaya de contraindre à le suivre son coursier en proie à
une lâche terreur. Les deux volontés, celle de l'homme
et celle du cheval, agissaient en sens contraire : Bernard
désirait marcher en avant, Pompée paraissait avoir décidé de rester immobile ou, au plus, de rebrousser chemin. Bernard avait fini par donner à son corps la forme
d'un demi-cercle : s'appuyant fortement sur les pieds,
tenant énergiquement les rênes de ses deux mains, il
se penchait vers Pompée, le haut du corps en avant et
l'extrémité du dos en arrière; dans cette attitude, il
cherchait à vaincre la résistance du cheval, qui secouait
la tête et se cabrait. La sueur ruisselait sur les joues de
notre héros. Il maudissait plus que jamais les conspirateurs et les femmes têtues qui se mêlent de politique; et
ce qui l'exaspérait encore plus, c'est qu'il perdait du terrain : Pompée le tirait vers son poitrail; Bernard persis-
tait héroïquement dans son dessein, et opposait une indomptable énergie à l'obstination de son cheval. Pompée
fait un effort suprême, Bernard l'imite; mais le cheval,
doué d'une plus grande vigueur musculaire, agit si bien,

que les rênes, au moment même que notre héros se baissait le plus et résistait le mieux qu'il pouvait, échappent aux mains de Bernard, qui tombe sur son séant, les pieds et les mains en l'air.

La chute fut douloureuse.

Bernard était à bout d'expédients.

Cette grande victime des caprices du sort, reste assise sur la partie de son corps si cruellement maltraitée dans cette fatale nuit, et se met à réfléchir, le front sur les mains. Le bruit d'une sonnette de mulet arrive à son oreille, il écoute; le bruit s'approche et il croit reconnaître la voix de Dupré.

— Où diable va-t-il à cette heure? se demande Bernard.

Dupré était, comme on sait, un agronome sérieux; depuis qu'il régissait la belle ferme de *Favori*, il avait donné à son génie agricole un plus grand essor. Méfiant et parcimonieux, il conduisait lui-même, pendant les nuits d'été, la charrette sur laquelle il transportait au marché de Marseille les produits de son champ et ceux de la ferme de Bernard. Après avoir pris congé de Mme Bernard, il s'était hâté d'atteler son mulet, et comme sa femme, mise en pointe de gaîté par le vin du dîner, s'était trouvée merveilleusement disposée à faire un petit voyage nocturne jusqu'à Marseille, il l'avait installée sur ses *banestons* (1) et s'était mis en route. A mesure que la charrette s'avançait du lieu où Bernard

(1) On appelle ainsi en Provence, des paniers d'osier, plus longs que larges, de forme conique tronquée, que les paysans remplissent de fruits.

avait fait sa troisième chute, Mme Dupré, du haut de ses *banestous*, commençait à distinguer deux masses noires qui remuaient: elle appelle à voix basse son mari, assis sur le brancard de la charrette et sifflant entre les dents l'air de *Malborough*, et lui montre ces masses noires. Dupré regarde, suspend la marche de son mulet et glisse ces mots dans l'oreille de sa femme :

— Qu'est-ce que ça peut être ?

Avant que sa femme lui eût fait part des soupçons qui s'insinuaient dans sa tête, Bernard s'était mis à crier d'une voix lamentable :

— Qui que vous soyez, venez à mon secours !

— Ah! mon Dieu ! s'écria Dupré, c'est M. Bernard ! Que vous est-il arrivé, M. Bernard ?

Et remettant son mulet au pas, Dupré s'avance de Bernard, qui restait toujours sur son séant. Notre héros avait aperçu Mme Dupré ; aussi murmura-t-il entre ses dents :

— En voilà d'une autre ! Que diable a-t-il eu de mener sa femme !

— Mais, M. Bernard, dit Mme Dupré, que vous est-il donc arrivé ?

— Les heures se suivent, mais ne se ressemblent pas, madame, comme vous voyez, dit Bernard, qui essaya de se lever.

— Vous êtes tombé de cheval, dit Dupré, qui était venu vers Bernard et lui prenait les mains.

— Ouf! aïe ! pas si vite, pas si vite ! j'ai le... je suis tout endolori ! Pas si vite, pas si vite ! s'écriait Bernard, qui éprouvait une vive douleur dans la région inférieure.

— Vous êtes tombé de cheval, à ce que je vois, dit Dupré.

— Pas le moins du monde, répondit Bernard ; où est Pompée ?

— Votre cheval ? dit Mme Dupré, qui trônait sur les *banestons*, il est là, collé contre le mur de cette bastide.

— Le gredin ! s'écria Bernard ; je n'aurais jamais cru cela de lui.

— Mais si vous n'êtes pas tombé de cheval, fit observer Dupré, comment alors ?...

— S'il ne voulait pas marcher, le scélérat ! repartit Bernard. Je le tirais, il ne bougeait pas plus qu'un terme ; puis il s'est cabré et je suis tombé.... Aïe ! ouf ! me voilà. Je ne puis faire un pas.

— Je vous ramènerai chez vous, dit Dupré.

— Me ramener chez moi ! Je vais plutôt profiter de votre charrette pour aller à Marseille. N'est-ce pas que Mme Dupré me fera une place sur ses *banestons* ?

— Oh ! très-volontiers, très-volontiers, dit Mme Dupré.

— Et nous attacherons Pompée à la charrette, et il sera bien forcé de marcher, ajouta Dupré.

— *Optimè* ! s'écria Bernard, qui commençait à trouver que son aventure avait un bon côté.

Pompée fut donc remorqué.

Bernard, après avoir, par un frottement énergique et vivement réitéré, diminué la douleur qu'il ressentait dans plusieurs parties de son corps, se hissa jusqu'aux *banestons* de Mme Dupré. Hélas ! un *baneston* est l'antipode d'un coussin moelleux. Mme Dupré avait eu soin de mettre sur les deux *banestons* qui lui servaient de sup-

port, une petite planchette qui empêchait tout contact
entre elle et les abricots dont ils étaient remplis jusqu'aux
bords ; dans la surprise où la rencontre inopinée de Bernard l'avait jetée , elle ne songea pas à tout ce qui devait
nécessairement résulter de la pression que Bernard allait
faire subir aux abricots ; notre héros , tout entier à la
joie qu'il éprouvait du voisinage de Mme Dupré , écarta
les basques de son habit et s'assit un peu lourdement sur
les deux *banestons* que sa voisine lui avait indiqués.

Dupré reprit sa place sur le brancard , siffla , fit cla-
quer son fouet, et le mulet, agitant sa sonnette, se remit
à marcher.

Bien que la charrette ne s'avançât qu'assez lentement ,
sa lourde construction , l'état de la route lui imprimaient
cependant un ébranlement tel que Bernard et Mme Dupré,
surtout quand les roues se heurtaient contre des pierres
ou descendaient dans des ornières trop profondément
creusées , dansaient sur leurs *banestons*.

Bernard , au rebours de l'âne de la fable , ne goûtait
pas trop cette façon d'aller ; il commençait à ressentir un
malaise semblable à celui que donne le tangage d'un ba-
teau à vapeur.

— Comment trouvez-vous que nous dansons ? dit-il à
sa voisine.

— Tenez-vous bien à la barre qui est à votre droite ,
répondit Mme Dupré ; faites comme moi. A la vérité, vous
n'avez pas l'habitude d'aller en ville sur des *banestons*.

— Oh ! madame, nous étions mieux, il y a quelques
heures, sur les coussins de mon divan.

Mme Dupré avança une main dans l'ombre et, vint la

placer sur la bouche de Bernard pour lui faire comprendre que Dupré, assis sur le brancard, pouvait l'entendre.

Ce geste de Mme Dupré parut d'un merveilleux augure
à Bernard, qui reprit ainsi :

— Ils sont mouillés, vos *banestons*, Mme Dupré ?

— Ah ! vous m'y faites songer ! Ah ! mon Dieu, qu'ai-je
fait ?

— Que voulez-vous dire, madame ?

— Mais où avais-je donc la tête ? M. Bernard, M. Bernard, mettez-vous debout, vite, vite !

— Que je me mette debout sur ce char peu conforta-
ble ?

— Eh ! certainement. Ah ! mon Dieu, dans quel état
vous devez être !

— Comment, dans quel état je dois être ?

— Vous me demandiez si les *banestons* étaient...
mouillés...

— Oui, je sens une certaine humidité...

— Vous êtes assis sur des abricots !

— Sur des abricots ! s'écria Bernard, qui se souleva ;
en effet, l'humidité me pénètre. J'ai dû en écraser diablement !

Et, afin de mieux s'assurer du fait, Bernard inter-
rogea son pantalon avec la main, qu'il ramena à son
nez :

— Ma main exhale l'odeur des abricots et elle est toute
mouillée ; j'ai fait une marmelade, sans m'en douter, s'é-
cria Bernard, qui ajouta :

— Savez-vous, madame, qu'avec mon pantalon blanc,
je dois être joliment bariolé !

— Vous êtes en pantalon blanc?

— Oui, madame; j'avais fait quelque peu de toilette pour me présenter au procureur du roi : je le répète, je dois être joliment bariolé.

— Que vous arrive-t-il, M. Bernard? cria Dupré.

— Arrêtez votre mulet, M. Dupré; j'ai écrasé vos abricots.

— Mes abricots! s'écria l'agronome. Que diable as-tu, ma femme, de faire asseoir M. Bernard sur des *banes-tons*?

— Eh! où voulais-tu que je le fisse asseoir? il n'y a que des *banestons* sur la charrette. Moi, j'ai mis une planchette sur les miens, et puis j'ai choisi les deux qui étaient les moins remplis, tandis que ceux de M. Bernard l'étaient jusqu'au dessus des bords.

— En effet, dit Bernard, j'ai senti quelque chose qui cédait mollement, et j'avoue qu'après la chute que je venais de faire, je n'étais pas fâché de m'asseoir sur du doux ; je n'ai pas pensé aux abricots, j'ai cru à des légumes. Si j'essayais encore Pompée! il doit être rassuré, et je vois que l'orage n'a été qu'une fausse alarme; qu'en pensez-vous, Mme Dupré? Car on doit perdre patience à Solans, et je suis depuis plus de quatre heures en route.

— Votre femme, dit Dupré, a retenu M. l'adjoint; et quand nous l'avons quittée, elle nous a dit que personne ne se coucherait à sa bastide ; elle doit compter les minutes.

— Oui, elle a du salpêtre dans les veines, surtout quand il s'agit d'un complot bonapartiste. Allons, je vais voir si Pompée est plus traitable.

Bernard se remit en selle et comprit que Pompée était complètement rassuré ; il salua Dupré et sa femme, les invita à venir, à leur retour de Marseille, dîner chez lui, et piqua sa monture. Pompée prit un petit galop et transporta Bernard à Marseille assez rapidement pour permettre à notre héros de saluer le premier rayon du soleil sur les remparts du fort Notre-Dame-de-la-Garde. Tout entier à l'importance de sa mission, Bernard regretta de n'être pas tombé comme une bombe dans la maison du procureur du roi, au milieu de la nuit ; ça aurait produit un effet plus dramatique. Mais comme le jour commençait à peine, il pensa que son entrée chez le magistrat, qu'il supposait enfoncé dans ses draps, aurait encore un côté assez saisissant.

Le procureur du roi logeait à la rue des *Petites-Maries* ; en entrant dans cette rue, dont les pas de Pompée réveillèrent les échos, en résonnant sur le pavé, Bernard aperçut deux voitures arrêtées devant la maison du magistrat. Parvenu au terme de sa course, il saute à terre, prie le cocher d'une de ces voitures de tenir, pendant sa courte absence, les rênes de son cheval, et entre dans un vestibule où arrivaient des voix fraîches et éclatantes de jeunes dames et de jeunes gens des deux sexes. Un domestique, auquel il demande d'être présenté à M. le procureur du roi, ouvre la porte d'un salon, et Bernard, au comble de la surprise, se trouve en présence d'une nombreuse et joyeuse compagnie, qu'il salua avec cette assurance de maintien qui ne l'abandonnait jamais. Invité à attendre le procureur du roi qui achevait sa toilette de voyage, Bernard réitère ses saluts et se dirige au fond du salon , vers la cheminée , sur l'angle de laquelle il pose son chapeau.

Dès que Bernard était en présence des dames , son maintien redoublait d'assurance et même d'impertinence ; aussi eut-il recours à son attitude favorite : il fourre les mains dans les poches de derrière de son habit, en écarte démesurément les basques , le pied droit en avant , le pied gauche en arrière, le corps légèrement penché, et il commence à faire curieusement la revue des jolis minois féminins du salon.

— Ces dames sont très-matinales ou matineuses, l'un et l'autre sont français, dit Bernard.

— Oui, répondit l'une d'elles, nous attendons M. de... pour aller à Gémenos.

— Ah ! je vois ça, dit Bernard , c'est une partie de plaisir à Saint-Pons ?

— Oui, monsieur , et demain nous assisterons à l'arrivée de l'ancien seigneur de Gémenos, un ami de M. de....

— Tiens! j'avais oublié cela, ajouta Bernard ; il y aura une belle réunion à Gémenos demain, et je ne manquerai pas de m'y rendre. Vous m'y faites songer. Je loge si près de Gémenos, j'habite Solans , madame, et si votre société daignait s'arrêter un instant à ma bastide, j'en serais comblé, parole d'honneur!

Satisfait de sa phrase, Bernard, qui tenait toujours les mains dans ses poches et écartait les basques de son habit, fait une agréable pirouette , se tourne et se mire dans la glace. Vu de dos, Bernard offrit dans ce moment un curieux spectacle : le bariolage de son pantalon blanc

excita d'abord une surprise qui fit place à une explosion
de gaîté. Bernard se retourne et va demander l'explication
de tous les éclats de rire qui retentissaient dans le salon,
quand, à la vue du procureur du roi, il ne songea plus
qu'à sa mission. Il s'avance du magistrat, le salue, cherche dans ses poches, n'y trouve rien, et se rappelant
avoir déposé dans son chapeau la lettre de l'adjoint d'Aubagne, il remet les mains dans ses poches, écarte les
basques de son habit et revient vers la cheminée. Comme
il accomplissait tous ses mouvements avec une incroyable
fatuité et une lenteur aristocratique, Bernard eut le temps
de laisser voir au procureur du roi le bariolage de son
pantalon ; d'ailleurs, tous les doigts s'étaient tendus vers
la couche jaunâtre que les abricots avaient faite, et ai-
daient ainsi le magistrat à saisir l'inattendu accessoire de
la toilette de son mystérieux visiteur.

Bernard déposa solennellement la lettre dans les mains
du magistrat, et attendit qu'il en eût achevé la lecture,
en tenant les yeux fixés sur lui.

Celui-ci était à peine arrivé à la seconde phrase, qu'il
s'interrompit pour faire entendre un soudain éclat de
rire.

— Tiens! dit Bernard, cette lettre vous fait rire?

— Mais voyez, monsieur, le galimatias que vous m'ap-
portez, dit le procureur du roi. Est-ce que l'adjoint d'Aubagne a perdu la tête ?

Bernard prit la lettre et lut ce qui suit :

« Monsieur le procureur du roi,

« Un individu, c'est une maitresse femme, je vous le
disais bien, dont les allures, comme elle vous pince un

bonapartiste, ah! quelle tête, longtemps suspectes ont fini par le trahir tout-à-fait, et qu'en pensez-vous, M. Frenet, elle en remontrerait à Fouché, est arrivé ce soir de l'île d'Elbe. N'a-t-elle pas le nez fin? Envoyez-moi sur le champ par le porteur, je suis ravi de tout ceci, on ne conspirera plus à Solans, un mandat d'amener et deux gendarmes, je m'incline devant Eugénie. N'y manquez pas, ses noms sont Paul de Melval. Le porteur, M. Anastase Bernard de Solans, vous expliquera mieux cela, etc. C'est ça pincer un bonapartiste !

L'Adjoint au maire d'Aubagne,

« Paul Morissot. »

— Comme vous voyez, monsieur, j'ai besoin de vos explications, dit le procureur du roi, homme d'esprit et de bonne compagnie.

— Ah ! je vois ce que c'est, dit Bernard. Le pauvre adjoint avait bu plus que de coutume, il avait dîné chez moi ; et dans le trouble où la nouvelle de la conspiration et le nom du conspirateur l'ont jeté, il ne savait trop ce qu'il écrivait. Ma femme qui semblait avoir des charbons sous les pieds, lui dictait ; moi et mes voisins, nous échangions en même temps quelques propos, nous étions hors de nous. Le pauvre adjoint écrivait tout ce qu'il entendait, les paroles de ma femme, les miennes, celles de mes amis, d'où est résulté ce galimatias. Il n'a pas relu sa lettre ; ma femme grillait ; il l'a vite cachetée et je suis parti pour vous la remettre. Je vais vous dire à l'oreille ce qui en est.

Quand Bernard eut expliqué au magistrat le motif de sa course nocturne, celui-ci lui dit :

— Le hasard nous sert à souhait : j'ai été invité à la fête de Gémenos ; aussi nous avez-vous trouvés sur pied de bon matin. Dites à l'adjoint que je le verrai demain, et que nous nous concerterons. Rassurez madame votre femme. La justice a l'œil sur les conspirateurs.

Quand Daniel Assouna, que l'ermite Chrysostôme avait chargé d'un message pour Mme Bernard, fut de retour chez l'ex-danseur Jollivet, Bataglia voulut se faire rendre compte de la manière dont sa lettre avait été reçue :

— Vous avez donc vu Mme Bernard ? demanda-t-il à Daniel.

— On m'a introduit dans la salle à manger où cette dame donnait des ordres à ses domestiques, répondit Daniel, qui ajouta :

— Je suis venu à elle et lui ai dit : — « Est-ce à Mme Bernard que j'ai l'honneur de m'adresser ? » Sur sa réponse affirmative, je lui ai remis votre lettre et me suis avancé d'une fenêtre qui s'ouvrait sur une terrasse où deux jeunes personnes se promenaient.

— Alors, dit l'ermite, vous n'avez pas examiné la figure de Mme Bernard, pendant qu'elle lisait la lettre ?

— Cette dame, répondit Daniel, est venue lentement à moi ; elle tenait votre lettre à la main, et elle m'a dit : — Vous vous intéressez beaucoup à M. Lucien Aubert, mon jeune monsieur? — Qui, me suis-je hâté de répondre, est de votre part l'objet d'une atroce persécution. Je me suis mis alors à parler avec feu ; les deux jeunes personnes qui se promenaient sur la terrasse sont venues m'écouter, sans avoir l'air d'y mettre du mystère. J'entendais l'une d'elles dire à l'autre : — Scolastique, il est question de celui qui t'a appelée l'ange de la mélancolie. — Encouragé par la bienveillante attention que me prêtait Mme Bernard, et bien aise de donner à Mlle Scolastique une bonne opinion de mon ami Lucien Aubert, j'ai représenté mon pauvre maître d'école au désespoir, sur le point d'en finir avec la vie, n'ayant plus un morceau de pain à donner à son père, à sa mère, à ses sœurs. — Lui, me suis-je écrié, si bon, si noble, si honnête, avec des talents et un esprit au-dessus de son humble condition! lui, qui n'a jamais fait de mal à personne, qui ne sait ce que veulent dire tous vos ridicules noms de partis, qui n'a qu'une chaste et poétique pensée au cœur... — — Comment! tu as dit cela? dit Aubert effrayé.

— J'ai bien plus dit, reprit Daniel ; laisse-moi achever. J'ai donc poursuivi : — Lui qui n'a qu'une chaste pensée au cœur, la pensée d'une jeune personne qui m'écoute peut-être ; le voilà victime de faux rapports, de cruelles dénonciations et prêt à se mettre une balle dans la tête, ou à se noyer dans un *béal*. — A ces mots, un cri douloureux a retenti...

— Mme Bernard a poussé un cri douloureux? demanda l'ermite avec anxiété.

— Non, répondit Daniel; c'est sur la terrasse que le cri avait été poussé ; je vous ai dit que Mlle Scolastique

m'écoutait. J'étais aux anges, je faisais toutes tes affaires,
mon bon Lucien, dit Daniel en prenant la main du
maître d'école, qui se rassura vivement, mais avec une grande
confusion ; celle du jeune Égyptien.

— Et alors? dit Bataglia.

— Alors Mᵐᵉ Bernard, qui est tout de même une femme
fort digne, m'a dit avec une voix douce et flûtée. — Mon
jeune monsieur, rassurez-vous ; allez rassurer votre ami
M. Lucien Aubert ; j'espère que je serai assez heureuse
pour lui faire rendre son brevet de maître d'école. Vous
plaidez fort bien sa cause. Hâtez-vous de vous rendre
auprès de notre saint ermite de Saint-Clair, et de me recommander à ses prières. C'est la bonne réponse qu'il
attend. — J'ai cru que j'allais embrasser cette dame ; je
suis sorti ; en passant sur la terrasse, je me suis trouvé
nez à nez avec Mˡˡᵉ Scolastique ; ma foi, j'ai profité de
l'occasion. — « Mademoiselle, vous avez tout entendu, lui
ai-je dit, je vous vois pour la première fois, j'ai ouï prononcer
votre nom tantôt seulement ; il n'y a pas à Solans une autre
demoiselle qui s'appelle Scolastique ; et comme mon ami,
avec tout son esprit, est le plus simple des hommes, et
qu'il n'ose plus vous regarder depuis qu'il a dit, à votre
père que vous étiez l'ange de la mélancolie, j'ai eu du
courage pour lui. Ah ! ai-je ajouté, si vous connaissiez
mon ami comme je le connais, vous feriez un miracle
que vous seule pouvez faire ; vous donneriez du ressort
à son âme, et il serait bientôt riche, honoré, dans une
position digne de lui. — Au dîner, m'a répondu Mˡˡᵉ Scolastique, j'ai appris le malheur qui était venu frapper
M. Lucien Aubert, et dans ce moment j'ai trouvé que

M⁻ᵉ Bernard était affreuse à voir. — Et ma sœur, s'est hâtée de dire l'autre jeune personne, n'ose pas achever, elle s'est penchée vers moi et m'a dit bien doucement à l'oreille : — Je le sauverai, moi, s'il le faut, M. Aubert ; ça lui donnera du cœur... — Pour parler, ai-je répondu. »

— Merci, je ne veux pas en savoir davantage, mes charmantes demoiselles ; ô l'heureuse soirée! j'emporte du bonheur pour tout le monde. — Et je les ai quittées en les saluant jusqu'à terre, la main sur le cœur et plein de joie. Voilà, notre bon ermite, ce que j'ai fait. Es-tu content, Lucien? Ah! j'oubliais : M. Jollivet, Mᵐᵉ Bernard s'est informée de vous avec intérêt : — Vous êtes chez M. Jollivet? m'a-t-elle dit ; mon mari a des torts réels envers lui ; c'est un des voisins que je voyais avec le plus grand plaisir ; M. Jollivet est si aimable et si spirituel !

L'ex-danseur était le plus vain des hommes ; sa haine contre Bernard lui venait toute entière du dépit qu'il ressentait de ne plus être l'unique objet des compliments et des attentions de ses voisins des deux sexes. Il aurait, peut-être, refusé de partager avec Bernard l'engouement des familles Dupré et Frenet, combien plus fortement il devait détester l'homme qui était parvenu à le faire éconduire de toutes ces bastides où son arrivée déterminait jadis un long et retentissant *tutti* de : *Ah! voici notre aimable voisin, notre cher M. Jollivet*!

En entendant les dernières paroles de Daniel, Jollivet sentit s'alléger le fardeau de plomb qui oppressait sa poitrine ; son front se dérida ; ses yeux reprirent leur ancien éclat, il s'écria :

— Madame Bernard a dit tout cela ?

— Oui, M. Jollivet, répondit Daniel, et elle paraissait désirer que tout cela vous fût rapporté.

— Oh ! dit Jollivet, cette dame vaut mieux que son benêt de mari, je l'ai toujours pensé ; et puis, elle n'est pas encore trop mal...

Ces mots indiquaient le projet de vengeance auquel il s'était souvent arrêté, mais qu'il avait cru jusqu'alors d'une exécution difficile.

— Puisqu'il veut chasser sur les terres des autres, ajouta mentalement l'ex-danseur, je pourrai alors. Il suffit.

Mais de plus graves pensées préoccupaient Bataglia. L'ermite crut que le moment était venu de faire jouer tous les ressorts de son génie infernal et de se montrer aux personnages du drame, qu'il aurait pu intituler : *l'Espion, ou le despotisme d'un secret.*

— Vous voyez, dit-il à Jollivet, que je ne suis pas sans quelque crédit auprès de Mme Bernard.

— Et je m'en réjouis, répondit l'ex-danseur. Mme Bernard, je le répète, est à mille piques au-dessus de son mari ; et puis, elle est encore assez bien.

— Ah ! si vous l'aviez connue jeune, dit l'ermite, elle vous aurait fait joliment tourner la tête...

— D'autant plus qu'avec elle on ne dépense pas inutilement son esprit, tandis qu'avec ce colosse de Solans, cette Mme Frenet, on ne peut le faire qu'en lui disant après un bon mot : — Mais riez donc, Madame, riez ! — Et elle vous répond stupidement : Il faut rire ? eh bien ! à la bonne heure, je ris. — A-t-on vu un plus épais crétinisme ?

— Et pourtant, ajouta l'ermite, vous ne vous êtes brouillé avec Mme Bernard qu'à cause de Mme Frenet.

— C'est juste; Mme Frenet avait de la considération pour moi, et l'on aime à être considéré ; je ressemble aux Marseillais qui se croient tous extrêmement considérés ; c'est leur manie, c'est aussi la mienne. Quand j'ai vu ce Bernard , cette espèce de Thersite, l'emporter sur moi, je n'ai pas été le maître de mon dépit et je l'aurais volontiers étranglé.

— Et comment, dit Bataglia, l'idée ne vous est-elle pas venue de vous mettre bien dans l'esprit de sa femme?

— J'y avais songé, dit le fat Jollivet, c'était un excellent tour à jouer à cet imbécile qui va caqueter dans tout le voisinage ; mais Mme Bernard a des allures si altières!..

— Mais, maintenant, vous voyez qu'elle vous fait dire des choses bien aimables.

— En effet, ce que vient de me rapporter Daniel m'a causé une agréable surprise, je ne le cache pas. Je vais rentrer dans l'arène ; et cela dès demain. Mais savez-vous que vous êtes un ermite comme il n'y en a jamais eu?

— La solitude aiguise singulièrement l'esprit, M. Jollivet; et vous me permettrez , pour la réussite de mes projets , de profiter souvent de l'hospitalité de votre bastide.

— J'allais vous le dire. C'est un bon génie qui vous a conduit chez moi, frère Chrysostôme : car sans vous , je le vois bien , j'allais descendre dans le noir Tartare.

— Irez-vous à la fête de Gémenos, après-demain ?

— Certainement, j'irai et j'y parlerai à Mme Bernard. Tenez, puisque nos deux jeunes gens, à qui je m'intéresse beaucoup depuis ce soir, se promènent sur la terrasse, je vous dirai, là, en tête à tête, que cette fête tournera mal pour Bernard.

— Peut-être, ne croyez-vous pas dire aussi vrai que vous le dites.

— Oui, elle tournera mal pour le pauvre homme. J'ai bien des tours dans mon sac, frère Chrysostôme, et rira bien qui rira le dernier! Avec vos conseils, je vais affranchir Solans de la tyrannie de cet être; nous mettrons sa femme dans le complot. Marions Scolastique avec Lucien Aubert, voilà les Dupré pour nous! Mme Bernard forcera bien son mari à laisser à Dupré la gestion de la terre de *Favori*; je dominerai Bernard de toute ma hauteur, je serai maître chez lui; nous boirons son vin, nous mangerons ses bons dîners, et sa femme l'obligera de me faire bonne mine et de rire de mes bons mots.

Cet oracle est plus sûr que celui de Calchas.

— Mais votre tête est un volcan! C'est très-exécutable ce que vous dites là, M. Jollivet.

— N'est-ce pas? Je mâte Bernard après lui avoir soufflé la dame! ah! ah! tenez, voilà un bon mot que Mme Frenet n'aurait pas compris, tandis que Mme Bernard se serait écriée, si elle l'eût entendu : *Délicieux! délicieux! attrape, mon pauvre Bernard!* Et moi, entraîné par ma verve, j'aurais ajouté : « Que dites-vous de mes *tours*? » Nouvelle explosion de gaîté, vous savez, les *tours* du jeu d'échecs?... Une fois lancé dans le calembour, je vogue à pleines voiles; c'est à rendre *fou* Bernard; encore un calembour! Puis j'avouerai qu'en le battant je n'avais pas six *pions* (Scipion) avec moi. C'est incroyable! tout mon esprit me revient. Vous coucherez.

ce, soir, sous mon toit, je vais faire préparer votre lit et les
lits de nos jeunes gens ; demain, de bonne heure, nous
monterons nos batteries pour la fête de Géménos —

— Je serai sur pied avant vous autres, répondit Bataglia, et je ne vous verrai que l'après-midi. J'ai quelque
affaire à régler dans la matinée.

— Des affaires ? eh bien, faites comme vous plaira,
mais je vous attends à l'après-midi.

— Sans faute, et nous dresserons nos batteries
— Je vois que vous êtes plutôt l'ermite d'Amathonte
que celui de Saint-Clair
— Il faut bien un peu s'égayer dans ce bas monde
— Sans doute, sans doute.

> La vie est un voyage ,
> Tâchons de l'embellir.

Eugénie, quand son mari eut pris la route de Marseille, décida l'adjoint d'Aubagne à aller attendre dans
un lit le retour de Bernard , en lui promettant de le faire
éveiller dès que celui-ci serait arrivé. L'adjoint, qui ba-
bit outre mesure, remercia Mme Bernard et suivit Madelon, qui le conduisit dans une chambre qu'il ne tarda
pas à faire retentir de ses sonores ronflements , entremê-
lés de quelques et cœtera car notre digne magistrat
municipal exécutait en dormant, de bruyants monolo-
gues et débitait même des proclamations sur le retour
des Bourbons et la chute de l'usurpateur.
Mme Bernard fit donc coucher tout son monde et resta
seule dans le salon, pour attendre son mari.

Elle relut la lettre de l'ermite, qui avait signé: *frère Chrysostôme.*

L'ermite l'informait que le voisin du château était Paul de Melval, que celui-ci arrivait de l'île d'Elbe, et qu'on trouverait probablement dans ses malles des papiers qui pourraient mettre le gouvernement sur la trace d'un grand complot. Le frère Chrysostôme priait M⁽ᵐᵉ⁾ Bernard de faire croire au jeune porteur du message que la lettre ne concernait que M. Lucien Aubert et qu'on s'occuperait de grand cœur de faire rouvrir l'école de ce dernier. La lettre finissait ainsi : — « Il suffira, en congédiant le porteur, de lui dire qu'on se recommande aux prières de l'ermite. »

Eugénie était immobile sur le divan du fond.

Toute sa vie lui revenait en mémoire. A quelques pas de sa bastide se trouvait celui qui l'avait tant aimée et qu'elle avait si indignement trahi.

— L'ermite ne me parle pas de sa fille, se dit Eugénie. Mais ne disait-on pas que le mystérieux habitant du château faisait de longues promenades avec une jeune personne dont on avait remarqué la beauté ? —

Je le dis avec douleur, cette pensée ne remua pas les entrailles de la mère.

— Oui, ajouta-t-elle, sans ce dernier coup, mon Dieu, mon Dieu, mon fils...

— Quel atroce démon a fait venir cet homme ici ? se demanda Eugénie.

Et le sang afflua à ses joues. Si ce fatal, cet horrible secret allait être découvert, que deviendrait-elle ? On la citait dans Aubagne pour ses mœurs régulières, sa dévotion, son enthousiasme royaliste ; encensée, adulée, honorée, elle avait les fibres de son immense vanité féminine agréablement et constamment chatouillées. Et l'on dira, ajoutait-elle, cette Mme Bernard que nous vénérions tant, n'était qu'une vile hypocrite.

— Mais lui, lui, ce Paul de Melval, se dit-elle, une sait rien encore ; il y a donc quelqu'un de plus instruit que lui, c'est cet ermite de Saint-Clair. Quel est cet ermite ?

La pensée d'Eugénie se perdait dans un dédale de conjectures sans issue ; puis, se levant, elle marchait à grands pas dans son salon, commençant à accuser la lenteur de son mari. A cette idée, ses mauvais instincts s'insurgèrent, et un éclair de joie s'alluma sur sa figure.

— Enfin, je n'ai pas trop perdu de temps, se dit-elle. Une conspiration ; c'est l'échafaud au bout et le secret reste dans la tombe !

L'abattement où elle s'était d'abord plongée fut complètement dissipé ; elle semblait flairer une proie. Les yeux tournés du côté du château de Melval, elle hocha la tête d'une façon sinistre, avança le poing et dit :

— Oh ! je te tiens, je te tiens, homme de malheur !

Ensuite, se ravisant :

— Oui, ajouta-t-elle, mais cet ermite qui sait mon secret ! Mon Dieu ! mon Dieu, vingt ans et la mer qui sépare les deux pays n'ont donc pu assez me protéger. Ce Bernard qui ne revient pas ! ajouta-t-elle en frappant du pied de plancher. Je brûle, ma tête éclate !

Elle avait besoin, pour ne pas se faire peur, à elle-même, de se supposer un grand enthousiasme politique.

— C'est, puis, pour une grande cause que j'agis, se

dit-elle ; je crois que j'ai eu un mouvement de pitié, peut-être un remords ! C'est là une lâche et coupable pensée ! Je vois clair dans mon action. Un séide de tyran, je le frappe et le ciel vous approuve. Jeanne-d'Arc a eu ce courage, Judith aussi. J'aurais dû me dire cela sur le champ ; mais la nature humaine a ses faiblesses. J'ai d'abord songé à moi, à des fautes bien expiées, à une trahison que j'ai pleurée, aux propos des gens, à des relations fatales. Mais c'est à la France qu'il m'aurait fallu penser, c'est elle que je sauverai peut-être, elle, son roi, sa religion. Ah ! je le sens, c'est un grand rôle que le mien !

Et, ramenée par le cours de ses pensées vers les années de sa jeunesse, elle se demanda si ce n'était pas une volonté supérieure qui avait voulu qu'une femme obscure eût sa vie ainsi mêlée aux plus grands événements du siècle. Si elle n'eût pas connu Napoléon, si la gloire enivrante de l'usurpateur ne l'eût pas fascinée, aurait-elle pu être l'instrument de mystérieux desseins ? — A cette réflexion, elle retrouva toute la haine qui couvait dans son cœur contre Napoléon, et elle donna un beau nom à cette haine ; elle l'appela patriotisme et dévoûment à la sainte cause de la légitimité. Le cœur humain n'agit pas autrement.

Voilà cette femme complètement réconciliée avec elle-même ; sa dénonciation est devenue de l'héroïsme et presque de la magnanimité. Livrer un conspirateur à la justice, appeler peut-être sur sa tête un coup de mort, c'est le comble de la vertu. Elle se reproche les scrupules qui sont venus l'assaillir un instant ; sa vue s'est éclaircie, aucun nuage ne vient plus s'interposer entre son regard et le but éclatant qu'elle veut atteindre ; elle a réprimé sa sensibilité, hélas ! fort peu éveillée ; elle marchera droit devant elle, et Melval recevra le salaire de son crime !

— Mais ce Bernard est bien long à venir ! se dit Eugénie ; le jour va paraître et il n'est pas retourné. Ah ! j'entends du bruit, on marche sur la terrasse.

Elle s'avance d'une fenêtre, l'ouvre et distingue un homme qui s'était assis sur un des bancs de pierre de la terrasse.

— Qui êtes-vous ? demanda Eugénie.

— Est-ce Mme Bernard qui m'interroge ? répondit une voix.

— Oui, qui êtes-vous ?

— Je suis l'ermite de Saint-Clair.

— Ah ! mon Dieu ! je vais vous ouvrir.

Eugénie, après avoir introduit Bataglia dans son salon, ranima la clarté mourante des lampes qui brûlaient depuis la veille sur la cheminée, et vint se mettre en face de l'ermite.

Bataglia s'était plongé dans un fauteuil, et, parfaitement accoudé, il tenait la tête en avant et le regard fixé sur Eugénie.

— Il paraît, dit Eugénie, que vous savez bien des choses ; j'ai reçu votre lettre.

— *Per Bacco* ! dit l'ermite, c'est bien le moins que je pouvais faire pour la fille de M. Dandré.

— Ah ! vous avez connu mon père ?

— Un *respettabile* négociant d'Alexandrie ; certainement, je l'ai connu.

— Alors, je comprends tout : eh bien ! vous avez rendu ce soir un grand service au roi.

— Ah ! j'ai rendu un grand service au roi ! Je crois avoir rendu service à d'autres.

— Et à qui , bon ermite ?

— A qui, à qui ? eh ! parbleu , à qui ? à vous, ma belle dame.

— A moi ?

— Qu'a à faire le roi de M. de Melval ?

— D'un conspirateur , d'un homme qui arrive de l'île d'Elbe.

— Il y a des mines de fer à l'île d'Elbe ; voilà pourquoi la capitale de l'île d'Elbe s'appelle *Porto-Ferrajo*.

— Eh bien ?

— Eh bien ! M. de Melval fait peut-être le commerce des fers.

— Lui , commerçant de fers ! Mais c'est absurde ce que vous dites-là !

— Eh ! pourquoi pas ? les fers, voyez-vous , c'est une marchandise qui se place bien.

— Mais je vous dis qu'il ne commerce en rien , M. de Melval , si ce n'est en conspiration.

— Il vous faut une bonne petite conspiration ; vous tenez beaucoup à ce qu'il y ait dans tout cela une bonne petite conspiration ; mais savez-vous que s'il y a une bonne petite conspiration , M. de Melval est perdu !

Ici l'ermite arrêta un regard perçant sur Eugénie, qui tressaillit et dit un peu trop impétueusement :

— Oh ! point de grâce pour ces infâmes !

— C'est votre avis , madame ? Est-ce que vous n'au-

riez pas quelque raison pour en vouloir autant à M. de
Melval ?

— Non je ne lui en veux pas du tout ; mais s'il conspire , pas de pitié pour lui

— Il se pourrait cependant que M. de Melval ne fût pas
pour vous un conspirateur comme un autre ; cela se
pourrait, dit l'ermite en appuyant fortement sur ces dernières paroles.

— Je ne vous comprends pas.

— M. de Melval a une fille ; or, en tuant le père, on
ferait le malheur de son enfant, qui ne conspire pas, je
pense.

— Est-ce qu'on doit, pour le salut de l'État, s'arrêter
à de pareilles raisons ?

— Oh ! oh ! puisque vous êtes une Spartiate, je n'ai
plus rien à dire.

Et l'ermite ajouta en clignotant

— Vous ne saviez pas que M. de Melval avait une fille ?

— Une fille qui, dit-on, est bien gentille ; un amour
de fille ! Il paraît qu'il est veuf, M. de Melval ; est-il veuf,
M. de Melval ?

— Mais le sais-je moi ?

— Ah ! je croyais que vous le saviez. Ces choses-là,
on peut les savoir. Vous n'avez point de fille, vous,
madame ?

— Non. Vous avez donc habité Alexandrie, puisque
vous avez connu mon père ?

— J'ai habité l'univers, madame, et même ailleurs, je
crois ; le fait est que j'ai diablement roulé dans ma vie.

— Je ne me rappelle pas vous avoir vu chez mon père, à Alexandrie.

— Oh ! c'est que les années changent bien un homme !

— Y aurait-il de l'indiscrétion à vous demander votre nom ? Car je pense que c'est un nom de religion que celui de frère Chrysostôme.

— Le fait est que celui de Chrysostôme n'est pas mon seul nom.

— Alors, les autres...

— Je vous les dirai... Savez-vous que j'ai beaucoup de plaisir à vous voir ? Il paraît que la nouvelle que je vous ai fait donner hier soir vous a ôté le sommeil.

— Mais, en recevant une pareille nouvelle, j'ai dû agir sur-le-champ.

— Eh ! qu'avez-vous fait ?

— J'ai envoyé mon mari à Marseille, avec une lettre de M. l'adjoint d'Aubagne pour le procureur du roi, et je pense que mon mari apportera l'ordre d'arrêter M. de Melval.

— *Diavolo* ! comme vous en voulez à ce pauvre Melval ! Et alors vous ne vous êtes pas couchée pour attendre votre mari.

— Non.

— *Benissimo !*

L'ermite approcha son fauteuil de celui où Eugénie s'était placée et dit :

— Tout service mérite récompense, n'est-ce pas, Mme Bernard ?

— Aussi je ne laisserai pas le gouvernement vous donner seul le prix du service que vous lui avez rendu.

— Laissons là le gouvernement ; je ne lui demande rien, moi, au gouvernement.

— Comment ! vous lui dénoncez un complot, un complot terrible peut-être, et...

— Mais ce n'est pas au gouvernement que je le dénonce ce complot, c'est à vous, madame.

— Pour que l'autorité en soit informée par moi.

— Je me moque bien de l'autorité. C'est à vous que j'ai voulu rendre service.

— Alors c'est parce que vous avez su qu'on ne pouvait pas me faire un plus grand plaisir que de m'aider à servir le roi.

— Le diable m'emporte si c'est pour cela que je vous ai écrit la lettre !

— Mais alors je ne vous comprends pas.

— Ah ! vous ne me comprenez pas ! J'ai été bien aise de vous mettre à même de vous débarrasser de M. de Melval ; car ce M. de Melval doit être un petit embarras pour vous, n'est-ce pas ?

Eugénie se dit : — il sait tout, — et répondit :

— Que de détours pour en arriver jusque-là, frère Chrysostôme ! Allons, parlez franchement, je vous écoute.

— Oh ! nous nous comprenons très-bien, je vois ça, madame, et il n'y a plus à régler que nos conventions.

— Nos conventions ! que voulez-vous dire ?

— Vous savez qu'on doit beaucoup ménager l'homme qui, dans ce pauvre monde, sait votre secret.

— Oui ; eh bien ! parlez ! C'est de l'argent que vous voulez ?

— J'ai un ermitage où le vent et la pluie entrent sans ma permission, et je n'ai pas les moyens de les en empêcher.

— Je ferai réparer votre ermitage.

— J'ai mon garde à manger vide.

— Je le remplirai.

— J'ai ma cave vide aussi.

— Je la remplirai.

— Et ma bourse?

Le frère Chrysostôme déploya un sac aussi haut que lui.

— C'est ça votre bourse? dit Eugénie.

— Faute d'autre, et je serais bien aise de la voir se tenir d'elle-même debout à côté de moi. Ça me ferait quelque plaisir.

— Nous la remplirons...

— De jolies pièces de cinq francs; quelques napoléons, quelques petits usurpateurs n'y gâteraient rien; j'ai comme Melval, j'aime quelquefois les usurpateurs.

— Vous serez satisfait; mais, en retour, dites-moi qui vous êtes?

— Natale Bataglia, pour vous servir.

— Bataglia!

Une pensée virile se fit lire en ce moment sur le front d'Eugénie; on eût dit qu'elle cherchait une arme. L'ermite dut le comprendre, car il entr'ouvrit négligemment sa robe et montra deux pistolets et un poignard à sa ceinture.

— Nous sommes d'accord, madame Bernard?

— Oui, vous avez ma parole.

— Au revoir!

III

Bataglia vint attendre le lever de l'aurore à l'extrémité
de l'allée qui, de la terrasse de la bastide de Bernard,
s'étendait jusqu'au grand chemin. Son désir d'assister
au lever de l'aube ne provenait nullement d'un sentiment
honnête, quoi qu'en dise le refrain célèbre :

> Quand on fut toujours vertueux,
> On aime à voir lever l'aurore.

C'était dans un autre but que notre ermite allait être le
témoin des magnificences qui accompagnent la naissance
du jour : il était bien aise d'avoir une conversation avec
Bernard. Aussi n'arrêta-t-il qu'un regard distrait sur cette
lutte charmante de la nuit et de la blanche lumière dans
les champs de l'air ; il remarqua à peine cette lueur de
lait qui se répand sur les nuages, avant que l'aube y vienne
attacher ses festons oranges. Quand les jets vifs et larges
d'une pourpre soudainement allumée éclatèrent à travers
les nuées, Bataglia avait son œil braqué sur le grand chemin, et il ne le leva pas pour voir au moins descendre
des hauteurs du ciel le fleuve d'or où le soleil trempe sa
matinale chevelure, toute baignée encore des senteurs de
sa couche embaumée. L'ermite finit, après deux heures
d'attente, par ouïr le galop mesuré d'un cheval, et il reconnut, fièrement campé sur la selle, une main fermée
sur les rênes et l'autre posée sur la hanche, notre héros

Anastase Bernard, qui cherchait, en avançant les dents sur la lèvre inférieure, à se donner l'air pincé d'un diplomate satisfait de sa mission.

Bataglia vint se placer au travers de la route, étendit la main et fit signe à Bernard d'arrêter sa monture.

— Rangez-vous, bonhomme, cria Bernard, sinon Pompée vous jettera à terre !

En effet, Pompée, nullement décidé à faire une halte à une si petite distance de l'écurie, s'écartait pour éviter l'ermite qui lui barrait le chemin, quand celui-ci le saisit par les rênes, tout près de la bouche, d'une main énergique, et le força de se cabrer violemment. Pompée, ne pouvant faire lâcher prise à l'ermite qui serrait fortement les rênes, s'agita pourtant avec une telle vigueur et de tels sauts en arrière, que Bernard glissa encore sur l'épine hérissée du cheval, et tomba assez lourdement à terre sur son séant, dans une attitude qui devait lui devenir familière.

— Corbleu ! tête bleu ! par le sang bleu ! s'écria Bernard, que diable me voulez-vous, ermite du tonnerre ? Aviez-vous besoin d'arrêter ainsi mon cheval ?... Ouf ! me voilà encore comme tantôt.

— Pardon de vous déranger, M. Bernard, lui cria Bataglia ; je ne croyais pas que vous eussiez affaire à un cheval aussi vif.

— Vous appelez ça me déranger !.... Mais venez donc m'aider à me relever ! Pompée saura bien aller seul à l'écurie, puisque nous ne sommes qu'à deux pas de la bastide.

— C'est juste, dit Bataglia, qui lâcha le cheval. Pompée prit un agréable galop et disparut par l'allée. L'ermite tendit les mains à Bernard, l'aida à se relever et poussa l'attention jusqu'à écarter les basques de l'habit de notre héros pour voir si la chute n'avait produit aucune déchirure dans le pantalon et le derme du malheureux cavalier.

Bataglia fit entendre un bruyant éclat de rire.

— Tiens! dit Bernard piqué, vous riez maintenant, ermite du diable! Qu'y a-t-il de plaisant dans ce qui m'arrive?

— Votre pantalon blanc?

— Eh bien! quoi, mon pantalon blanc?

— Où donc vous êtes-vous assis, M. Bernard?

— Ah! vous m'y faites penser, je vois ça, je vois ça; ce sont les maudits abricots du Dupré, ses *banestons*! Et moi qui n'y ai pas songé chez le procureur du roi, devant ces dames! voilà pourquoi elles ont ri comme des folles. J'y suis maintenant..... Il est donc bien drôle à voir, mon pantalon.

— Extrêmement drôle; ce sont des lignes jaunes qui s'entrelacent, avec de larges plaques également jaunes.

— Maudits abricots! à quelles nauséabondes suppositions a-t-on dû se livrer! s'écria solennellement Bernard, qui ajouta:

— Mais, enfin, que me vouliez-vous quand vous avez arrêté mon cheval?

— Causer un peu avec vous, M. Bernard. Je vous attendais là depuis deux heures.

— Moi? eh! pourquoi m'attendiez-vous?

— Avez-vous le mandat d'amener pour faire saisir M. de Melval?

— Tiens ! vous savez ça , vous ? Cet adjoint ou Frenet a déjà bavardé !

— Avez-vous vu le messager qui a porté hier soir une lettre à votre femme ?

-- Non , je ne l'ai pas vu.

— Allez-vous , quelquefois , errer dans le parc de Gémenos?

— Bien rarement ; ma bastide m'absorbe : j'y fais creuser un lac qui ne finit pas.

— Alors vous ne dirigez pas souvent vos promenades du côté de Saint-Pons?

— Jamais ; j'ai mon lac à creuser. Mais pourquoi toutes ces questions ?

— C'est que vous auriez pu rencontrer dans le parc de Gémenos ou dans le bois de Saint-Pons, une bien intéressante personne que vous n'avez pas vue depuis longtemps?

— Dans le parc de Gémenos ou dans le bois de Saint-Pons?

— Oui , je vous engage à vous y promener : la rencontre sera curieuse.

— Et qu'y verrai-je ?

— Une dame que vous avez dû beaucoup aimer.

— Oh ! j'en ai tant aimé de dames , dit Bernard avec fatuité, que je ne puis pas deviner celle dont vous me parlez.

— Une étrangère !

— Une étrangère !... je n'y suis pas....

— Nedjema Assouna!

— Nedjema ....! Que dites-vous là? Mais ce n'est pas possible !

Bernard était devenu pâle comme la mort.

— Oui, Nedjema Assouna et son fils Daniel, qui naquit peu de temps après votre départ du marabout de Sidi-Ibrahim, où Nedjema vous faisait tourner comme une toupie.

— Mais c'est le diable que cet homme ! s'écria Bernard, dont les yeux devenaient troubles et qui reproduisait sur son visage la couleur laissée par les abricots sur son pantalon.

— Eh bien ! vous ne dites plus rien ?

— Mais qui êtes-vous, vous qui savez tant de choses ?

— Qui je suis ? regardez-moi....

L'ermite baissa son capuchon.

— En effet, dit Bernard, il me semble que je démêle... vos traits,.. oui ; vous auriez un peu changé cependant : vous êtes Natale Bataglia.

— Vous l'avez dit. Je déguise assez mon accent italien, maintenant, pour ne pas courir le risque d'être reconnu à la voix. *Che ne dite, signor Santone?*

— Voilà votre voix d'Alexandrie et vos grimaces. Mais c'est le diable qui vous a tous réunis à Solans !

— Où, le lendemain de votre arrivée dans votre bastide, vous trouvâtes le savant qui vous a pris pour une momie.... ; puis c'est Melval, puis c'est Nedjema, et puis c'est moi, Natale Bataglia, qui me suis fait ermite à Saint-Clair ; et comme je n'ai pas encore l'âge du diable...

— Vous continuez à en faire le métier, je vois ça... Que vous dirai-je ?

Et Bernard étendit les bras horizontalement et haussa les épaules. Il faisait ainsi quand il ne savait plus quel parti prendre : sa voix alors était pleine d'une humble résignation. Il finit par laisser tomber les bras le long de son corps, en signe d'un grand abattement moral.

Bernard reprit :

— Et demain il me fallait aller à Gémenos pour m'entendre avec le procureur du roi !

— Et vous irez. Il faut bien que vous y alliez.

— Mais si je rencontre Nedjema ?

— Vous la verrez, mais elle ne vous reconnaîtra pas.

— Je suis donc bien changé ?

— Vous vous déguiserez, vous mettrez un garde-vue sur les yeux et des lunettes vertes ; le diable m'emporte si elle vous reconnaîtra ! Vous direz que l'air de la nuit vous a causé une ophtalmie.

— Vous êtes toujours, Natale, l'homme aux expédients, toujours le même, ce cher Natale ! C'est peut-être vous qui avez informé ma femme de la conspiration de Melval ?

— Certainement ; l'intrigue, c'est ma vie !

— Eh ! gagnez-vous beaucoup d'argent à ce métier ?

— Ceux dont je sais les secrets seront reconnaissants, sinon...

— Moi, je le serai reconnaissant, je le serai !

— Aussi j'y compte.

— Et vous avez raison ; mais, d'un autre côté, vous serez d'une discrétion...

— Oh ! ma discrétion, quand elle est bien payée, est à l'épreuve ; je vous en réponds, foi de Natale.

— Est-elle chère, votre discrétion ?

— Selon la fortune des gens. Vous, vous êtes enrichi dans la soude, mon cher monsieur Bernard.

— Enrichi, n'est pas tout-à fait le mot. J'ai quitté un peu trop tôt la fabrication ; et puis les matières premières étaient diablement chères ; il n'y avait pas jusqu'aux marchands de craie d'Allauch qui s'avisaient de nous rançonner ; plus tard, j'ai employé le *briou* de Milord, le *briou* me coûtait un peu moins, bien que Fouesse et Brillon, mes fournisseurs de *briou*, me le fissent encore payer trop cher. Et puis ces chambres de plomb, ça vous coûte un argent fou, sans parler du charbon, du sel, des *bombonnes* qui se brisent, des expériences chimiques que l'on tente d'après les conseils de M. Michel Gautier, un chimiste bien recommandable. On veut donner un degré de plus à la soude, et l'on dépense un argent fou pour cela. Il y a, aussi, ces deux douaniers à payer, qui sont là pour vous empêcher de grappiller quelques sous dans le sel. Allez, tout n'est pas bénéfice dans cette maudite fabrication ! Et je ne vous parle pas des voisins ; il y en a un qui vous dit : vous me brûlez mes choux ; l'autre prétend que vous lui asphyxiez toutes ses salades ; on fait des condensateurs de fumée qui ne condensent rien ; la fumée est si subtile, la diablesse, qu'elle échappe de partout ; vous la faites aller dans les entrailles de la terre, ah ! bien oui, elle reparaît encore. La cour royale d'Aix, qui a parmi ses membres un honorable conseiller, M. de Fabregoule, dont la campagne est voisine des fabriques de Septème, est intraitable sur le chapitre de la soude. Le plus clair de mes bénéfices s'en allait en dommages-intérêts, en frais de mémoires, etc.; j'ai fait la fortune de quatre procureurs et je n'ai pas fait la mienne : je me suis fait paysan.

— Voilà pourquoi, dit Bataglia, qui avait froidement

écouté cette tirade où tout le génie de l'homme d'affaires s'était révélé, vous faites creuser un lac.

— Pour avoir un peu de jardinage, dit Bernard.

— Vos salades vous reviendront bien cher, alors?

— Eh! sans eau que peut-on faire à la campagne?

— Mais toute votre campagne ne sera qu'un lac.

— J'ai une spéculation en moulins en tête. Les moulins à eau donnent de beaux bénéfices; je borderai mon lac de moulins et de quelques scieries, puis je ferai une blanchisserie. Il faut bien que je me rattrappe de mes pertes dans la soude.

— Mais que va dire votre femme, quand elle verra arriver le cheval sans vous?

— Oh! elle sera couchée, et puis Pompée n'a besoin de personne pour entrer dans l'écurie..... Vous voyez donc, mon cher Natale, que j'ai eu du malheur dans la fabrication de la soude; cependant j'aurai toujours un écu à votre service, là, dans l'occasion.

— Vous voyez ceci, dit Bataglia, qui déploya son long sac, dont l'extrémité touchait la terre, tandis qu'il le tenait d'une main à la hauteur de sa tête!

— C'est un bien long sac, dit Bernard; est-ce le sac aux provisions?

— Oui, monsieur Bernard; vous le voyez, ce sac, eh bien! il faudra me le remplir souvent pour que je garde votre secret, le secret de Nedjema et de son fils; sinon Mme Bernard sera instruite de tout, elle et bien d'autres. Je n'y vais pas par quatre chemins, moi.

— Je vous le remplirai de pains, bon ermite, toutes les fois que vous voudrez.

— De pains? Ah! ah! dit Bataglia en éclatant de rire, de pains? Vous n'y êtes pas, mon fabricant ruiné, mon faiseur de lacs!

— De légumes, si vous aimez mieux.

— Que diable voulez-vous que je fasse de vos légumes?

— Les manger, parbleu! Nous y mettrons un peu de volailles.

— Non : vous le remplirez avec de l'argent; avec de l'argent, entendez-vous? je ne veux pas du cuivre, moi!

— Miséricorde! pour une petite escapade arabe que ma femme connaît d'ailleurs....

— Oui, mais vous ne lui avez jamais parlé de l'enfant qui est né après votre départ du marabout de Sidi-Ibrahim. Cet enfant a dix-sept ans, il a une tête brûlée et il est fier comme un Alexandre. Il ignore le mystère de sa naissance, s'il vient à l'apprendre, vous ne rirez plus de votre vie! c'est moi qui vous le dis. Vous voyez bien qu'il me faut dans ce sac autre chose que du pain et des légumes.

Et Bataglia agitait son sac d'une longueur formidable.

Bernard se couvrit la figure de ses mains; après un moment de silence il dit :

— Je puis tout nier, puisque la mère ne lui a rien dit.

Bataglia répondit avec d'autant plus d'assurance qu'il mentait :

— Elle s'est tue, parce que je l'ai voulu; quand je voudrai, elle parlera.

L'avarice torturait le cœur de Bernard, qui dit d'une voix anéantie :

— Mais que voulez-vous enfin? Quelques mille francs?

— Je veux être riche, moi aussi, répondit Bataglia, dont l'œil étincela. J'ai attendu quarante ans la fortune, je l'ai cherchée partout; je l'ai demandée aux plus ignobles métiers, et, chose étonnante, elle n'est pas venue à moi. J'avais tout ce qui vous fait faire fortune : la conscience facile, la main prompte autant que la langue, le pied leste, l'esprit fécond en expédients ; je ne répugnais à rien, parce que l'or, c'est ma passion; avec de l'or, on a tout chez vous autres hommes ; on a des palais, des châteaux, des serviteurs ; avec l'or, on se fait le manteau splendide qui cache les bassesses, les crimes, un passé de boue. La foule est toujours, comme celle du désert, agenouillée devant le veau d'or, cette foule stupide! Et ne dites pas que vous avez fait honnêtement fortune, vous qui consentîtes à tromper votre négociant d'Alexandrie, qui avez dû charger vos factures, qui avez fait la contrebande du sel, qui avez souvent dénaturé les produits de votre fabrique, pour gagner davantage! Jetez-moi la boue maintenant, vous voyez que j'en tiens assez dans mes mains pour vous en couvrir le visage! Je veux être riche, moi! la moitié de votre fortune est à moi, et je l'aurai, et vous vous tairez, et vous ne croirez pas avoir assez payé le secret terrible que je tiendrai toujours suspendu sur votre tête, comme cette épée dont parlent vos histoires. M'entendez-vous? Je suis las de ne ramasser que les miettes qui tombent par hasard de la table du riche; je veux enfin m'asseoir, moi, à cette table. Place à Bataglia! place à l'homme qui n'a pas encore pu, comme tant d'autres, pêcher dans l'océan de fange de la société, la belle perle de la fortune! Je la pêcherai maintenant;

j'ai ma ligne prête et mon hameçon : la ligne, c'est vous, Bernard; l'hameçon, c'est votre lâcheté!...

— Vous allez donc me rançonner sans pitié?

— Vous rançonner, oui ; sans pitié, non. On trait une belle génisse, mais on ne l'épuise pas; on tond la brebis mais on ne la fait pas crier. Je sais mes proverbes, mon ami Bernard, comme vous voyez, et les proverbes sont la sagesse des nations; je m'y conforme. Au reste, votre femme sera plus raisonnable que vous.

— Ma femme, Eugénie ! oh ! vous ne la connaissez pas.

— Je la connais si bien, Bernard, que je puis vous dire qu'elle fixera la première ma part dans votre fortune.

— Si c'est ainsi, alors, que vous dirai-je?... vous parlez avec tant d'assurance.... Et puis, d'après ce que vous dites, ma femme réglera tout ceci, n'est-ce pas? Oh ! si ma femme est de votre avis, je n'ai plus rien à objecter ; je lui livre entièrement cette affaire. Tenez, voilà que vous m'avez tranquillisé l'esprit. Les femmes, voyez-vous, Natale, ça ne se mène pas facilement : elles ont des migraines et des vapeurs terribles, des maux de nerfs dans les crises décisives; ce sont des têtes, mais des têtes que le diable y perdrait son latin pour les mener !... Vous ne ferez donc que ce que ma femme voudra?

— Oui, Bernard,

— C'est bien; je vous quitte, car si ma femme s'est réveillée, elle doit craindre que quelque malheur ne me soit arrivé, et vous permettez...

— Allez, et ne parlez de rien avant que je vous aie vu.

— Suffit. Qui diable aurait cru que je vous retrouverais à Solans ?

— Ainsi que bien d'autres. Au revoir.

— Puisque ma femme, se dit Bernard en s'éloignant, doit arranger cette affaire, je n'ai pas trop à m'en inquiéter.

Et, avec cette mobilité d'esprit qui faisait le fond de son caractère, Bernard se mit à siffler un air favori en entrant dans l'allée de sa bastide. Il avait à peine fait quelques pas, qu'il se trouva en présence de Mme Frenet.

— Ah ! vous voilà enfin, M. Bernard, s'écria la femme de l'astronome, et à pied, par dessus le marché ! que vous est-il arrivé ? Votre femme allait se rendre à Marseille ; elle ne savait que penser de votre retard. Où est votre cheval ? vous l'avez perdu en route ?

— J'ai voulu un peu me dérouiller les jambes, répondit Bernard, et j'ai remis mon cheval à un valet de ferme que j'ai rencontré près de la croix. Un peu de promenade à pied fait du bien, quand on est resté en selle près de huit heures.

— Et nous l'emprisonnons, le cher voisin ?

— Ça ira bien, ça ira bien, Mme Frenet ; quand je me mêle d'une chose !...

— Oh ! je sais que vous êtes un homme admirable dans les grandes occasions.

— Dans les petites aussi ; dans toutes, en un mot. Votre nuit a été bonne, belle dame ?

— Je pensais à vous, qui trottiez sur votre cheval tandis que je reposais tranquillement dans mon lit.

— Vous pensiez à moi ? à moi ? dit Bernard, qui s'arrêta et donna à sa voix une expression de tendresse. Serait-il possible ?

— Surtout quand j'ai entendu le tonnerre.

— Le tonnerre! c'est mon fait; malheureusement il n'y eut qu'une fausse alarme. J'aurai voulu arriver à Marseille à la lueur des éclairs, aux éclats des tonnerres, trempé jusqu'aux os; je foudroyais le procureur du roi, je le foudroyais d'admiration!

— Oh! quelle tête! quelle tête!

— A propos, j'ai rencontré en route Mme Dupré. Pompée, mon cheval, avait eu peur de la rivière; il s'était mis sur ses pieds de derrière, la place n'était plus tenable, et voilà que Dupré vient à passer avec sa charrette; je l'appelle, on attache Pompée à l'extrémité de la charrette, et je fais quelque temps route avec Dupré; puis je me suis remis en selle et je suis allé d'un trait à Marseille. Je vous baise les mains, ma belle dame.

— Pardon, M. Bernard, allez-vous à la fête de Gémenos demain?

— J'ai attrapé un coup d'air sur les yeux, cette nuit.

— Quoi! nous ne vous y verrons pas?

— Si tels sont vos ordres....

— Mes ordres! dites plutôt mes désirs.

— Non, vos ordres, vos ordres! je suis l'esclave de la beauté, son très-humble serviteur.

Et, pour ajouter à l'effet de ses paroles, Bernard veut déployer toutes ses grâces : il enfonce les mains dans les poches de derrière de son habit, écarte les basques, tourne lentement sur son pied en faisant ses belles et impertinentes mines. Dans la rotation circulaire qu'il accomplissait, il n'imita pas la lune, qui ne présente jamais aux habitants de la terre qu'une seule de ses faces;

Bernard montra toutes ses faces : quand celle qui était si étrangement bariolée s'étala aux regards de Cornélie Frenet, la femme du savant fut inopinément saisie d'un fou rire à l'aspect du pantalon de Bernard.

La gaîté de Mme Frenet fit tourner vivement Bernard, qui s'écria :

— Hein! hein! qu'est-ce que c'est, qu'est-ce que c'est!...... Ah! vous aussi vous avez vu ça? Ce sont les abricots de Mme Dupré, ces maudits abricots! Et moi qui l'avais encore oublié! Vous permettez que j'aille me changer.

— Ah! ce sont les abricots de Mme Dupré?

— Oui, elle m'a fait asseoir sur des *banestons* pleins d'abricots, et ma foi....

— Vous en avez fait une marmelade.

— Comme vous dites, Mme Frenet! Je vous rebaise les mains.

IV

L'abbé Delille était si accoutumé à admirer la nature, quand il avait les pieds sur les chenets et un paravent derrière son fauteuil, qu'il n'a trouvé que les quatre vers suivants pour décrire Gémenos :

> O riant Gémenos! ô vallon fortuné!
> Tel j'ai vu ton coteau, de pampres couronné,
> Que la figue chérit, que l'olive idolâtre,
> Étendre en verts gradins son riche amphithéâtre!

Je n'ai jamais cherché à bien m'assurer si la figue chérit ou si l'olive idolâtre les riants coteaux de Gémenos ; c'est probable, car on cueille dans la plaine de ce charmant village d'assez savoureuses figues, et l'on y récolte une huile assez fine ; mais comme ces détails ne peuvent au plus intéresser que les marchands de figues et d'huile, j'ai cherché ailleurs que dans des figuiers ou des oliviers, arbres fort laids, comme on sait, les beautés naturelles que ce coin de terre provençale réunit au point de mériter le poétique surnom de Tempé. Il paraît que M. l'abbé Delille, qui habita, pendant les mois du rigoureux hiver de 1789, le château de Gémenos, ne prit pas la peine de visiter le délicieux bois de Saint-Pons, auquel il aurait sans doute consacré deux ou trois apostrophes ; ce bois était pourtant à sa porte, mais il n'y aurait trouvé ni figuiers, ni oliviers ; sa muse coquette et pincée se serait peu accommodée de ces grandes masses granitiques qui resserrent une vallée où les eaux coulent dans des lits profondément encaissés, où la nudité du roc forme avec le gazon de la vallée et l'inextricable entrelacement des arbres un contraste sévère et doux à la fois. On peut avoir traduit avec bonheur les *Géorgiques* de Virgile et n'avoir pas le sentiment virgilien. Sauf dans un large bassin sur lequel le mur à pic d'une montagne fait descendre une ombre perpétuelle, l'eau de la source de Saint-Pons se montre partout, au milieu de ce vallon formé par les brusques écartements de deux hautes collines dépouillées, dans un désordre et une liberté qui auraient fait regretter au chantre des *Jardins* les gerbes disciplinées de Versailles.

A mesure qu'on avance dans ce véritable *lucus*, dans cette retraite où le soleil verse ses rayons que les branches des arbres divisent et dispersent sur l'herbe en gouttelettes d'or, on songe involontairement à ces tableaux que l'Albane a peuplés de ses nymphes nues et décentes. Rien d'arcadien, en Provence, comme cette vallée de Saint-Pons, surtout aux belles heures de l'été, quand l'astre embrase de ses feux l'atmosphère. La lumière y circule avec de ravissantes teintes de pourpre, d'opale, d'iris ; la fraîche brise des collines y passe chargée des pudiques messages des fleurs amoureuses. De ces collines, aux croupes parfumées par le thym, descendent les sonneries des troupeaux ; auprès des fontaines, le long des *lavoirs* naturels où écume l'eau savonneuse, de jeunes filles élèvent leurs rires argentins et frais. Si de prosaïques bruits d'une industrie servie par une eau puissante, détournent un moment la pensée du seuil des enchantements de la poésie latine ou grecque, peu à peu ces bruits s'effacent, et vous n'avez plus devant les yeux que ces hautes nefs de verdure où retentit la voix sonore de la cascade de la source. Ici, le paysage prend un caractère d'une incomparable beauté : la vallée s'élargit, les murs cyclopéens qui l'encadrent, s'évasent circulairement, et dans ce grand cirque, taillé dans la roche vive par la main de la nature, apparaissent, comme des lutteurs antiques, des arbres de toute forme, de toute taille : les uns raidissant fièrement leurs branches, les autres les laissant tomber dans un désordre confus vers la terre ; ceux-ci portant, comme d'orgueilleux panaches, leurs cimes au-dessus des cimes voisines, ceux-là rasant le sol de leurs guirlandes éplorées ; une inexprimable grace revêt toutes les altitudes de cette belle famille végétale. Le promeneur solitaire qui suit les capricieux méandres de ces allées touffues, se croit bientôt au sein d'une solitude américaine ; ses pas sont à chaque instant arrêtés par des entrelacements de lianes, par des plantes rampantes dont les racines à fleur de terre se tordent comme des serpents ; l'arbre y fait flotter ses draperies, y déroule ses éventails, y courbe ses festons, y suspend ses courtines ; des bruits d'eau, des haleines de brise, des gémissements de source voilée, des notes musicales d'oiseaux animent ce gracieux desert ; on s'y repose sur de fraîches pelouses, on s'y ménage mille surprises pittoresques : tantôt le mur de verdure arrête la vue, tantôt le regard plonge dans un long corridor plein d'ombres, de fraîcheur et d'une lumière tamisée. On avance et la scène change : une église rongée par les plantes humides, couverte d'un réseau de lierres, s'appuyant aux ruines écroulées d'un ancien monastère de vierges chrétiennes, consacré par la poétique légende de l'auteur inconnu des *Chroniques de Provence*, apparaît non loin de la source. L'arbre a pris son essor, il a enfoncé ses racines dans le faite de l'église, qu'il couvre d'un dôme de feuillage. Attiré par le bruit de l'eau, vous voyez enfin, à travers les fentes du rocher, s'élancer, blanche d'écume, la source que la montagne recèle dans ses flancs : divisée par les rochers disposés en gradins, la source couvre de ses pleurs lumineux le granit écumant, bondit, se précipite dans des bassins naturellement creusés, et va alimenter ce ruisseau profond qui luit là-bas, à vos pieds, à travers les arbres qui remplissent de leurs ombres le mystérieux ravin.

Le silence qui règne habituellement dans ces solitudes
enchantées, était interrompu, le matin du jour de la fête
seigneuriale de Gémenos, par des voix profanes. Peu
après le lever de l'aube, quelques personnes qu'avait
attirées la fête, étaient allées visiter le bois de Saint-Pons:
On remarquait, marchant gravement devant son maître
qui donnait le bras à sa jeune fille Emma, nôtre ami le
caporal Fenoul, toujours sombre et l'œil aux aguets. Paul
de Melval fit, ce jour-là, une infraction aux habitudes si
casanières de sa vie; bien aise de procurer une agréable
distraction à sa fille, il l'avait, de bonne heure, conduite
au bois de Saint-Pons pour y attendre l'heure des réjouissances publiques, si laborieusement préparées par le
maire de Gémenos. Emma sauta de joie, quand son père
lui apprit qu'elle passerait une longue journée à Saint-
Pons et à Gémenos; les inscriptions qu'un jeune amoureux inconnu avait gravées sur les platanes du parc de
Solans, lui étaient sans doute revenues à l'esprit, et
Emma s'était, peut-être, dit bien bas: — Qui sait si je ne le
verrai pas à Saint-Pons ou à Gémenos!

Une charmante toilette d'été relevait les graces naturelles de la jeune fille de Melval : la robe de mousseline
blanche qui accusait les charmants contours de son corps
souple et délié, était serrée à sa taille, si fine et si légère,
par une ceinture verte nouée à l'extrémité d'un délicieux
corsage. Sous les arbres de Saint-Pons, sa figure d'un
type si pur, d'un ovale athénien, rappelait celle de la plus
belle des suivantes de Diane chasseresse; sur son front
qu'amoindrissait la ligne demi-circulaire de ses blonds
cheveux lustrés, formant aux tempes un bandeau vir-

ginal, se balançait un de ces grands chapeaux dont les
jeunes *contadine* de la Toscane accouplent, en chantant,
les pailles délicates. Le voile vert négligemment attaché à
son chapeau allait où la brise le poussait, tantôt endormi
sur une gracieuse épaule, tantôt se relevant brusquement
et couvrant soit un menton d'une forme irréprochable,
soit une bouche — petite fleur entr'ouverte, — soit des
joues d'un blanc satin légèrement rosé. On maudissait
franchement ce voile vert ainsi livré à tous les caprices
du vent, surtout quand il s'avisait de tomber sur deux
yeux dont il dérobait maladroitement le doux et incomparable éclat. Les chastes pensées d'une âme tendre et rêveuse se peignaient dans ces yeux bleus, pleins parfois
d'une indicible langueur.

Pour peu que l'âme soit disposée à la tendresse, elle
éprouve je ne sais quel charme amollissant sous les poétiques ombrages de Saint-Pons ; la dangereuse influence
de ces belles retraites semblait se faire sentir à la jeune
Emma, à en juger par ses attitudes penchées, et par
ses regards timidement baissés ou levés brusquement vers
le dôme de feuillage. L'amour chantait déjà les premières
strophes de son poëme immortel dans son cœur : elle
était rêveuse et distraite ; la joie enfantine qu'elle avait
éprouvée, le matin, en venant s'asseoir dans la voiture de
son père, s'était dissipée, et elle ne savait que répondre
aux questions que M. de Melval lui faisait, pour connaître
le motif de ce changement subit qui s'était opéré dans les
manières de son enfant, d'ordinaire si rieuse et si ba-
billarde.

— Il paraît, dit Fenoul en s'arrêtant, qu'on ne balafre

pas seulement les arbres de notre parc. Si l'on prenait les
précautions dont je fais usage, on ne mutilerait pas ainsi
ceux de Saint-Pons.

— A qui en veux-tu encore, Honoré ? dit M. de Melval.

— A tous ces paltoquets qui tailladent les arbres pour
y écrire des choses saugrenues.

Emma venait de remarquer deux lettres initiales, un
E et un *D* entrelacés; et les vers qui avaient mis Fenoul
en colère, quand il les vit sur un platane de Solans, étaient
exactement reproduits sur un des arbres de Saint-Pons.

— Je crois, dit Fenoul, que l'auteur de toutes ces bi-
garrures n'est pas loin d'ici; il me semble le voir là-bas,
près de la source.

Fenoul venait de reconnaître Jollivet, qui s'était rendu,
lui aussi, à Saint-Pons, en compagnie de Daniel Assouna
et de Lucien Aubert. Daniel s'était tourné et il avait aperçu
Mlle Emma de Melval, qui, semblant tout-à-coup reprendre sa gaîté et secouer sa rêverie, disait en riant :

— Mon pauvre Fenoul, te voilà encore dans tes accès
d'humeur noire, un jour de fête !

— Oui, mademoiselle; je viens de revoir l'Olibrius qui
tailladait nos platanes, et le sang m'est monté au visage.

— Où donc ?

— Tenez, là, au milieu de ces deux jeunes gens ! On
dit que c'est un ancien maître à danser.

— Est-ce que tu vas lui chercher querelle ?

— Oh ! ici il peut les couper au pied, ces arbres, si ça
lui convient; je n'ai pas à m'en mêler. Mais il paraît que
c'est une manie qu'il a dans le sang; eh ! tenez, regardez !

En effet, Jollivet, qui avait aperçu Fenoul, s'était

approché d'un arbre et se disposait, avec la pointe de son couteau, à y graver les vers à Sylvie, quand il entendit Dupré disant à ses filles :

— Oui, mes enfants, ce bois, s'il m'appartenait, je le ferais couper et j'établirais ici de belles prairies productives. Ce bois ne rend rien, j'en suis sûr. Mais ne vois-je pas M. Jollivet ?

— Eh bien ! M. Dupré, le hibou est sorti de son trou, je suis aussi venu à la fête de Gémenos, dit Jollivet, qui s'était avancé de l'agronome, tandis que Daniel et Lucien s'enfonçaient dans une allée aboutissant à une prairie où Emma, suivie de son père et de Fenouil, s'était mise à cueillir des fleurs.

— Vous nous boudez diantrement, M. Jollivet ; votre accès de misanthropie vous dure-t-il encore ? demanda M. Dupré.

— Qui a dit que j'étais devenu misanthrope ? M. Bernard, n'est-ce pas ?

— Aussi avons-nous respecté votre manie, et nous avons dit, ma femme et moi : Quand il sera las de vivre seul, eh bien ! il reviendra à ses amis.

— Et me voilà bien décidé à ne plus vivre comme un chat-huant : j'ai fait provision de philosophie, et j'attends Bernard de pied ferme.

— Pour lui chercher querelle ?

— Du tout, pour lui prouver que j'ai su prendre mon parti. Entre nous, il est toujours insolent et superbe.

— Oui, oui, il est pétri de vanité ; mais enfin....

— Suffit ; ménagez-le, vous avez raison ; moi, je n'ai nul besoin de lui et je ne veux plus m'éclipser et lui laisser

le champ libre; ce sera plus gai et je me porterai mieux...
Regardez un peu là-bas, du côté de l'église, M. Dupré,
au milieu de la prairie !

— Ah ! oui, je vois: c'est l'habitant du château avec
sa fille...

— Et son valet, un misérable qui me le paiera ! Lui
aussi a quitté son trou aujourd'hui.

— Qui donc?

— Eh ! l'habitant du château.

— Il risque fort de ne pas coucher dans son lit ce soir !

— Comment ça, M. Dupré ?

— Tenez, puisque mes filles se promènent aussi dans
le pré, et que les jeunes gens avec qui je vous ai vu, se
font probablement dans l'allée leurs confidences amoureuses, je vous dirai que nous avons découvert un complot
bonapartiste.

— Vraiment !

— Et que le chef de ce complot est l'habitant du château,
lequel individu se nomme Paul de Melval ; il est arrivé
avant-hier de l'île d'Elbe, et on doit l'arrêter tout à l'heure.

— Au milieu de la fête ?

— Eh ! sans doute. M. Bernard a averti le procureur
du roi.

— Ah ! c'est un tour de M. Bernard ? je suis bien aise
d'apprendre tout cela. Voilà ce que fait M. Bernard à ses
voisins !

— Mais si c'est un bonapartiste !

— Un bonapartiste, un bonapartiste ! je vous dis, moi,
que M. Bernard veut faire l'important. Qui a fait destituer
le maître d'école d'Aubagne ? ce sont les Bernard, qui
sont venus désoler tout Solans.

— Mais, M. Jollivet, vous me feriez croire que j'ai trop parlé.

— Croyez ce que vous voudrez, vous m'avez parlé, tant pis pour vous; et je vais de ce pas dire à ce monsieur du château de se tenir sur ses gardes.

— M. Jollivet, au nom du ciel, songez que c'est un bonapartiste !

— Bah ! c'est Bernard qui vous fait croire ces contes.

— Mais il est arrivé de l'île d'Elbe avant-hier soir !

— Qu'est-ce que cela prouverait? est-ce qu'on ne peut pas aller à l'île d'Elbe, comme en Corse, comme en Sardaigne? la belle raison qu'il vous donne là, cet intrigant !

— Mais vous me perdez !... Maudit bavard que je suis !

— Trop parler nuit, trop gratter cuit, dit le proverbe, M. Dupré.

— Ah ! voici M. et Mme Bernard et ma femme, avec les époux Frenet! M. Jollivet, M. Jollivet, de grace, ne dites rien à cet homme du château, sinon je me précipite dans le ravin. Ah ! ma belle ferme de *Favori !*... Mais qui m'aurait dit que vous l'eussiez ainsi pris ? Je vous jure que c'est un bonapartiste. Si Mme Bernard vous parlait? Voyez Mme Bernard !

— Non, je vais voir M. de Melval; vous l'appelez M. de Melval?

— Je ne sais pas comment diable il s'appelle; Florval, je crois.

— Non, Melval, vous me l'avez fort bien dit.

— Mais qu'a M. Dupré? s'écria Mme Bernard, qui, voyant l'agronome jeter son chapeau à terre, frapper du pied et donner tous les signes d'un violent désespoir, s'était promptement approchée de lui.

— Ce que j'ai? ce que j'ai?, madame, répondit Dupré ; j'ai que je vais me noyer ; demandez plutôt à M. Jollivet...

— Ah ! dit Eugénie, en se tournant gracieusement vers Jollivet, que je suis aise de vous voir ! Qu'a donc ce pauvre Dupré ?

— Vous arrivez à propos pour le consoler, madame ; car il me paraît qu'il a perdu la tête.

— Madame, dit Dupré, empêchez-le d'aller le voir, d'aller lui parler.

— Que voulez-vous dire? répondit Eugénie.

— Je ne le croyais pas capable de ce trait !

— Mais enfin...

— Eh bien ! je lui ai tout dit ; je le croyais un des nôtres ; et il veut aller avertir l'habitant du château.

— Me donnerez-vous votre bras pour faire un petit tour de promenade? dit Mme Bernard, en adressant un agréable sourire à l'ex-danseur charmé.

— Oh ! madame, vous me comblez ! répondit Jollivet, qui offrit son bras, après un profond salut, à Mme Bernard.

— Je n'aime pas le bois de Saint-Pons quand il y a des promeneurs, dit Eugénie ; le bruit lui ôte presque tous ses charmes.

— Pourtant il y avait du bruit dans les bosquets de Paphos, répondit le mythologue Jollivet.

— Dans ces bosquets où l'on prononçait de si doux serments, ajouta Eugénie ; il devait bien y avoir cependant des coins extrêmement retirés, dans ces bois chers à Vénus.

— C'est ce que j'ai toujours pensé, répondit Jollivet; car le bruit effarouche les colombes de la déesse de Cythère.

— Que c'est bien dit ! Je vois avec plaisir que ce bois de Saint-Pons est connu des amants, car les arbres y sont couverts d'amoureuses inscriptions.

— C'est ce que je remarquais, et j'allais moi aussi y mettre la mienne. Mais qu'a votre mari ? il porte un garde-vue et des lunettes ?

— Il a attrappé un coup d'air sur les yeux ; laissons-le avec ces dames et M. Frenet. Je veux faire votre paix avec M. Bernard, mais en attendant visitons le bois.

Jollivet avait grandi de vingt coudées, il jeta autour de lui un triomphant regard, et se mit à marcher à côté de Mme Bernard, qui avait toujours son bras passé sous le sien.

— Ce bois de Saint-Pons, madame ; dit l'ex-danseur, me remet en mémoire les décors d'un ballet de Coindé, du ballet des *Amours de Vénus* ; et je sens une titillation dans mes jambes, que vous dirais-je, je ferais volontiers quelques pirouettes.

— Oh ! la bonne idée ! c'est charmant, répondit Eugénie ; il y a ici tout près un salon de verdure, un endroit où les arbres forment un rond autour d'une belle pelouse ; allons-y.

— Oui, oui, allons-y. Mais c'est un décor de ballet que ce bois !

— Tout-à-fait. Quel dommage que vous ne soyez pas vêtu en Adonis ?

— Si je me faisais une couronne de feuillage ?

— Je vais la tresser de mes mains.

— C'est ça, une couronne de feuillage ! Je reprends mes belles émotions ; c'est en votre honneur, belle dame, que je vais essayer un pas que je finissais jadis dans un tonnerre de *bravos* !

— Attendez.

Eugénie arracha de jeunes branches et en fit une couronne qu'elle posa sur la perruque de Jollivet. La fraîcheur du feuillage sembla féconder le front de l'ex-danseur ; tous ses charmants souvenirs mythologiques y revinrent en foule. La bouche en cœur, le sourire aux lèvres, la langueur dans les yeux, il jette son chapeau à terre, assure la couronne sur ses tempes et va se placer à l'extrémité de la pelouse, en face de Mme Bernard ; puis, les bras en avant, les mains recourbées, il se dandine, prend son essor et veut franchir d'un saut un assez grand espace. Le voilà en l'air, une jambe en arrière, une jambe en avant, ses deux bras tendus. Mais quand il lui fallut toucher terre, l'élasticité et l'agilité anciennes lui firent défaut ; il tomba lourdement. Le gazon adoucit heureusement la chute. Mme Bernard s'empressa de relever l'ex-danseur, qui éprouva une confusion qu'Eugénie dissipa par ces paroles :

— Vous avez oublié que le gazon n'est pas le plancher d'un théâtre ; j'en ai assez vu pour avoir compris toute la grace et la vigueur de votre pas.

— N'est-ce pas, dit Jollivet toujours couronné de feuillage, que j'avais bien débuté ?

— Admirablement ! J'ai cru voir Paul s'élancer.

— Ah ! Paul, j'avais bien une autre jambe, moi !

— Sans doute. Continuons notre promenade.

Eugénie reprit le bras de Jollivet et ils s'avancèrent de la source. Les promeneurs qui étaient presque tous réunis en cet endroit, virent avec une joyeuse surprise venir vers eux un monsieur décemment vêtu, ayant le chef ceint de feuillage. Bernard et Frenet poussèrent des exclamations d'étonnement. Frenet cria tout haut : — Mme Bernard sous le bras d'un empereur romain ! — Dites plutôt, fit observer Dupré, d'un Faune. — Non pas, dit Bernard, d'un Actéon, la métamorphose, dans Ovide, commence toujours par la tête. Quand Jollivet fut près de ces voisins, ceux-ci le reconnurent, et leurs éclats de rire faisant croire à l'ex-danseur que Bernard les ameutait contre lui, il alla droit au mari d'Eugénie et lui dit :

— Qu'avez-vous à me dire, vieille momie ? Ma patience est à bout, et il faut enfin que nous nous disions deux mots.

— Mais, répondit Bernard, je riais de ce que vient de dire M. Frenet.

— Qu'a dit M. Frenet ? et pourquoi rit-il, lui aussi ? s'écria Jollivet, qui agitait son feuillage et fermait ses poings raidis.

— Mais, répondit Frenet, je riais de ce que vient de dire M. Dupré.

— M. Dupré ! qu'a dit M. Dupré ? s'écria Jollivet en ramenant son feuillage sur le front.

— Mais, répondit Dupré, je riais de ce que vient de dire M. Bernard.

— Mais enfin, qu'avez-vous tous dit ? demanda Jollivet courroucé.

— M. Bernard vous a appelé Actéon, dit Dupré.

— M. Dupré vous a appelé un Faune, dit Frenet.

— M. Frenet vous a appelé un empereur romain, dit Bernard.

— Actéon, Faune, empereur romain ! qu'est-ce que ça veut dire, demanda Jollivet ?

— Qu'avez-vous fait de votre chapeau ? demanda Eugénie à l'ex-danseur.

— M. Jollivet, en qualité de païen, veut s'habiller avec des feuilles ; il a commencé par la tête, fit observer Frenet.

— Qu'est-ce que j'ai sur la tête ? dit Jollivet, qui toucha avec les mains sa couronne.

— Eh bien ! dit Bernard, vous y êtes maintenant, je pense.

Jollivet ôta sa couronne et partagea l'hilarité générale.

— Oui, j'y suis ; cette couronne que j'ai maintenant à la main, je la tiens de votre femme, M. Bernard, dit Jollivet en saluant ses voisins.

— Comment, ma femme, tu mets des branchages sur les têtes ? s'écria Bernard, qui se découvrit et s'inclina devant Eugénie.

— Sur la tienne aussi, répondit Eugénie, qui prenant la couronne de Jollivet la plaça sur le front de son mari.

— Oserais-je, dit rapidement Jollivet dans l'oreille de Mme Bernard, voir dans tout ceci une allusion délicate ?

— Vous ne direz pas au moins à M. de Melval ce que Dupré vous a confié ? répondit Eugénie à voix basse, tandis que son mari relevait sa tête ornée du symbolique branchage, que sa femme montrait du doigt à l'ex-danseur.

— Ce secret mourra dans mon cœur, foi de Jollivet, madame.

— Pourvu qu'il se taise jusqu'à demain, cela me suffit, se dit Eugénie.

V

Nos deux jeunes amoureux, Daniel Assoûna et Aubert, marchaient, en se tenant par la main, sur un des côtés de la longue prairie qui s'étend au nord de la source de Saint-Pons. Cette prairie commence à la lisière septentrionale du bois et s'enfonce du côté d'une haute colline se rattachant à la montagne qui porte le nom de *Baou* de Bretagne. Ce *Baou* de Bretagne a une assez grande élévation et domine les étroites vallées qu'il couvre de son ombre. D'après une légende du pays, un duc de Bretagne, on ne dit pas lequel, s'était un soir avancé jusqu'à l'extrémité de ce *Baou*, et sans l'obstination que mit son cheval à ne pas bouger, une fois qu'il eut posé les deux pieds du devant sur les bords d'un profond précipice à pic, ce pauvre duc aurait fait un terrible saut. La haute colline que j'ai indiquée, interrompt à la moitié de sa hauteur ses renflements et offre ensuite, jusqu'à sa cîme, un mur assez lisse et percé de distance en distance de trous qui abritent les oiseaux de proie. Le plus élevé de ces trous sert d'asile, depuis un temps immémorial, à une famille d'aigles, dont plusieurs générations sont nées, ont vécu et se sont perpétuées au sein de ces ténébreuses cavités où nul ennemi n'a jamais osé pénétrer. Le palais de ces rois de l'air est à peu près inaccessible, les hôtes qui l'habitent semblent s'être donné une humble cour de vassaux, en permettant à des vautours et à des faucons de se loger dans les trous inférieurs que l'aire impériale de l'aigle domme, ainsi que le faisaient ces châteaux du moyen-âge perchés sur les hautes cimes. Aussi le spectacle qu'offre le sommet de cette abrupte colline excite-t-il toujours l'attention du chasseur, qui voit, à une hauteur immense, ces oiseaux de rapine diriger leur vol vers leurs demeures, tandis que l'aigle, immobile sur la corniche aérienne semble passer en revue ses sujets ailés.

M. de Melval, sur le bras de qui s'appuyait sa fille, suivait d'un œil attentif l'aigle superbe qui traçait de grands cercles devant l'orifice de son nid. Sur les bords de ce nid, des aiglons agitaient leurs ailes et jetaient des cris ; leur mère paraissait leur enseigner l'art de la navigation aérienne ; elle venait rapidement à eux, s'éloignait, revenait encore et s'élevait dans le ciel, d'où, après avoir gardé quelque temps une immobilité complète, elle se précipitait comme un trait vers sa famille inquiète.

Daniel et Lucien prenaient, de leur côté, un vif plaisir à observer les mouvements de l'aigle, qui attirait également les regards des deux demoiselles Dupré ; quant aux autres personnages de notre histoire, tous réunis en ce moment à Saint-Pons, ils s'étaient de nouveau répandus dans les allées du bois, où Bernard marchait entre les dames Frenet et Dupré, tandis que Jollivet, hâtant le pas pour ne mettre personne dans la confidence de sa conversation avec Eugénie, laissait l'astronome et l'agronome débattre entre eux la question de savoir si la lune rousse était aussi contraire à la végétation que le prétendait l'almanach de Liége.

Daniel et Lucien n'avaient pas leur attention entièrement absorbée par l'aigle planant sur leurs têtes; leurs regards, se détachant des nuages d'où l'oiseau descendait lentement, s'arrêtaient, avec un intérêt plus vif, sur le délicieux tableau que leur offrait en ce moment la prairie de Saint-Pons. Emma venait de quitter le bras de son père que préoccupait vivement la colonie ailée de la montagne, et s'était mise à courir après un beau papillon dont le vêtement moiré étincelait au soleil. L'insecte se posait à peine sur une fleur, que la jeune fille haletante avançait la main et voyait avec dépit le papillon échapper aux doigts qui s'apprêtaient à le saisir. Emma attachait, sans doute, quelque charmante idée superstitieuse à la capture de cet hôte brillant de la prairie; car plus celui-ci cherchait à esquiver la main qui le poursuivait, plus la jeune fille s'efforçait de l'atteindre et de rivaliser avec lui de vitesse et d'obstination mutine. Elle avait peut-être placé sur le capricieux insecte une réponse à une de ces questions que l'amour suggère; il se peut qu'elle se fût dit : — Si je l'attrape, cet emblème errant du bonheur, le mystérieux inconnu m'aimera; sinon... — Elle ne dût pas achever, mais sa course devint plus rapide; elle bondissait, légère et charmante, dans les hautes herbes, traçant à travers les ondes verdoyantes du pré, de rapides méandres, allant de droite à gauche, de gauche à droite, avançant la main d'un côté, puis de l'autre, et ne saisissant entre ses doigts frémissants qu'une déception cruelle. Or, tandis qu'elle précipitait ainsi ses pas et que Daniel et Aubert, témoins de ses jeux folâtres, n'osaient quitter l'endroit où ils se tenaient immobiles, les yeux charmés sur elle, Emma, qui n'avait pas aperçu un de ces ruisseaux cachés sous de larges plantes aquatiques, sent le sol se dérober sous son pied; elle avance les mains, et saisit les branches d'un saule qui, croissant sur l'autre rive, atteignait le milieu du ruisseau de ses rameaux longs et flexibles. La voilà suspendue, tout effrayée, sur une espèce de mare, n'osant pas tenter le périlleux effort de revenir sur l'une ou l'autre de ses deux rives. Scolastique et sa sœur accoururent, les premières, vers elle, et appelèrent au secours. Fenoul se hâte de venir, ainsi que Daniel et Lucien, vers l'endroit d'où étaient partis les cris de détresse. Fenoul avance le bras et cherche à atteindre sa jeune maîtresse, sous le poids de laquelle les branches du saule sauveur commençaient à plier. Ces mares renferment des trous extrêmement profonds, pleins d'une eau recouverte de plantes aux larges feuilles; on appelle ces trous des *gours*. Rien n'est plus perfide comme un de ces *gours;* ils justifient l'ancienne fable du *basilic* qui attirait le voyageur imprudent au fond de son perfide palais de cristal et de glaïeuls. Aucun bruit, aucune agitation n'y signalent le péril qu'on y court. Une fois le pied engagé dans le *gour*, le malheureux qui a glissé sur les bords visqueux de l'abîme, s'y sent entraîné par une force irrésistible et ne tarde pas à disparaître : ces abîmes ne rendent pas leur proie.

Ainsi que je viens de le dire, au moment qu'Emma comprit que la terre lui manquait, elle avait fait un grand effort et était parvenue, à l'aide d'un bond, à saisir de ses mains les branches du saule planté sur l'autre bord et qui s'affaissait, avec son luxe de rameaux longs et pliants, vers la mare. Le danger ne parut pas bien grand à Fenoul, qui se disposait à entrer dans la mare, dès qu'il eût reconnu l'impossibilité d'atteindre autrement sa jeune maîtresse, quand Daniel, à qui tous les coins et tous les ravins du bois de Saint-Pons étaient si connus, l'arrête et lui dit tout bas en pâlissant :

— Elle est sur le *gour*..... ne dites rien et laissez-moi faire !

Ce mot de *gour* pétrifia Fenoul, qui devint livide.

Daniel fit un détour, donna un air riant et tranquille à sa figure, cria à la fille de Melval, qui ne connaissait pas l'affreux danger qu'elle courait, de ne pas s'alarmer, et entra dans la mare, le bâton de son ami Aubert à la main. Notre jeune homme s'avança avec précaution, mais résolument ; son bâton devait lui indiquer, sous l'eau qui mouillait à peine sa cheville, l'endroit où tout-à-coup la terre s'arrête et l'abîme sans fin commence brusquement. Fenoul, peu maître de lui-même, éprouvait une angoisse terrible, et Lucien Aubert, aussi peu rassuré que lui, tenait ses regards fixés vers la trompeuse mare. Les demoiselles Dupré, qui ignoraient le péril auquel la fille de Melval et son jeune sauveur étaient exposés, craignaient seulement que les forces ne vinssent à manquer à Emma, et que celle-ci ne fit une petite chute désagréable dans une eau vaseuse ; l'inquiétude se peignait sur leurs traits ; une terreur mortelle couvrait les visages de Fenoul et de Lucien.

Quant à Daniel, il fredonnait un air et s'interrompait pour dire :

— Mademoiselle, tenez-vous bien, ceci n'est rien ; vous n'aurez pas même le bout de vos souliers mouillé : c'est l'affaire de deux minutes.

Deux siècles pour Fenoul et pour Aubert !..... Ceux-ci crurent voir glisser le bâton avec lequel Daniel interrogeait d'un air insouciant et gai en apparence, le sol trompeur qui le portait ; leurs yeux se voilèrent, mais Daniel s'était arrêté : ses pieds avaient atteint la limite ·

du salut ; une faible ligne le séparait d'un gouffre sans fond. Emma, suspendue par les mains aux branches du saule, avait sous elle tout ce gouffre.

Comme de raison, ce que je raconte se passa plus vîte que je ne le décris.

— Mais, puisqu'il y a si peu d'eau, dit Emma, je puis bien me laisser glisser jusqu'à terre.

— Non, non ; restez comme vous êtes, Mademoiselle, serrez bien les branches, répondit Daniel ; il y a quelquefois des trous où l'on s'enfonce jusqu'à mi-corps. Ne faites que ce que je vous dirai de faire. Au nom du ciel, je vous en prie !

Daniel, les pieds fortement serrés sur la terre, s'incline, avance les bras et dit :

— Mademoiselle, ne craignez rien, il faut que vous vous élanciez vers moi ; vous voyez que la distance est bien petite.

En effet, les mains de Daniel atteignaient Emma, qu'elles saisirent par le milieu du corps, tandis que la jeune fille, abandonnant les branches du saule, se replia vivement vers son libérateur. En un clin-d'œil, Daniel, qui aurait donné sa vie pour un pareil moment, eut déposé Emma sur la rive.

Fenoul, qui avait feint de ne pas entendre M. de Melval, bien que celui-ci l'eût vivement appelé pour lui montrer l'aigle portant triomphalement à ses petits un lièvre suspendu aux puissantes serres du tyran de l'air, s'était hâté d'aller trouver son maître et de le conduire auprès de sa fille, après avoir vu Emma, saluant gracieusement les demoiselles Dupré qui s'empressaient auprès d'elles, et remerciant son sauveur avec une charmante rougeur sur les joues et un timide embarras sur les lèvres. M. de Melval venait d'être instruit par l'ex-caporal du danger qu'avait couru Emma, et du service que Daniel lui avait rendu.

Le père d'Emma vint à Daniel, lui prit les mains et lui dit :

— Honoré m'a tout raconté. Ma fille ne sait pas ce qu'elle vous doit, je l'ai su avant elle ; et c'est sur mon cœur que je veux vous tenir, mon jeune ami.

Melval serra affectueusement dans ses bras Daniel, qui arrêta sur le père d'Emma des yeux mouillés de larmes de joie ; le bonheur le suffoquait.

— Heureuse promenade ! se dit le jeune Egyptien, avec qui M. de Melval s'avança vers l'extrémité du vallon.

Il n'était pas seul heureux ; Scolastique était autorisée à échanger quelques paroles avec Aubert, qui ne déta-chait pas les yeux du saule incliné sur le *gour*.

— Je crois, monsieur, dit-elle, que mademoiselle a été plus en danger que ma sœur et moi ne l'avons cru. Vous aviez tous des figures renversées.

— En effet, dit Aubert.

— Oh ! je l'ai bien compris à l'air de votre ami, ajouta Scolastique ; il ne riait pas franchement, et il y avait de l'émotion dans sa voix ; c'était pour vous rassurer, je parie, qu'il chantait, dit-elle en se tournant vers Emma.

— En effet, dit Aubert.

— Quel excellent ami vous avez là, monsieur ! Et comme il a bien pris votre défense, l'autre soir, chez Mme Bernard.

— En effet, dit Aubert.

— Figurez-vous que ma sœur et moi nous nous pro-menions sur la terrasse de M. Bernard, quand nous avons entendu parler votre jeune ami ; avec quel feu il parlait !

— Et vous , mademoiselle….

Mais ici la parole s'arrêta net sur la lèvre balbutiante d'Aubert ; il aurait voulu être dans le *gour*. Vainement Scolastique l'encourageait par une attention bienveillante à continuer une phrase si sottement interrompue ; le malheureux maître d'école, dont les oreilles tintaient horriblement , voyait des flammes rouges passer devant ses yeux ; son incroyable timidité lui jouait des tours affreux : il lui semblait voir les arbres du bois exécuter une ronde fantastique.

Scolastique se rappela heureusement le portrait que Daniel lui avait fait de son ami Lucien , et fut même flattée du trouble qu'éprouvait le pauvre maître d'école.

— Persécuter un jeune homme comme vous ! mais cette Mme Bernard a bien tort ; sûrement elle a bien tort, dit Scolastique.

Dans ce moment le sommet de la colline était descendu comme un cauchemar, en plein jour, sur la poitrine de Lucien, qui restait immobile.

Et ce qui accroissait son horrible souffrance, c'était, lui qui n'avait jamais vécu qu'avec les gracieux fantômes de ses chastes et poétiques rêves , c'était de voir debout et souriantes trois jeunes filles dans tout l'éclat de la beauté. On eût dit trois nymphes bocagères qui étaient venues le surprendre dans la solitude ; à travers les flammes rouges qui passaient devant ses yeux , il voyait trois frais et beaux visages qu'il prenait pour des apparitions célestes. Daniel le laissait ainsi en proie à une hallucination délicieuse et pénible à la fois ; il s'était éloigné, comme nous venons de le dire, avec M. de Melval, et Fenoul augmenta la confusion du pauvre maître d'école par ces paroles :

— Mais vous êtes un curé, monsieur ; quoi ! vous n'avez rien à dire à ces demoiselles ?

— Où est Daniel ? répondit Lucien.

— Il est avec M. Maurice (1), dit Fenoul, ils sont allés voir les aigles. M. Maurice est homme à manquer la fête de Gémenos et à rester tout le jour à regarder l'aire de l'aigle.

— Eh bien ! portez ces cordes à Daniel et dites-lui que je vais le trouver.

Lucien remit à Fenoul un paquet de cordes qu'il tira de sa poche.

— Mais venez plutôt avec moi et vous lui direz ce que vous voulez faire avec ces cordes.

— Ah ! oui, je vais avec vous.

En ce moment, la voix de Dupré se fit entendre ; il appelait ses filles, qui, avant de quitter Emma, voulurent l'embrasser ; Scolastique lui dit rapidement :

— Il y a bien longtemps, mademoiselle, que je vous connaissais, mais je n'osais pas vous aborder.

— Et pourquoi ? demanda Emma.

— Parce que, dit Fenoul, on tient toute sorte de propos sur monsieur votre père à Solans ; et....

— Ah ! monsieur, dit Scolastique, j'aurais eu tant de plaisir à prouver à mademoiselle qu'elle avait en nous de bonnes voisines.

— Eh bien ! vous avez fait aujourd'hui connaissance à

(1) M. de Melval avait recommandé à Fenoul de ne l'appeler que du nom de Maurice.

Saint-Pons ; Si M. Maurice le veut, mademoiselle aura l'honneur de vous voir ; elle ne peut pas toujours vivre comme une religieuse, notre jeune maîtresse.

— Vous voyez, dit Emma en serrant encore les mains de Scolastique et celles de sa sœur, que mon cerbère se radoucit.

— Que je vous embrasse encore, mademoiselle, dit Scolastique ; il me semble que j'ai toujours été votre meilleure amie.

Or, Dupré continuait à appeler ses filles, et Eugénie, appuyée sur le bras de Jollivet, était venue se placer à côté de l'agronome.

— Mais mes filles ne peuvent plus quitter cette jeune personne, dit Dupré.... Allons, voilà qu'elles s'embrassent encore.

— C'est la fille du voisin du château, dit Jollivet ; vous ne l'avez pas reconnue, monsieur Dupré ?

— C'est la fille du voisin du château ! Comme elle a grandi depuis les trois mois qu'elle était partie ! Il paraît que le père commence à se civiliser.

— Et son domestique aussi, dit Jollivet ; pour celui-là, il a parfois des manières diablement brutales. Mais le voilà saluant jusqu'à terre vos filles, monsieur Dupré !

Et Eugénie suivait d'un regard triste la jeune Emma, qui courait vers son père, suivie de Fenoul et de Lucien.

— N'importe, dit-elle intérieurement, le procureur du roi fera son devoir.

Il est vrai que lorsque Eugénie se parla ainsi, ses yeux avaient cessé d'apercevoir Emma.

A mesure que Lucien s'avançait de la colline escarpée,

il respirait plus librement ; le sommet reprenait pour lui
son immobilité, les arbres ne se livraient plus à des
danses furieuses, les flammes rouges ne passaient plus
devant ses yeux ; mais il ne se trouvait pas moins le
plus stupide et le plus malheureux des hommes ; il re-
grettait que Daniel ne se fût pas trouvé là pour lui donner
du cœur et l'empêcher de rester bouche close et l'œil
hagard devant celle qu'il avait appelée l'*ange de la mélancolie*. A la vérité, il emportait du bonheur et de la rêverie
à défrayer deux âges de patriarche ; cette pensée le
calmait et faisait éclore un doux sourire sur sa pâle
figure. Ce bois de Saint-Pons, cette prairie voilée par les
ombres des montagnes allaient s'incruster dans sa tête
avec le charme enivrant d'une adorable rencontre !— Elle
lui avait parlé, elle avait arrêté ses yeux, ses beaux yeux
sur lui, elle lui avait témoigné de l'intérêt. — Et tout
cela s'était passé dans un petit coin de terre, qui devenait
maintenant pour lui tout un univers. — Voilà ce que se
disait Lucien, tandis que Fenoul, interrompant le monologue intérieur du maître d'école, lui fit cette demande :

— A quoi destinez-vous ces cordes ?

— C'est une idée que Daniel va vous expliquer. Depuis
quatre jours il ne me parle que de ça ; et tantôt, sans les
cris qu'ont poussés ces demoiselles, il allait le faire....

— Qu'allait-il faire ?

— Chercher un aiglon.

— Où donc ?

— Là-haut.

— Là-haut ?

— Oui, là-haut, vous allez voir ; je dois l'accompagner. Oh ! il ne doute de rien, lui.

Quand Fenoul et Aubert, que leur jeune compagnon avait devancés, arrivèrent près de Melval et de Daniel, celui-ci avait communiqué son projet de chasse aérienne au père d'Emma, lequel cherchait à le dissuader d'aller ravir à l'aigle un de ses petits dans un nid d'un accès aussi périlleux. C'était dans ce but que Daniel s'était muni de cordes et qu'il les avait fourrées, en partant de Gémenos, dans les vastes poches du maître d'école. Le jeune et intrépide Égyptien était plus décidé que jamais à exécuter son hardi dessein : il aurait pour témoin de sa courageuse témérité la fille de Melval, aux pieds de laquelle il déposerait l'aiglon ravi à l'aile maternelle! Aussi interrompit-il brusquement M. de Melval, qui lui peignait vivement les dangers de la chasse qu'il allait entreprendre, et, suivi de Lucien, il se mit à gravir d'un pied leste un des côtés de la haute colline. Un quart d'heure après, M. de Melval, Emma et Fenoul aperçurent sur le sommet du mont nos deux jeunes gens, même au-dessus du trou profond où l'aigle avait fait élection de domicile.

— Comment ira-t-il jusqu'au nid? demanda Fenoul.

Cette demande était très-naturelle. Pas un sentier, pas la moindre anfractuosité dans le rocher ne conduisaient à ce nid. Le trou de l'aigle n'avait à l'extérieur et au bas qu'une légère saillie, le mur granitique dans lequel il était pratiqué, était extrêmement lisse et à pic ; la stratégie ornithologique n'avait pu mieux choisir pour mettre une famille ailée à l'abri d'une invasion de chasseurs. C'est ce que pensaient M. de Melval et Fenoul, quand ils virent tout-à-coup Daniel suspendu entre le ciel et la terre et glissant le long des vives arêtes du mont jusqu'à la

saillie du nid. Il s'était passé une corde autour du corps
et sous les aisselles, et Lucien, lâchant peu à peu cette
corde qu'il tenait fortement de ses mains, faisait exécuter
à son ami sa périlleuse descente.

— Mais ce jeune homme a le diable au corps, tonnerre
de ...! cria Fenoul, qui, bien qu'il s'abstînt de ses jurons
devant Mlle Emma, crut que la circonstance l'autorisait,
cette fois, à violer la règle qu'il s'imposait par égard pour
sa jeune maîtresse.

M. de Melval ne répondait rien, mais le silence qu'il
gardait accusait une inquiétude extraordinaire.

La pauvre Emma était plus morte que vive; son œil
se fixait avec terreur sur les deux acteurs de cette scène
étrange; elle craignait qu'un cri sorti de sa bouche ne
causât un malheur affreux ; si son père l'eût regardée,
il se serait effrayé de la pâleur qui couvrait les traits de
sa fille, laquelle avait joint les mains et priait Dieu.

— Ah ! le voilà à la porte du nid ; tiens, il y entre !
s'écria Fenoul.

En effet, Daniel avait atteint de ses pieds le rebord
anguleux du trou, et, après s'être courbé, il avait avancé
la tête, puis presque tout le corps dans la longue cavité,
où sa présence inattendue fit éclore des éclairs dans les
yeux des aiglons qui hérissèrent leurs plumes et ouvrirent
leurs becs. La mère venait de dépecer à ses petits leur
pâture et s'était remise en chasse; sa famille, non encore
repue, interrompit son déjeuner composé d'un lièvre,
relevé par une foule de petits oiseaux éventrés, pour
manifester la surprise où la jetait la visite de l'intrépide
Daniel. Celui-ci saisit un de ces aiglons, l'étreignit fortement au bas des ailes, et, revenant en arrière, fit signe
à Lucien, penché sur la cime, de tirer la corde.

— Il a un aiglon à la main ! cria Fenoul, qui, dans l'admiration qu'il éprouvait, lâcha le plus énergique de ses jurons.

Emma, toujours les mains jointes, récitait dévotement ses prières : Daniel avait un ange au bas de la montagne.

Les frères et les sœurs de l'aiglon ainsi emporté étaient accourus sur le bord du nid et poussaient des cris confus ; les voix de cette famille désolée traversèrent le vaste champ de l'air et arrivèrent aux oreilles de l'aigle. Daniel touchait à peine à l'extrémité du mont, qu'un bruit d'ailes retentit sur sa tête. Un aigle, la prunelle en sang, les serres déployées, le bec ouvert, se précipitait sur lui ; l'aiglon, frémissant sous la main qui le tenait captif, s'agitait et criait. Lucien voit le nouveau danger qui va fondre sur son ami : tenant d'une de ses mains la corde qu'il amenait vers lui, au moment même que Daniel essayait de saisir de ses doigts une arête de rocher près de la plate-forme, le maître d'école lève de l'autre main son bâton, qu'il s'était hâté de ramasser, et cherche à écarter de la tête du jeune Égyptien le terrible vol de l'aigle qui s'approchait avec furie. Un instant on put croire au pied de la montagne que deux cadavres allaient rouler au bas du mont ; Daniel sembla s'affaisser, on eût dit que la corde avait échappé à la main fatiguée qui la retenait ; l'aigle paraissait braver le bâton qui tournoyait sur la tête du téméraire chasseur. Des cris d'angoisses s'échappaient de trois poitrines haletantes. Emma était tombée à genoux et ne savait que dire : Mon Dieu ! mon Dieu ! Fenoul aurait voulu avoir des ailes pour faire sa partie dans ce duel aérien. M. de Melval calculait, autant

que son émotion lui permettait de le faire, les chances de
salut et de perte. Il y eut un moment terrible, lorsque Daniel, qui tenait les yeux fixés sur son terrible
adversaire, fut obligé de se renverser en arrière pour
éviter les coups d'un bec furieux, et que Lucien, laissant
échapper le bâton, fut entraîné jusqu'aux bords de l'abîme
et ne se déroba à une chute qui aurait entraîné celle de
son imprudent ami, qu'en se cramponnant à un rocher.
Mais Daniel avait fait un effort suprême : baissant la
tête, le pied appuyé sur une arête qui heureusement ne se
brisa pas, il s'était d'un bond rapide, élancé sur la plate-
forme, où il arriva sur les mains et les genoux.

— Il est sauvé ! cria M de Melval.

— Oui, mais mademoiselle vient de s'évanouir, répondit l'ex-caporal !

Le père et le vieux serviteur s'empressèrent de secourir
Emma, qui, renversée sur la terre, semblait avoir été
touchée par l'aile de la mort. Fenoul avait pris de l'eau
dans le creux de sa main, et la répandait sur le visage
de sa jeune maîtresse, tandis que M. de Melval lui soulevait la tête et brisait le lacet de son corset. La jeune fille
rouvrit les yeux et regarda fixement devant elle; son père
lui dit en riant : — Ils sont sauvés, ma fille, voici qu'ils
viennent. Emma regarda la cime, ramena les yeux autour
d'elle et jeta ses bras autour du cou de son père, qui lui
couvrit le front de baisers. Fenoul continuait à lui
mouiller les tempes et disait : — Ce n'est rien, n'est-ce
pas que ce n'est rien ? dites-moi donc, tonnerre...... que
ce n'est rien ! — Emma lui sourit, et le vieux caporal se
détourna pour essuyer avec ses doigts une larme. Un
bruit de pas se fit entendre, ils tournèrent vivement la

tête et ils virent Daniel, le vêtement un peu en désordre, la cravate très-lâche autour du cou, le col de la chemise rabattu, le visage ruisselant de sueur, qui, suivi de Lucien, accourait vers eux, son aiglon à la main.

— Voilà !.. dit-il.

Et il n'osa achever ; ce qu'il comptait dire expira sur ses lèvres : il aurait voulu offrir son aiglon à la jeune Emma, le lui offrir chevaleresquement, mais il resta immobile, la bouche ouverte. Heureusement M. de Melval vint à son secours ; celui-ci lui fit des compliments sur son courage, et lui reprocha avec une tendresse paternelle sa témérité.

— Vous nous avez fait, tout de même, dit Fenoul, mon petit monsieur, diablement trembler ; je n'avais plus une goutte de sang dans les veines, et mademoiselle qui s'est évanouie ?... Oh ! les femmes, ça n'a pas notre force d'âme !

— Ah ! mon Dieu, dit Daniel, qu'ai-je donc fait ?

— Allons, allons, dit M. de Melval, tout a bien fini. Je me reproche toujours un peu de vous avoir laissé partir ; mais ne parlons plus du danger que vous avez couru. Vous êtes brave, jeune homme, vous en avez assez fait ce matin pour que je vous demande votre amitié.

Et M. de Melval tendit sa main à Daniel, qui la prit et la porta respectueusement à sa bouche.

— C'est la main d'un brave que vous avez à vos lèvres, monsieur, s'écria Fenoul, elle vous portera bonheur.

— Nous resterons ensemble toute la journée, et vous viendrez me voir à Solans, n'est-ce pas mon jeune ami ? dit M. de Melval.

Daniel remercia avec effusion.

— Maintenant ajouta M. de Melval. vous partagerez notre déjeûner et puis nous irons voir la fête.

— Où nous verrons, dit Fenoul, le bataillon de M. le maire; un charmant bataillon, ma foi ! quarante grena-dières de seize à vingt ans, à qui M. le maire fait faire l'exercice depuis un mois. Ce sera diantrement curieux !

VI

L'ancien seigneur de Gémenos devait faire son entrée dans ses états, à deux heures de l'après-midi ; tout le village était en rumeur. La place du Fer-à-Cheval et cette belle allée de Flore que termine une cascade, réu-nissaient tous les acteurs de la fête. On voyait d'abord les quarante jeunes personnes qui devaient enlacer de liens de fleurs l'ancien châtelain du lieu ; vêtues uni-formément de blanc, avec des roses et des œillets dans les cheveux, ces jeunes personnes riaient et rougissaient d'avance du rôle charmant que l'esprit inventif du maire leur avait assigné. Venait, ensuite, la cavalerie com-mandée par l'adjoint Arnaud, dont l'énorme ventre re-fluait sur la selle du mulet que son propriétaire avait bravement enfourché. Douze paysans, également mon-tés sur des mulets, et quelques enfants juchés sur des ânes, étaient loin, malgré les efforts de l'adjoint qui suait sang et eau, d'offrir une ligne un peu régulière. Les mulets et les ânes arrachés à leurs travaux agricoles,

6

n'avaient pas cette impassible attitude des chevaux habitués à la discipline militaire ; ils rompaient leurs rangs, tournaient sur leurs pieds, et les plus malins, cédant à un soudain caprice, s'avisaient, malgré les coups qu'on leur assénait, d'entraîner au milieu de la foule leurs cavaliers désespérés et ne sachant comment dompter ces animaux d'un entêtement proverbial. L'infanterie était plus raisonnable : trente jeunes paysans, leur fusil de chasse sur le dos, s'étaient échelonnés sur la route de Saint-Jean-de-Gargnier, pour annoncer, en déchargeant leurs armes, l'approche de la voiture du seigneur.

Le maire, ceint d'une écharpe blanche, semblait avoir, ce jour-là, résolu le problème de l'ubiquité, on le voyait partout.

Le curé paraissait ne donner aucun signe de vie ; aussi le maire pensait que son rival tonsuré s'était enfin décidé à lui laisser le champ libre.

— Au premier coup de fusil, disait l'édile de Gémenos à son adjoint Arnaud, vous partirez comme un trait avec la cavalerie pour former l'escorte de la voiture, entendez-vous ? Mais faites donc ranger vos cavaliers !

— Ces mulets et ces ânes sont endiablés, monsieur le maire, répondait l'adjoint ; en voilà encore un qui décampe !

— C'est que vous ne les avez pas assez exercés.

— Il y a un mois que je m'escrime à les exercer, répondait l'adjoint ; en voilà encore un autre qui décampe !

— Mais vous n'en aurez plus un sous la main, si cela continue ; il faut courir après et rouer de coups bêtes et gens, entendez-vous, Arnaud ?

Arnaud qui révérait extrêmement son maire, asséna un violent coup sur la croupe de son mulet et se mit à courir après ses cavaliers qui se dispersaient dans les champs et les prés voisins, au gré de leurs capricieuses montures. Bernard, de retour de Saint-Pons avec sa société, était ému de tout le mal que se donnait l'adjoint, et il allait lui offrir ses services, quand il aperçut le procureur du roi, donnant le bras à deux dames. Notre héros s'avança du magistrat judiciaire et lui dit :

— Vous ne me reconnaissez pas, je vois cela, monsieur le procureur du roi ; un coup d'air que j'ai attrapé en route, l'autre nuit, m'a forcé d'avoir recours à ce garde-vue et à des lunettes : je suis Bernard, j'ai eu l'honneur de vous porter une lettre.

— Ah ! oui, je vous reconnais présentement, dit le procureur du roi. J'ai à causer avec monsieur l'adjoint d'Aubagne et je l'attends pour aller instrumenter.

— Où donc ?

— Au château de cette personne qui est arrivée, l'autre soir, de l'île d'Elbe. Voilà précisément M. Morissot. Je vous attendais, M. Morissot.

L'adjoint d'Aubagne quitte la selle de la modeste monture qui l'avait transporté à Gémenos, et avant de répondre au magistrat qui, aux premiers mots de Bernard, avait pris congé de ses dames, chercha à réparer le désordre de sa toilette ; il se baissa et secoua avec son mouchoir la poussière dont ses souliers étaient couverts ; puis, avec le revers de l'habit, il nettoya ses manches depuis l'épaule jusqu'aux poignets ; puis il se noua la cravate et il la serra au point de rendre sa face toute violette.

Quand Morissot se crut en état d'entrer dignement en conversation avec le chef du parquet marseillais, il prit un air mystérieux, se pencha à l'oreille du procureur du roi et lui dit :

— Quoi ?

— Eh bien ! quoi ? Vous allez m'accompagner à l'instant même au château de Solans.

L'adjoint se rengorgea et dit :

— Quand un ébranlement social menace la société, un magistrat se doit, *et cætera*, vous me comprenez.

— Ne faites pas ces belles phrases, monsieur l'adjoint, dit Bernard, et profitez de l'absence de M. de Melval pour aller fureter partout chez lui.

— M. de Melval a encore quitté son château ? demanda le procureur du roi.

— Il doit être encore à Saint-Pons, répondit Bernard. Je l'y ai vu tantôt et nous ne tarderons pas probablement à le voir ici.

— Si vous le faisiez venir avec nous, dit le procureur du roi, en se tournant vers l'adjoint. Nous le conduirons dans ma voiture, mes deux gendarmes nous escorteront, et si nous trouvons la preuve du délit, je l'arrête au nom du roi.

— La preuve du délit, la voici, dit l'ermite Bataglia, qui, caché derrière un arbre de l'allée de Flore, avait entendu les propos, bien que tenus à voix basse, échangés par le procureur du roi, Bernard et Morissot.

— Ah ! c'est là l'ermite qui sait tout, dit Bernard, le digne ermite Chrysostôme !

— Ce matin, ajouta l'ermite, je suis allé au château

de Solans; je n'y ai trouvé qu'une vieille Égyptienne, du moins elle m'a paru telle. Il paraît que cette Égyptienne a un faible pour les ermites; elle a baisé mes patenôtres et m'a invité à déjeuner. Je lui ai parlé de Jérusalem et du monastère de Saint-Sébas. Elle comprenait très-bien le français et se servait d'un baragouin pas trop inintelligible. Comme je bénissais le pain et le vin, elle a voulu manger et boire avec moi; je lui versais des rasades qu'elle avalait volontiers, sa langue se déliait, ses yeux pétillaient à ravir, puis elle a fermé les yeux et s'est endormie. J'ai parcouru les appartements du château; j'ai ouvert les tiroirs et les armoires, j'ai regardé sous les matelas, j'ai fureté partout et je n'ai rien trouvé. Je suis entré dans un cabinet dont les murs étaient couverts de tableaux. Les cadres de ces tableaux m'ont paru suspects; ils m'ont semblé plus larges qu'ils n'auraient dû l'être. — Il y a quelque chose là-dessous, me suis-je dit. — J'ai donc soulevé un de ces tableaux, et ma main a saisi un petit sac de toile cirée, placé entre le tableau et le mur; ce petit sac contenait une lettre que je vais vous montrer avec d'autres papiers. Sur vingt tableaux, cinq recouvraient d'autres petits sacs; ma foi, j'ai tout pris, et si vous voulez entrer dans la chapelle de Solans, personne n'épiera ce que nous faisons, et vous verrez que j'ai eu raison de me méfier de ces cadres.

Si la rigidité de ses fonctions ne l'eût forcé de déguiser sa pensée, le procureur du roi n'aurait, dans ce moment, exprimé qu'un profond dégoût pour ce misérable Bataglia; mais la dénonciation avait une trop grande gravité, pour que le magistrat pût songer à autre chose qu'à ce que les devoirs rigoureux de sa place exigeaient de son zèle. Quand ils furent, le procureur du roi, Morissot, Bernard et l'ermite, entrés dans cette petite chapelle si pittoresquement située au milieu d'une prairie, entre de grands arbres, vis-à-vis l'allée de Flore, Bataglia ferma soigneusement la porte et étala les sacs qui contenaient les pièces accusatrices. Le magistrat les parcourut, et sa figure prit un air de sévérité.

— C'est tout une conspiration, dit-il, M. de Melval et bien d'autres ont joué leurs têtes. La justice fera son devoir. M. Morissot, amenez un gendarme.

L'adjoint d'Aubagne sortit et revint un instant après, suivi d'une espèce de géant, d'un gendarme de plus de six pieds, en culotte de peau et en bottes.

— Gendarme, dit le procureur du roi, mettez les menottes à cet ermite !

— A moi ? s'écria Bataglia, qui prit l'attitude d'un homme prêt à opposer une vigoureuse résistance à ses assaillants. Mais que venez-vous de dire, monsieur le procureur du roi ?

L'obéissance est la vertu caractéristique de tout gendarme. Le géant aux culottes jaunes (les gendarmes portaient alors des culottes jaunes), avait mis une main sur le cou de Bataglia, qu'il serrait au point de le forcer de montrer la langue aux témoins de cette scène.

Bataglia présenta docilement les mains aux menottes, et quand il eût été enchaîné, il dit :

— Quoi, je vous donne les preuves d'une conspiration contre le roi, et vous me récompensez ainsi !

— Un ermite qui dénonce, ça n'est pas trop clair, dit

le procureur du roi, et j'ai besoin de voir un peu moins trouble dans tout ceci. Un ermite qui s'acharne ainsi contre un homme dont le nom m'est révélé pour la première fois, pourrait bien être un complice exaspéré.

— Mais si c'est le hasard qui m'a mis sur les traces de cet homme ?...

— Un ermite qui se sert d'abord d'une femme pour éveiller les soupçons de la justice, et s'expose à se faire casser les reins en pénétrant dans le domicile d'un citoyen pour s'y livrer à des perquisitions, pour y fracturer des malles, peut-être, ne doit pas être surpris qu'on le mette en lieu de sûreté.

— Mais si c'est pour le roi et la France que j'ai fait tout cela !

— Ah ! vous voulez en savoir davantage, Natale Bataglia ! Eh bien ! prenez-vous-en à votre nez, si je vous ai sur le champ reconnu, d'après le signalement de M. le duc d'Otrante, à qui vous avez volé sa grand'croix de la légion d'honneur ; vous voyez qu'il y a de vieux comptes à régler, s'écria le procureur du roi, qui recommanda au gendarme de conduire à Marseille l'ermite et de le faire mettre au secret, dans les prisons du palais.

Tandis que le procureur du roi écrivait sur une table de la chapelle le mandat d'amener contre Natale Bataglia, Bernard s'avança de l'ermite en lui présentant le sac que celui-ci, au moment qu'il se disposait à résister au gendarme, avait jeté à terre :

— N'oubliez pas votre bourse, monsieur Bataglia, lui dit-il ; je suis fâché que vous l'emportiez vide.

— Tu es, peut-être un de ceux qui m'ont trahi, lui

répondit Bataglia, en serrant les dents ; mais tu ne le porteras pas en paradis, vieille momie ! Tu auras ton compte, aussi !

— Que vous dit cet homme ? demanda l'adjoint.

— Je ne sais ; il a prononcé le mot de momie. Jollivet a dû lui conter mon aventure, répondit Bernard, vous savez. . la momie de Frenet.

— Je sais, je sais, dit l'adjoint ; ce Jollivet a une intempérance de langue qui pourrait bien, *et cœtera*, vous comprenez ?

Quand le gendarme fut sorti de la chapelle de Solans, avec sa proie, le procureur du roi dit :

— Après la fête, ce soir, à l'autre expédition. Mais silence absolu ! J'entends des coups de fusil, le moment approche.

Les petits sacs apportés par Bataglia furent placés sous la nappe de l'autel ; on ferma l'unique porte de la chapelle qu'on laissait souvent ouverte, avec la clef dans la serrure rouillée. Le procureur du roi mit cette clef dans sa poche.

Bernard rabattit son garde-vue et alla trouver sa femme qui se promenait dans l'allée de Flore, accompagnée de Jollivet ; elle résistait à la prière que l'ex-danseur lui faisait de relever son voile, et lui disait :

— Il y a eu chez moi une épidémie d'ophthalmies: j'ai mal aux yeux, comme Bernard.

— L'ophthalmie ne pouvait pas me jouer un plus mauvais tour, répondait galamment Jollivet.

Le moment approchait réellement ; les mulets de la cavalerie soulevaient sur la route un nuage de poussière ;

les coups de fusil se succédaient ; c'était là *bravade*
provençale dans toute sa furie, une sorte de *fantasia*
arabe. L'adjoint Arnaud courait de la tête à la queue
de sa cavalerie, et ses coups n'attrapaient pas toujours
la croupe d'un animal ; au bond que le paysan (*toulpan-
tou*) faisait sur ses *eissaris* (1), on devinait que le bâton
d'Arnaud avait commis une erreur fort désagréable pour
celui qui en était la victime étonnée. Aveuglé par la poussière, ahuri, hors de lui, l'adjoint ne savait plus où donner de la tête ; le maire lui avait recommandé de placer
la voiture du châtelain entre les deux rangs de sa cavalerie,
afin que l'entrée du seigneur eût un meilleur air ; mais,
hélas ! cette partie du programme ne fut pas remplie.
Quand la voiture du châtelain se montra, tous les cavaliers d'Arnaud avaient disparu ; il ne restait plus que six
enfants montés sur des ânes assez dociles. L'adjoint fit
ranger sur deux lignes ces six ânes ; de manière que la
voiture seigneuriale pût arriver à Gémenos, flanquée au
moins des malheureux et peu imposants débris de la
cavalerie municipale. Debout, le chapeau monté sous le
bras, un bouquet d'une main et sa harangue de l'autre,
le maire attendait le châtelain sous l'arc de verdure, qui,
par ses ordres, avait été érigé à l'entrée de la place du
Fer-à-Cheval. Les cris de la foule, les coups de fusil qui
se rapprochaient et dont le bruit avait déterminé plus
que toute autre chose, la dispersion de l'escadron com-
munal, annoncèrent au digne maire l'arrivée du cortége. Il se tourna et vit son charmant bataillon féminin

(1) Le nom provençal d'un bât orné de deux longs sacs en sparterie.

parfaitement en ordre sur la place et soutenant la guirlande troyenne. A cet aspect , sa poitrine se souleva d'orgueil ; mais cette satisfaction , qui se faisait même lire
dans la tension qu'il donnait à son mollet gauche, recou-
vert d'un bas de soie soigneusement tiré , au haut duquel la magnifique boucle d'acier de sa culotte courte
jetait ses feux, fut bientôt troublée par l'absence des
mulets. La voiture s'avançait avec trois ânes d'un côté et
trois ânes de l'autre ; Arnaud, seul, juché sur son mulet,
courait près de la portière ; mais la voiture s'était arrêtée, et le seigneur, personne vénérable et portant un nom
honoré dans notre Provence, en descendit. Le maire dé-
plia son papier et commença à débiter sa harangue, quand
un chant en faux-bourdon vient tout-à-coup couvrir sa
voix. Il s'interrompit en faisant en geste d'impatience, et
vit une bannière suivie d'une vingtaine de guidons, qui
s'avançait ; après la bannière et les guidons venaient,
sur deux files, d'abord quatre confréries de pénitents,
et puis, des congrégations de femmes ; six serpents réglaient leurs voix et répandaient leurs notes formidables
sur la procession qui chantait : *Benedictus qui venit !*

Le maire, comptant sur sa voix de fausset, reprend
sa harangue et la crie en même temps que les serpents
et les chants des pénitents détonnent. Le châtelain était
assourdi et ne savait à qui entendre ; le maire lui hurlait
en glapissant :

« Monseigneur, tous les cœurs volent au devant de
vous en ce jour, à jamais et pour toujours mémorable...

Les pénitents chantaient en même temps à tue-tête :

« *Benedictus qui venit !*

Et les serpents d'exécuter avec furie leurs formidables basses.

Le maire, plus glapissant et plus en fausset que jamais, reprenait :

« Monseigneur, tous les cœurs volent... »

Mais un effrayant *tutti* de pénitents, de congréganistes, de six prêtres, avec l'incessant accompagnement des serpents, absorbait bientôt la voix du maire qui frappait des pieds et disait :

— Il m'a tenu parole, ce sournois !

Le châtelain fait un geste amical au maire exaspéré, pour l'inviter à montrer de la résignation, et, s'approchant de la procession, il envoie des saluts à tous les pénitents et à toutes les congréganistes qui défilèrent devant lui. Le curé, en chape et le goupillon à la main, bénit toute l'assistance ; ce fut un moment pénible pour le maire, qui craignait de se voir enlever le seigneur par le curé. En effet, celui-ci comptait conduire l'hôte que Gémenos fêtait, jusqu'à son église, pour lui faire entendre un sermon sur le retour des Hébreux dans la terre promise ; mais le seigneur s'y refusa poliment, invita le curé à aller continuer ses psaumes à la paroisse, et, se tournant vers le maire, l'invita à reprendre sa harangue si souvent interrompue.

La harangue finie, le maire s'écarte et donne à son bataillon féminin le signal convenu. Les quarante jeunes personnes s'avancent, en dansant, sur une seule ligne, jusqu'au seigneur qui sut d'abord gré au maire de sa galante imagination ; mais le cercle se forme peu à peu, et le châtelain voit celles qui accomplissaient ce mouvement circulaire se rapprocher beaucoup de lui, ce qui lui causa quelque surprise. La jeune personne, qui tenait un des bouts de la guirlande, passe le câble fleuri autour du seigneur ; ses compagnes l'imitent, tandis que, reprenant sa voix de fausset, le maire criait : — « Monseigneur, ce sont des liens de fleurs ! » La guirlande descend du cou aux flancs du châtelain, enroule son ventre, enlace ses jambes, et celui-ci, aussi étonné que vexé de l'étrange idée du maire, est bientôt enfermé dans une espèce de gaine et forcé de garder l'immobilité d'une momie.

Le maire criait par dessus les têtes souriantes qui entouraient le châtelain :

— Monseigneur, vous ressemblez à Apollon au milieu de ses quarante Muses, à Apollon sur le sommet du... sur un sommet quelconque !

— Il n'y avait que neuf muses, s'écria Jollivet, qui ajouta :

— Quarante muses ! Il perd la tête, ce brave maire !

A un autre signal du maire, les jeunes personnes délivrèrent de ses liens le seigneur qui put, enfin, respirer en liberté et aller se reposer, dans les appartements qu'on lui avait préparés, des fatigues d'une réception dont le cœur avait fait tous les frais, comme ne cessait de le répéter le maire, qui avait réservé d'autres surprises à son hôte.

Un billet écrit au crayon avait été remis, dans la matinée, au procureur du roi, par un paysan, qui s'était empressé de disparaître dans la foule des curieux ; ce paysan, arrivé en toute hâte de Saint-Pons, demanda négligemment à l'adjoint Arnaud de lui faire voir le procureur du roi de Marseille, et l'adjoint le lui montra se promenant, au milieu de deux dames, sur la place du Fer-à-Cheval.

La personne qui avait écrit ce billet, mystérieusement remis, réussit au-delà de ses espérances ; elle s'était contentée d'engager le procureur du roi à faire surveiller un ermite à bon droit suspect, puisqu'il cachait sous le nom de frère Chrysostôme celui de Bataglia, et qu'il avait été obligé de quitter l'Égypte, où il trahissait les Français. En lisant le nom de Bataglia, le procureur du roi, qui ne cessait pas de parcourir des notes secrètes, dont la police du royaume inonde tous les parquets de France, se rappela le vol audacieusement commis par le faux ermite dans l'appartement même du duc d'Otrante. On ne sera nullement surpris qu'un magistrat du parquet, qui aimait surtout à narrer des aventures piquantes, eût été frappé d'un larcin dont le ministre de la police, et un ministre comme Fouché, avait été la victime ; aussi tous les noms qui se rattachaient à cette affaire étaient, avec le signalement de l'audacieux filou, porteur du nez le plus révélateur qui fut jamais sur la figure d'un homme, restés dans la mémoire du spirituel procureur du roi.

Eugénie Bernard, qui avait rapidement écrit le billet, ne put, par conséquent, que se féliciter de s'être adressée à ce magistrat, doué d'une si bonne mémoire et d'un esprit naturellement facétieux.

La fête de Gémenos devait se prolonger bien avant dans la nuit; pendant l'entr'acte qui sépara les réjouissances de la réception de celles qui marquèrent la fin de cette belle journée, M. et Mme Bernard affectèrent de conduire leur société dans les endroits les plus touffus et les plus solitaires du beau parc de Gémenos. La gaîté des autres curieux ne se réflétait nullement sur les visages d'Eugénie et de son mari, qui semblaient craindre, au contraire, de laisser deviner leur pensée intime. Bien qu'ils n'échangeassent pas même entre eux les réflexions qui, depuis les révélations de Bataglia, naissaient en foule dans leurs esprits, les époux Bernard éprouvaient les mêmes angoisses et se tenaient intérieurement les mêmes discours : leur situation n'était-elle pas identique?

Mais, se disait Bernard, si j'étais superstitieux, je serais forcé de croire qu'un djinn, qu'un mauvais génie m'a pris pour son jouet. Je laisse dans le marabout de Sidi-Ibrahim, par je ne sais quel degré de latitude, près le désert Lybien, à deux pas de la statue de Memnon, une petite fille cophte qui agitait devant moi sa tunique diablement échancrée et écourtée, et bizarrement pailletée; je rentre, un beau jour, dans la ville civilisée, après avoir passé par les plus risibles épreuves de la vie arabe; je me marie honnêtement avec la fille de M. Dandré, je reviens à Marseille, j'y loue une maison à la rue Paradis, n° 55, la maison au balcon doré, une maison qui a un air fort respectable ; je me fais fabricant de soude ; je fais de bonnes affaires avec les fabricants de savon, je gagne de l'argent, et j'oublie à *Casati* (1) et à la *Loge* (2) toutes mes aventures thébaines. Avais-je l'air d'avoir été santon et d'avoir couru l'Egypte avec une sauteuse, quand le courtier Hancy venait me relancer derrière la barrière peinte en gris de mon bureau, ou que je traitais une affaire de soude avec le vénérable M. Lombardon ? J'ai, depuis, été membre de la chambre de commerce, juge au tribunal de commerce, marguillier de la paroisse de Saint-Jérôme ; j'ai porté le cordon du dais à la procession et fait ma partie de whist avec M. Thibaudeau, le préfet, et M. d'Anthoine, le maire. Tout cela me transportait à mille lieues, et à mille siècles de Nedjema, de son enfant, des hypogées et des marabouts de Thèbes ; aussi je n'en soufflais pas un mot. Il a fallu que le djinn, le mauvais génie, me fît acheter une bastide à Solans, — maudite bastide ! — Alors le diable s'en est mêlé ; après l'un, l'autre, voici Frenet, puis Melval, puis Nedjema que j'ai aperçue deux fois ce matin, avec son turban et son long voile blanc qui lui donne l'air d'une matronne antique ; et puis c'est son fils qui a empêché la fille de Melval de tomber dans le *gour*. Je ne parle pas de ce Natale Bataglia, dont le procureur du roi vient de me délivrer pour quelque temps, je pense. Ce

(1) Nom d'un café où le commerce marseillais tient ses assises.
(2) La bourse portait autrefois ce nom à Marseille.

diable de Natale allait me mettre en coupe réglée , il ne voulait rien moins que la moitié de ma fortune. Dans quels imbroglios suis-je tombé , et comment tout cela finira-t-il ?

Comme Bernard s'était écarté pour se livrer à ses réflexions , Mme Frenet , qui , ainsi que Mme Dupré, lui trouvait depuis deux jours un air singulier, vint lui dire :

— Mais , monsieur Bernard , vous êtes d'un sérieux de pape aujourd'hui, vous qui avez toujours le mot pour rire : serait-ce la présence de M. Jollivet qui vous glacerait ainsi ?

Bernard saisit le prétexte que Mme Frenet lui suggérait, et répondit :

— Oui ; j'aurais mieux aimé que Jollivet eût continué à se tenir claquemuré dans sa bastide : je ne lui avais jamais vu des airs aussi triomphants.

— Pourtant on lui tient assez rigueur, ce me semble , et sans Mme Bernard , qui l'écoute et prend son bras, il n'aurait trouvé ici que des visages froids , répondit Cornélie.

— Ce qui ne l'a pas empêché , au déjeuner que nous avons fait ce matin à Saint-Pons, sur l'herbe, de vous arroser tous de champagne.

— Il était d'une gaîté folle , tandis que vous...

— J'ai cette ophthalmie qui me tourmente beaucoup.

— Il n'y a rien à l'extérieur cependant, je ne vois pas la moindre inflammation aux paupières : on dirait que vous avez eu quelque raison que j'ignore pour avoir mis sous votre casquette ce garde-vue de taffetas vert. Ça vous vieillit, monsieur Bernard , ça vous vieillit.

— Quelle raison voulez-vous que j'aie? Je vous dis que c'est l'ophthalmie.

— Et votre femme qui porte aujourd'hui un voile vert?

— Elle aussi a une ophthalmie...

— On parlait tantôt d'un jeune homme que l'on dit le fils d'une réfugiée égyptienne qui demeure ici, comme d'un garçon bien intrépide.

— Et qu'a-t-il fait ce jeune homme?

— Il est allé dénicher un aiglon du côté du *baou* de Bretagne. Vous ne l'avez pas remarqué ce jeune homme, ce matin, à Saint-Pons?

— Il m'a paru bien découplé.

— Ah! vous l'avez vu! Mlle Scholastique nous a raconté comment il a sauvé la fille du bonapartiste.

— Je sais; j'étais là quand Mlle Scholastique vous le disait au déjeuner.

— Ah! j'oubliais! Eh bien! après, il a été prendre l'aiglon.

— Pendant la réception du châtelain, je l'ai vu avec le bonapartiste. Oh! ces Egyptiens sont des bonapartistes endiablés.

— Et ce pauvre ermite est donc en route pour la prison de Marseille?

— Il paraît qu'il a maille à partir avec la justice. Mais ne parlez pas si haut, madame Frenet. Ne voyez-vous pas qui s'avance au bout de l'allée?

— Ah! je vois! Le voisin du château avec sa fille, l'Egyptien et le maître d'école d'Aubagne.... Ah mon Dieu! M. Jollivet va les trouver; il donne le bras aux demoiselles Dupré.

—Allons rejoindre votre mari et ma femme ; vous comprenez, puisque nous sommes tous dans le secret, qu'il faut éviter ce voisin, d'autant plus qu'il pourrait se rappeler m'avoir vu en Egypte.

— Mais voici à propos Frenet, M. Dupré, sa femme et Mme Bernard.

Eugénie s'approcha vivement de son mari et lui dit :

— Ce Jollivet a trop bu de champagne ; il est fou de l'Egyptien et du maître d'école ; il ne parle de rien moins que de marier Mlle Scholastique avec le maître d'école d'Aubagne, auquel il veut faire un sort, à ce qu'il dit. L'Egyptien l'a ensorcelé ; ils sont restés près d'une heure ensemble ; l'Egyptien lui a présenté sa mère.

— Sa mère ! dit Bernard.

— Oui ; puis Jollivet est venu nous dire que Mlle Emma désirait passer le reste de la journée avec les demoiselles Dupré, et il a demandé à M. Dupré la permission de les conduire auprès de la fille de ce bonapartiste.

— Et vous y avez consenti, Dupré ? demanda Bernard.

— Jollivet, répondit Dupré, est d'une pétulance si arrogante, qu'au moment où je hasardais quelques objections, il s'est emparé de mes filles et il a disparu dans le parc.

— Mais, dit Mme Bernard, avec un vif dépit, je ne conçois pas ce procureur du roi qui *lambine* tant.

— Le procureur du roi, dit Bernard, a prétendu qu'il ne fallait pas troubler la fête par une arrestation ; celle de l'ermite a pu se faire, heureusement, sans esclandre.

— Vous verrez qu'avec tous ces délais, le coup manquera, dit Eugénie.

— Si j'allais encore relancer le procureur du roi , le stimuler, dit Bernard.

— Non , j'y vais moi-même, dit Mme Bernard ; attendez-moi dans le parc.

Et à l'instant Eugénie s'éloigna et se dirigea vers la chapelle du Plan , quand elle vit qu'on ne pouvait plus l'épier.

Le cœur lui battait avec force ; elle se disait qu'une indiscrétion de Jollivet pouvait la perdre et mettre Melval sur ses gardes. Eugénie avait sans doute agréablement chatouillé là vanité de l'ex-danseur ; elle avait fait assaut de mythologie avec lui ; Jollivet lui avait bien juré de se taire et de ne pas profiter des révélations malencontreuses de Dupré ; mais pouvait-elle compter sur la parole de cet homme, dont la tête tournait à tous les vents ? Tout semblait menacer d'une ruine prochaine l'échafaudage de haine qu'elle avait si péniblement construit. L'arrestation de Bataglia la débarrassait pour le moment d'un complice dangereux, qui, d'ailleurs, se serait fait chèrement, bien chèrement payer son silence ; mais, ne serait-ce pas un coup de partie que de perdre Melval, tout en se faisant défendre par celui-là même qu'on aurait adroitement livré à la justice ? Mme Bernard détruirait aisément le mauvais effet des indiscrétions de Jollivet , si elle pouvait lui fournir la preuve que Melval, loin de l'accuser, était le premier à proclamer sa menteuse innocence. Il y avait à réparer une faute , la seule qu'elle eût commise et qu'elle se reprochait amèrement ; elle aurait dû , en recevant la lettre de Bataglia, conserver assez d'empire sur elle pour ne pas mettre ses convives dans la confidence d'un secret redoutable. Il fallait que cette faute ne tournât pas contre elle , et que Jollivet ne pût tirer aucun parti fâcheux des indiscrètes confidences de Dupré. Mme Bernard avait , il est vrai , eu lieu , le matin , à Saint-Pons, de croire que l'amour-propre du danseur, si adroitement caressé, lui répondait de son silence. Pour fasciner Jollivet , n'avait-elle pas mis en jeu toutes les ressources d'une savante coquetterie? Rien ne lui avait fait défaut, rien, si ce n'est l'âge. Plus jeune , elle eût entièrement subjugué l'ex-danseur ; mais toutes ses craintes lui étaient revenues , quand elle vit l'inconstant Jollivet se montrer empressé et galant auprès de Scholastique. L'œil exercé d'Eugénie perça à jour, au déjeuner, le machiavélique ex-danseur. Celui-ci s'était dévoilé, bien qu'il ne comprît pas toujours la portée de ses paroles. Il avait fait d'abord le plus risible portrait du maître d'école d'Aubagne , taillé , ajouta-t-il avec fatuité, dans ce moule précieux d'où l'indulgente nature fait sortir tant de maris débonnaires. — Oh! celui-là, par exemple, dit-il en se tournant vers Scholastique, ne verra que par vos yeux , n'entendra que par vos oreilles.

Mme Bernard se dit , en se rappelant ces paroles :

— Je l'ai vu , je l'ai compris, Scholastique n'a pas rougi ; elle a même regardé avec intérêt cet abominable homme. Pourvu qu'elle ait un mari....

Et ce qui la confirmait dans cette idée , c'est que Jollivet, pendant et après le déjeuner, n'avait réservé ses mines un peu surannées que pour Scholastique. Vainement Eugénie avait-elle voulu obtenir encore un de ses fades compliments, le remettre sur l'intéressant chapitre des bosquets

d'Idalie et des colombes de Cythère, l'ex-danseur ne l'a-
vait écoutée que d'un air distrait, et la bienséance seule
semblait l'avoir empêché de rompre trop brusquement
une conversation où revenaient les mots flatteurs d'Amathonte et de Paphos, tant il avait hâte de reprendre avec
Scholastique et les Dupré son discours sur les qualités
éminemment maritales de Lucien Aubert.

Eugénie en était là de ses réflexions, quand elle se
trouva devant la petite chapelle du Plan, dont elle vit, avec
dépit, la porte fermée. Elle tourna autour de cette chapelle, et aperçut dans le mur de derrière une petite fenêtre ronde que ne protégeait aucun barreau de fer. Un
arbre planté près du mur favoriserait son ascension jusqu'à cette fenêtre. Personne ne se montrait dans la prairie au milieu de laquelle la chapelle s'élève ; elle entendait
les sons des tambourins qui, sur la place du Fer-à-Cheval, préludaient à la reprise des divertissements municipaux. La campagne était déserte ; Eugénie escalade l'arbre
et arrive près de la fenêtre, qui cède à une légère pression ; elle avance la tête et s'aperçoit que l'on pouvait
pénétrer dans ce lieu solitaire, sans difficultés. Après s'être
assise sur le rebord intérieur de la fenêtre, elle pose les
pieds sur le plus élevé des gradins de l'autel dont la nappe
recouvrait les preuves de la conspiration de Melval. A la
vue de ces petits sacs de toile cirée, elle ressent une joie
extraordinaire ; elle parcourt rapidement les papiers qui
y sont renfermés, prend une seule lettre, une lettre de
quelques lignes, la plus compromettante de toutes, la
relit, la laisse sur l'autel, met les sacs dans un mouchoir,
et retourne par le chemin qu'elle avait suivi pour péné-

trer dans la chapelle du Plan, ne laissant après elle aucun vestige de son exploration.

Eugénie se rend à l'allée de Flore, regarde le parc et aperçoit M. de Melval assis sur un banc entre Jollivet et Fenoul. Lucien, Daniel, les demoiselles Dupré et Emma se promenaient non loin de ce banc. Mme Bernard arrivait lentement par une petite allée à l'extrémité de laquelle se trouvait le banc où Melval était assis de manière qu'il ne pouvait la voir venir ; le sable et le gazon assoupissaient le bruit des pas d'Eugénie qui entendit Jollivet dire ces mots :

— Si je me décide à parler, monsieur, vous verrez que vous n'êtes pas en sûreté à Solans !

— Il ne sait rien encore se dit Eugénie, mais ce maudit danseur va tout dévoiler ; hâtons-nous !

Alors elle fit assez de bruit pour que Melval tournât la tête. Eugénie, le voile abattu, fit silencieusement signe à Melval de venir à elle.

Melval se leva, et quand il fut près d'Eugénie, celle-ci lui prit le bras et le conduisit dans un coin retiré du parc, après lui avoir seulement dit :

— Que personne ne vienne nous interrompre.

Melval s'était empressé d'inviter par un geste sa société à ne pas le suivre.

Quand ils furent tout-à-fait seuls, Eugénie écarta son voile et regarda Melval.

— Me reconnaissez-vous ? dit-elle.

— Vous seriez !.... répondit Melval, au comble de la surprise.

— La jeune fille de la place de l'Ezbekich ! dit Eugénie.

— Alors, ce nom de Bernard que j'ai entendu prononcer aujourd'hui....

— C'est le nom de mon mari.

— Du commis de votre père?

— Oui, monsieur de Melval.

— Quoi ! le hasard....

— A fait de nous tous des voisins à Solans. Ce matin, je vous ai aperçu à Saint-Pons, et j'ai voulu vous parler ici, dans le parc de Gémenos, parce qu'un grand danger vous menace.

— Et sans ce danger, vous m'auriez évité, sans doute?

— Oui, je vous aurais évité. Que sommes-nous, que pouvons-nous être l'un à l'autre?

— Rien, madame, rien, je le sais bien ; aussi, pourquoi cherchez-vous à écarter le danger que vous m'annoncez ?

— C'est qu'on a beau faire, c'est qu'on a beau s'armer de fierté, ou de dédain, ou d'insouciance, il est de ces souvenirs qui mêlent tellement leurs racines avec vos nerfs, avec votre sang, qu'on ne peut les perdre qu'avec la vie.

— Et vous en avez de ces souvenirs ?

— J'étais peut-être plus ambitieuse que tendre, plus fière que sensible.—A chacun son lot sur la terre.—Je me suis cependant redit souvent ces paroles que mon oreille recueillait avidement, pendant cette douce et calme nuit du Nil, alors qu'une jeune fille inclinait la tête, tandis qu'un jeune diplomate parlait à son côté.

— Que dites-vous là, madame? Est-ce après vingt années, après tant de déceptions?...

— Dites mieux : après tant de trahisons !.. qu'on doit rappeler de tels souvenirs ? Je ne vous ai jamais rien caché, monsieur, j'ai cru vous aimer, je vous ai aimé, peut-être ; mais quand je ne pouvais plus me laisser aimer sans être criminelle et infâme, je vous ai tout dit, tout ; l'avez-vous oublié ?

— Oui, vous avez eu tous les courages.

— Celui de la trahison et celui d'une franchise impitoyable, vous voulez dire. Je ne m'en défends pas ; mais vous oubliez un autre courage.

— Lequel ?

— Celui de l'abandon maternel ; ce courage-là, je l'ai eu pour vous ; pour vous, comme un gage de repentir peut-être, pour moi, comme une expiation.

— Ma fille !

— Notre fille, Melval ! Je l'ai vue ce matin, je la voyais pour la première fois depuis que sa nourrice était allée, par mes ordres, la remettre en vos mains. Grande, belle, charmante, gracieuse, c'est ainsi qu'elle s'est montrée à moi, ce matin. Mes entrailles se sont émues, car c'est ma fille aussi ! Eh ! quelle mère ne serait pas fière de cette enfant ? Alors, je me suis dit : Jamais, non, jamais elle ne connaîtra sa mère ; elle ne doit pas la connaître ! Rien ne doit altérer cette immaculée enfant ; pas un souvenir pénible ne doit pénétrer cette sérénité d'ange, pas le moindre limon ne doit monter à la surface de cette eau si pure ! Emma ne me donnera jamais le doux nom de mère ! Vous lui avez dit, n'est-ce pas, que sa mère était morte ?

Melval répondit par un signe de tête.

— Et vous avez bien fait, monsieur, ajouta Eugénie.
Pauvres femmes que nous sommes ! Vous le voyez, ce
qu'une faute entraîne ! Elle fait de nous, femmes, des tré-
passées vivantes. Laissez-la pleurer sa mère morte ! Qu'elle
prie pour elle, le soir, quand sonne l'heure de prier pour
les morts ! Eh ! ne suis-je pas morte depuis vingt ans ? Ne
suis-je pas entrée, depuis vingt ans, dans la nuit et le froid
du sépulcre ? Ne vous plaignez pas, monsieur ; je vous ai
laissé un ange, un ange qui vous a caressé de ses petites
mains, qui a épié votre sourire, quand vous vous penchiez
sur son berceau, qui a séché par sa douce haleine la sueur de
votre front. A moi qu'est-il resté ? un éternel et horrible
désenchantement ! Cette gloire, cette grandeur auxquels j'ai
tout sacrifié, les ai-je eues ? Jouet d'un insolent caprice,
brisée par une main de fer, déshonorée, souillée, je n'ai
pu désarmer l'ironie qui me tuait qu'en invoquant, la
mort dans l'âme, les égards dus, même aux femmes per-
dues ! Il m'a fallu descendre à toute cette ignominie....
Oh ! allez, c'est horrible ce que je vous dis là !

— Pourquoi ce triste entretien, madame ? dit Melval,
grave et pensif.

— C'est parce que cet homme, qui m'a perdue, vous
perd aussi. Quoi ! vous n'avez donc pas compris qu'il nous
a été fatal, horriblement fatal, cet homme ! que Dieu l'a
créé pour qu'il fût notre bourreau, que vous serez sa victime comme j'ai été la sienne, mais sa victime moins à
plaindre ; car le fer de la guillotine, Melval, est moins
cruel que l'ironie dans la bouche de cet homme.... Vous
l'avez vu à l'île d'Elbe !

— C'est là ce danger dont vous vouliez me parler ? madame.

— M. de Melval, vous allez être bientôt arrêté ; vous êtes épié, des ennemis invisibles vous entourent, et vous seriez perdu, si je n'avais soustrait les preuves du complot.

— Les preuves du complot ! comment cela ? madame.

— Hâtez-vous de les détruire ! dit Eugénie en remettant à Melval les paquets de toile cirée.

— Ceci dans vos mains ! s'écria Melval.

— Un misérable a pénétré chez vous ce matin ; il a trouvé ces papiers derrière des tableaux. Le procureur du roi de Marseille a cru les déposer en un lieu sûr. Avertie à temps, je les ai dérobés. Je devais vous sauver, puisque c'était moi qui, ignorant votre nom, ne sachant pas que le conspirateur du château de Solans était M. Paul de Melval, avais, par une de ces haines que le ciel excuse peut-être, mis, la première, la justice sur vos pas. Il fallait vous sauver, il le fallait, monsieur ; tout ce que je pouvais faire, puisqu'un heureux hasard me révélait l'endroit secret où ces papiers avaient été mis, c'était de les enlever, de vous les apporter et de vous dire de les détruire, afin que la justice reste impuissante et désarmée. Hâtez-vous d'anéantir ces papiers accusateurs, hâtez-vous, monsieur ; dans un quart d'heure vous n'y seriez plus à temps.

— Eugénie ! Eugénie ! dit Melval... Oh ! c'est impossible ! Ne sommes-nous pas deux fantômes ?

— Morts ! répondit Eugénie, depuis la nuit heureuse pendant laquelle le vent du désert soufflait dans la voile de la djerme !

VIII

Mme Bernard ne quitta M. de Melval que lorsque celui-ci eut mis en pièces les papiers compromettants que contenaient les petits sacs de toile cirée. Eugénie en dispersa les lambeaux dans les fossés du parc, dans des broussailles et sous des touffes d'herbes ; ainsi M. de Melval pouvait croire que les preuves d'une participation à un complot de longue main préparé, étaient anéanties, et il lui était permis d'attendre de pied ferme la mise à exécution du mandat d'amener que le procureur du roi tenait renfermé dans sa poche. L'esprit délivré de la vive inquiétude où les paroles énigmatiques de Jollivet et les paroles plus explicites d'Eugénie l'avaient jeté, et persuadé que si son arrestation s'effectuait, elle n'aurait pour lui aucune conséquence sérieuse, M. de Melval n'occupa plus sa pensée que de l'inattendue rencontre d'une femme dont le caractère restait plus que jamais un insondable mystère. Mme Bernard l'avait quitté, dès que le dernier papier eut été lacéré, et la tristesse dont ses regards étaient empreints, au moment d'une séparation sans doute éternelle, parut à Melval le signe du regret de n'avoir pu dompter une nature trop orgueilleuse. Le temps venait en aide, d'ailleurs, à Paul de Melval. Après vingt ans d'absence, la femme que l'on revoit a dû subir du temps assez d'outrages, pour qu'on ne puisse plus éprouver devant elle ce trouble profond et charmant où la beauté vous jette La jeune fille a disparu, l'âge mûr a, ou trop aminci ou trop épaissi la taille, l'éclat du regard s'est effacé, les molles attitudes, les nonchalantes poses ont fait place à plus de raideur dans le corps et à plus de décision dans la démarche ; le parler n'est plus ce gazouillement enfantin qui résonne dans le timbre si frais de seize ans ; une ride s'est creusée quelque part, sur le front ou dans le coin des yeux, ou dans le coin de la bouche ; l'image adorée a essuyé de telles altérations, que l'idée de la contempler à genoux ne vous vient pas, quelque ardeur qu'on eût mise autrefois à l'entourer d'un culte idolâtre. Nous avouons que Melval, en reconnaissant Eugénie, ne put se défendre d'un retour vers les belles années, pour toujours disparues dans l'inexorable abîme du temps. Il y eut, dans ce cœur assailli soudainement par tant de sentiments opposés, le réveil rapide, bien rapide, d'une illusion si chère ! Eugénie n'était pas si maltraitée par l'âge qu'elle ne conservât quelques restes de cette beauté qui avait enflammé le jeune diplomate. L'agitation de la course, l'émotion, l'ombre favorable du parc, sa taille trop amincie, sa toilette charmante et simple, un mouvement de tête bien connu de Melval, un petit tic dans la commissure des lèvres, rappelèrent un instant, un fugitif instant, la jeune fille d'Alexandrie et du Caire. Ce fut un moment terrible et délicieux à la fois pour Melval ; mais il passa vite. D'abord le souvenir d'une trahison infâme se leva, sinistre et orageux, dans cette grande âme outragée ; puis le regard, devenu plus attentif, saisit ces lents mais sûrs ravages que l'âge imprime sur nous, et Melval put se dire que la résurrection de la femme tant aimée était bien incomplète.

Il n'accepta qu'avec plus de résignation cette loi du ciel qui le condamnait à une vie de dévoûment, à une vie sans amour ; il avait servi sa patrie sous un autre nom que le sien, il n'avait rien voulu des hommes et des maîtres des nations, et il trouvait dans sa fille tant aimée le souvenir toujours vivant d'un irréparable malheur. Mais il y eut, quand Eugénie l'eut quitté, un commencement d'adoucissement dans son éternelle blessure ; il se dit qu'à l'avenir il pourrait penser, avec moins d'amertume, à la femme qui l'avait si cruellement trahi, et qu'au moins le souvenir d'une bonne action descendrait dans cette nuit livide où passaient d'odieux fantômes ; il en remercia Dieu, surtout pour sa fille.

— Elle a eu l'audace de venir vous parler, cette femme! lui dit Jollivet, qui avait tiré Melval à part, bien résolu, dans l'indignation que lui inspirait la conduite de Mme Bernard, à lui tout dévoiler.

— Que voulez-vous dire ? demanda Melval.

— Monsieur, reprit Jollivet, cette femme qui est venue vous trouver et avec qui vous vous êtes rendu au fond du parc, vous a dénoncé au procureur du roi !

— Monsieur Jollivet, dit Melval, je vois que je vous inspire quelque intérêt ; aussi je compte sur votre discrétion. N'accusez pas cette femme, ne cherchez pas à vous expliquer sa conduite, surtout dans un sens qui lui soit défavorable ; oui, quelque chose qui arrive, ne la condamnez pas.

— Comment, monsieur, une femme qui vous a dénoncé au procureur du roi !

— N'oubliez pas ce que je viens de vous dire, et reprenez votre gaîté de tantôt; cette femme est innocente. Quoi qu'il puisse m'arriver, elle est innocente.

— Ce sera comme vous voudrez, mais je vous dirai, comme dans tous nos opéras comiques : quel est donc ce mystère ?

— A la bonne heure, appelez ceci un mystère, je ne m'y oppose pas ; et puisque vous ne pouvez pas le deviner, vous vous abstiendrez au moins de condamner cette femme.

— Je ne demande pas mieux ; à vous dire la vérité, je suis un franc royaliste ; mais ce n'est pas moi qui perdrais les bonapartistes. Voilà pourquoi j'étais indigné, tantôt !

Melval qui avait laissé sa fille avec les demoiselles Dupré et Fenoul, avait besoin d'être seul ; il quitta Jollivet et retourna à l'endroit où Eugénie s'était montrée à lui. En revenant de Saint-Pons avec Daniel, il avait interrogé le jeune Egyptien sur sa famille, ses études et ses projets d'avenir. Daniel lui avait dit qu'il était né en Egypte, que sa mère et son grand-père l'avaient amené en France, à l'époque où l'armée d'Abdallah-Menou abandonna aux Turcs la conquête de Napoléon, qu'il avait été élevé au lycée de Marseille aux frais d'un gouvernement hospitalier, et qu'il aurait volontiers embrassé la carrière militaire, si la guerre eût continué. Quand le jeune exilé eut appris à Melval qu'il s'appelait Assouna et sa mère Nedjema, il se rappela vaguement avoir entendu ce dernier nom en Egypte, dans des circonstances qui ne se retraçaient pas nettement à son esprit. Mais, après sa conversation avec Eugénie Bernard, ses souvenirs devinrent plus distincts, et il ne douta presque plus que le jeune Daniel ne fût le fils de cette danseuse cophte que Bernard avait suivie jusqu'au marabout de Sidi-Ibrahim, et que celui-ci avait abandonnée, quand elle était sur le point de devenir mère.

Cette bizarre complication d'événements, ce hasard, facile à expliquer pourtant, qui réunissait dans un coin de terre de la Provence toutes ces personnes que le temps, la mer, des positions sociales si différentes semblaient devoir séparer pour toujours, portaient à son comble la surprise de Melval ; il ne put s'empêcher de songer à cette commune destinée de Daniel et d'Emma. Sa fille, ainsi que Daniel, ne connaîtrait jamais qu'un seul des auteurs de ses jours ; l'un et l'autre avaient été marqués au front du sceau de l'abandon, Emma par sa mère, Daniel par son père ; l'un et l'autre ignoraient le mystère de leur naissance.

Melval adora alors les décrets du ciel qu'il crut deviner.

— Les enfants ne seront pas punis, dit-il en joignant les mains, des fautes de leurs parents. Dieu est bon et juste !

Il lui sembla que le vœu qu'il formait pour le bonheur d'Emma et pour celui de Daniel était exaucé.

Aussi, tout lui parut prendre un plus riant aspect ; son front s'éclaircit, il revint se mêler à ces groupes charmants de jeunes gens et de jeunes filles que les réjouissances de la journée électrisaient. Fenoul, voyant sur les traits de son maître un contentement qui s'y montrait seulement, quand Emma se suspendait au cou de son père, reprit toute sa gaîté soldatesque ; il entraîna Emma, les demoiselles Dupré, Aubert, toujours muet

et toujours déconcerté (Daniel les avait quittés pour
prendre le costume d'un rôle dans les danses du soir),
sur la grande place qui s'étend devant le château, et qui
est devenue maintenant un vaste parterre où croissent, en
touffes brillantes, les roses de toutes les latitudes. De
nombreuses rangées de chaises circulairement disposées,
y laissaient, vide, un espace consacré aux jeux chers
aux Provençaux et réellement renouvelés des Grecs, à
cause de l'incontestable origine phocéenne de Marseille.
Bernard, que son garde-vue, un abat-jour de taffetas
vert, gênait considérablement, allait l'ôter pour com-
plaire au désir de Mme Frenet, quand celle-ci lui vit
faire un geste d'effroi et baisser vivement son garde-
vue sur le nez ; il avait aperçu une femme arabe qui
était venue s'asseoir vis-à-vis même de notre héros, sur
une chaise, au premier rang.

La femme arabe avait rejeté son long voile blanc en
arrière ; elle portait une sorte de calotte verte, d'où
s'échappaient de belles nattes de cheveux toutes lui-
santes de sequins. Nedjema (cette femme arabe était
Nedjema) n'avait pas voulu adopter les costumes des
femmes de sa patrie adoptive ; elle n'avait pas même
fait, comme la plupart de ses compagnes d'exil, un
adultère mélange des modes de l'Orient et de l'Occident.
Sa veste d'étoffe rayée, descendant à mi-corps, aux
manches étroites, garnie de fourrures autour du sein,
dessinait sa taille, que serrait un superbe cachemire aux
plis flottants sur le côté gauche. Bernard vit luire à
cette soyeuse ceinture le manche d'un petit poignard
qui lui rappela désagréablement une scène tragique.

Sous sa jupe bariolée, Nedjema portait de larges caleçons attachés au-dessus de la cheville par des rubans cramoisis ; ses pieds étaient chaussés de sandales de maroquin ; à ses doigts et à son cou brillaient des diamants et des perles. Le soleil tirait donc de la danseuse égyptienne une foule de reflets qui éblouissaient Bernard, heureusement abrité sous son garde-vue de taffetas vert.

Nedjema à peine âgée de trente-deux ans, parut à notre héros une femme fort avenante encore ; il la lorgnait avec une si grande attention, que Mme Frenel, assise à côté de lui, s'en aperçut et le tirant par la manche de son habit, lui dit :

— C'est l'Egyptienne qui vous absorbe à ce point ! Est-ce qu'elle ressemble à cette danseuse dont nous parlions, l'autre soir, à dîner ?

— A s'y méprendre, madame, répondit Bernard ; au reste, les femmes en Egypte se ressemblent presque toutes.

— Je ne vois pas ce que celle-là a de si remarquable : de grands yeux, si vous voulez, mais un peu farouches ; un teint de bistre, une figure longue, un menton pointu, et quel accoutrement ! Vous avez pu aimer une femme de ce genre, vous, monsieur Bernard ? J'ai peine à le croire.

— En Egypte, on n'a pas trop le droit de se montrer difficile ; on aime qui l'on peut.

— Est-elle maigre ! Dieu ! est-elle maigre !

— J'avoue, dit Bernard, qu'elle est excessivement maigre ; mais toutes les femmes ne sont pas loties comme vous, sous le rapport de l'embonpoint.

8

— Ah ! voilà le premier compliment que vous me faites depuis deux jours.

Bernard entendit des dames qui se promenaient sous le bras du procureur du roi, dire :

— C'est là le monsieur qui avait l'autre jour un si drôle de pantalon ?

— Précisément, répondit le procureur du roi.

— Vous l'entendez, madame, dit Bernard, vous l'entendez !

Et Bernard fit un bond sur sa chaise.

— Qu'a monsieur Bernard ? dit Mme Dupré, assise derrière lui, entre son mari et Mme Bernard.

— Ce que j'ai, madame, répondit Bernard en tournant la tête, vos maudits abricots m'ont joué un tour affreux ! Des dames ont dit en passant, ont dit sur mon nez : — C'est là le monsieur qui avait l'autre matin un si drôle de pantalon ! En effet, mon pantalon, grâce à vos atroces abricots, était excessivement drôle ! Il ouvrait un vaste champ aux plus étranges conjectures. Me faire asseoir sur des *banestons !* un homme comme moi ! ah !

— Mais ce n'est pas ma faute, M. Bernard, dit Mme Dupré.

— Oh ! M. Bernard est aujourd'hui d'une humeur du diable ! dit Mme Frenet.

— J'ai l'humeur que j'ai ! répondit Bernard.

— Heureusement, ajouta Mme Frenet, que M. Bernard a un vis-à-vis qui le distrait agréablement.

— Quel vis-à-vis ? demanda Bernard.

— L'Egyptienne !

— Je voudrais que le diable l'emportât, l'Egyptienne !
dit Bernard.

— Mais vous en voulez, alors, à tout le monde ?

— Excusez-moi, madame ; ces dames ont dit tantôt
des paroles qui m'ont pénétré. Et Jollivet, où est-il ?

— Tenez, le voilà !

Les tambourins avaient donné le signal des *olivettes* ;
le châtelain et sa suite venaient de prendre place aux ban-
quettes réservées ; le maire fit commencer le divertisse-
ment.

Le premier danseur qui parut était Jollivet, habillé
en arlequin ; celui qui devait remplir ce rôle s'était foulé
le pied, et notre ex-danseur avait obligeamment accepté
l'honneur de le remplacer. Jollivet qui était assez gras, paraissait très-gêné dans son habit d'arlequin.

Parmi les seize jeunes gens qui avaient la prétention
d'être vêtus à la romaine et que Jollivet, habillé en arlequin et marchant de front avec une espèce de héraut
d'armes, menait à la danse, se trouvait Daniel, dont
le costume choquait moins la science archéologique que
celui de ses compagnons. Le jeune Egyptien avait la tête
nue, les cheveux naturellement bouclés et la chlamyde
festonnée de rouge sur l'épaule. Sa tunique pailletée
descendait jusqu'à ses genoux et laissait voir, par conséquent, son élégante chaussure antique, un cothurne
dont les rubans formaient plusieurs tours sur ses jambes.
Un murmure flatteur accueillit ce jeune et beau danseur.
Bernard ouvrait, derrière ses lunettes, des yeux ravis et
stupéfaits sur le jeune César ; il semblait pétrifié.

La plupart des spectateurs, tous peut-être, ignoraient
la belle origine de cette danse qu'on allait exécuter et qui

porte dans nos contrées le nom dégénéré d'*olivettes*.
Elle remonte au siége de Marseille par Jules-César, et
fut probablement inventée par une flatterie des vaincus
envers les vainqueurs. Des deux principaux coryphées,
l'un s'appelait l'*imperator* et l'autre le *consul*. Le roi
René, qui avait la manie de créer de nouvelles danses
et de retoucher les anciennes, substitua à ces noms
latins, ceux de *roi* et de *prince*. L'*imperator*, c'est César, le *consul*, Pompée, deux beaux noms, comme on
voit. Daniel faisait le rôle de César, et le fils du percep-
teur des contributions, Pompée. Les danseurs se mirent
sur deux rangs et marchèrent au son des tambourins, qui
exécutaient une marche guerrière; ils portaient, tous, à la
main des épées nues. Après avoir exécuté la chaîne an-
glaise, le pas de deux, le tricoté, etc., tandis que le héraut et l'arlequin se livraient, de leur côté, à tout ce que
leur fantaisie leur suggérait de gracieux ou de burlesque,
les épées retentirent sur les épées, des éclairs se croisèrent, César et Pompée feignirent de se charger à fond,
et eurent bientôt l'air, à un signal donné par le héraut,
de vider leur vieille querelle par un duel simulé. Comme
de raison, César l'emporta à Gémenos comme il l'avait
emporté à Rome ; sa victoire fut célébrée par des cris de
joie et une danse générale ; puis les épées se croisèrent,
Arlequin se plaça sur cette espèce de pavois et chanta le
couplet suivant :

> Je suis Arlequin
> Monté sur des épées,
> Comme un second Pompée
> Avec mon sabre en main ;
> Mettez bas Arlequin (1),

(1) *Statistique des Bouches-du-Rhône*, page 214, tome iii.

Electrisé par les applaudissements des spectateurs, Jollivet-Arlequin, qui avait montré quelque répugnance à danser des pas sévèrement condamnés par la science chorégraphique, ne pouvait laisser échapper l'occasion de donner un échantillon de son ancienne et belle manière. Il fit ranger les Romains sur deux lignes, à une certaine distance, et chercha à reproduire un pas de zéphir ; ce pas lui avait déjà été funeste dans le bois de Saint-Pons. Gêné par l'étroit vêtement d'arlequin, dans un effort exécuté pour s'élancer en avant, il fit craquer toutes les coutures et vint rouler aux pieds de Mme Frenet, qui, en voulant le relever, ne saisit que le pantalon à mosaïque. Jollivet se remit rapidement sur ses pieds et se hâta de se dérober à l'immense explosion de rire que devait exciter l'aspect d'un homme couvert seulement du vêtement nécessaire.

Bernard se dérida à cette vue et dit :

— Ça a drôlement fini pour Jollivet !

Après les *olivettes*, les danses devinrent générales. Le jour touchait à sa fin. Ce cri : une *falandoulo !* se fit entendre. La *falandoulo* est incontestablement une danse grecque. On l'exécutait à Athènes pour célébrer le retour de Thésée, du labyrinthe de Crète ; le mot dérive de Φαλαγξ et de δοῦλος : le premier signifie *phalange*, et le second *esclave*. C'est comme si l'on disait une troupe composée d'individus liés les uns aux autres et formant une chaîne indissoluble. Rien de gai, de bondissant, d'entraînant comme une *falandoulo* provençale ! La chaîne se forme, s'allonge, se déploie, s'élance et fuit ; les tambourins ou des chants en règlent les sauts. La danseuse, placée entre deux danseurs, se penche vers l'un, se replie vers l'autre, et son corps imite les souples ondulations du serpent. Bernard tenait d'une main Mme Frenet et de l'autre sa femme. Jollivet, qui avait réparé le désordre de sa toilette, s'était emparé de la main droite de Scholastique, dont Daniel avait rapidement placé la main gauche dans celle d'Aubert, toujours déconcerté ; lui, Daniel, avait pris une des mains d'Emma, qui avait abandonné l'autre à Fenoul, retrouvant l'ardeur de ses jeunes années dans toute cette gaîté populaire. L'adjoint Arnaud avait offert poliment sa main à Mme Dupré. Le maire de Gémenos figurait aussi dans cette *falandoulo*. Le procureur du roi, Morissot, Frenet et Melval étaient restés, comme bien d'autres, spectateurs seulement de cette danse grecque, qui allait se dérouler sous les ombrages du parc, où la nuit était déjà descendue.

Les tambourins résonnent ; aux premiers élans, une haleine sifflante s'échappe péniblement de la poitrine essoufflée de Mme Frenet, qui oppressait Bernard de son poids formidable. — Tenez-vous bien, madame, disait Bernard ; ouf ! vous m'écrasez ! — Et la *falandoulo* tournoyant dans les allées, s'engouffrant dans les bosquets, rasant les fossés du parc, répandait déjà son vertige dans les cerveaux des danseurs et des danseuses. Les plus jeunes de ces danseurs et de ces danseuses ne perdaient pas la tête cependant ; eux, au contraire, auraient béni Thésée s'ils l'eussent connu pour l'inventeur de l'ardente *falandoulo* : les mains se serrent si bien, les haleines se rapprochent tant, les paroles se mêlent si bien aussi dans cette course désordonnée ! Daniel sentait son cœur lui rompre la poitrine, si forts et si nombreux en étaient les battements ! Il comprenait qu'à la pression de sa main, une timide pression répondait. Aubert lui-même éprouvait l'effet de la *falandoulo* ; sa langue s'était déliée et il baissait un œil humide d'amour sur le visage renversé et souriant de Scholastique, qui, il faut le dire, gardait une main immobile dans celle de Jollivet, bien que celui-ci la serrât impudemment, tandis qu'elle répondait par de légères contractions aux interrogations hasardées par le maître d'école.

Bernard, entraîné dans l'ellipse immense que la *falandoulo* traçait, en zig-zag, dans le parc de Gémenos, ne s'était encore préoccupé que de Mme Frenel, courant en avant de lui, et dont les bonds irréguliers le faisaient fréquemment chanceler ; il ne s'était pas aperçu d'une substitution que sa femme avait imaginée. Les yeux fixés sur la colossale et massive Mme Frenel, dont il cherchait à assurer, bien difficilement, il est vrai, les sauts lourds et retentissants, il ne tournait pas la tête de peur qu'une distraction de sa part ne fît sombrer la femme de l'astronome ; mais la *falandoulo* s'étant un moment ralentie, il regarde derrière lui et s'aperçoit, avec terreur, qu'Eugénie était remplacée dans cette course échevelée par Nedjema Assouna elle-même. Un glacial frisson courut à l'instant dans ses veines. L'agitation de la danse avait dérangé son garde-vue ; si la nuit n'était pas venue lui prêter son obscurité favorable, Nedjema aurait, à coup sûr, reconnu ce visage de mouton, ce nez allongé et étroit, cette figure béate qu'un voyage dans la vallée du Nil et un long séjour au marabout de Sidi-Ibrahim avaient incrustés dans sa tête. Mille pensées sinistres vinrent torturer le cerveau de Bernard ; il fut tiré de sa stupeur profonde par l'impétuosité que l'on communiqua de nouveau à la longue chaine des danseurs. Entre ses deux danseuses, Bernard saisissait un grand contraste : Mme Frenet remuait pesamment sa lourde masse, tandis que Nedjema, effleurant à peine le sol de ses pas, semblait une sylphide prête à s'envoler. Notre héros, le dos et le chef courbés, s'était bien promis de ne plus tourner la tête, et se félicitait d'avoir acquis assez d'embonpoint pour dépister les souvenirs de la femme cophte ; mais Mme Frenet s'obstinait, à chaque instant, à dire d'une voix heureusement étouffée : — Ouf, M. Bernard, M. Bernard, tenez-moi bien, je glisse, je vais me casser le cou, M. Bernard.— Celui-ci l'envoyait au diable et se disait : — Quelle rage de m'appeler M. Bernard ! M. Bernard ! — Mais que devint-il quand Mme Frenet lui cria : —Vous tourniez comme ça en Egypte, n'est-ce pas? Vous, au moins, vous avez dansé et tourné en Egypte ! — Bernard eut assez de présence d'esprit pour simuler une de ces toux sonores qui ébranlent toutes les cavités d'une poitrine humaine. — Allons, se disait-il, ne voilà-t-il pas qu'elle va me parler de l'Egypte? Mais elle est enragée, cette femme !

Mais la *falandoulo*, dans ses bonds désordonnés, allait mettre à l'épreuve les danseurs émérites. Les jeunes gens qui la conduisaient, s'élancèrent le long d'un canal peu profond et plein d'une eau vive qui sépare l'allée de Flore, du parc. Déjà Mme Frenet n'avait plus la conscience de son existence ; elle croyait danser sur une boule qui aurait tourné impétueusement sous ses pieds , et soufflait comme un hippopotame ; elle avait cessé ses interpellations à Bernard. Celui-ci ressentait le vertige qu'il eut, le jour où il tourna devant les dévots musulmans , au marabout de Sidi-Ibrahim ; le dôme de ce marabout était redescendu sur sa tête. Jollivet avait à peine assez de présence d'esprit pour regretter de s'être introduit dans cette maudite danse. La *falandoulo* court le long du canal , elle éprouve un trémoussement qui se prolonge sur toute la ligne ; le pied manque à Mme Frenet, elle entraîne Bernard , qui se voit tout-à-coup transporté dans un autre élément :

— Où diable sommes-nous, madame? s'écria Bernard, qui barbotait comme un canard ?

— Dans l'eau , je crois , répondit Mme Frenet, dont le corps avait largement divisé l'onde et fait jaillir une pluie humide autour d'elle.

— Nous sommes en effet dans l'eau, dit Bernard , c'est parfaitement exact. Maudite *falandoulo* !

Bernard et Mme Frenet se hâtèrent de gagner le bord du canal et coururent se chauffer près d'un grand feu de joie que les paysans avaient allumé sur la place du Fer-à-Cheval, en signe d'allégresse. Tandis que Bernard rapprochait ses vêtements mouillés, du feu, l'adjoint d'Aubagne lui frappe sur l'épaule et lui dit à voix basse :

— M. de Melval est monté dans la voiture de M. le procureur du roi, il s'est déclaré, sans hésiter, son prisonnier, mais il y a.... que vous dirai-je.... oh ! la chose est tellement *et cætera*.

— Que dites-vous ? demanda Bernard.

— Vous comprenez... ces papiers accusateurs que nous avions mis sous la nappe de l'autel...

— Eh bien !

— Tandis que vous vous livriez à une danse effrenée, nous, magistrats, vous comprenez.... j'ai accompagné M. le procureur du roi à la chapelle du Plan, et voilà... *et cætera*.

— Eh bien ? dites !

— De tant de papiers, M. le procureur du roi n'a plus trouvé qu'une lettre, une lettre, qui, ma foi, à elle seule vaut, vous comprenez, *et cætera*. Mais enfin tout le reste a disparu. N'importe, M. le procureur du roi, accompagné de moi qui vous parle et de deux gendarmes, s'est avancé de M. de Melval, qui se promenait à l'écart; ils se sont vite entendus; seulement M. de Melval a appelé son domestique; il a dû prétexter un voyage forcé à Marseille. Le domestique, en le quittant, avait l'air assez vexé, *et cætera*, et les voilà en route.

IX

Pendant que la voiture qui transportait Emma et Fenoul au château de Solans, après la fête de Gémenos, roulait vers le pont de l'Etoile, l'ex-caporal, en proie à une mauvaise humeur qu'il ne parvenait guère à maîtriser, répondait ainsi aux questions que sa jeune maîtresse lui faisait sur le prompt départ de son père pour Marseille :

— Mais vous savez bien, mademoiselle, que M. votre père n'agit pas autrement; il est peu communicatif, de son naturel. Je vous répète qu'il m'a dit : — Honoré, tu retourneras avec ma fille au château; une affaire indispensable me force d'aller à l'instant même à Marseille, et je profite de la voiture de l'un de mes amis.

— Mon père n'a rien dit pour moi ?

— Il m'a chargé seulement de vous ramener au château.

— Mais mon père ne pouvait pas me faire appeler ? Ne pouvais-tu pas me chercher, me conduire à lui, au lieu de me laisser danser dans le parc ?

— Quelle danse que cette *falandoulo !* c'est ainsi qu'on l'appelle, je crois ; j'étais rendu après quelques tours dans les allées, et j'ai laissé les autres s'évertuer sans moi. Ma tête se fendait et mes jambes fléchissaient.

— Quoi ! la tête tourne si vite à un vieux soldat !

— Elle ne vous tournait pas à vous, mademoiselle : les jeunes filles danseraient vingt jours et vingt nuits de suite sans demander leur reste. Quand j'avais votre âge, j'étais de cette force-là, mais je ne sais pas cependant si j'aurais résisté à une *falandoulo*, même quand j'avais dix-huit ans.

— Ce n'est pas puis si fatigant ! Tu exagères, Fenoul, tu exagères beaucoup.

— Ah ! ce n'est pas fatigant !... Je sais bien pourquoi vous trouvez que ce n'est pas fatigant, je le sais bien !

Emma garda le silence jusqu'à l'arrivée de la voiture à la grille : — Mon père me quitter ainsi, se disait-elle, sans m'embrasser, sans me dire où il allait.... Et Fenoul qui n'a pas eu l'idée de venir m'avertir ! Je ne le lui pardonnerai jamais, non jamais.

Et elle se tournait vers un des côtés de la voiture pour laisser couler ses pleurs sous son voile.

La vieille nourrice arabe vint recevoir Emma et Fenoul sur la terrasse ; l'ex-caporal éprouvait un redoublement de misanthropie.

— Marche donc, vieille sorcière ! dit-il à l'Egyptienne qui ne bougeait pas de la terrasse et exprimait, par sa bouche grandement ouverte et ses yeux écarquillés, l'étonnement où la jetait l'absence de M. de Melval.

— Pourquoi parles-tu ainsi à ma nourrice ? dit Emma à l'ex-caporal.

— Je lui dis ce qu'elle est ! Voyez la drôle de figure qu'elle a, une peau qui pourrait servir de crible.

— Vous êtes méchant, ce soir, Fenoul, vous qui avez été si honnête et si gai aujourd'hui ; aussi je vous fuis.

Emma entra brusquement dans un des salons du château, et s'assit près d'une table sur laquelle l'Egyptienne plaça une lampe. L'appartement était vaste ; au fond s'étendait un de ces grands divans de bastide que recouvrent des coussins empilés ; la tapisserie en cuir de Cordoue avait subi dans ses incrustations dorées de nombreuses altérations ; les meubles étaient contemporains de la régence. La jeune fille de Melval ne parvenait pas à se donner une explication satisfaisante d'un départ tellement précipité, que son père n'avait pu prendre le temps d'en informer son enfant et de l'embrasser. La mauvaise humeur de Fenoul ne lui aurait pas paru d'un fâcheux augure, si elle n'avait pas redoublé. L'ex-caporal avait été presque brusque avec elle, c'était un signe peu rassurant; il avait devant elle traité sa bonne nourrice arabe de vieille sorcière ; ceci devenait effrayant. A ces pensées, Emma se remit à pleurer.

Fenoul entra dans le salon et le parcourut silencieusement, du divan à la fenêtre, les bras croisés sur la poitrine. Après deux tours, il s'arrêta et dit en s'adressant à l'Egyptienne :

— On est venu ce matin ici ?

— Oui, répondit l'Egyptienne, dans son baragouin que nous nous dispenserons de reproduire et dont il nous suffira de donner une traduction ; oui, on est venu.

— Et qui tonnerre.... est venu ? un ermite, un *abouna* ? (1)

— Un saint *abouna* est venu.

— Quel nez avait cet *abouna* ?

A cette question, l'Egyptienne fit entendre un éclat de rire, et Fenoul réitéra sa question, en frappant le sol d'un grand coup de pied.

— Oh ! un nez comme il n'y en a pas ! dit la nourrice.

— Et qu'a-t-il fait ici cet *abouna* ?

— Il a bu et mangé.

— Et toi, vieille diablesse, tu t'es grisée ?

— Moi ! répondit l'Egyptienne en levant ses deux mains vers le plafond et en disant :

Isto onoma tou patros, ké iou, ké tou aghiou pneumatos, amin ! (2).

(1) C'est le nom que les Arabes donnent aux moines.
(2) Ce sont les paroles du signe de la croix chez les chrétiens arabes.

— Allons, puisqu'elle dit tous ces *isto* et tous ces *iou*, la vieille s'est grisée.

— Mais pourquoi, dit Emma, faire tant de questions à cette femme ?

— Pourquoi, mademoiselle ? Parce que le jardinier vient de me dire qu'un ermite est venu ici ce matin, un ermite porteur d'un nez formidable, et que cet ermite a bu et mangé et qu'on a trouvé l'Egyptienne saoule comme une grive, la tête sur la table et ronflant comme une toupie. Voilà.

— L'*abouna* bénissait le vin, dit la nourrice d'Emma.

— Oh! il bénissait le vin, l'*abouna!* C'est le secret de le rendre meilleur apparemment ; aussi on ne s'est pas fait faute d'en boire. Mais ce n'est pas ce qui m'intrigue ; cet ermite, c'est celui de Saint-Clair, ce drôle qui a flairé tout hier autour du château et que je me repens de n'avoir pas assommé. Il me faisait des yeux comme un basilic. Il m'a semblé que j'avais vu cet ermite, quelque part.

-- Les ermites font la quête dans les campagnes, dit Emma.

— Mais pourquoi hier n'est-il pas entré au château ?

— C'est parce que tu lui as fait peur, avec ton air méchant.

— C'est égal, tout ceci m'est suspect. Nous sommes dans un pays et dans un temps où il faudrait se défier de son ombre. Votre père, aujourd'hui, je ne l'ai plus reconnu ; il parlait à tout le monde, à ce Jollivet, à cet arlequin qui fait des balafres aux arbres, bien que ça lui en cuise quelquefois, à des voisins de Solans qu'on ne saluait pas même avant, à ce jeune dénicheur d'aiglons qui.... Pour celui-là, j'avoue qu'il intéresse.

— C'est bien heureux , dit Emma.

— Ah ! c'est bien heureux ! répondit Fenoul en contre-
faisant la voix d'Emma et en remuant la tête d'un air
câlin ; c'est bien heureux , n'est-ce pas?

— Oui , c'est heureux que celui-là ait trouvé grâce
devant toi , mon bourru....

— Il a trouvé grâce devant moi.... ajouta Fenoul, qui
continuait à contrefaire la voix d'Emma.

— Oui , tu ne lui dis pas les sottises ordinaires.

— Oh ! je conviens volontiers que c'est un brave garçon ; je l'ai jugé d'un coup-d'œil: franc comme l'or,
brave comme mon vieux sabre, et avec ça, une figure qui
doit bien revenir aux jeunes demoiselles romanesques! A
celui-là , je veux bien que votre père parle, mais non aux
autres ; si le respect n'enchaînait pas ma langue, M. de
Melval m'aurait entendu , je vous en réponds.

— Oh ! tu te gênes tant !

— Et je fais bien. J'ai l'œil ouvert pour qui ne veut pas
voir, et l'oreille aux aguets pour qui ne veut pas entendre.
Mais c'est le moment d'aller se coucher.

— Fenoul !

— Mademoiselle !

— Ici, mon vieil ami.

— Où donc?

— Ici, ici, sur une chaise, à côté de moi.

— M'y voilà.

— M. Honoré Fenoul, ex-caporal de la grande armée,
n'aime plus sa petite Emma !

— Je ne vous aime plus, moi ! Que signifie cette bê-
tise, tonnerre !

— Ne parlez pas comme cela , ou je me fâche.

— Alors ne me dites pas des choses qui sont fausses.

— Je vais te le prouver, Honoré , que tu ne m'aimes plus !

— Eh bien ! prouvez.

— Tiens, je compte sur les doigts : — une fois, — en route, — tu as eu de l'humeur.

— C'est vrai.

— En route, tu ne m'as pas dit le plus petit mot d'amitié. Quand nous sommes arrivés, tu as appelé ma bonne nourrice vieille sorcière !

— C'est encore vrai.

— D'où je conclus que tu ne m'aimes plus.

— Ah ! vous concluez comme ça , vous ?

— Oui.

— Eh bien ! qu'y faire ?

— J'ai donc raison ?

— Non , vous avez tort.

— J'ai raison !

— Tort !

— Oui , j'ai raison ; et moi , à mon tour, je ne vous aime plus, parce que vous êtes un méchant, un sournois, un dissimulé.

— Méchant , sournois , dissimulé ! moi , moi , Honoré Fenoul ! moi , qui vous ai tenue toute petite dans mes bras, qui vous mettais sur la tête mon shako , qui vous laissais traîner mon sabre, à qui vous avez si souvent tiré la vieille moustache ! C'est comme ça que vous me parlez ?

— Oui, parce que vous ne me dites pas tout, parce que

vous savez bien pourquoi mon père est allé à Marseille , et que , pour me faire passer une mauvaise nuit, vous ne voulez pas me le dire.

— Je vous jure, foi de Fenoul, que je vous ai dit tout ce que je savais : votre père ne m'a pas dit autre chose.

— Mais, dit Emma en posant son index sur le front de Fenoul, qui était assis vis-à-vis d'elle , mais ce qu'il y a là-dedans, vous ne me le dites pas ! Si vous aimiez encore votre petite Emma, vous lui diriez : — Mademoiselle , je n'aime pas ce voyage de nuit à Marseille. — Car vous le pensez , Honoré , n'est-ce pas que vous le pensez ?

— Je ne dis pas trop non.

— Je ne suis plus une enfant, tu peux tout me dire , va , j'ai du courage, je suis prête à t'entendre.... On a arrêté mon père !

Ces paroles firent tressaillir Fenoul, qui se leva et dit :

— Je vous jure que je n'en savais rien. Votre père était si calme....

— Mon père est toujours calme! Mais alors, puisque tu étais là, n'as-tu rien vu ? Moi, j'ai vu rôder des gendarmes, aujourd'hui.

— Il y en a toujours dans les fêtes.

— As-tu vu mon père monter en voiture ?

— Il causait avec deux messieurs, puis il les a quittés pour me chercher ; je m'étais assis sur un banc de l'allée de Flore, votre père m'a vu et m'a dit : — Une affaire imprévue me force d'aller sur-le-champ à Marseille , tu ramèneras ma fille à Solans et tu lui diras d'être bien tranquille.

— A-t-il dit quand il reviendrait ?

9

— Je pense que demain il reviendra.

— Veux-tu que je te dise mes craintes ? Tu n'as pas vu peut-être qu'une dame est venue dans le parc lui prendre le bras et le conduire à quelque distance du banc où il était assis entre toi et M. Jollivet. M. Jollivet s'est tourné, a regardé cette dame et a remué la tête, mais d'un air qui m'a glacée ! — Qu'avez-vous ? lui ai-je demandé. — Ah ! si vous saviez qui est venu parler à votre père ! m'a-t-il répondu. Je ne sais pas , mais bien qu'il se soit tû et que je n'aie pas osé lui demander ce qu'il voulait dire, les paroles de M. Jollivet m'ont rendue toute tremblante ; j'ai dû pâlir. M. Daniel s'est aperçu de mon trouble, et il m'a dit : — Tenez, voilà la dame qui en veut tant aux bonapartistes ; c'est elle qui a tant persécuté mon ami Aubert. — C'est donc une bien méchante femme ? ai-je répondu. — L'autre soir, m'a dit alors M. Daniel, un ermite , l'ermite de Saint-Clair, m'envoya auprès d'elle avec un billet dans lequel il la priait de ne plus faire du mal à M. Aubert, et elle me promit de faire rouvrir l'école de mon ami.

— Il y a l'ermite mêlé à cela ? L'ermite qui est venu ce matin ici ? dit Fenoul.

— C'est probablement le même. L'ermite et cette dame se connaissent, ajouta Emma ; et cette dame, tu sais qui elle est ?

— Pas trop.

— M. Jollivet m'a dit qu'elle logeait près de nous et qu'elle s'appelait Mme Bernard. Les demoiselles Dupré ont ajouté que le mari de cette dame était une espèce d'original qui avait été momie en Egypte.

— Ah ! il a été momie en Egypte , il doit être bien vieux alors !

— Qu'avait à dire cette femme à mon père ?

— Que vous dirai-je, mademoiselle ? je m'y perds.

— Si mon père n'est pas de retour demain matin, j'irai la voir, cette dame ; peut-être saura-t-elle quelque chose.

— Voilà une bonne résolution ; je vous y mènerai ; mais je pense que demain, en vous éveillant, vous verrez votre père dans votre chambre. Nous sommes deux enfants, vous bien jeune, moi bien vieux ! Nous nous mettons l'esprit à la torture et nous prenons plaisir à nous effrayer ; je suis sûr qu'il n'y a rien du tout, mais rien !

— Crois-tu, mon bon Fenoul ?

— Eh ! certainement ; vous verrez, demain matin, que nous rirons de toutes nos peurs. Maintenant nous voyons tout en noir, l'ermite, cette dame, ce départ si brusque ; et puis, demain, votre père vous expliquera en riant son voyage, et vous direz : — Ce n'était que ça ? Oh ! que Fenoul et moi nous avons été bêtes avec nos suppositions et nos frayeurs ! Vous direz cela.

Une voix se fit entendre dans l'escalier :

— M. Honoré ! M. Honoré !

— C'est la voix du cocher, de Pierre, dit Fenoul.

— Va voir ce qu'il te veut.

— Attendez, mademoiselle, je suis à vous, et puis nous irons nous coucher, et demain nous serons aussi gais que nous l'étions ce matin quand il est descendu de la montagne, avec son aiglon à la main.

— Reviens vite, pour que je puisse dormir cette nuit.

Fenoul alla trouver Pierre, qui l'attendait sur le palier du premier étage, une lampe à la main.

— Eh bien ! que me veux-tu ? dit Fenoul à Pierre.

— La fenêtre de la galerie n'était pas fermée, répond le cocher, j'entendais le volet battre sur le mur, je suis entré et.... venez voir !

— Qu'y a-t-il dans la galerie ? grand escogriffe !

— Il y a qu'il faut y venir voir.

— Eh bien ! allons y voir.

Fenoul prend la lampe des mains de Pierre et se rend à la galerie ; il regarde , se tourne vers le cocher et dit :

— Eh bien !

— Vous ne voyez rien ?

— Ah ! s'écrie Fenoul en pâlissant , c'est vrai. — Et il ajouta d'une voix de tonnerre :

— Qui diable ! sacré... ! est entré ici ?

Fenoul avait aperçu des tableaux détachés de leurs clous et renversés sur le sol.

Fenoul comprit tout alors. Il était le confident de son maître ; Melval ne cachait rien à son vieux compagnon de guerre. L'ex-caporal avait lui-même fait faire les cadres dont la largeur parut si suspecte à l'œil exercé de Bataglia ; lui-même avait distribué toutes les pièces du vaste complot bonapartiste dans les sacs de toile cirée , avant et après le retour de l'île d'Elbe ; lui-même avait donné à M. de Melval l'idée de cacher ces sacs là où il ne croyait pas qu'on pourrait les soupçonner ; et dans ce moment terrible , il voyait que les tableaux avaient été détachés et les sacs enlevés ! Plus de doute ; on a pénétré chez M. de Melval , on a saisi les preuves du complot , M. de Melval est arrêté ; il est en prison à cette heure, au secret , peut-être !

Dès ce moment, Fenoul devint héroïque de dévoûment et de sagacité.

Réprimant son effroi, il va à Pierre, qui avait commencé par remettre les tableaux à leur place, et lui dit :

— Où diable avais-je la tête ? J'ai tant bu aujourd'hui, que j'ai plus envie d'aller dormir que de causer. Laisse donc, olibrius, les tableaux où je les ai mis !

— Ah ! c'est vous qui les avez mis là ? Alors il n'y a pas de mal.

— Eh ! oui, imbécile, il y a des nez à refaire à ces tableaux.

— Ah ! il y a des nez ?

— Oui, des nez ! Autrefois on les faisait en trompette, les nez, sur les tableaux ; maintenant on les fait en sifflet. Tu comprends ?

— Ah ! je comprends : alors je les laisse là où ils sont ?

— Un peu vite, et va te coucher, entends-tu ? Bon soir, bonne nuit, et étrille-moi les chevaux un peu mieux, grand fainéant !

— M. Honoré, je ne suis pas un fainéant.

— Je voulais dire grand paresseux. Bonsoir !

— Bonsoir !

Fenoul ferma la porte de la galerie, mit la clé dans la poche, descendit l'escalier avec une vitesse juvénile, et entra dans le salon en se frottant vivement les mains l'une contre l'autre.

— Que voulait Pierre ? lui demanda Emma.

— Me dire, avec cet air capable qu'il aime tant à prendre, qu'un de nos chevaux avait attrapé un coup d'air au bois de Saint-Pons. Je lui ai répondu : nous lui mettrons demain un garde-vue dans le genre de celui que portait ce monsieur que les demoiselles Dupré appellent

une momie ; et il m'a répondu : — C'est bien. — Puis il
est allé se coucher et nous allons en faire autant. Je dor-
mirai bien cette nuit.

—Quoi ! tu pourras dormir cette nuit?

— Eh ! sans doute. Je vous ai dit que nous étions deux
enfants ; mais moi, puis, j'ai réfléchi , que diable ! et je
me suis moqué de moi. Ensuite, vous m'aviez rendu
comme vous, je ne sais quoi!... que vous dirai-je? En
vous voyant triste et pensive , en vous voyant ʻpleurer,
car je voyais bien que vous vous cachiez pour pleurer
dans la voiture, j'ai fini par avoir de sottes idées. J'étais
bête , mais bête.... M. de Melval est en ce moment dans
une belle chambre de l'hôtel des Empereurs, chez la
veuve Roubin , et il attend tranquillement dans un bon
lit le jour, pour faire ses affaires et revenir vite embrasser
sa petite demoiselle qu'il aime tant, que nous aimons tous
tant...., Ah ! vous m'aviez changé , mademoiselle , j'ai été
un grand méchant. — Nourrice, où es-tu? viens ici , que
je t'embrasse , que je te demande pardon !

La nourrice se laissa embrasser par Fenoul qui ajouta :

— Je t'ai mal parlé, je crois, de l'*abouna*; où avais-je
ma tête ? C'est un saint ! c'est réellement un saint que cet
abouna! Tout le monde en dit un bien infini... Sans rancune, nourrice, et allez coucher votre enfant. Cette bonne
nourrice , que j'ai appelée sorcière ! mais dans son pays ,
on les aime , on les respecte les sorcières , n'est-ce pas ,
nourrice ?

La nourrice fit un signe de tête approbatif , et se mit à
rire.

— Je le savais bien qu'en Égypte on raffolle des sorcières ; c'est comme ça depuis Moïse. Sais-tu, nourrice, qu'à quinze ans tu devais être une magnifique fille ? Elle a encore de bien beaux yeux, et puis, sa peau a moins de trous que je ne pensais ; décidément ce n'est pas un crible que cette peau ! Allons, debout, accompagnez mademoiselle dans sa chambre. Bonne nuit ! bonne nuit, Mlle Emma !

— Mais tu n'es plus le même, mon bon Fenoul ! tantôt tu étais d'une humeur....

— Et c'est vous qui me l'aviez donnée, cette humeur. Eh bien ! quel mal y avait-il ? M. de Melval avait oublié une fois dans sa vie, voyez le malheur, le grand malheur, d'embrasser sa fille ; mais mademoiselle veut toujours que son père l'embrasse ! Est-ce qu'il ne vous avait pas assez embrassée, aujourd'hui ? Vous m'avez tellement exaspéré que, dans ma maudite humeur, — car je suis parfois bien détestable, on devrait me rouer de coups de bâton, — j'ai oublié de vous dire que votre père voulait vous voir ; il m'a dit d'aller vous chercher dans la *falandoule* et de vous mener à lui. Mais un de ses amis, M. Etienne, un vieux de la garde, qui, en venant de Cuges pour se rendre à Marseille, n'était arrivé à Gémenos dans sa voiture qu'au moment où l'on allumait le feu de joie, n'avait qu'un quart d'heure à sa disposition ; on l'attendait à dix heures précises à Marseille, chez le colonel Blanchard, pour se mettre à table et y rester toute la nuit. Vous comprenez, quand on est pressé.... — Ah ! mon Dieu ! disait M. Etienne, — il a tout de même une belle balafre sur la joue, ce M. Etienne, il a attrapé ça à Ulm, — ah ! mon Dieu, disait-il, on va me houspiller, si je me fais attendre chez le colonel ! Blanchard est homme à me casser sur la tête toutes ses bouteilles de champagne, et il vaut mieux les boire. Montez donc, M. de Melval, votre domestique accompagnera votre fille; demain ce monsieur que vous voulez voir part à quatre heures du matin pour Toulouse.... — Oui, il a dit pour Toulouse.... Est-ce bien pour Toulouse? — Ah! c'est bien ça ! M. de Melval s'est décidé à contre cœur; il m'a tant fait de recommandations!... Allons nous coucher, je ne puis plus tenir les yeux ouverts, d'autant plus qu'il me faut aller demain matin à quatre heures à Aubagne pour acheter de l'avoine.... Le grand fainéant de Pierre s'est laissé sans avoine....

— Mais tout ce que tu me dis là, tu pouvais bien me le dire tantôt?

— C'est vrai, c'est vrai! Mais moi, ça me contrariait de voir partir comme ça votre père; je n'aime pas que les choses se fassent, là, si brusquement, sans qu'on s'y attende.... Et puis ça me chagrinait de vous voir si triste; alors je suis devenu morne, et je vous en demande pardon, à genoux s'il le faut.

Le sergent prit la main d'Emma, qui lui dit :

— Tu es le meilleur, oui, le meilleur ami de mon père. Mon bon Fenoul, nous nous sommes bien tourmentés, ce soir.

— Ah! je n'y pense plus; je crois que je n'aurais jamais si bien dormi comme je vais le faire cette nuit.

— Bonne nuit, Fenoul !

— Dormez bien, dormez bien; demain vous embrasserez votre père.

— Je te promets que je vais faire un meilleur sommeil que je ne croyais.

X

Quand tout le monde fut couché dans le château de Solans, Fenoul se rendit silencieusement à l'écurie, sella promptement un cheval, et faisant un grand détour pour qu'aucun bruit ne pût pénétrer dans l'intérieur de l'habitation, le mena à petits pas jusqu'à la grande route ; puis, s'élançant sur sa monture, il se précipita vers Marseille. Le cheval, aiguillonné par un cavalier plus habile que Bernard, dévora le chemin. Une heure après son départ, Fenoul parcourait les rues de Marseille et arrivait au palais de justice ; dix heures sonnaient en même temps à ce haut clocher des Accoules, un des rares et anciens monuments que Marseille possède, et qui occupe l'emplacement où s'élevait jadis, sous la domination romaine, la tour de *Salva Terra*.

L'ex-caporal attacha son cheval à la grille d'une fenêtre basse, vint frapper rudement à la porte de cette prison creusée sous notre palais si enfumé et si laid, (1) et attendit en prenant l'attitude d'un gendarme en mission secrète.

Un indolent guichetier, tiré en sursaut d'un sommeil qu'il avait commencé sur un escabeau dans la geôle, s'avança lentement de la porte et appliqua sa figure contractée par un énergique bâillement, au judas grillé de cette porte peinte en rouge.

(1) On s'est enfin décidé à gratifier Marseille d'un Palais de justice plus digne d'elle, mais dont l'influence d'une ville voisine a fait réduire les proportions.

— Pardon, mon ami, lui dit Fenoul, M. le procureur du roi m'envoie ici pour quelque chose de très-pressant, au sujet du prisonnier qu'on a amené ce matin.

— Ah! je sais, nous lui avons donné la plus belle chambre, répondit le guichetier, celle qui est au-dessus de la fontaine de la cour.

— M. le procureur du roi a oublié les prénoms de ce prisonnier, et comme ceci presse et que le rapport doit être envoyé par estafette au procureur-général, va lui demander, au prisonnier, ses prénoms.

— Ses prénoms?

— Oui, ou son prénom, s'il n'en a qu'un. Fais vite; j'ai mon cheval qui s'impatiente à la porte du palais, et il faut que je parte sur-le-champ pour Aix. L'affaire est de la plus haute importance.

— Mais je ne sais pas lire, et M. le concierge s'est couché; il a le livre d'écrou dans sa chambre.

— Tiens, prends ce morceau de papier et ce crayon, et tu iras dire au prisonnier d'écrire sur ce papier son nom et ses prénoms.

— Ah! comme ça, à la bonne heure!

Fenoul se baissa, tira de sa poche un petit carré de papier et un crayon et écrivit rapidement ces mots : *Le caporal Fenoul. Le guichetier ne sait pas lire.* En passant ce carré de papier et ce crayon à travers le judas, il dit :

— Fais donc vite, mon ami : le procureur du roi est sur des charbons.

— Suffit, suffit, je retourne dans la minute, dit le guichetier, qui s'éloigna et ne tarda pas à revenir au judas.

— Monsieur, monsieur, dit-il à Fenoul, qu'il prenait

pour un gendarme vêtu en bourgeois, voici les noms du prisonnier ; bon voyage.

Fenoul saisit rapidement le papier, remercia le guichetier, et s'arrêta au milieu du vestibule, sous un fanal, pour lire le billet du prisonnier, qui avait écrit ceci :

« *Rassure ma fille et ne lui cache rien, vois M*ᵐᵉ *Bernard, tout ira bien. Paul de Melval.*

— Tiens, se dit Fenoul, il faut que je voie Mᵐᵉ Bernard. En route pour Solans, alors.

Il se remet en selle, pique des deux, et minuit sonnait à peine, qu'il avait atteint la grille du parc.

Fenoul entend les sons d'une guitare et arrête son cheval.

— Est-ce comme en Espagne, se demanda le vieux soldat : une guitare! Voyons ce qu'elle dit.

Une voix accompagnait les crins-crins de l'instrument ; Fenoul recueillit le couplet suivant sur un air peu connu :

La lune pâle
Glisse un rayon
D'un doux opale
Jusqu'au vallon.
O! blonde reine,
Qui viens sans bruit,
Rendre sereine
La sombre nuit!
A sa demeure,
Oh! guide-moi ;
N'est-ce pas l'heure
Du deux émoi?
A son oreille
Ma voix voudrait,
Quand tout sommeille,
Dire un secret.

— Il chante ses secrets, celui-là, dit Fenoul ; je parie que c'est le galandin de Saint-Pons et du *gour*. Il va réveiller Mlle Emma.

L'ex-caporal fit le même détour qu'il avait pris en partant pour Marseille, et quand il eut renfermé le cheval dans l'écurie, il vint en tapinois se cacher derrière un espalier pour écouter le chanteur de romance. Celui-ci avait entonné un autre couplet :

> Quand, sur la cime
> Où le jour naît,
> D'un vol sublime
> L'aigle planait,
> Je vous ai vue,
> Baissant le front,
> Prier, émue,
> Au bas du mont !

— C'est l'histoire de l'aiglon qu'il lui chante là….Ah ! il reprend, écoutons :

> J'ai cru que l'ombre
> Donnait du cœur ;
> Dans la nuit sombre,
> J'ai moins de peur.
> Pourtant je tremble
> Et suis discret :
> Ah ! que vous semble
> De mon secret?

— Pauvres enfants ! dit Fenoul, ils ne savent pas encore tout ce qui se passe…. Ne nous montrons pas. Je jurerais que Mlle Emma n'a pas perdu un mot de toute cette sérénade, demain elle sera moins contente. Pauvres

enfants ! J'ai bien fait de la rassurer hier soir ; elle a eu
au moins, si elle s'est éveillée, un peu de bonheur cette
nuit : le malheur arrive toujours assez vite.

Fenoul alla attendre dans sa chambre le lever du jour ;
il ne dormit pas cette nuit. Assis sur une chaise, la tête
dans les mains, le vieux soldat n'était nullement rassuré
par ces mots : *Tout ira bien*, écrits sur le billet de son
maître. Il était persuadé que la justice avait en son pouvoir tous les papiers du complot bonapartiste, et il se
disait qu'un miracle seul pouvait sauver M. de Melval.
Les haines des partis, la nécessité de raffermir un pouvoir naissant et que tant de colères menaçaient, se retraçaient à l'esprit de Fenoul, qui ne voyait pas d'où pouvait venir le salut de Melval, si grandement compromis.
Sans doute, pensa-t-il, un espion a suivi les traces de mon
maître ; la justice a tout su : le séjour à l'île d'Elbe, l'entrevue avec l'empereur, et le hasard aura fait trouver la
place où nous avons déposé nos papiers.

Fenoul, se parlant toujours à lui-même, ajouta :

— L'ermite de Saint-Clair est venu ici hier matin, il
a grisé la nourrice ; bien sûr, c'est là l'homme qui a
fait le coup. J'ai eu un pressentiment, quand le jardinier
m'a dit que cet ermite du diable avait pénétré dans le
château, et qu'il s'était fait servir à boire et à manger par
l'Egyptienne. Il aura fureté partout, il aura soulevé les
tableaux, et voilà comment tout a été découvert. N'avais-je
pas raison de conseiller à M. de Melval de brûler tous ces
papiers ?

— Mais, continua Fenoul, la justice va être diablement embarrassée, si elle veut faire son devoir. Elle aura

affaire à bien des gens, et à des gens diablement huppés.
Quand ce ne serait que Mgr le prince d'Esling, duc de
Rivoli, mon camarade Masséna, sans parler des autres,
de Mgr le duc d'Otrante, du brave Mouton-Duvernet, du
comte Labédoyère, de tous, enfin, de presque tous au
moins ; est-ce que nous ne sommes pas tous à vouloir ramener notre empereur, et l'arracher de son trou de l'île
d'Elbe ? La poire est mûre, MM. de la justice, et vous
n'aurez pas le temps de nous guillotiner... Tiens, il pince
encore sa guitare, celui-là ; voilà le monde ! Quel monde !
Un brave militaire, un bon père, un homme comme il
n'y en a jamais eu, mon bon maître, mon maître pour
qui je donnerais tout mon sang, est maintenant couché
sur la paille d'un cachot, au secret, en danger de mort !
Tonnerre !... Et sa fille, toute joyeuse dans son petit lit,
avance sa gentille tête, s'appuie sur le coude et tend
l'oreille pour bien écouter les chansons que la nuit lui
apporte dans son alcôve, tandis que moi je suis là, sans
pouvoir fermer les yeux, avec la fièvre dans le sang, à
bout de courage, et prêt à me casser la tête sur la mu-
raille ou à pleurer comme un veau !... Il me faut voir
demain cette Mme Bernard ! Comment Mme Bernard est-
elle mêlée à tout ceci ? Si j'y comprends quelque chose,
je veux que le diable m'emporte ! Ce sont les nouveaux
voisins de Solans, c'est ce M. Bernard probablement qui
a acheté la bastide là tout près du château. Tout ça s'est
passé pendant que nous étions à Cannes, et mon maître
à l'île d'Elbe.... Allons, nous irons voir cette Mme Bernard ; que lui dirai-je ? je n'en sais rien ; c'est à elle à me
parler. Si je menais avec moi Mlle Emma ! Car demain

matin il me faudra prendre tout mon courage à deux mains et tout dire à Mlle Emma. Son père m'a dit de la rassurer, mais de ne lui rien cacher ; il faudra donc tout lui dire, ça vaut mieux ; car elle finirait par comprendre quelque chose et elle m'en voudrait de lui avoir caché tous ces malheurs.... Mais tous les chiens de Solans sont en révolution cette nuit ; j'entends des cris ; des hommes courent dans la campagne ; qu'est-ce donc que tout ceci ?

La fête de Gémenos avait, à ce qu'il paraît, mis feu à tous les cerveaux. Bernard ne s'était jamais trouvé, après la *falandoule* et malgré son immersion dans le canal du parc, dans de plus juvéniles dispositions d'esprit. Frenet lui avait dit, en retournant de Gémenos, qu'après une journée consacrée au plaisir, il devait donner la nuit à la science. — Je crois, ajouta-t-il, que je verrai poindre cette nuit la queue d'une comète dans la cuisse d'Orion ! — Certainement, lui répondit Bernard, vous la verrez poindre, cette queue, le ciel est très-pur. — Je guette cette comète depuis deux mois, continua Frenet, et si je puis la saisir, je deviens du coup membre correspondant de l'académie de Dronthein et même de celle d'Upsal. — Ça en vaut la peine, repartit Bernard ; et alors, M. Frenet, vous ne vous couchez pas cette nuit ? — Je m'en garderai bien, répondit l'astronome ; je vais la passer sur le sommet de Garlaban, l'œil à mon télescope. — Je pense, dit Dupré, que je ferais bien, moi aussi, de ne pas me coucher cette nuit, et de porter mes fruits et mes herbages à Marseille : une promenade nocturne sur la charrette vous irait-elle, M. Bernard ? — Du tout, du tout ! merci de vos promenades ! Je n'ai,

répondit Bernard, nullement envie de me mettre encore
en contact avec vos abricots ; ils jouent des tours affreux,
vos abricots ! — Ce sera comme vous voudrez, ajouta
Dupré, mais moi, je vais à Marseille ; on enlève au
marché mes fruits et mes herbages. — Et cela vous fait
retourner, dit Bernard, avec des sacs pleins d'écus !
— La vente va assez bien, dit Dupré, je ne me plains pas.
— Ma foi, se dit intérieurement Bernard, cette nuit, j'ai
moi aussi, envie de ne pas me coucher et de porter mes
grands coups ! Cette *falandoule* m'a électrisé.

Frenet et Dupré le firent comme ils l'avaient dit :
l'astronome alla épier, sur le sommet de Garlaban, la
queue de la comète dans la cuisse d'Orion, et l'agronome
transporta ses fruits et ses herbages au marché de Marseille. Le champ fut laissé libre à Bernard.

A minuit, notre héros eut une idée : sa femme dormait dans une chambre séparée de la sienne par un long
corridor ; il prit une lampe, ouvrit une armoire et se
mit à considérer un instrument auquel les araignées
avaient suspendu leurs fils légers. A cette vue, mille
souvenirs de jeunesse s'éveillèrent dans la tête de Bernard, qui prit une attitude mélancolique et laissa tomber
ces mots de ses lèvres émues :

« Sonore compagnon des douces folies de ma verte
adolescence, toi que je ne retirais jamais de l'étui,
sans sentir battre mon cœur, toi que je frottais avec tant
de soin et tant de plaisir, pour que la poussière ne ternît
pas tes belles incrustations de nacre, je suis un grand
ingrat ! Pour prix de toutes les joies que tu m'as données,
je te laisse tristement languir dans cette armoire, où

l'araignée vient filer entre tes cordes harmonieuses ses immondes réseaux! immondes est bien le mot. Et pourtant que ne rappelles-tu pas à mon esprit, naturellement incandescent et passablement voluptueux? Echos de la rue des Petits-Pères, échos de la rue Bernard-du-Bois, échos de la rue Ventomagy! — car, à dix-huit ans, avant de partir pour l'Egypte, je prélevais sur tous les quartiers de Marseille, à l'orient, au nord, au sud, et je les aurais même prélevés au couchant, si la mer ne s'y trouvait pas, une ample moisson de myrthes amoureux! — O échos des rues que je viens de nommer, combien de fois ne prolongeâtes-vous pas les doux et aimables crins-crins de cette guitare? A l'appel de mon instrument, le volet faisait entendre un petit bruit sur ses gonds, un léger coup d'ongle retentissait sur la vitre, une tête blonde ou brune, n'importe, se penchait sur une épaule blanche, et une oreille séduite absorbait avidement les accents de ma voix et les sons de ma guitare; tout y passait, accents et sons, et tout, de l'oreille, descendait à ces cœurs féminins et férus! J'étais jeune et superbe et nourri dans un rang où l'on puisa toujours l'adoration de la guitare et la culture de la sérénade dans les rues que j'ai nommées plus haut! Bienheureuses rues où tant de courtiers marrons fesaient, avec leurs filles, le soir, de charmants espaliers près de leurs portes! Le courtier marron a toujours été bien loti en filles, j'en ai fait l'expérience. Rues que je viens d'appeler bienheureuses, combien de fois ne me vîtes-vous pas, caché dans une ombre favorable, à l'angle d'une maison, tendant fièrement un mollet qui tremblait dans un bas

de soie , le front légèrement plissé par l'amoureuse
pensée qui l'incendiait , les coins de la bouche relevés,
le nez ridé , les narines élargies , entonner : *Que ne
suis-je la fougère !* ou bien *Ecoute, chère Amaryllis !*
et m'accompagner de ma guitare , que mon ongle exercé
attaquait avec tant de grâce et de charme ! J'ai ensuite
diablement négligé la guitare. Depuis que je suis à
Solans , j'ai eu mille fois la pensée de l'exhumer, mais
je finissais par n'y plus songer ; cette nuit , j'en ai pris
le parti. Me voilà délivré des obsessions de ce maudit
Bataglia , dont la rencontre avait jeté un si grand trouble
dans mes esprits ; je reprends ma gaîté naturelle, et avec
ma gaîté , mes projets séducteurs. C'est dans ma nature.
La *falandoule* m'a rajeuni , et je secoue même l'impor-
tune idée de cette Nedjema, qui m'est tombée de je ne
sais où. Puisque ces niais sont, l'un à épier une comète,
et l'autre à porter au marché ses abricots, je vais rede-
mander à ma guitare mes succès d'autrefois. Une sérénade
à Mme Frenet , une sérénade à Mme Dupré , c'est galant
tout cela ; et qui sait ? Parbleu... (1) »

Bernard, après avoir débité cet intéressant monologue,
prend sa guitare , la nettoie, en essuie les cordes , les met
d'accord en tournant les clés, et quitte sa chambre, tout en
ayant soin de faire le moins de bruit possible. Arrivé sur
sa terrasse , il entend les sons d'un instrument et reconnaît ceux d'une guitare.

— Il paraît , dit-il, qu'on a eu la même idée que moi !

(1) Ce monologue peut donner une idée des formes du style que le
Père Amolric , professeur de rhétorique à l'Oratoire, enseignait à ses
élèves. Le Père Amolric est mort dans une bastide , près de Marseille,
entre les portraits du grand Arnaud et du diacre Paris.

Entendre une guitare à cette heure et en pleine campagne ! J'aurais, ma foi, cru que cette idée ne pouvait venir qu'à moi.

Notre héros s'achemine vers la bastide de Dupré ; à mesure qu'il s'avance, il saisit dans l'air les sons de deux guitares.

— Ceci me passe, par exemple, se dit Bernard ; une guitare là-bas, deux guitares ici ! Il y a donc eu un rendez-vous de guitares à Solans ! Ma foi, ceci me passe.

Bernard continue à marcher vers la bastide de Dupré, et son oreille est désagréablement frappée d'un duo que Jollivet, armé d'une guitare, exécutait avec Aubert, également muni du même instrument. Jollivet s'était constitué le mentor du maître d'école dans le domaine de la déesse de Cythère ; il avait pris excessivement à cœur l'amour si timide et si peu ambitieux de Lucien. Comme Daniel n'avait pas caché à son ami, après lui avoir communiqué sa romance, le projet d'aller chanter cette nuit même, ses vers d'échappé du collége, sous les fenêtres du château de Solans, Jollivet applaudit à cette idée et décida qu'Aubert et lui iraient en faire autant devant la bastide de l'agronome. L'ex-danseur avait une demi-douzaine de guitares chez lui ; Aubert cultivait aussi dans ses rares loisirs cet instrument ; il fut donc facile à Jollivet d'organiser une sérénade sous les fenêtres de Mlle Scholastique.

Jollivet, plus que jamais en verve, installa Aubert sur la terrasse de la bastide de Dupré, lui donna le signal, et après un léger prélude, l'ex-danseur improvisa les deux couplets suivants, qu'il chanta sur un de ses airs favoris :

Jadis, on a vu dans la Grèce,
Dans ce pays aimé des dieux,
Un Mentor qui de la jeunesse
Se fit le censeur odieux ;
Il voulut faire la police
Dans le royaume des amours :
A son élève, fils d'Ulysse,
Il joua d'assez vilains tours.

—

Moi, Mentor bien plus débonnaire,
Et bien plus chéri de Vénus,
Dans mon humeur quadragénaire,
J'aime les plaisirs défendus.
Moi, qui fus le dieu de la danse,
Je mène à sa belle Héro
Un amant tremblant, et je pense
Faire un héros de ce zéro.

Jollivet répétait pour la quatrième fois ces vers ridicules, dont il était très-content, quand Bernard, le reconnaissant à sa voix, dit :

— Ah ! c'est Jollivet, et il amène du monde avec lui dans ses courses nocturno-amoureuses ! Que diable chante-t-il là ? Ecoutons.

Comme Bernard n'avait pas eu la précaution de marcher en tapinois, Jollivet entendit le bruit de ses pas et s'interrompit pour essayer de deviner qui venait ainsi l'épier. Bernard avait une manière de tousser qui lui était particulière ; la fraîcheur de la nuit et celle du bain qu'il avait pris dans le canal du parc avaient mis en insurrection les humeurs de son cerveau et de sa poitrine ; saisi par une violente quinte de toux, il fit résonner si brusquement sa poitrine et son nez que l'ex-danseur se dit :

— C'est Bernard !... Ah ! il vient rôder autour de ces dames.... Je vais lui donner une leçon.

Jollivet dit à Aubert de continuer à pincer de son instrument et à chanter toutes les romances qu'il savait. Comme il avait pensé, avec raison, que Bernard, trouvant la place déjà occupée devant la fenêtre de la famille Dupré, se rabattrait infailliblement sur la bastide de Frenet, l'ex-danseur prit le plus court chemin pour le devancer. Jollivet avait pénétré Bernard ; celui-ci, en effet, s'était acheminé vers la demeure de l'agronome, après s'être dit :

— Mme Dupré aura son tour plus tard ; allons à Mme Frenet.

La muse les avait tous mordus ce soir, comme on voit.

— Si je lui servais un plat de ma façon, à cette imposante femme ? Faisons vite un couplet de circonstance, avait pensé Bernard.

Et Bernard, tendant tous les ressorts de son esprit, parvint, non sans peine, à enfanter le couplet suivant :

> Femme vraiment phénoménale,
> Dont j'admire tant l'embonpoint,
> Oui, votre taille colossale
> Est pourtant parfaite en tout point :
> Devant vous je suis comme un arbre
> Que la foudre aurait *attristé* ;
> Si vous avez l'éclat du marbre.
> Vous en avez la dureté.

Après avoir rassemblé les étranges vers de ce couplet, Bernard se dit :

— Cet *arbre que la foudre aurait attristé*, ça me choque. Quelle rime pourrais-je trouver à *dureté* ? Sans cette légère tache, le couplet serait parfait. Voyons, cherchons.

Or, tandis qu'il cherchait, tout en marchant à petits pas vers la bastide de Frenet, à corriger les imperfections de son couplet trop hâtivement fait, il croit de nouveau entendre le son d'une guitare.

— Encore une ! Mais c'est inouï ce qui m'arrive cette nuit, s'écria Bernard, tout stupéfait ; mais il en pleut des guitares, cette nuit ! Je sors de ma bastide, et ce que j'entends c'est une guitare à quelques pas de moi ; je vais chez Dupré, deux guitares ; je me replie vers Frenet, encore une guitare ! Mais quel diable a déchaîné tant de guitares ? Tâchons de pénétrer cet étrange mystère.

Jollivet, après avoir préludé, entonnait, sur l'air de *Marlborough*, les couplets suivants, d'un horrible prosaïsme, lesquels firent prendre à Bernard l'attitude d'un homme indigné et excessivement vexé :

> Il est une momie,
> Mironton, tonton, mirontaine.
> Il est une momie
> Qu'on appelle Bernard.

A ce mot de Bernard, celui-ci dit :
— Ça me regarde.
Jollivet poursuivit :

> Qui toujours s'ingénie,
> Mironton, etc.
> Qui toujours s'ingénie
> A le dire sans fard,

— Voyons à quoi je m'ingénie, dit Bernard.
Jollivet continua :

A décorer la tête,
Mironton, etc.
A décorer la tête
D'un trop distrait mari,

—

De ce bois malhonnête,
Mironton, etc.
De ce bois malhonnête
Qui rend l'époux marri !

— Ah ! il n'a pas tout-à-fait tort, cet atroce Jollivet, se dit Bernard, qui entendit les autres couplets, en faisant, dans l'ombre, une pantomime assez divertissante.

De cette humeur distraite,
Mironton, etc.
De cette humeur distraite
Bernard veut profiter.

—

Le projet n'est pas bête,
Mironton, etc.
Le projet n'est pas bête.
Je le fais avorter.

—

J'aime l'astronomie,
Mironton, etc.
J'aime l'astronomie,
Et pour elle, mon fer

—

Se rit d'une momie,
Mironton, etc.
Se rit d'une momie
Sortie de l'enfer !

—

Quand Frenet est en quête ,
Mironton , etc.
Quand Frenet est en quête
D'un astre chevelu ,

—

Moi , je vois sa comète,
Mironton , etc.
Moi je vois sa comète ,
Qui, l'air peu résolu ,

—

Autour de la terrasse ,
Mironton , etc.
Autour de la terrasse
Rode , ne disant mot.

—

Je lui souffle la place,
Mironton , etc.
Je lui souffle la place :
Attrappe, pauvre sot !

— Ah ça ! voyons, s'écria Bernard exaspéré , en avez-
vous pour longtemps encore de vos impertinences, dites,
monsieur l'insolent?

— Ah ! vous voilà ! M. Bernard , dit Jollivet , et avec
une guitare aussi?

— Il ne s'agit pas de guitare.

— Comme vous voyez , c'est un bel instrument que la
guitare ; je ne vous connaissais pas ce talent.

— Monsieur, je vous ai écouté jusqu'au bout , et je
trouve que vous êtes un mal appris ! Faire d'infâmes couplets sur moi , comme ceux que vous venez de chanter !

— Mais je crois que Mme Frenet s'est mise à sa fenêtre?
C'est bien Mme Frenet que j'ai l'honneur de voir ?

— Vous ne vous trompez pas, M. Jollivet, dit la femme
de l'astronome , une guitare m'a réveillée.

— Et vous avez tout entendu? madame, dit Bernard.

— Pas distinctement; il était question de vous, je crois, dans ce que M. Jollivet chantait.

— Comment, de moi? Je le crois, parbleu bien! Depuis le commencement jusqu'à la fin, ce misérable paltoquet a exercé sa verve sur moi.

— Vous m'appelez paltoquet, M. Bernard! s'écria Jollivet.

— Allons, les voilà encore aux prises, dit Mme Frenet! qui, en cornette de nuit et en camisole, s'appuyait sur le rebord de sa fenêtre.

— Oui, je vous appelle paltoquet, et si vous n'êtes pas content....

— Vieille momie! dit Jollivet, attends!

L'ex-danseur soulève sa guitare, Bernard en fait de même, les deux instruments se heurtent et se brisent en éclats; Bernard et Jollivet se ruent alors l'un sur l'autre, se saisissent et entament une lutte devant Mme Frenet, qui leur disait :

— Mais, messieurs, y pensez-vous? Vous battre ainsi sur ma terrasse! Des hommes comme vous!

— Le scélérat! criait Bernard d'une voix étouffée, il m'étrangle!

— Ah! mon Dieu! s'écriait Mme Frenet, qui se hâta de descendre sur la terrasse à peu près *dans le simple appareil d'une Junon qu'on vient d'arracher au sommeil.*

Elle arriva à temps pour empêcher la strangulation de Bernard, qui ouvrait déjà démesurément la bouche. En jupon fort court, en camisole, une simple cornette sur la

tête, Mme Frenet parvint à faire lâcher prise à l'ex-danseur, qui semblait avoir juré la mort de Bernard.

— Vous m'avez sauvé, madame! s'écria Bernard, reconnaissant et touché du charmant déshabillé dans lequel
Mme Frenet s'offrait à sa vue.

— C'est un loup enragé, que cet homme, continua
notre héros ; j'en aurai une extinction de voix, mon
gosier est en feu! Me serrer de cette manière !... Oh ! le
paltoquet.

— Vous m'appelez encore paltoquet, dit vivement Jollivet, qui ne put atteindre Bernard, auquel Mme Frenet
vint prêter de son corps l'épaisseur favorable. Caché derrière ce rempart féminin, Bernard criait :

— Oui, paltoquet ! Oui, oui, paltoquet ! Ça vous vexe?
Eh bien ! tant mieux, paltoquet !

— Mais, madame, écartez-vous pour que je le piétine,
ce misérable !

— Retirez-vous, monsieur Bernard ; je me charge de
tenir monsieur en respect, dit Mme Frenet.

— Je ne veux pas plus longtemps me commettre avec
ce paltoquet, et je profite de votre conseil, dit Bernard.

— Encore ce mot de paltoquet ! dit Jollivet hors de lui :
attends !...

Mais M^{mé} Frenet lui prend les mains, et l'ex-danseur
se trouve cloué sur place par l'effet de l'énergique poignet
du colosse féminin. Bernard, s'arrachant avec dépit à la
contemplation du déshabillé de la femme de l'astronome,
fuit, et, comme le Parthe, lance, en précipitant sa course,
ces mots à Jollivet :

— Paltoquet, oui, paltoquet !

Ses cris, ceux qu'avait poussés son adversaire, sa course avaient déterminé dans toutes les bastides voisines ces aboiements de chiens qui étaient venus surprendre Fenoul au milieu de ses tristes pensées.

XI

Bernard descendit de grand matin dans son salon à manger, où sa femme ne tarda pas aussi à se rendre.

— Sais-tu, Eugénie, lui dit Bernard, en s'interrompant de temps en temps pour avaler quelques gorgées de café, sais-tu que je commence à croire que ce quartier de Solans est ensorcelé?

— Eh! qui te fait parler ainsi? dit Mme Bernard.

— Comment! tu ne trouves pas que depuis quelque temps il se passe ici des choses surprenantes? A peine arrivons-nous, je me trouve face à face avec le savant qui m'avait joliment molesté dans l'hypogée de Thèbes. Ce n'était pas mal débuter, comme tu vois, dans toutes les surprises que ce maudit quartier me tenait en réserve: y retrouver à point nommé ce Frenet qui m'avait pris pour un prêtre de Ramesses-Miamum, il y avait de quoi tomber de son haut! Enfin je m'habitue à Frenet; le hasard a amené souvent des rencontres non moins étonnantes; mais après, oh! c'est à n'y pas tenir! Hier, je ne sais quel diable m'a fait danser avec cette petite sauteuse de Nedjema, qui, du marabout de Sidi-Ibrahim, vient exprès pour moi à Gémenos! Du marabout de Sidi-Ibra-

him, sur la lisière du désert, à Gémenos, il y a diantrement loin ! Puis, c'est Melval qui nous arrive je ne sais
d'où, et avant Melval, c'est ce damné de Natale Bataglia
dont la justice nous a délivrés très-à-propos, ma foi ! Tu
vois qu'ils se sont tous donné rendez-vous ici, et tu ne
trouves pas, toi, que ce quartier de Solans est ensorcelé !
Le notaire Martinot aurait bien dû se dispenser de me
faire acheter cette bastide où je croyais ne couler que des
jours tissés d'or et de soie....

— Qu'y faire, Bernard ? En Egypte, je t'aurais répondu
comme les gens du pays : C'était écrit.

— Eh bien ! Melval est en prison, lui aussi !

— Tu vois qu'avec la justice, on peut se débarrasser de
certains voisins. Mais sois prudent, Bernard, et ne dis rien
de ce que tu as vu, ni de ce qui s'est passé, entends-tu ?

— Certainement, la justice vous rend d'inappréciables
services, et.... mais qui arrive là, sur la terrasse ?

La voix de Fenoul retentissait dans le vestibule de la
bastide de Bernard ; il tenait par la main la jeune fille de
Melval et précédait Daniel Assouna et Lucien Aubert
dont l'ex-caporal semblait s'être fait une arrière-garde.

— Peut-on voir Mme Bernard ? disait Fenoul, en faisant
résonner de sa voix les échos sonores du vestibule.

— Mme Bernard est ici, répondit Bernard, qui ouvrit
la porte du salon et invita Fenoul et sa compagnie à entrer.

Bernard se plaça dans un angle du salon, et regardant
Daniel, il se dit :

— Je n'ai pas parlé à ma femme de celui-là... Mon cœur
bat à me rompre la poitrine !... Un père, c'est un titre
respectable!... Maudit quartier de Solans !

— C'est vous Mme Bernard? dit Fenoul, qui était allé droit à Eugénie.

— Oui, monsieur, répondit, assez sèchement, celle-ci.

— Ah ! c'est vous qui tourmentez les amis de l'empereur !

— Pardon, madame, se hâta de dire Daniel ; ce brave homme est si chagrin que nous devons l'excuser. J'ai déjà eu l'honneur de vous voir, madame.

— Ah! monsieur, dit Bernard, qui se tenait collé contre le mur, t'a déjà vue, ma femme ?

— J'ai vu madame l'autre soir, quand je lui ai porté le billet de l'ermite de Saint-Clair, dit Daniel.

— Ce billet....

Mais le reste de la phrase qu'allait inconsidérément débiter Bernard resta dans la bouche de notre héros, d'où un regard significatif et rapide de sa femme l'empêcha de sortir.

Puis, se tournant gracieusement vers Fenoul, Eugénie dit :

— Vous n'avez pas encore dit, brave homme, ce qui vous amène ici ?

— Vous le voyez, madame, il y a du malheur dans le château ; je ne sais que penser de tout ce qui nous arrive. Hier, on a arrêté notre maître, un homme qui n'a jamais fait de mal à personne ; lui, faire du mal ! Si vous le connaissiez, vous diriez : c'est impossible! Eh bien ! il est en prison maintenant ; il a voulu que je vinsse vous voir. Pourquoi? Je n'en sais rien, et nous voilà avec sa fille, Mlle Emma.

— Oui, madame, puisque mon père a voulu que nous

vinssions vous voir, c'est qu'apparemment il sait que vous pouvez le sauver, dit Emma en joignant les mains.

— Je ne sais pas d'où est venue cette idée à mon maître, dit Fenoul ; il y a dans tout ce qui se passe bien du mystère ; un ermite qui a été arrêté, lui aussi hier, a fureté partout dans le château.

— Et il y a pris des papiers, dit Eugénie.

— Ah ! vous savez cela ! ajouta Fenoul ; qu'a-t-il fait de ces papiers ? Vous le savez, madame !

— M. de Melval sait ce que j'ai fait de ces papiers ; je vous en dis assez pour vous rassurer, je pense, répondit Mme Bernard.

— Ils ne sont donc pas dans les mains de la justice ! s'écria Fenoul.

— Ils sont anéantis, répondit Eugénie ; mais ne m'en demandez pas davantage.

— Et moi qui vous accusais, malgré ce qu'a écrit mon maître, ajouta Fenoul, moi qui, sans les larmes de mademoiselle, ne serais pas venu ici, bien que mon maître me l'eût recommandé !... Ah ! madame, pardonnez-moi mes soupçons.

— Je fais plus, dit Emma, je viens vous prier de me permettre....

— Quoi ? mon enfant, dit Eugénie.

— De baiser les mains qui sauveront mon père !

Et Emma se précipitant à genoux, vint couvrir de ses baisers et de ses pleurs les mains d'Eugénie.

— N'est-ce pas, dit Emma, en levant sur Mme Bernard un œil plein de douleur et d'espérance, que vous le sauverez ?

— Oui, vous le sauverez, dit Daniel, qui s'agenouilla aussi aux pieds de Mme Bernard.

— Ah! quel tableau! s'écria Bernard attendri.

— Plus intéressant que tu ne penses, lui dit Eugénie, qui se baissa vers ces deux aimables enfants et les releva.

— Elle ne croit pas si bien dire, murmura Bernard entre ses dents.

Un paysan traverse comme un éclair la terrasse, entre dans le salon et dit d'une voix essoufflée :

— Où donc êtes-vous, M. Daniel? où donc êtes-vous? Ah! enfin je vous vois; depuis cinq heures du matin, je vous cherche.

— Ah! Mathieu, c'est toi, dit Daniel; voyons, parle... Que me veux-tu?

— Ce que je vous veux?... attendez.... Mais où donc avez-vous passé la nuit ?

— Mais fais-moi connaître ce que tu as à me dire?

— C'est que j'ai diablement couru; j'ai couru toutes les bastides depuis Gémenos jusqu'ici; au château de Solans on m'a puis dit où vous étiez.... Pauvre M. Daniel !...

— Mais parle donc, parle! dit Daniel.

— Il y a qu'on a arrêté, cette nuit, votre mère et qu'on l'a menée en prison à Marseille. On voulait vous arrêter, vous aussi, mais on ne vous a pas trouvé.

— Ma mère ?

— Oui, votre mère.... On a arrêté bien du monde hier à Gémenos : le monsieur du château de Solans, l'ermite de Saint-Clair, et puis votre mère ; voilà comment la fête a fini.

— Ma mère en prison ! s'écria douloureusement Daniel ;

ma mère , et je n'étais pas là !... Mais quel affreux génie est donc venu habiter parmi nous ?

— C'est cet ermite de Saint-Clair, dit Bernard, qui....

— Mais lui aussi est en prison ? dit Daniel , qui , se tournant vers Eugénie, ajouta :

— Madame, tout ceci est un mystère, un affreux mystère ! Elle ne conspirait pas, ma mère !... Ah ! mon Dieu, mon Dieu !... Fenoul, mon ami, un cheval , vite, un cheval , que je vole à Marseille ! Je saurai tout , j'irai au fond de ce noir abîme d'iniquités...! Arrêter ma mère , une pauvre femme qui ne se mêle de rien ! Et je n'étais pas là quand ils sont venus !... Fenoul, vous me permettez , n'est-ce pas ?

— Allez , mon jeune monsieur, répondit l'ex-caporal , allez , prenez le meilleur de nos chevaux ; je ne tarderai pas à aller vous trouver, moi aussi, à Marseille...Oh ! nous n'avons plus une minute de repos maintenant !

— J'irai avec toi , dit Emma.

— Oui , mademoiselle ; je vais faire atteler la voiture : M. Daniel nous devancera.

— Un moment, dit Eugénie ; je veux, moi aussi, vous aider à sauver votre mère, M. Daniel; votre père, Mlle Emma. Vous avez l'un et l'autre beaucoup d'inexpérience encore... Cette arrestation si brusque de l'ermite de Saint-Clair me donne à penser.... Cet ermite est un personnage bien mystérieux ; il y a une affaire de police là-dedans, à coup sûr.

— Oh ! ma femme , pour aller au fond des choses, dit Bernard , il n'y en a pas une comme elle !

— J'avais , ajouta Eugénie , j'avais déjà eu lieu de me

méfier de cet ermite ; cet homme pourrait bien ne jouer qu'un rôle de délateur et s'assurer le profit d'une conspiration.

— Vous avez raison, madame, dit Fenoul ; c'est l'ermite qui a fait tous ces coups. Ah ! si jamais je le tiens, ce scélérat d'ermite !

— Le hasard, et je ne puis pas vous dire encore comment, poursuivit Eugénie, m'a déjà mis à même de déjouer une partie des machinations de cet ermite. Je suis franche, moi ; écoutez-moi tous, mes amis. Ai-je tort ou raison, ce n'est pas ce qu'il s'agit de débattre en ce moment ? Mais sachez que je suis une royaliste dévouée, et que j'ai été un instant dans les mains de cet ermite, l'instrument innocent d'une de ses atroces machinations. Mlle Emma, je l'ai dit à votre père, je ne lui ai rien caché. C'est moi, votre père l'a appris de ma bouche, c'est moi qui ai mis la justice sur les traces de M. de Melval. Un billet, mystérieusement envoyé par l'ermite, me fit croire que je pouvais rendre au roi un grand service et déjouer un complot. Ne me condamnez pas encore, ou, pour mieux dire, n'accusez que cette ardeur politique qui nous possède tous dans ces temps de troubles. Je vis celui qui devait être arrêté le soir à Gémenos, je le vis avec sa fille au bois de Saint-Pons : il était si heureux de sa fille, sa fille si heureuse de lui, que j'eus horreur de ce que je n'avais, la veille, regardé que comme une œuvre sainte et méritoire. Pourtant la justice était en éveil, les mesures étaient prises, M. de Melval allait être arrêté ; alors je me dis qu'il fallait détruire les preuves de la conspiration, qu'une fois ces preuves

11

anéanties, il n'y avait plus de poursuites possibles, et que M. de Melval était sauvé. Ces preuves, la justice les avait déjà en main ; sachez seulement que je les ai soustraites à la justice, et que ce n'est pas moi qui les ai déchirées, mises en lambeaux, dispersées à tous les vents....

— Et qui donc ? s'écria Fenoul.

— Qui ? répondit Eugénie, M. de Melval lui-même ! J'ai mis tous vos sacs de toile cirée, brave homme, dans les mains de M. de Melval ; il les a mis en pièces...

— Dieu ! est-il possible? s'écria Fenoul, qui vint baiser à la fois les mains d'Eugénie et celles d'Emma, et qui était en proie à un accès de joie extraordinaire.

— Oh ! quand ma femme se mêle de quelque chose, dit Bernard, qui ne comprenait pas grand'chose à tout ce qui se passait, on peut être sûr qu'elle ne manque pas le but, je vous en réponds !

— Mais ma mère, dit Daniel, ma mère qui est arrêtée!

— Il y avait un réseau ourdi par cet ermite, répondit Mme Bernard ; mais rassurez-vous, la justice n'a rien ; M. de Melval et moi, nous l'avons désarmée. Votre mère vous sera rendue, mon jeune monsieur, et votre père aussi, Mlle Emma. Vous voyez, continua Eugénie, en s'adressant à Emma, que votre père a eu raison de vouloir que vous vinssiez me parler ; je pouvais, je devais vous tranquilliser, je l'ai fait avec plaisir... La séparation ne sera pas longue. Quand la justice n'a aucune preuve à sa disposition, elle relâche le prisonnier, c'est dans l'ordre ; ce n'est jamais sur de vagues suppositions, sur des accusations sans preuves que l'on poursuit maintenant.

Quand même il serait prouvé que M. de Melval a fait un voyage à l'île d'Elbe, on ne pourrait pas lui en faire un crime, parce que rien n'atteste qu'il ait conspiré pour le renversement des Bourbons et le retour de Bonaparte.

— De l'empereur, madame, dit Fenoul.

— Comme vous voudrez, brave homme, dit Eugénie. Ainsi, je le répète, rassurez-vous; allez à Marseille, ne vous alarmez pas; si vous pouvez voir M. de Melval, donnez-lui une espérance qui ne sera pas trompée, j'en ai la ferme conviction. Vous, M. Daniel, vous ne tarderez pas aussi à voir votre mère retourner auprès de vous. L'ermite de Saint-Clair a voulu construire le monstrueux échafaudage d'une vaste conspiration; il avait besoin de noms, il les a, ce me semble, assez bien choisis. Mais tout s'écroulera devant l'absence de preuves et la ferme attitude des victimes.

— Que Dieu vous entende ! dit Fenoul.

— Madame, madame, nous avons encore bien à pleurer, dit Emma en saluant Eugénie.

— Votre père vous reviendra bientôt, répondit Eugénie, qui attacha sur Emma un regard presque attendri.

— Je vous dirai comme Fenoul, répondit Emma : que Dieu vous entende !

Quand Fenoul, Emma, Daniel et Lucien Aubert, spectateur muet et désolé de cette entrevue, se furent retirés, Eugénie ferma les portes et dit :

— Il n'a donc pas passé la nuit sous son toit, ce fils de l'Egyptienne ?

— Pourquoi dis-tu cela, Eugénie ? demanda Bernard.

— C'est que lui aussi devait être arrêté !

— Eh ! pourquoi ? dit Bernard, qui pâlit et arrêta ¤ regard tremblant sur sa femme.

— Eh ! tu ne vois pas que tous ces gens-là sont vend¤ corps et âme à l'usurpateur ?

— Mais tu leur disais tantôt des choses si aimables si rassurantes.

— Quoi ! tu as cru que je les plaignais ?

— Il me semblait....

— Imbécile !... Que tu es loin de moi !... Tu ne vo¤ pas qu'il y a un complot, un complot terrible, et que sans moi, Louis XVIII reprenait, dans un mois peut-êtr¤ le chemin de l'exil, et Napoléon redevenait encore maître de la France.

— Mais puisque tous les papiers sont détruits...

Un amer sourire d'ironie fut la réponse d'Eugénie.

Pendant que la *falandoule* tournoyait dans les allé¤ du parc, le procureur du roi s'était rendu, accompagn¤ seulement de l'adjoint d'Aubagne, dans la chapelle d¤ Plan, pour y prendre sous la nappe de l'autel les peti¤ sacs de toile cirée ; il n'y trouva qu'une lettre. L'étonn¤ ment du magistrat judiciaire fut à son comble. A la se¤ rure de la porte de la chapelle aucune trace d'effractio¤ ne se faisait remarquer, rien ne prouvait qu'on avait p¤ pénétrer dans ce lieu, et pourtant les nombreuses pièc¤ de la conspiration, sauf une seule, avaient été enlevée¤ Dans ce moment, Eugénie avait fait prendre à la veuv¤ Assouna sa place dans la chaîne électrique des danseur¤ et des danseuses, et s'était dirigée vers le pré, après avoi¤ vu le procureur du roi s'avancer de la chapelle du Plan située au milieu de ce pré. Le procureur du roi sortit d¤

la chapelle dans un grand état d'agitation ; en apercevant Mme Bernard, avec qui il avait eu , dans la journée, d'assez longs entretiens et qu'il savait animée d'une haine immense contre les bonapartistes , il lui fit part de sa triste découverte ; celle-ci lui dit alors :

— Est-ce qu'on n'aurait pas pu pénétrer dans la chapelle par une fenêtre ? Tenez , voyez combien cet arbre favoriserait une ascension jusqu'à cette fenêtre , et combien il serait ensuite facile d'entrer par cette ouverture ? Regardez !

— En effet, on a dû entrer par là , dit le procureur du roi.

— Avec qui étiez-vous quand vous avez placé les papiers sous la nappe de l'autel ? ajouta Eugénie.

— Avec M. Morissot, que voilà , répondit le procureur du roi, et votre mari , M. Bernard.

— M. Morissot, écartez-vous, dit Eugénie ; j'ai à communiquer quelque chose de très-confidentiel à M. le procureur du roi.

— Ah ! madame , dit l'adjoint, les affaires où la discrétion.... cette base.... *et cætera....* Je me retire.

— Bien ! dit Eugénie.

L'adjoint se tint à l'écart.

— Donnez-moi votre parole d'honneur, dit Eugénie au procureur du roi, que ce que je vais vous dire ne sortira jamais de votre sein.

— Je vous la donne , madame , répondit le procureur du roi.

— L'histoire serait trop longue, je l'abrégerai. Mon

mari a retrouvé ici , par un hasard singulier, une femme qu'il avait beaucoup aimée en Égypte ; cette femme est une de ces Égyptiennes qui ont suivi en France l'armée de Bonaparte. Si vous connaissiez mon mari, vous sauriez que c'est la tête la plus éventée qui fut jamais.

— En effet, j'ai cru m'en apercevoir.

— Joignez à cela un penchant singulier aux aventures plutôt burlesques que romanesques , bien qu'il les croie romanesques, lui. Cette Égyptienne, qui n'est pas encore trop mal, a dû réveiller une flamme assoupie ; je ne l'avais jamais vu aussi guilleret qu'aujourd'hui, et il m'a encore rabâché toutes ses aventures de Thèbes. Ceci était significatif , M. le procureur du roi ; mais, avant de continuer, je vous demande encore votre parole d'honneur de ne pas faire arrêter mon mari.

— Je vous la donne , madame.

— Donc , il aura parlé , il aura tout dit à cette femme.

— En êtes-vous sûre ?

— J'en suis tellement sûre , que si , cette nuit, vous faites fouiller la maison de cette Égyptienne, je parie que vous y trouverez les papiers que vous avez mis sous la nappe de l'autel.

— Mais, madame , vous avez là une inspiration vraiment heureuse ! Eh ! dois-je faire arrêter l'Égyptienne ?

— En doutez-vous ? Sans doute, vous le devez, avec son fils aussi ; elle a un fils bien dangereux ; c'est le plus acharné bonapartiste de la contrée , et tous sont, je parie, dans le complot de M. de Melval.

— Il sera fait comme vous dites ; mais si nous retrouvous ces papiers, quel service vous nous aurez rendu, madame !

— C'est à moi que je me serais rendu service ; il faut puis en finir avec Bonaparte.

Eugénie quitta le procureur du roi, se glissa dans le parc par une allée solitaire, et descendit dans une espèce de fossé où Melval avait dispersé, après les avoir déchirées, les pièces du complot ; Mme Bernard, rampant sous les fourrés d'herbes, ramassa presque tous les lambeaux des papiers accusateurs, les plaça dans son mouchoir, sortit du parc, et se fit indiquer par un enfant, près de cette maison voisine de la cascade de Flore dont la porte est ornée d'un gigantesque marteau de cuivre, celle de l'Egyptienne. La maison de Nedjema était vide d'habitants ; la porte, selon l'usage des villages de Provence, ouverte. Mme Bernard alluma une lampe dans la cuisine, et se mit à parcourir les appartements ; elle reconnut à des signes non équivoques la chambre de Nedjema : des robes orientales, des sachets de senteur, un tambour moresque suspendu au mur, et le portrait d'un jeune lycéen, la lui firent aisément deviner ; elle souleva un matelas du lit et fourra entre ce matelas et la paillasse tous les papiers qu'elle avait emportés dans son mouchoir. Les lambeaux habilement réunis devaient fournir à la justice les preuves évidentes d'un formidable complot.

Après toutes ces expéditions, Eugénie vint retrouver son mari, qui lui dit :

— Où donc es-tu allée ? Tu sauras que Mme Frenet et moi nous avons pris un bain.

— Un bain !

— Oui, nous sommes tombés dans le canal, où j'ai barboté comme un canard.

— La *falandoule*, dit Mme Bernard, m'avait donné des vertiges, et je suis venue voir le feu de joie.

— Qui a suffi pour me sécher, lui répondit son mari.

XII

Eugénie Bernard croyait toucher au moment de recueillir le fruit de toutes ses ténébreuses machinations. Une fois entrée dans cette route qui conduit fatalement au crime, elle ne regarda plus en arrière et se promit d'aller fermement jusqu'au bout. Il s'agissait pour elle de faire disparaître ceux qui pouvaient, en divulguant son passé, arracher à sa figure le masque d'une vertu menteuse, et la forcer de rougir devant un monde dont les hommages flattaient tant son excessive vanité. Un complot la servait à merveille. Engagé par des liens inextricables dans une conspiration où il avait joué sa tête, Melval devait périr, et l'astucieuse habileté de sa dénonciatrice l'empêcherait de connaître la main qui l'avait poussé dans l'abîme. A ses yeux, Eugénie continuerait à passer pour une femme dont le hasard avait trompé le généreux dévoûment. N'avait-il pas reçu de ses mains les pièces accusatrices, ne les avait-il pas déchirées, et si l'on en remettait les lambeaux devant ses yeux, si surtout une lettre s'était malencontreusement échappée d'un des sacs de toile cirée, il ne pouvait pas attribuer toutes ces fatales et inattendues découvertes à celle qui, au péril de sa liberté, l'avait mis à même d'anéantir la preuve de sa participation à un complot. Après un pareil service qui, par un concours de circonstances malheureuses, n'avait pas pu tenir tout ce qu'il avait promis d'abord, Melval ne devait plus arrêter le moindre soupçon sur Eugénie; il devait, au contraire, la plaindre et la défendre contre les accusations que des démarches mal interprétées feraient peser sur elle. Melval se féliciterait même, dans la triste situation où il se trouvait, d'avoir une bonne action à admirer dans la conduite de la femme qui, jusqu'à ce moment, n'avait reveillé en lui que les souvenirs d'une lâche trahison et d'une infâme coquetterie.

M. de Melval, mis à un secret rigoureux, ignorait d'ailleurs comment les lambeaux des pièces qui formaient le corps du délit étaient parvenus dans les mains de la justice; on ne l'avait confronté ni avec Nedjema Assouna ni avec Bataglia; le juge d'instruction, en plaçant sous ses yeux les débris réunis des documents de la conspiration, s'était borné à dire avec emphase que le ciel, qui veille sur les trônes, n'avait pas permis que ces papiers, soustraits d'abord à la justice, disparussent complètement. A la vue de ces papiers accusateurs, Melval se renferma dans un silence digne et ne répondit que par des monosyllabes aux questions verbeuses du magistrat; il se promit de ne rien dire qui pût compromettre davantage ses complices, Perdant toute espérance de salut, Melval ne songea plus qu'à préparer sa fille à une séparation cruelle, et à la recommander aux soins de ce vieux et bon serviteur dont le dévoûment le rassurait sur l'isolement qui allait entourer sa chère Emma.

Cette fascination qu'Eugénie, douée d'un esprit si délié, exerçait sur les hommes le plus en garde contre les séductions de la parole, fut bientôt ressentie par les magistrats de la juridiction exceptionnelle à laquelle l'affaire de Melval était déférée. Celui d'entre eux qui devait soutenir l'accusation, était un ancien avoué, à qui le retour des Bourbons avait tout-à-coup révélé une vocation spéciale pour le ministère public; aussi n'éprouva-t-il aucune surprise de se voir appelé à des fonctions aussi élevées, et augura-t-il bien d'un gouvernement qui avait eu l'heureuse inspiration de l'arracher à ses dossiers poudreux et de l'installer sur le fauteuil d'un parquet, au milieu d'une salle où son éloquence, si longtemps endormie, pouvait enfin prendre un libre et retentissant essor. Ce magistrat crut devoir, pour produire un meilleur effet, transporter dans une salle de justice les allures d'un prédicateur monotone et nazillard; sa voix creuse et sourde se traînait dans des périodes interminables et tournait, dans les moments pathétiques, à un fausset qui agaçait les nerfs des juges *dilettanti*. Son premier vœu, en montant sur son siége, fut d'avoir en main le plus tôt possible un bon complot bonapartiste qui lui permît d'acquitter, par force périodes ampoulées et un grand zèle de persécuteur, la dette de sa reconnaissance envers l'État. Ce vœu fut vite exaucé: son œil de lynx se plongea avec délices dans ces papiers, dont il rassembla consciencieusement les débris et qu'il mit en un si bon ordre, qu'un très-petit nombre de lacunes vinrent affliger ses regards investigateurs.

Eugénie Bernard, dont les absences de Solans se multiplièrent beaucoup, se mit bientôt en rapport avec ce

magistrat, et son œil exercé devina vite sa tournure
d'esprit, son humeur inquisitoriale et son étroite intelligence. Elle lui faisait ses visites dans un éclat de toilette
éblouissant; jamais l'art n'avait mieux secondé le désir
qu'une femme éprouve naturellement de dérober au coup-
d'œil le plus interrogateur, les ravages du temps. Eugénie
était naturellement, sans effort, la femme du grand
monde : vêtue avec un goût parfait, elle exhalait un
parfum d'aristocratie qui chatouillait agréablement la
vanité de l'avoué devenu magistrat; la robe de soie, serrée
autour d'une taille extrêmement mince, jetait dans l'œil
du chef du parquet des reflets chatoyants, qui ne le disposaient que mieux à prêter une oreille charmée à des discours pétillants d'esprit et assaisonnés de graces.

— Vraiment, lui disait Eugénie, je crois être trans-
portée au temps de la Fronde! Vous me faites l'effet du
président Molé, et j'ai parfois envie de me prendre pour
la duchesse de Chevreuse. Quand même le dévoûment
n'agirait pas en moi, je me serais jetée avec joie dans
tout ce dédale d'une conspiration si bien ourdie. Mais,
monsieur, rien n'est divertissant comme une conspiration !

— C'est votre enfant, madame, que cette conspiration,
répondait le magistrat.

— Et vous en êtes le parrain... vous disiez donc tantôt
que c'est accablant pour ce pauvre Melval.

— Il y va de sa tête, madame; à coup sûr il ne s'en
tirera pas.

— Oui, il a visé au martyre! Au reste, rien de plus
respectable et de plus magnanime à mes yeux qu'un conspirateur.

— Que dites-vous là ?

— Comme franche royaliste, je me réjouis d'avoir quelque part à la découverte d'un complot ; mais cela ne m'empêche pas de rendre hommage au conspirateur.

— Et de le livrer à la justice.

— C'est la guerre, monsieur. On nous interdit, à nous femmes, le champ de bataille, c'est bien le moins que nous nous mêlions aux conspirations, soit comme complices, soit comme dénonciatrices : il y a de la gloire et du danger partout dans les deux camps. Je suis royaliste, Louis XVIII règne à Paris, je dois donc dénoncer les complots ; sous Napoléon, j'ai voulu mille fois conspirer contre lui, et sans mon benêt de mari.....

— Votre mari ne vous vaut donc pas, madame ?

— Laissons cela ; c'est un campagnard qui passe sa vie à creuser un lac ; il lui faut des émotions bourgeoises, le moindre danger lui gâte le teint. Je serais morte d'ennui, moi, si le hasard n'était venu me sauver avec une bonne conspiration que j'ai dénoncée. Voici l'histoire : Un ermite, le compagnon des joyeuses fredaines de mon mari à Alexandrie, m'informe que M. de Melval avait eu de longs entretiens avec Bonaparte ; je l'écris à M. le procureur du roi de Marseille. La mine était éventée, ensuite des papiers ont été saisis, et j'ai voulu suivre jusqu'au bout l'affaire.

— Il y a aussi une Égyptienne ?

— Qui avait découvert les papiers et les avait cachés sous son matelas.

— Après être allée les prendre sous la nappe de l'autel, où le procureur du roi les avait bien imprudemment placés.

— Vous n'y êtes pas !

— Comment ! ça ne s'est pas passé ainsi ?

— C'est moi qui ai pris les papiers sous la nappe de l'autel, qui les ai remis à M. de Melval et qui les ai ensuite fourrés sous le matelas de l'Egyptienne.

— Comment ! mais je ne vous comprends pas, madame !

— Oubliez-vous que je me suis comparée tantôt à la duchesse de Chevreuse ?

— Quel rapport la duchesse de Chevreuse...

— Avez-vous lu les mémoires du cardinal de Retz ?

— Certainement !

— De ce cardinal qui disait que l'intrigue était l'élément naturel de l'homme de génie, ou quelque chose de ce genre ? (1)

— Eh bien ?

— Mais ne voyez-vous pas, mon cher monsieur, que j'avais intérêt apparemment à dépister les soupçons de M. de Melval? Et puis on cède aisément, quand on est un peu comme la duchesse de Chevreuse, au plaisir de multiplier les incidents romanesques d'une affaire.

— Mais vous pouviez ôter à la justice tout moyen d'arriver à la preuve du complot ?

— Et la lettre laissée sous la nappe de l'autel ?

— Il est vrai que cette lettre suffisait presque....

— Pourtant il faut éviter, comme vous le voyez, de mettre en présence l'Egyptienne et Melval.

— Mais la *disjonction* n'est pas possible !

— Elle n'est pas possible, la *disjonction* ? Je ne vous comprends guère.

(1) Le cardinal de Retz a dit que le nom de chef de parti chatouillait agréablement les faiblesses de son cœur.

— Comment voulez-vous que nous fassions deux affaires d'une seule ?

— C'est ce que vous appelez la *disjonction* ?

— Oui.

— Eh bien ! moi, à votre place, je la ferais, cette *disjonction*.

— Vous la feriez ?

— Eh ! oui, je la ferais. Écoutez : le juge d'instruction l'a si bien compris qu'il m'a promis de ne pas confronter l'Egyptienne ni Bataglia avec M. de Melval, et qu'il n'a pas dit à celui-ci comment la justice s'est procuré les papiers que l'accusé croyait avoir détruits. Et c'est tout simple : j'étais là, présente, quand M. de Melval a déchiré les papiers et en a dispersé les lambeaux dans un fourré d'herbes ; nous étions seuls, lui et moi ; il peut bien croire que le hasard les a fait découvrir dans un ravin du parc ; mais s'il sait qu'on les a trouvés sous le matelas de l'Egyptienne, M. de Melval donnera un nom à ce hasard, il l'appellera à coup sûr Eugénie Bernard.

— Eh ! pourquoi ?

— Pourquoi ? parce que cette Egyptienne a été, en Egypte, la maîtresse de M. Bernard, et que M. de Melval connaît parfaitement cette circonstance de la vie assez accidentée de mon mari.

— Ah ! je comprends.

— Béni soit Dieu !

— Je m'incline devant votre génie.

— Nous ferons donc la *disjonction* ? dit Eugénie, qui lança une œillade au magistrat.

— Certainement, nous la ferons ; plus tard, nous nous occuperons de l'Egyptienne.

— Et de Bataglia ?

— Et de Bataglia ; en attendant, nous les laissons en prison, au secret.

— C'est cela.

— Mais, permettez-moi, madame, une question : pourquoi aviez-vous remis les papiers à M. de Melval ?

— Parce qu'on lui avait dit que je l'avais dénoncé, et qu'il m'importait, pour de graves raisons, de lui faire croire qu'après l'avoir dénoncé, je voulais le sauver.

Le magistrat fit entendre un éclat de rire extrêmement approbateur et répétait :

— Bien ! bien ! j'y suis, j'y suis ; vous avez, madame, un esprit fertile en expédients.

— L'éloge d'un magistrat tel que vous me touche à un point.....

— Oh ! madame, c'est moi qui au contraire..... Eh ! sans vous, elle nous échappait la conspiration ; savez-vous que le service est immense !

— Il faut espérer que l'État ne laissera pas sans récompense un magistrat que j'ai appelé Molé tantôt.

— Oh ! madame....

— La présidence de la cour royale de Paris au Molé moderne, ce serait bien le moins que l'on pourrait faire pour reconnaître votre zèle, monsieur !

— Il est vrai qu'il s'agit d'un complot formidable !

— Formidable ! je crois bien ! sans vous, monsieur, Bonaparte serait dans ce moment à Paris ; les mesures étaient si bien prises !.... Et quand je songe qu'il a fallu, pour remettre Louis XVIII sur le trône, toute l'Europe en armes ; pour consolider ce trône, un magistrat a suffi !

— Mais si le roi voit les choses ainsi, je puis espérer...

— Les sceaux, monsieur ! je disais tantôt la présidence de la cour royale, c'est le ministère qu'il vous faut, et vous l'aurez !

— Est-ce que votre mari aurait du goût pour la magistrature ? Nous pourrions peut-être faire de lui un procureur général ?

— Bernard procureur général ! dit Eugénie en éclatant de rire. Oh ! si vous le connaissiez... il est si bête !

— Il peut être bête, comme vous dites, sans que cela l'empêche de devenir un bon procureur général. A-t-il de la tenue, de la dignité ? Est-il sobre de paroles ?

— Il bavarde comme une pie, et quand il est guindé, il croit avoir de la tenue.

— Peut-être le jugez-vous bien défavorablement. Les femmes sont quelque fois impitoyables à l'égard de leurs maris : j'avais la mienne qui ne m'appelait jamais qu'*arléri* (1), ce qui ne m'a pas empêché de faire mon chemin, comme vous voyez.

— Votre femme était bien injuste à votre égard ; vous êtes à mille toises au dessus de mon mari.

(1) Voici ce qu'on lit sur ce mot *Arléri* dans la *préface* des *Poésies Provençales* de Pierre Bellot, que j'écrivis sur la demande du poète et que M. Vapereau, dans son *Dictionnaire des Contemporains* où ne figurent presque que des Turcs et des Persans, a attribué à mon frère.

« J'avoue que tous mes efforts d'étymologiste ont échoué à l'encontre de ce mot ; aussi je le soupçonne d'avoir été le nom propre d'un homme du Nord qui, établi à Marseille, aurait eu l'honneur de fournir à notre patrie un mot dont l'application n'est presque jamais encourue que par des étrangers venus du Septentrion. M. *Arléri* devait être un grand *Arléri*; ses allures pédantesques, son langage compassé, la parcimonie de ses idées, son visage sottement impassible et empreint d'une dignité grotesque formaient un contraste

— Il est vrai que ma femme n'avait pas autant de sagacité que vous, madame; je me plais à le reconnaître.

— Brisons là-dessus, et ne nous endormons pas quand
les bonapartistes veillent.

— Avec vous, madame, je les défie tous, croyez-le
bien.

Ce magistrat laissait réellement le soin de diriger ce
procès à Eugénie, que la lenteur des formes judiciaires
exaspérait. On eût dit qu'elle craignait de voir sa proie
lui échapper; son empire sur l'accusateur public était si
grand, que celui-ci s'indignait avec elle contre le code où
la prudence du législateur a introduit tant de formalités
nécessaires. Pendant que la vie de Melval était ainsi me-
nacée, la tristesse habitait le château de Solans. Daniel,
qui avait fait à Marseille avec Fenoul un si grand nombre
de voyages, sans que l'un ni l'autre eussent pu parvenir à
voir M. de Melval et Nedjema Assouna, s'était décidé à
accepter sous le toit de Jollivet l'asile que l'ex-danseur
lui avait cordialement offert. Aubert, dont l'école n'était
pas encore rouverte malgré les promesses de Mme Bernard, tenait compagnie à ses amis, et se promettait,
chaque matin, sans pouvoir se tenir parole, de dire à
Mlle Scholastique, qui l'encourageait, pourtant, d'une foule

frappant avec la brusquerie, le laisser-aller, la loquacité assaisonnée
de tant de gestes, des Provençaux. L'*arléri* croit avoir le génie de
l'observation, bien qu'il n'observe jamais rien; quand nous lui van-
tons la beauté de notre climat, il nous répond d'un air qu'il croit très-
fin et très-ironique : — Mais votre *mistraou*, qu'en dites-vous? — Il
pense avoir trouvé le dernier mot du caractère provençal, lorsqu'il
nous a appelés des *trouns de Diou!*

L'*arléri* a le ventre gros, les yeux petits et il porte des binocles en
or. Son costume est irréprochable.

de bienveillants regards, autre chose que ces mots : « Le temps est assez beau aujourd'hui ! »

Fenoul, au comble de l'exaspération, avait l'air de flairer Mme Bernard, qu'il rencontrait au retour des courses que cette femme faisait à Aix ou à Marseille, pour s'assurer si elle ne cachait pas, sous une apparence amicale, une ténébreuse trahison. Mme Bernard avait beau prétendre que le secret auquel on avait mis Melval n'annonçait rien de fâcheux, et que le défaut de preuves aurait pour effet la liberté du père d'Emma, l'ex-caporal branlait la tête et ne se gênait pas pour dire à Daniel, à Aubert et à Jollivet : — Je ne sais pas, mais cette femme à l'air de nous jouer tous ! — Fenoul cachait seulement ses soupçons à Emma, qu'il s'efforçait, par tous les moyens que lui suggérait son ingénieuse tendresse, de rassurer sur le sort de son père.

La tristesse d'Emma et de Daniel avait réagi sur Scholastique et sur Aubert ; Jollivet lui-même, bien que la scène de la sérénade l'eût d'abord mis en une joyeuse humeur, avait fini par éprouver cette contagion de mélancolie. D'un autre côté, Bernard comprenait, aux fréquentes absences de sa femme et à l'air préoccupé que celle-ci rapportait de ses voyages, que quelque chose de grave était en jeu ; un peu refroidi d'ailleurs par sa dernière déconvenue, il semblait s'être résigné à suivre, d'un œil distrait et presque rêveur, les lents travaux de son lac, et ne répondait que par des monosyllabes aux agaceries de Mme Frenet, aux dissertations de l'astronome et aux théories agricoles de Dupré. Daniel restait tout le jour enfermé dans sa chambre, chez Jollivet, et, quand la nuit venait, il se rendait, en compagnie de l'ex-danseur, des demoiselles Dupré, de Mme Dupré et du maître d'école dans le parc du château, où Fenoul et Emma les attendaient.

— Puisque vous restez ainsi toujours bouche close devant Mlle Scholastique, dit un soir Jollivet à Aubert, quand la compagnie se trouva réunie dans une allée du parc, vous devriez demander à M. Fenoul la permission de graver quelques vers sur un de ces platanes.

— Est-ce que M. Daniel vous a raconté, M. Jollivet, ce qu'il lui en a coûté un jour pour avoir balafré un de nos arbres? dit vivement Fenoul, qui saisit l'occasion attendue par Emma et par lui, de faire croire à l'ex-danseur, afin d'adoucir un cuisant souvenir, que les coups que celui-ci avait reçus n'avaient pas été à son adresse, et qu'il avait été la victime d'une méprise qu'expliquaient la mauvaise vue de l'ancien caporal et l'agitation de ses esprits, pendant qu'il administrait une sévère correction.

— M. Daniel, dit Jollivet en s'adressant au jeune Égyptien, que me chante là le caporal?

— Sans rancune, dit Fenoul qui tendit la main à Daniel, je l'avais oublié, et vous aussi, n'est-ce pas?

— Que voulez-vous dire? demanda Daniel.

— Ces coups de gourdin.... vous savez.... je n'y allais pas de main morte. Ah! qui m'aurait dit qu'un jour.....

— De quels coups de gourdin voulez-vous parler, mon ami?

— Eh! de ceux qui vous furent si rudement appliqués, quand vous graviez des vers sur le platane.

— Mais vous vous trompez, Fenoul!

— Vous n'avez rien gravé sur le platane?

— Je ne le nie pas.

— Je le sais bien, parbleu! vous étiez là, tout à votre affaire, un peu penché, tandis que moi, je m'avançais à pas de loup; et puis.... Vous vous le rappelez, acheva Fenoul en frappant amicalement sur l'épaule de Daniel.

— Mais croyez-le bien, ce n'est pas sur moi que vous avez frappé.

— Eh! sur qui donc?

— Sur M. Jollivet peut-être, dit Emma, qui désignait du doigt l'ex-danseur.

— Alors c'est à M. Jollivet que je demande pardon, dit Fenoul, il paraît que je me suis trompé de dos.

— Ah! le coup n'était pas à mon adresse, s'écria Jollivet?

— Je vous le jure, dit Fenoul.

— Eh bien! repartit l'ex-danseur, ce que vous me dites me soulage. Jusqu'à présent je n'avais pas pu le digérer, maintenant me voilà à mon aise. Savez-vous que vous frappiez rudement?

— Je le crois bien!... balafrer de si beaux arbres!..

— Je n'en avais jamais soufflé le mot; vous comprenez qu'il y a quelque chose d'humiliant dans une volée pour celui qui la reçoit. Ah! c'est vous qui m'avez si joliment rossé!.. vous n'y alliez pas de main morte; peste! M. Fenoul.... allons prendre le frais sur la terrasse.

Si les jours s'écoulaient tristement à Solans, le soir au moins, n'était pas sans charmes pour Daniel, Emma, Scholastique et Aubert. La lune dont les rayons, brisés par les branches, se divisaient en jets lumineux dans les allées, était redevenue l'astre aimé de Scholastique: Aubert, à défaut de paroles, se servait assez bien du geste, et sa pantomime ne manquait pas d'éloquence. Il s'acheminait, suivi de la fille aînée des Dupré, dans un coin du parc, et

montrait à sa compagne la lune, qui semblait suspendue
sur les hautes cimes des arbres. Une délicate, une ravissante poésie ruisselait dans le cœur de notre maître
d'école : trop ému et trop timide pour pouvoir parler, il
prenait une pose extatique en contemplant la belle et
mélancolique figure de Scholastique, tout encadrée de ses
longs cheveux et se détachant pâle et rêveuse, sur le fond
obscur d'un carrefour d'allées. Alors Aubert avançait avec
une sorte de solennité sa main, Scholastique en faisait
autant de son côté, et le maître d'école sentait ses jambes
fléchir au moment que la main de Scholastique tombait
doucement sur la sienne. Je l'ai dit plus haut, la har-
diesse du geste contrastait chez Aubert avec la retenue du
discours ; électrisé par toute cette poésie qui lui arrivait
du ciel, sur les rayons de la lune, de la terre, sur les
senteurs des thyms et des genêts, il passait rapidement
son bras autour de la taille de Scholastique, qui penchait
sa figure sur celle d'Aubert transporté ; et, ainsi rap-
prochés, ces deux amants, les yeux tantôt sur l'astre
chéri, tantôt sur les premières feuilles que l'automne dé-
tache, parcouraient silencieusement les allées, en échan-
geant des soupirs notés par l'amour. Jollivet, qui les guet-
tait avec Fenoul, disait : — Nous en ferons quelque chose
de notre maître d'école ; croyez-le bien Fenoul. — A quoi
Fenoul répondait invariablement en haussant les épaules :

— Lui ! c'est un curé, voilà !

La main sur la balustrade de la terrasse, Emma, debout devant Daniel, ne parlait que de son père et disait
au jeune fils de Nedjema :

— Nos destinées sont maintenant communes, puisque
votre mère et mon père sont en prison tous les deux.

— Nous les reverrons ; mademoiselle ; Dieu veille sur eux , et le méchant ne triomphera pas.

— De quel méchant voulez-vous parler? qu'a fait votre mère, qu'a fait mon père, pour qu'ils soient tous les deux si malheureux maintenant ? oh ! je m'y perds, M. Daniel.

-- Nous vivons dans un mauvais temps , répondit Daniel ; mais nous ne serons pas toujours malheureux ; j'en porte l'espérance dans mon cœur , et vous, mademoiselle ?

— Ah ! sans elle , sans l'espérance , je serais morte déjà.

— Vous qui méritez tant d'être heureuse !

— Je l'étais avec mon père, je l'étais beaucoup, comme vous avec votre mère.

— Moi, j'étais au moment de ne plus rien demander à Dieu.

— Il faut toujours demander quelque chose à Dieu.

-- Sans doute; quand on est malheureux , pour qu'il vienne à notre secours, et quand on est heureux , pour qu'il veille sur notre bonheur.

— Oh ! oui.

— Eh ! je l'étais, heureux !

— Vous étiez heureux.

— Au delà de toute espérance, dit Daniel avec feu, à croire qu'un ange était venu se placer à mes côtés pour ne me conduire que dans des sentiers fleuris, un ange qui m'en avait fait voir un autre. Et cet ange, je le connaissais depuis quelques années ; j'étais encore enfant quand je l'ai vu, là où je vous vois maintenant, mademoiselle , là, sur cette terrasse , ainsi appuyé contre la balustrade de marbre , ou bien dans ces belles allées dont mon regard perçait la profondeur.... car un ange habite cette demeure.

— Daniel, ne parlez pas ainsi ; vous oubliez mon père, et votre mère.

— Oui, quelque chose d'amer, je le vois, quoique nous soyons bien jeunes encore, se mêle à tous les bonheurs de ce monde ; un noir nuage s'est levé sur nous, mais Dieu le dissipera.

— Prions bien Dieu, prions-le pour mon père et pour votre mère.

Et ces deux enfants s'agenouillèrent, les mains jointes, et unirent leurs prières dans un sentiment filial qui rendait plus belles encore leurs célestes figures.

XIII.

Tout était prêt : le ministère public avait compendieusement rassemblé les preuves du crime politique, son réquisitoire devait éclater comme le tonnerre sur la tête de l'accusé. Il y avait des passages d'un effet immanquable, une savante discussion, une réfutation habile de tous les moyens que la défense pouvait essayer de faire valoir ; l'exorde et la péroraison étaient seuls à faire. Le magistrat hésitait entre l'exorde *ex-abrupto* et l'exorde simple et modeste. Depuis le *quousque tandem* de Cicéron, l'exorde *ex-abrupto* est devenu d'une séduisante tentation pour les auteurs profanes ou chrétiens ; mais il y a bien des périls, disent les rhéteurs, dans l'emploi de cet exorde; et à ce sujet ils citent, avec un admirable à-propos, le *parturiunt montes, nascitur ridiculus mus*, d'Horace, ou bien le proverbe de la *montagne en travail qui enfante une souris*. Commencer par un coup de tonnerre et tomber après dans un calme plat, c'est là un inconvénient que Quintilien signale et engage l'orateur à éviter. Le magistrat accusateur adopta l'avis de Quintilien et déchira son exorde *ex abrupto*, qui commençait par ces mots : *Le voilà, enfin, assis sur la sellette, l'homme qui a voulu*, etc., etc. Notre orateur se consola du sacrifice qu'il avait fait au précepte de Quintilien, par les vives images, les touchantes apostrophes dont il sema sa péroraison, qu'il refit jusqu'à quatre fois ; enfin il parut content de son œuvre et ne douta plus du succès de son réquisitoire, après les éloges que Mme Bernard, à qui il le communiqua, lui fit sur sa logique invincible, sur ses démonstrations lumineuses, sur l'enchaînement indestructible des preuves, et, par-dessus tout, sur son style d'une redondance cicéronienne.

L'orateur du ministère public ne tient nullement compte à un accusé des pénibles angoisses qu'il endure dans l'attente de l'arrêt qui doit fixer son sort ; un accusé cesse, pour lui, d'être un être de chair, de nerfs et de sang, il devient un *thème*, un sujet à périodes, le canevas de ses broderies littéraires, la trame dans laquelle il doit faire courir la navette de sa phrase ampoulée. Melval fut tout cela pour notre organe du ministère public ; il fit de lui une sorte de créature fantastique, au portrait de laquelle rien ne manquait, excepté la vérité ; il se persuada que Melval nourrissait une haine aveugle et profonde contre la société ; que le bonheur de la France, qui datait de la Restauration, révoltait ses instincts méchants, et que, semblable à l'ange des ténèbres, il ne pouvait se plaire que dans un chaos, dans un bouleversement social.

— Que dites-vous de ce portrait ? madame, demanda le magistrat à Eugénie.

— La Bruyère l'aurait signé, répondit Eugénie.

— N'est-ce pas que la touche en est ferme et bien vigoureuse et les traits bien choisis ? Et ceci : « J'ajoute que l'accusé Melval ne cédait pas seulement à l'impulsion sauvage d'une nature révoltée contre son Dieu et son roi; dans cette âme où grondaient tant de tempêtes, où passaient tant de livides nuages, d'immondes calculs d'intérêt avaient encore leur place. A coup sûr, et j'invoquerais au besoin les moralistes qui ont jeté si avant leur sonde dans les abîmes du cœur humain, à coup sûr, la passion de l'or, celle des places, celle des dignités, ne tenaient pas, aux oreilles de l'accusé, le moins séduisant langage. Il voulait arriver à la fortune à travers nos toits détruits, nos autels renversés, un trône écroulé et nos cadavres amoncelés ; peu lui importaient la ruine des uns, la mort des autres, l'exil de ceux-ci, la misère de ceux-là, pourvu qu'au bout de cette carrière de sang et de décombres il pût saisir, d'une main criminelle, l'or promis à son infamie !

—Mais c'est admirable, ce que vous avez écrit là, monsieur ! s'écriait Eugénie ; c'est de la grande éloquence, ou il n'y en a plus au monde.

— Ah ! disait le magistrat, je l'ai beaucoup travaillé,

ce morceau. Avez-vous remarqué les diverses teintes du style, les gradations, cette connaissance du cœur humain, sans laquelle on ne peut devenir un grand écrivain? Que répondre à cette foudroyante peinture des mobiles secrets qui ont fait agir l'accusé?

— Rien, monsieur, disait Eugénie; il faut s'incliner et se taire.

— Il est pauvre, ce Melval? demanda le magistrat.

— Pas trop, répondit Eugénie; il a une centaine de mille livres de rente.

— Il est insatiable, alors, car les moralistes ne peuvent pas se tromper : « L'intérêt est le mobile des actions humaines. »

— Il prétendra, sans doute, que c'était pour le bonheur de la France qu'il conspirait.

— Bah! qu'il vienne dire cela à un moraliste de ma force! Est-ce que nous, moralistes, nous, qui avons jeté la sonde dans le cœur humain, nous admettons ces billevesées? Est-ce que nous croyons au dévoûment, au désintéressement, à l'amour du bien public? Qu'on lise les *Maximes* de M. le duc de LarocheToucault, c'est mon *vade-mecum*. Voyez-vous, le cœur humain, je le connais comme ma poche; je le prends, le cœur humain, ce cœur que l'on dit indéchiffrable, et je vous le dissèque en un tour de main. J'ai voulu interroger l'accusé; il croyait tromper ma perspicacité par un sourire ironique qui était à peu près sa seule réponse à mes questions fort adroites. Au reste, il n'a rien nié. Quand je lui ai demandé pourquoi il avait conspiré, il m'a dit qu'il n'avait pas à débattre la moralité de ses actions, et que la justice n'avait qu'à constater le fait. Si j'eusse moins connu le cœur humain, je lui aurais trouvé une résignation sans effort, naturelle et simple ; mais un œil comme le mien ne s'arrête pas aux surfaces ; il y a du trouble dans cette âme-là, et je dirai même de la peur.

— De la peur, dit Eugénie, je ne crois pas M. de Melval accessible à la peur.

— Ah ! voilà comme vous êtes, vous autres femmes ; vous croyez à des courages surnaturels, à l'héroïsme. Comédie que tout cela ! comédie !.... La figure reste impassible, mais la lâcheté naturelle au cœur humain ne se trouve pas moins derrière ce masque d'intrépidité. Je suis persuadé que M. de Larochefoucault aurait été de mon avis.

— Et ! quand jugera-t-on M. de Melval ?

— Au premier jour ; je fais ce que je puis, mais la justice va si lentement...

— En effet, on ne peut plus lentement, dit Eugénie, qui prit congé du magistrat, lequel l'accompagna jusqu'à la porte en lui faisant de profondes révérences.

L'impatience d'Eugénie Bernard semblait devoir être bientôt satisfaite. Le jour de l'audience était fixé. Melval avait même refusé le secours d'un avocat ; il comptait se présenter sans faste, avec cette noble simplicité qui le caractérisait, devant ses juges, et leur faciliter leur tâche par la franchise de ses aveux. Nullement disposé à disputer sa tête à la loi, il devait rappeler, par son attitude aux débats, ce sauvage Américain qui sourit à ses ennemis, et entonne, sans sourciller, sa chanson de mort. Toutes ses dispositions étaient prises pour assurer le sort de sa fille, et, dans son testament, il avait adressé à Daniel Assouna un souvenir dans lequel nos deux jeunes amants devaient voir la bénédiction d'un père et le vœu sacré d'un mourant. Quelques jours avant d'être conduit devant ses juges, Melval se flattait d'obtenir la faveur de recevoir la visite de sa fille et de son vieux camarade Fenoul.

Pendant que l'on se préparait à donner au procès de Melval toute la solennité requise, et que l'organe du ministère public introduisait quelques phrases de plus dans son réquisitoire, un bâtiment quittait l'île d'Elbe et faisait voile vers le golfe Juan. Ce bâtiment portait César et sa fortune. La nouvelle du débarquement, près de Cannes, de Napoléon se répandit avec la rapidité de la foudre dans toute la France. Napoléon marchait presque aussi vite que le bruit de son entreprise; la renommée et lui luttaient de promptitude. Il fallut surseoir à l'affaire de Melval, impliqué dans une conspiration en faveur d'un homme qui faisait lui-même son affaire. Fenoul venait d'apprendre le débarquement de Napoléon; on le lui avait dit à Aubagne d'une manière un peu dubitative; cependant lui ne crut pas un instant que cette nouvelle pût être inexacte, seulement il y perdit son chapeau. Saisi d'un transport de joie indicible, il se découvre, fait pirouetter son chapeau en l'air et lui ajuste un tel coup de pied que le couvre-chef tombe dans l'Huveaune et roule emporté par la rivière. L'ex-caporal vole d'un trait au château de Solans; Emma le voit arriver par l'allée, nu-tête, les cheveux en désordre, la poitrine haletante et frappant ses mains l'une contre l'autre.

— Mon père est sauvé? demanda la jeune fille qui était accourue sur la terrasse.

—Oui, lui.... tout le monde est sauvé ! l'Empereur....

C'était trop d'émotion et trop de joie pour le vieux soldat : il pâlit, chancelle, tombe sur un banc de pierre, près de la balustrade, et arrête des yeux égarés sur Emma, qui appelle au secours, et saisit, toute tremblante, les mains glacées de son serviteur. On se presse autour de Fenoul, on lui fait respirer des sels, on l'inonde d'eau et de vinaigre ; la vie revient enfin, et le caporal se sent soulagé par les larmes abondantes qui coulent sur ses joues et sur ses moustaches.

— Oui, dit-il d'une voix saccadée et les poings fermés sur les genoux, il y a, là-haut, croyez-le, mes enfants, là-haut, au ciel, un Dieu, un Dieu devant qui le vieux soldat se met à genoux.

Et Fenoul s'agenouille et tourne vers le ciel sa figure, qui prit une expression sublime ; ces mots eurent peine à se détacher de ses lèvres :

— L'Empereur, l'Empereur, le père des anciens comme moi ! Eh bien ! il a, dans ce moment, sur la tête, le beau soleil de France, notre beau soleil !.... M. de Melval est sauvé, il nous sera rendu.

— Mon bon Fenoul! dit Emma en prenant dans ses mains la tête du caporal, est-ce bien vrai, tu dis que mon père est sauvé ?

— Oui, il est sauvé, sauvé de la mort, dit le caporal en se redressant avec énergie et en serrant dans ses bras sa jeune maîtresse, qui ne savait pas si elle rêvait.

— Mais mon père, tu le sais bien, dit Emma, on n'avait pas de preuves contre lui?

— On les avait ces preuves, on les avait ! Je puis vous le dire maintenant.

— Et cependant tu me rassurais encore ce matin, tu étais content, tu avais tous les jours une meilleure nouvelle à me donner, surtout quand tu revenais de Marseille.

— Je vous trompais, mademoiselle, mais maintenant je vous dis la vérité : l'Empereur est en France, et votre père est sauvé, voilà la vérité. O mon Dieu, vous deviez cela à ce brave homme et à cet ange !

Fenoul avait secrètement confectionné un emplâtre destiné à lui couvrir l'œil gauche et la moitié de la figure ; il s'était fait, à l'insu de tout le monde, un vêtement de mendiant qui aurait empêché M. de Melval lui-même de reconnaître, sous les haillons d'une misère avinée, son vieux camarade. Ayant ensuite appris que Mme Bernard se rendait fréquemment à Aix, où demeurait le magistrat chargé de soutenir l'accusation contre M. de Melval, l'ex-caporal commença à s'expliquer les fréquentes absences de la femme de Bernard. Il se rendit aussi à Aix, avec une valise qui renfermait son costume de mendiant. Après avoir fait sa sale toilette de pauvre, Fenoul se mit à guetter l'arrivée d'Eugénie ; il la vit descendre de sa voiture, au milieu du Cours, et s'acheminer vers une rue voisine. Le faux pauvre, qui affectait les allures d'un mendiant obstiné, suivit Eugénie, et s'informa du nom de la personne qui habitait la maison où celle-ci était entrée. On lui dit que cette personne était le chef du parquet. Fenoul avait dans sa poche une longue feuille de papier, sur laquelle il avait fait écrire ceci par Lucien

Aubert, auquel, sans lui donner la moindre explication, il avait fait jurer de ne rien dire :

« Porte-Ferrajo, 26 août 1814.

« Voir Théodore, un vieux grognard des Pyramides ; « l'envoyer à Paris, rue Neuve-des-Petits-Champs, « n° 12. Il y trouvera, dans la chambre à droite du qua- « trième étage, au fond du corridor, un individu qui le « mettra en rapport avec F.... et T.... Donner à Théo- « dore cent napoléons. »

Fenoul avait ensuite froissé cette feuille de papier dans ses mains, l'avait jaunie en l'exposant à la flamme d'une chandelle, après avoir exprimé sur elle le jus d'une tomate, l'avoir frottée contre des épinards, et tenue un instant sous ses souliers poudreux. Cette feuille de papier finit par être parfaitement maculée. L'ex-caporal la plaça dans la poche de la veste bizarrement rapiécée dont il s'affublait dans son déguisement grotesque, et vint soulever le marteau de cuivre de la porte du chef du parquet. Une vieille servante lui ouvrit et fit, devant le hideux mendiant qui se présentait à elle, un geste de dégoût et de colère.

— *Mi parlar al signor*, dit Fenoul, *subito, subito, per l'amor di Dio!* [1]

(1) Fenoul eut, comme on va le voir, recours à toutes sortes de déguisements : il contrefit son costume et son langage, et crut, pour mieux se *grimer*, devoir adopter cette belle *lingua franca*, qui a réalisé le problème cherché par Leibnitz et M. Vidal, du Beausset, d'une langue universelle. Un jour, un de ces Turcs qui abondent dans notre ville, et que l'auteur du *Chichois* a exposé avec tant de succès sur notre scène marseillaise, sous le nom devenu populaire de *Bellamy*, comparut devant la cour d'assises d'Aix comme plaignant. Ce Turc,

— Vous voulez parler à Monsieur ? On ne reçoit pas de pauvres ici, répondit la servante, en montrant la rue à celui qu'elle prenait sans doute pour un *bachin* (1).

molesté par un ouvrier, avait oublié sa langue maternelle, et ne put répondre à aucune des questions d'une foule d'interprètes. La cour désespérait d'arracher une parole à ce musulman incompris, quand un facétieux avocat eut l'heureuse idée de l'interroger dans la *lingua franca* ; ce fut un trait de lumière. L'avocat entama le dialogue suivant avec le Turc :

— *Tu dicir qué sabir*, dit l'avocat.

— *Mi marciar*, dit le Turc, *l'altro*, ajouta-t-il en montrant l'accusé, *venire et ciappar* (frapper).

La cour fut parfaitement édifiée.

(1) On appelle, à Marseille, *Bachins* ces nombreux Piémontais venant de la rivière de Gênes, pays qui n'a pas de rivières, et s'attirant l'animadversion de nos gens du peuple par l'habitude nationale qu'ils ont de vider leurs différends à coups de couteaux, et surtout par une énergie laborieuse qui contraste avec la paresse naturelle à l'ouvrier méridional. Le *Bachin* arrive à Marseille, d'un des nombreux villages gênois, accompagné de sa *Bachine* et de beaucoup d'enfants, et ne répugne à aucun métier pour vivre, pour nourrir sa famille et amasser un petit pécule. Chaque année le *Bachin* achète, près de son village natal, un olivier. Après trente ans, il devient propriétaire de trente oliviers, et peut enfin défier la misère dans ses vieux jours. Tandis qu'il casse les pierres sur les grandes routes, qu'il creuse des souterrains, ou qu'il remplit, dans une fabrique, les plus rebutantes fonctions, sa femme, la *Bachine*, munie d'une vaste corbeille d'osier, porte sur sa tête, douée d'une force surprenante, les plus lourds fardeaux. Quand elle a je ne sais combien de quintaux posés sur sa tête, elle parcourt nos rues en communiquant à ses hanches un trémoussement qui n'est pas sans grâces ; c'est le côté poétique de la *Bachine* : *Patuit incessu bachinia*. J'oublie la manière fort pittoresque avec laquelle la *Bachine*, quand elle est jeune et qu'elle offre, dans le type de sa figure, une sorte de régularité de traits où se dévoile une origine d'un pays de *madones*, arrange sa coiffure que ne

— *Un papel a mostrar....* dit Fenoul, qui s'avançait vers un des salons du rez-de-chaussée.

— *Un papel?* dit la servante; *qu'ès aco ?* (1)

cache pas même un mouchoir. Quelques-unes de ces *Bachines* ont inspiré, à Marseille, de véritables passions, mais ceux qui les ont éprouvées n'ont jamais voulu que la *Bachine*, objet de leurs feux, prît un autre costume et s'abstînt de porter des fardeaux sur sa tête. On rencontre quelquefois, dans nos rues, des amoureux bien vêtus et appartenant à la classe vénérée des négociants, suivant mélancoliquement une jeune *Bachine*, excessivement chargée, et communiquant à ses jupes, qui dessinent une taille bien prise, de rapides ondulations.

De graves esprits, un poète célèbre, né dans nos murs, ont cherché avec soin l'étymologie du mot *Bachin*. M. Barthélémy, dans les notes de sa remarquable traduction de l'*Enéide*, a cru que le nom de *Bachin* dérivait du cap *Pachinum*. Quelque admiration que nous inspirent le talent et la science de M. Barthélémy, et quelque confiance que nous ayons dans sa perspicacité à l'endroit des étymologies, nous ne pouvons adopter son opinion; on sait que le cap *Pachinum* ne se trouve pas dans les états de Gênes, et il est incontestable que les *Bachins* sont tous des Génois. Nous pensons que le mot *Bachin* vient de *Bachichin*, qui n'est que l'altération génoise d'un prénom porté par presque tous les Génois, autant que celui de *Menico* : *Menico* est le dérivé de Dominique, comme *Bachichin* est celui de Baptistin, ou Jean-Baptiste. Les Marseillais, en entendant les Génois s'appeler presque tous entre eux *Bachichin*, ont créé, en l'appliquant à ces ouvriers étrangers, le nom de *Bachin*, qui n'est qu'un diminutif de *Bachichin*. Je m'empresse de déclarer que je dois cette savante explication d'un des mots qui reviennent le plus souvent, avec des intentions de raillerie méprisante, sur les lèvres de nos ouvriers marseillais, à un Génois fort recommandable qui exerce, avec autant de profit que d'honneur, la profession de courtier impérial dans notre ville, et qui a lui-même le prénom de *Bachichin*.

(1) Qu'est-ce que cela.

—*Un papel, una carta, per Baccho*, dit Fenoul, qui frappait du pied.

— Qui fait tout ce bruit? dit le magistrat lui-même en sortant, aux éclats de la voix de Fenoul, du salon où il caressait son épagneul et méditait sur les périls d'une exorde *ex-abrupto*.

— Voilà, monsieur, dit la servante, qui, se tournant vers son maître, ajouta :

— Il y a là un pauvre qui me parle dans un baragouin que je ne comprends pas.

— *Un papel*, dit Fenoul, qui fit une grotesque révérence au magistrat : *Mi trovar un papel à Djemenos !*

— Ah ! vous me parlez d'un papier, n'est-ce pas, dit le magistrat!

— *Si signor, un papel che mi trovar sotto l'erba !*

— Sous l'herbe ?

— *Sotto l'erba !*

— Entre, entre; Jeannette laisse-nous.

Fenoul entra gauchement dans le salon, chercha dans sa poche et en tira le papier maculé, qu'il tendit au magistrat. Celui-ci le prit vivement, le déploya, en lut le contenu et s'écria :

— Décidément, pas une pièce ne manquera au procès!

Quand il eut relu ce papier, il ajouta :

— Vous avez fait là une excellente trouvaille; attendez, j'ai dans la poche de mon gilet quelques sous ; tenez, pauvre homme!

Fenoul présenta la main et reçut l'aumône du magistrat. Au même moment une dame, dans un éclat de toilette recherchée, fut introduite par la servante.

— Madame Bernard, madame Bernard, dit le magistrat, vous arrivez bien à propos. Voici une pièce qui n'a pas été lacérée comme les autres ; il y a à la fin deux initiales qui ouvriront enfin les yeux au roi sur le duc d'Otrante et le prince de Bénévent : une F et un T, rien que cela !

— Qui vous a apporté cela ? dit Eugénie, en jetant un regard sur le faux mendiant, qui avait un œil couvert d'un énorme emplâtre.

— C'est cet homme, qui m'a l'air d'être un de ces *bachins* qui pullulent à Marseille, répondit le magistrat.

— Et où a-t-il trouvé ce papier ? demanda Eugénie.

— A Gémenos, dit le magistrat, sous un tas d'herbes ! Admirez ce bienheureux hasard. Bonhomme, ajouta l'homme de justice, que voulez-vous encore ?

Fenoul fit une gauche révérence et regagna la rue, le désespoir dans le cœur.

L'ex-caporal n'avait retiré de sa ruse que le triste avantage de pouvoir démasquer cette femme, dont il connaissait maintenant l'infernale haine et le hideux acharnement avec lequel elle poursuivait la perte de son maître. Ses soupçons s'étaient réalisés, un jour funeste avait vivement éclairé pour lui de ténébreuses embûches. Il ne fit part à personne de ses désolantes découvertes ; il redoubla, au contraire, d'assurance et de confiance auprès d'Emma, dont il ne parvenait guère cependant à calmer la pénible anxiété. S'il se permettait, dans certains moments, quand le souvenir de la scène du salon du magistrat se retraçait fortement à son esprit, de tenir devant Jollivet, Daniel et Aubert, certains propos de défiance sur le compte de Mme Bernard, il n'exerçait qu'une surveillance plus attentive sur ses paroles et sur lui-même pour essayer de faire partager à sa jeune maîtresse une espérance qu'il était bien loin d'avoir. Toutes les fois qu'il croyait qu'Emma, occupée dans le salon à un ouvrage de broderie, cent fois repris et cent fois quitté, pouvait l'entendre, Fenoul, qui avait une voix horriblement fausse, déployait une verve de chant extraordinaire; toutes les chansons du bivouac lui revenaient en foule à l'esprit; il les attaquait avec une feinte gaîté qui devenait étourdissante; seulement, pour ne pas blesser les chastes oreilles qui l'écoutaient, il supprimait certains passages d'une crudité par trop militaire. On aurait pu dire à Fenoul, comme le régent à Dubois, qu'il se déguisait trop. Il y avait des moments où il était presque fou de contentement. Quand il revenait de Marseille, il arrivait la tête penchée, le corps affaissé sur son cheval, l'esprit agité de mille pensées sinistres; mais à peine apercevait-il les arbres du parc, qu'il se redressait vivement sur la selle, se secouait et entamait à tue-tête:

> Quand nous étions à Sarragosse....

— Tu n'as jamais tant chanté, lui disait Emma, comme tu le fais depuis quelque temps!

— C'est qu'il y a de quoi, répondait Fenoul; ils sont enragés, là-bas, de ne rien trouver contre votre père; ah! le sont-ils, enragés!

> Quand nous étions à Sarragosse....
> Ah! nous avions joliment chaud, etc.

Joliment était une des heureuses substitutions de Fenoul.

— Moi, ajoutait Fenoul, j'avais d'abord mal auguré de cette affaire ; mais, depuis que j'ai su que les pièces avaient été adroitement *subtilisées*, j'ai repris courage. Ils le tiennent au secret, et quand ils verront qu'ils ont beau attendre et que rien ne vient, il faudra bien qu'ils nous le renvoient. C'est ce qu'un jurisconsulte me disait ce matin, allez, un jurisconsulte qui en sait long, et qui dit toujours : « Si *d'une part* la chose est ainsi, *d'une autre part* elle est toute différente. » Quel jurisconsulte ! Il loge à la rue de la Reynarde : un superbe cabinet, ma foi, et des clercs bien espiègles. Je le fais mourir de rire avec les histoires de mes campagnes. Ma foi, vive la joie !

> Quand nous étions à Sarragosse....
> Ah ! nous avions bou....... joliment chaud !

C'est ainsi que Fenoul cherchait à faire supporter à Emma, avec plus de résignation, l'absence et l'emprisonnement de son père ; et sa gaîté était si bien jouée, il y avait une telle verve dans ses propos, qu'il finissait par obliger sa jeune maîtresse à se dire :

— Fenoul, puis, ne serait pas à me rompre tout le jour la tête avec sa chanson de Sarragosse, si mon père était réellement en danger, lui qui aime tant son maître.

Elle ne voyait pas que Fenoul avait le plus difficile des courages pour un homme de sa trempe, celui de dissimuler les tortures de son cœur, et de paraître de bonne humeur, quand il aurait mis volontiers le feu aux quatre coins de la France ; ce miracle, sa tendresse pour Emma l'avait fait.

XIV

L'arrivée imprévue de Napoléon en France excita dans le Midi une agitation qui prit, sur presque tous les points de la Provence, le caractère d'une exaltation haineuse portée au comble. Si Napoléon, qui, au reste, connaissait les dispositions des populations, n'eût pas pris la route des montagnes, quand il traça de Cannes à Paris ce que M. de Chateaubriand a appelé *une ligne de feu*, il aurait été arrêté au début de sa course vers la capitale, et aurait pu payer cher sa téméraire entreprise. Au premier bruit de son débarquement au golfe Juan et de sa marche vers les départements des Basses-Alpes et des Hautes-Alpes, une sorte de fureur martiale, qui eut un avortement ridicule, s'empara des jeunes gens de la Basse-Provence; il n'était question de rien moins que de saisir le *Corse* et de le traiter comme un de ces ennemis que le moyen-âge poursuivait de son formidable cri de *haro*. Les moins exaltés se proposaient de le mettre dans une cage de fer, les plus exaltés, de le pendre à un arbre de la route; tous brûlaient d'envie de se trouver sur son passage et d'en venir aux mains avec la faible troupe qui l'accompagnait.

Marseille trouvait, il est vrai, dans la misère profonde qui l'accabla, dans l'interdiction dont les croisières anglaises, si alertes et si menaçantes, frappèrent son commerce pendant les années de l'empire, si funestes pour elle, l'excuse de l'irritation que lui donnait le retour de Napoléon. Avec l'empire, prêt à renaître comme le phénix antique de son bûcher funèbre, notre ville s'apprêtait encore à languir tristement autour de son port désert, en face de cette mer lumineuse où se montraient à l'horizon, dans leur immobilité fatale, les vaisseaux de guerre anglais. La gloire est sans doute une chose bien enivrante, mais il faut un dévoûment patriotique dont peu d'âmes sont capables, pour l'aimer passionnément, quand on a les entrailles à jeun et la bourse vide. Les vieillards, qui avaient vu la splendeur de Marseille avant la restauration, décrivaient si vivement aux jeunes gens cette prospérité commerciale, que ceux-ci se représentaient le passé de leur ville sous les plus séduisantes couleurs, et exécraient un régime pendant lequel une promenade en mer, à une lieue de nos côtes, vous faisait courir le risque peu glorieux de devenir l'hôte d'un ponton anglais. Afin de charmer l'ennui de leurs croisières, les commandants des vaisseaux britanniques, qui nous bloquaient, avaient parfois d'étranges et peu honorables caprices ; comme ils n'avaient pas souvent à courir sur des navires marchands, ils s'exerçaient la main et tenaient en haleine l'ardeur de leurs matelots avec des prises de barques de pêcheurs et de tartanes. Les marins qui montaient ces barques se seraient bien passés de l'honneur qu'un énorme vaisseau à trois ponts s'avisait de leur faire en les forçant, par quelques boulets de canon lancés dans leurs frêles embarcations, de s'avouer qu'ils avaient été jugés dignes d'accepter une lutte inégale. Le pavillon de reddition était bien vite arboré, les marins provençaux pris et leur barque incendiée à la vue de nos batteries impuissantes. Les Anglais se donnaient d'autres passe-temps : de paisibles maisons de campagne furent choisies, sans que leurs habitants s'y attendissent le moins du monde, pour servir de cibles aux boulets ennemis ; on vit ces boulets aux armes britanniques, décorés du léopard, tomber tout-à-coup sur la terrasse d'une bastide et y creuser le sol. Je conserve un de ces projectiles que je comptais remettre à l'amiral Lalande si, en 1840, la guerre eût malheureusement éclaté entre notre pays et l'Angleterre, afin qu'il retournât à ses anciens propriétaires par la voie d'un canon français. L'idée était patriotique, comme on voit.

De pareilles aménités britanniques ne pouvaient guère rendre les Marseillais sensibles à ces glorieuses conquêtes faites sur le continent, et qui prolongeaient pour eux les inconvénients désastreux d'un blocus sévère et relevé par des espiègleries du genre de celles que je viens de décrire ; aussi la paix fut-elle accueillie dans notre ville avec une joie qui tint du délire. Heureux à cette époque ceux qui avaient de seize à vingt ans ! ils purent se donner une satisfaction bien rare dans la vie des peuples civilisés, celle d'embrasser toutes les jolies femmes qu'ils rencontraient dans les rues, sans que personne y trouvât à redire. Il y eut pendant plus d'une semaine une incroyable profusion d'embrassades, une averse de baisers sur les joues ; toutes les rues, toutes les places publiques furent transformées en salles de bal ; de fenêtres en fenêtres couraient des guirlandes de fleurs et de feuillage qui, s'élançant d'une maison à l'autre, formaient sur les têtes des passants des berceaux de verdure ; quand le soir arrivait, des milliers de lampions à tous les étages projetaient leurs feux sur les murs et rappelaient cet hémistiche de Virgile : *Rumpunt funalia noctem*. C'était-sous ces arcs de feuillage improvisés que les Marseillais des deux sexes, tombant dans les bras les uns des autres, se prodiguaient de vigoureuses et réitérées embrassades ; ensuite l'immense *falandoule* déroulait dans toutes les rues ses anneaux de danseurs et de danseuses ; les chefs de famille avaient abdiqué leur autorité domestique, ils applaudissaient à cette verve de saltation et d'embrassade qui s'était emparée de de leurs filles et de leurs femmes, et la partageaient eux-mêmes. Est-il étonnant que de si doux, de si enivrants souvenirs aient retardé, parmi nous, le triomphe, si rapide ailleurs, des opinions constitutionnelles ? Comment ne pas s'obstiner à aimer un régime qui s'était annoncé dans notre ville aux sons de mille tambourins, au bruit de mille baisers, dans les entraînemens de l'ardente *falandoule*?

Mais un an s'était à peine écoulé depuis ces courts moments de l'ivresse royaliste, quand on apprit tout à coup le débarquement de Napoléon. A l'étonnement que produisit cette nouvelle, succéda, comme nous le disions plus haut, une ardeur martiale que notre héros Bernard fut obligé lui-même de ressentir. Sa femme frémit de rage, *fremit dentibus*, lorsqu'elle sut que Napoléon s'acheminait vers les montagnes du Dauphiné. Si son sexe ou la crainte du ridicule ne l'eût pas retenue, elle aurait volontiers pris des vêtements de guerre et donné le premier signal d'une levée de boucliers; mais ce qu'elle ne put faire elle-même, son mari se vit contraint de l'accomplir par ses ordres impérieux. On ne mettait pas en doute, en Provence, qu'avec un peu de hâte et de concert, il ne fût facile de surprendre Napoléon et de le livrer mort ou vif aux tribunaux du pays comme un malfaiteur ordinaire ; Mᵐᵉ Bernard partageait cette erreur commune, et elle était impatiente de lancer des paysans, improvisés en soldats, sur les traces de l'Empereur, se promettant, une fois Napoléon pris, d'accélérer l'issue de l'affaire forcément suspendue de M. de Melval.

Eugénie déployant son activité accoutumée, aidée d'ailleurs par les dispositions des esprits autour d'elle et par les proclamations hybrides de l'adjoint Morissot, eut bientôt formé et équipé, en grande partie à ses frais, un corps de deux cents hommes, dont le commandement fut déféré à Anastase Bernard, son mari. Dupré, arraché contre son gré à ses spéculations agricoles, reçut le titre de capitaine, ainsi que Frenet, qui était sur le point de découvrir enfin, du moins il le disait, la queue de sa comète dans la cuisse d'Orion. Jollivet, se renfermant plus que jamais dans un dédain absolu pour les époux Bernard, abjurant même ses anciennes opinions royalistes, refusa de prendre les armes et aima mieux échanger avec Fenoul, qui ne mettait nullement en doute le succès de l'entreprise de Napoléon, des plaisanteries contre ses belliqueux voisins. Bernard avait essayé quelques observations pour engager Eugénie à ne pas s'obstiner à vouloir faire de lui, d'une façon si brusque, une espèce de héros, c'était là un rôle qu'il déclarait au-dessus de ses forces. Mais Eugénie, qui voulait que l'exemple de son mari décidât bien des hésitations, et qui d'ailleurs était flattée de le voir à la tête d'un corps d'armée, ce qu'elle pouvait, dans la suite, faire tourner au profit de son ambition, fit honte à Bernard de sa couardise, et parvint même à exalter la tête de son mari au point de lui faire prendre au sérieux sa nouvelle mission.

Bernard, sur le conseil de sa femme et l'invitation de l'adjoint Morissot, prit alors le titre de colonel, et se promit de se faire donner celui de général, au retour de sa glorieuse campagne. Les fumées de l'ambition envahirent tout à fait le cerveau de Bernard; il se donna les airs brusques d'un colonel habitué à exercer le commandement; il s'entoura le cou d'une haute cravate noire qui l'étranglait presque, marqua le pas en marchant, et fredonna sans cesse entre les dents un air de *tambour*.

Le temps pressait. Eugénie aurait déjà voulu voir son mari en campagne, mais il avait fallu rassembler des fusils, des gibernes, des sabres et des munitions de guerre. Bernard tenait à avoir un costume de colonel aussi complet que possible. La confection d'un costume de colonel aurait exigé trop de temps. Eugénie décida que son mari coudrait des épaulettes de colonel, qu'elle s'était procurées, sur son habit barbeau, qu'il aurait soin de boutonner jusqu'au cou, tandis qu'un grand sabre, attaché à un vieux châle façon cachemire qu'elle passa autour de la taille de Bernard, ne pouvait que donner un agréable aspect militaire à la personne de notre colonel improvisé. Sur son chapeau rond, dont il releva les ailes tant qu'il put, Bernard fixa une cocarde blanche.

Comme l'eau n'était pas encore dans son lac, Bernard

décida qu'il passerait en revue, dans la large excavation qu'il avait faite au milieu de sa campagne, les deux cents hommes de son armée.

Ce fut un beau jour pour lui ! Enlevés à leurs travaux agricoles, les nouveaux soldats ne se distinguaient nullement par une bonne tenue militaire; ils rappelaient, au contraire, les *guerillas* espagnoles; mais l'ardeur qui brillait dans leurs yeux noirs et sur leurs visages brûlés par le soleil, faisait au moins assez bien augurer de leurs inclinations martiales. Coiffés de chapeaux blancs ou de ces longs bonnets qui ont quelque ressemblance avec la résille castillanne, ils avaient croisé leurs baudriers blancs sur leurs vestes de toile et noué autour de leurs cous des cravates aux couleurs voyantes et bigarrées, avec des bouts qui descendaient jusqu'au milieu de leurs gilets à fleurs ramagées. Tous, ardents royalistes, ils auraient voulu tenir au bout des canons de leurs fusils celui dont ils avaient même défiguré le glorieux nom, et qu'ils appelaient, avec une grossièreté peu spirituelle, *Nicolas* ou *lou castaynier*.

Bernard, suivi de l'adjoint d'Aubagne, descendit dans l'excavation de son lac, et marcha d'un pas résolu vers sa petite armée; quatre tambours battirent aux champs, et notre héros trouva que les débuts d'une campagne n'étaient pas sans quelque agrément. Mme Frenet et Mme Dupré étaient venues assister à la revue; elles tenaient sur leurs têtes leurs ombrelles déployées, et se disaient intérieurement que Bernard avait assez bonne mine dans son accoutrement semi-bourgeois et semi-militaire. Mme Bernard, assise sur une chaise, s'était entourée de cruchons

de bière, destinés à désaltérer les soldats de son mari,
chez lesquels l'ardeur d'un soleil de printemps déterminait
déjà une transpiration abondante. Bernard, épongeant
avec son mouchoir les gouttes de sueur qui perlaient son
front, au-dessous d'un chapeau surmonté d'une plume
de coq, avait tiré l'épée et attendait, fièrement campé sur
la hanche, que l'adjoint Morissot eût placé sur une ligne
à peu près régulière les volontaires d'Aubagne et de Solans. Frenet et Dupré, à la tête de leurs compagnies, se
tenaient immobiles et le sabre nu à la main. Au reste,
Eugénie avait poussé la prévoyance à ses dernières limites :
une dizaine de charrettes chargées de provisions de
toutes sortes étaient, grâce à elle, les fourgons de cette
petite armée ; elle y avait amoncelé des jambons, des
saucissons, du lard, des légumes, de la viande salée, des
tonneaux de vin ; et sur la première on remarquait des
draps de lit fortement cousus entre eux et qui devaient,
à l'aide de piquets, servir de tente à Bernard et à son état
major. Un petit paysan de quinze ans tenait en laisse
Pompée, auquel on avait réservé l'honneur de porter,
pendant cette belle campagne, le chef de l'armée.

Bernard enfourcha Pompée et vint caracoler devant la
ligne de ses soldats ; il inclina son épée devant un drapeau
blanc attaché au bout d'une perche que portait un gail-
lard de six pieds, et la baissa aussi en passant devant les
dames Frenet et Dupré, qui battirent des mains. Mais
son embarras devint extrême, quand l'adjoint Morissot lui
dit de faire faire quelque peu de manœuvre, la charge en
douze temps, par exemple. Bernard n'avait jamais étudié
l'*école de peloton*, et il savait à peine, comme presque

tout le monde, ces termes de commandement qu'on entend retentir aux revues ou à l'exercice.

— C'est le moment, lui criait Morissot, c'est le moment, colonel !

— Ah ! c'est le moment, répondait Bernard, juché sur Pompée; mais ces gens-là ne savent pas faire l'exercice !

— Raison de plus pour le leur apprendre, mon colonel. Et puis, il y a parmi eux d'anciens soldats, ils guideront les autres.

— Allons, attention au commandement ! dit Bernard, qui se haussa sur ses étriers.

— Mes enfants, cria-t-il d'une voix aiguë, un peu d'exercice avant de partir. Attention au commandement ! Capitaine Frenet, capitaine Dupré, faites bien aligner vos hommes; entendez-vous, capitaine Frenet ?

Frenet était tombé dans ses distractions habituelles, et faisait des trous dans la terre avec la pointe de son sabre. Bernard l'apostropha de nouveau.

— Capitaine Frenet, relevez votre sabre et faites aligner vos hommes ! cria Bernard.

Frenet élargissait un de ses trous.

— Mais il ne m'entend pas, ce diable d'homme ? disait Bernard, debout sur ses étriers ; commandant Morissot, allez donc lui parler.

Morissot frappa sur l'épaule de Frenet, qui tressaillit et dit :

— Que me voulez-vous !

— Vous n'entendez pas le colonel, capitaine ?

— A quel capitaine parlez-vous? dit Frenet.

— Et à vous, parbleu !... N'êtes-vous pas capitaine ?

— Ah! je suis capitaine.... Eh bien! qu'y a-t-il? qu'y a-t-il?

— Il faut faire aligner vos hommes et écouter les ordres du colonel.

— De quel colonel?

— Du colonel Bernard.

— Bernard est colonel?

— Eh! sans doute, comme vous capitaine. Ne soyez donc pas si distrait, capitaine Frenet.

— J'y suis, j'y suis, dit l'astronome; voyons, que faut-il faire?

— Faire aligner vos hommes.

— Mes hommes... Ah! j'y suis... ces paysans, n'est-ce pas? Allons, je vais leur parler.

— Eh! non, dit Morissot, qui supprimait, grâce à l'agitation de ses esprits, ses *et cœtera* ordinaires, il s'agit seulement de les maintenir sur la ligne.

— Je comprends.... dit Frenet, je comprends; je suis tout oreilles.

Morissot fit signe à Bernard qu'il pouvait continuer. Bernard reprit en ces termes :

— Présentez les armes!

Les volontaires d'Aubagne et de Solans mirent leurs fusils en joue.

— Feu! cria Bernard.

Notre héros fit un bond sur son cheval; Pompée, dont le poil se hérissa de terreur, donna ses signes de lâcheté habituelle, il se dressa sur les pieds de derrière, et Bernard glissa à terre, tout transi de frayeur et se tâtant pour s'assurer si quelque balle ne l'avait pas touché. Les fusils étaient tous partis à la fois ; un nuage de poudre, qui monta lentement jusqu'aux bords élevés de l'excavation , permit à Bernard de dérober à ses soldats la chute humiliante qu'il venait de faire sur un sol heureusement bien remué. Les dames Frenet et Dupré poussèrent des cris d'effroi ; personne cependant n'avait été atteint, car les paysans qui , la plupart, en se rendant à la revue, chargèrent leurs armes, avaient eu l'idée de diriger leurs coups par dessus les bords de l'excavation du lac. Le nuage se dissipait et les objets redevenaient distincts. Bernard, tenant Pompée par la bride, marche vers Morissot , passe à peu de distance d'un olivier qu'on avait laissé non loin de l'orifice du vaste entonnoir réservé aux eaux d'un lac fantastique, et entend des éclats de rire excessivement moqueurs. Il lève la tête et voit, à travers les branches de l'olivier, Fenoul et Jollivet qui essayaient de comprimer, par une énergique pression de leurs mains sur leurs ventres , les vifs et saccadés soubresauts qu'une gaîté folle faisait exécuter à leurs entrailles insurgées. Du haut d'un olivier auquel les volontaires d'Aubagne et de Solans tournaient leurs dos, l'ex-caporal et l'ex-danseur avaient pu se faire une idée de la science stratégique du colonel Bernard ; il avaient ri outre mesure en le voyant si drôlement accoutré et superbe sur son cheval, devant la ligne peu profonde de son équivoque armée. Cette brusque détonation, cette suppression des temps dans l'exercice avaient paru à Fenoul surtout, la chose du monde la plus divertissante. Jollivet faisait à Bernard des gestes d'un souverain mépris : le pouce sur le nez , il agitait les autres doigts de la main, en tirant la langue à notre héros , qui sentit le rouge lui monter à la figure.

— Bonne chance ! s'écria Fenoul, avec un colonel comme vous, voisin Bernard, et des soldats si bien exercés, la victoire est immanquable.

— Eh! vous oubliez les capitaines Frenet et Dupré, dit Jollivet, ces lieutenants d'un autre Alexandre.

Bernard ne voulut pas riposter sur le même ton; il haussa les épaules, et se tournant vers Morissot, il dit :

— Bien rira qui rira le dernier! Nous leur réglerons bientôt leurs comptes, et ce paltoquet de Jollivet me le payera enfin !

— Je le crois, dit l'adjoint, d'une nature tellement envieuse, qu'il pourrait bien, *et cætera*, vous me comprenez?

Ces mots *de bon voyage, colonel du pape! n'oubliez pas au moins votre parasol !* furent envoyés à Bernard, en signe d'adieux, par Jollivet et Fenoul, qui quittèrent le poste d'où ils avaient contemplé, dans tout son risible éclat, la gloire militaire du nouveau colonel.

Ensuite, après une abondante distribution de vivres aux volontaires, après avoir reçu les vœux des dames Frenet et Dupré, qui recommandèrent à leurs maris d'éviter le serein et les vents coulis pendant la campagne, Bernard serra la main de sa femme, enjamba Pompée, cria : *En avant marche!* et prit, à la tête de sa colonne, la route de Saint-Zacharie.

Le soleil éclaira un beau spectacle militaire.

Bernard, serrant le dos de Pompée entre les jambes, ouvrait la marche; à peu de distance de lui venait, à cheval aussi, l'adjoint Morissot, ceint de son écharpe; ensuite les quatre tambours, battant en mesure et précédés d'un major qui faisait voltiger son bâton au-dessus de sa tête, réglaient les pas de deux compagnies, dont l'une était précédée par Frenet, qui, tout en piétinant dans la poussière, faisait des calculs algébriques, et l'autre par Dupré, qui comptait les arbres fruitiers des champs voisins de la route. Bernard, allant en guerre comme Malborough, se dandinait agréablement sur sa monture ; derrière lui ses gens poussaient des cris forcenés de : *vivo lou rei* ! et d'*à-bas lou castagnier* ! Il était à la fois surpris et charmé de sa nouvelle fortune, et, s'arrêtant de temps en temps, il tournait la tête vers sa colonne en criant d'une voix aiguë :

— En avant, marche !

XV

Quand le soir arriva, la petite troupe de Bernard atteignait le riant village de Saint-Zacharie, où l'Huveaune prend sa source. En traversant depuis le pont de l'Etoile jusqu'à Saint-Zacharie, la vallée que borde cette rivière druidique, puisque son nom d'Huveaune vient d'*Ubelka*, divinité gauloise, Bernard avait été accueilli avec enthousiasme par les habitants de Roquevaire (*Rupes variæ*) et d'Auriol (*Vallis aurea*). Les maires de ces deux communes le haranguèrent et lui promirent une moisson de lauriers ! Ces honneurs inespérés chatouillèrent excessivement de son cœur l'orgueilleuse faiblesse ; il ne demandait pas mieux que de se prendre pour un héros ; sa

vie n'avait-elle pas été celle d'un homme qu'attendent de
hautes destinées ? Toutes ses aventures, marquées au coin
d'une excentricité bouffonne, lui revinrent à l'esprit, et
loin de se regarder, ainsi qu'il avait tenté, jadis, de le faire,
comme une plaisante victime d'un génie facétieux et
amateur du burlesque, il crut qu'il lui avait fallu passer
par des épreuves à peu près incroyables, pour se trouver
naturellement au niveau d'une magnifique position. « Si
je prends Napoléon, se dit Bernard, je deviens tout à fait
un homme historique ; les plus grandes dignités me seront
nécessairement offertes ! M'y serais-je attendu, quand je
tournais dans le marabout de Sidi-Ibrahim ? Mais c'est
précisément parce que j'ai dansé devant les Arabes, que
j'ai fait *l'arbre droit* sur la pyramide de Chéops, que
j'ai failli être empalé dans la maison de Mouna, que j'ai
porté un vêtement très-succinct dans le marabout de Sidi-
Ibrahim, que Frenet, qui marche derrière moi, m'a pris
pour une momie et m'a fait des bleus sur tout le corps,
que j'ai inspecté ensuite les sources de Moïse, que le
hasard m'a ménagé les plus étonnantes surprises à Solans
où j'ai retrouvé mon savant de l'hypogée thébain, à Gémenos où j'ai sauté avec Nedjema et vu Melval, que je
suis pleinement autorisé à me croire réservé pour les plus
belles destinées ! Je suis né sous une étoile particulière !
Me voilà maintenant colonel à la tête d'une armée, marchant sur la piste de Napoléon, que j'atteindrai et que je
prendrai. Je suis en passe de devenir maréchal de France ;
le roi fera de ma bastide un duché. — Le maréchal Bernard, duc de Solans ! — Eh ! pourquoi pas ? On a vu des
choses plus extraordinaires dans notre siècle. Ah ! quand

Eugénie sera maréchale et duchesse, duchesse de Solans, pourvu que la tête ne lui tourne pas !... Oh ! non , c'est une forte tête que celle de ma femme! diable ! elle l'a comme moi , ma femme ; nous étions faits l'un pour l'autre !

Frenet interrompit le rêve auquel Bernard s'abandonnait sur son cheval , en lui criant :

— Colonel , si nous poussions jusqu'à la Sainte-Baume ? Du haut de la montagne du Saint-Pilon, nous dominerions la contrée , et demain matin, au lever du jour, avec ma lunette d'approche que j'ai dans mon havre-sac , nous embrasserons du regard une grande étendue du pays. Qu'en pensez-vous?

— L'excellente idée ! répondit Bernard ; traversons Saint-Zacharie et allons camper au Plan-d'Aups. En avant marche !

La troupe fit une courte halte dans le village de Saint-Zacharie , et s'achemina , par le bois de la Sambuque et le village de Nans , vers la Sainte-Baume. L'obscurité qui enveloppait l'armée de Bernard , dérobait aux volontaires de Solans et d'Aubagne les sites sauvages qui se déroulaient autour d'eux. Là où pendant la nuit ne se montrent que des masses noires et confuses de rochers et d'arbres , le jour vous fait voir un sol profondément remué par les antiques explosions volcaniques : des collines éventrées, de brusques soulèvements de terre qui ont pris la forme de vastes mamelons , des excavations où s'engouffrent les pluies de l'hiver, donnent au paysage un air sévère et tourmenté. Avant que la cognée du bûcheron eût éclairci le bois de la Sambuque , les pins et les

chênes donnaient à ces gorges un aspect sombre et druidique. Les détours de la route frayée à travers les bois,
l'ombre épaisse des arbres y favorisaient les attaques
soudaines des bandits embusqués derrière les rochers ;
mais à mesure que le bûcheron faisait de larges trouées
dans cette forêt maintenant décimée, le voyageur courait
de moindres risques en la traversant. Maintenant le bois
de la Sambuque s'est tout-à-fait amendé. Le gendarme a
achevé de lui enlever la sombre auréole dont nos pères
l'avaient entouré ; le bandit, chassé de bois en bois par
les bûcherons et les gendarmes, n'aura bientôt plus un
pin où s'abriter, un rocher où se blottir. Pourtant, à l'é-
poque de notre récit, la Sambuque gardait encore quelque chose de son ancienne et formidable renommée.
Bernard, en s'avançant dans ces gorges où les collines
rapprochées épaississaient l'obscurité de la nuit, se félicita
d'avoir derrière lui deux cents hommes qui rendaient
impossible toute entreprise contre sa vie ou sa bourse.
Naturellement poltron, il croyait quelquefois saisir dans
les plaintes de la brise ces paroles sacramentelles : *La bourse
ou la vie !* ces paroles qui lui semblaient incrustées sur
les masses granitiques qu'il distinguait près de la route.
Il était aussi tenté de faire à un pin isolé et se tordant
sous l'effort du vent, l'honneur de le prendre pour un brigand qui le couchait en joue. Son cheval, Pompée, assez
rétif, comme on sait, prenait un pas que notre héros
cherchait vainement à modérer ; plus il s'efforçait de le
tenir rapproché du corps d'armée dont les tambours
s'étaient tus, plus Pompée, qui, la nuit surtout, avait
hâte de gagner un gîte, accélérait sa marche. Les volon-

tés de l'homme et du cheval se trouvaient encore en oppo-
sition. Bernard se reprochait de n'avoir pas tenu rancune
à Pompée des fredaines d'une nuit récente, et de s'être
laissé engager par sa femme à faire partager à cette bête
têtue et capricieuse, les honneurs d'une campagne qu'elle
pouvait compromettre au début. Etaler devant ses deux
cents soldats les phases souvent burlesques d'une lutte
obstinée avec Pompée, cela répugnait invinciblement à
Bernard, qui, depuis Solans, avait eu une si noble attitude sur sa selle. Le flatter de la main et de la voix,
c'était un parti dont Pompée ne s'accommodait pas toujours.
Ce qu'il y avait de mieux à faire, du moins Bernard le
jugea ainsi, c'était de ne pas opposer à des intentions
qui s'annonçaient d'une manière peu rassurante, une
résistance qui pût faire faire un coup de tête à ce
cheval, accoutumé à se débarrasser assez prestement
de son cavalier.

Or, tandis que Bernard jugeait au frémissement de
l'épine dorsale de Pompée, à l'agitation de la queue du
fantasque animal, que celui-ci était très-décidé à mécon-
naître et le frein et la voix de son maître, il s'aperçut
avec quelque crainte que le trot rapide de son coursier
allait bientôt mettre une distance considérable entre
l'armée et son colonel. Déjà les voix de ses hommes qui
gravissaient nonchalamment la côte escarpée de la Sambuque, n'arrivaient plus qu'affaiblies à ses oreilles;
autour de lui régnait une profonde solitude; les pieds de
Pompée retentissaient fortement sur la terre durcie de la
route : ce mot fatal de Sambuque se retraçait avec tous
ses souvenirs d'assassinats, d'arrestations nocturnes, à

l'esprit de Bernard ; il pouvait se croire en pleine *Sierra* espagnole; l'ombre de la nuit devenait de plus en plus noire, les objets prenaient des formes fantastiques ; Bernard croyait voir luire des yeux dans les buissons. Il se posa cette question à la vue de six fantômes qui semblaient comploter au milieu d'une clairière : — Sont-ce des pins ou des brigands ? — Alors il y eut pour lui, dans la cruelle anxiété qui le saisit, cinq minutes d'une durée et d'une terreur épouvantables.

— Sont-ce des pins ? répéta Bernard.

Et il lui semblait voir un bras, deux bras, quatre bras s'allonger, un fusil, deux fusils, quatre fusils le coucher en joue.

— Non, ajoutait Bernard, ce ne sont pas des pins ; je distingue.... ah ! oui, je distingue des canons de fusils ; ce sont des brigands !

Encore quelques élans du cheval, et les brigands auraient Bernard au bout de leurs fusils.

Plus il s'approchait, plus il croyait distinguer des bandits s'apprêtant à faire feu sur lui. Il reconnaissait le chef à sa haute taille; les bandits avaient l'air de conférer entre eux ; ils avaient, pour le moment, les têtes tournées vers le chef, qui semblait donner secrètement des ordres.

— Qui va là? cria Bernard très-agité, qui va là?

Point de réponse.

— Mo-mo-Morissot? dit Bernard, au-au-se-secours !

Pompée fit à Bernard la mauvaise plaisanterie de s'arrêter.

Notre héros crut voir un brigand se détacher de ses

compagnons et s'avancer de la route. L'imminence du danger le força de prendre une résolution désespérée. Il avait deux pistolets passés dans le cachemire qui lui ceignait la taille ; saisir un de ces pistolets, l'armer, le tirer à tout hasard, fut l'affaire d'un moment. La détonation réveilla en sursaut tous les échos du bois, et le bruit du coup que Bernard venait de faire retentir arriva en ricochant jusqu'à Morissot, qui s'écria :

— Mes amis, mes amis, on attaque notre colonel ! M. Bernard est tombé dans une embuscade de bonapartistes. En avant ! pas accéléré ! marche !

Les tambours recommencent à battre, les volontaires se hâtent vers l'endroit où le coup de pistolet s'était fait entendre. Pompée, bondissant au bruit de l'arme de son maître, se dresse sur ses pieds de derrière ; Bernard cherche à se cramponner au cou de son cheval ; celui-ci exécute par peur une sorte de danse annonçant chez lui des dispositions qui, bien cultivées, auraient pu lui procurer l'honneur de figurer dans la troupe équestre de Franconi et de Ducrow. Bernard, repoussé du dos de Pompée par une épine dorsale qui s'aiguisait en pointe, et par des ruades qui frappaient dans le vide, tombe sur son séant et croit voir les brigands fondre sur lui. Les volontaires accourent en criant : — Colonel ! colonel Bernard, où êtes-vous ?

— Où êtes-vous, colonel Bernard ? criait Morissot.

Frenet et Dupré criaient la même chose.

Mais Bernard s'était levé et avait repris toute la dignité de son rôle.

— Mais amis, dit-il, je m'étais un peu trop écarté ;

je méditais un plan de campagne, quand en regardant à côté de moi, à droite de la route, j'ai vu un rassemblement de brigands.

— De bonapartistes? dit Morissot.

Ce fut un trait de lumière pour Bernard, qui ajouta :

— Et de quoi donc? Ma foi, ma tête prend feu, je leur tire un coup de pistolet, tenez, là, dans ces pins.

Bernard s'interrompit pour se dire :

— J'ai pris ces pins pour des brigands; la nuit, on commet ces sortes de méprises.

— Si nous fouillions le bois? s'écria Bernard; qu'en pensez-vous?

— Eh! pourquoi? dit Frenet; ménageons notre poudre et ne perdons pas notre temps à courir sur les bonapartistes du pays; nous avons mieux à faire.

— Vous avez raison, capitaine Frenet, répondit Bernard, qui, se tournant vers Morissot, ajouta :

— Si nous changions de cheval? Je suis plus gros que vous, et le mien est fatigué.

— Volontiers, colonel.

Malgré les efforts qu'ont fait d'habiles critiques, entre autres M. Désiré Nisard, pour ranimer en France le vieil esprit gaulois, cet esprit frondeur et gai qui de Villon passa à Rabelais et vint, par la Satire Ménippée, les comédies de Molière, de Regnard et de Lesage, jusqu'à Voltaire et à Beaumarchais, semble chaque jour s'effacer devant l'hypocrite mais imposant puritanisme des mœurs démocratiques; il emportera avec lui cette grosse farce fortement épicée, cette farce rabelaisienne que doit remplacer l'*humour* contenue de notre voisine l'Angle-

terre. On ne rit plus que du bout des lèvres, on décoche
la fine épigramme, on s'interdit ce franc rire bruyant
qui désopilait la rate de nos aïeux et distendait outre
mesure les nerfs faciaux et les coins de la bouche.
Dans notre extrême jeunesse, nous avons encore connu,
en Provence surtout, quelques-uns de ces boute-en-train
des fêtes et des réunions de famille, qui cultivaient, avec
autant d'excentricité que de verve, la spécialité de la farce.
On était plus qu'indulgent à leur égard, on applaudis-
sait au contraire à toutes leurs folies, bien qu'elles dé-
passassent souvent les limites des convenances sociales ;
leurs victimes n'avaient pas de meilleur parti à prendre
que celui de subir avec résignation et même avec joie les
mystifications de ces impitoyables farceurs, contre
lesquels La Fontaine qui dut avoir à s'en plaindre, lance,
dans une de ses fables, le trait suivant :

On cherche les rieurs, et moi je les évite !

On cherchait encore les rieurs en 1814, et l'armée de
Bernard en renfermait un qui se nommait Pierre Davin,
lequel abusait beaucoup des priviléges de son rôle. A
l'instant même que Bernard proposait à Morissot de
changer de cheval, Davin attachait à la queue de la monture de l'adjoint, une de ces plantes épineuses qui croissent dans nos collines, et qu'il avait arrachée avec des
intentions peu charitables à l'encontre du magistrat municipal. Bernard se met en selle, Morissot en fait autant ;
Pompée, dont les esprits une fois émus ne se calmaient
pas aisément, comprenant d'ailleurs qu'il avait affaire à
un autre cavalier, et n'ayant pas à user envers l'adjoint

des ménagements dont il ne pouvait pas entièrement se dispenser à l'égard de son maître, se cabre et tourne vivement sur lui-même.

— Mais que prend-il à votre cheval crie Morissot, c'est un tourbillon !... oh ! mon Dieu ! il va me faire casser la tête !... Parlez donc à votre cheval !

— Eh ! que diable prend-il au vôtre ? cria de son côté Bernard ; il a tous les diables dans le corps ! Oh ! mon Dieu ! au secours, mes amis ! au secours !

Pompée avait déjà jeté à bas Morissot, qui, oubliant ce qu'il devait à sa dignité d'adjoint, jurait avec d'autant plus d'énergie qu'il se demandait à lui-même s'il n'avait pas au moins une côte enfoncée. Le cheval du magistrat, aiguillonné par les épines de Davin, croyant avoir à ses trousses une légion de mouches impitoyables, avait pris le parti de se rouler à terre, manœuvre qu'il ne put exécuter qu'en entraînant Bernard dans sa chute. Les volontaires, voyant leurs chefs désarçonnés, furent sur le point de mal augurer de la campagne ! Frenet et Dupré s'empressèrent l'un de relever Bernard, l'autre Morissot. Bernard crut que l'adjoint lui avait ménagé cette déconvenue, Morissot eut la même idée, ce qui fit sortir la même phrase de leurs bouches, quand ils se trouvèrent les poings raidis et le visage allumé, en face l'un de l'autre :

— Vous vous y attendiez, corbleu ! s'écrièrent-ils.

— Ne pouviez-vous pas m'avertir ? dit Bernard.

— Et vous, ne le pouviez-vous pas aussi ? dit Morissot.

—Vous saviez donc que votre cheval me jetterait à bas ? dit Bernard.

— Moi? mon cheval est un agneau, dit l'adjoint.

— Fichtre, quel agneau! dit Bernard; tenez, voyez comme il se roule encore à terre.

Frenet et Dupré cherchèrent à calmer l'irritation des deux chefs qui commençaient déjà à échanger des paroles offensantes. Davin, le farceur, avait, sans qu'on s'en aperçut, fait disparaître ce qui mettait en fureur le cheval de Morissot. Bernard donna l'ordre de reprendre la marche, et l'adjoint et lui, tenant leurs coursiers en laisse, déclarèrent qu'il valait mieux faire la route à pied, pendant la nuit, à cause du danger que l'on pourrait courir en s'éloignant trop du corps d'armée.

A minuit, la colonne de Bernard arrivait non loin du bois qui s'étend au pied de la montagne du Saint-Pilon. Chacun fit ses dispositions pour attendre le jour dans cette plaine, qui s'étend entre le revers oriental du *Baou* de Bretagne et la Sainte-Baume. De grands feux furent allumés, les vivres distribués, et la plaine prit l'aspect d'un campement nocturne.

Bernard pouvait réellement se croire en campagne; Dupré, qu'il avait créé son sommelier, se hâta de faire dresser la tente du colonel sur quatre pieux fichés en terre; l'agronome disposa les linceuls qui devaient fournir à Bernard un abri assez commode. Notre héros, avant de se retirer dans sa tente, passa autour des divers groupes que les soldats avaient formés autour de leurs grands feux. Il se popularisait, il avait déjà deviné en partie le métier d'un chef d'armée.

— La première journée a été rude, mes amis disait Bernard; nous avons fait bien du chemin de Solans ici.

J'ai été content de vous ; on irait au bout du monde avec des gens comme vous autres. Mangez, buvez et dormez bien, et demain nous saisissons Nicolas !

Se tournant vers Morissot, qui l'accompagnait, il ajouta :

— Il y a plaisir à voir manger ces braves gens ! Allons souper dans notre tente. Bonne nuit, mes amis.

— Bonne nuit, colonel Bernard ! bonne nuit ! lui cria-t-on à la ronde.

— J'irai au bout du monde avec des gens comme çà, disait Bernard ; deux cents hommes, c'est quelque chose, commandant Morissot !

— Certainement, colonel, répondit l'adjoint.

Bernard soupa sous sa tente avec son état-major, composé de Morissot, de Frenet et de Dupré ; il retint l'adjoint avec lui après l'avoir invité à partager sa paillasse, et recommanda à Frenet et à Dupré de visiter les sentinelles et de leur donner le mot d'ordre suivant : — *Maréchal ! — Solans !*

Un profond silence ne tarda pas à descendre sur le bivac ; les sentinelles mêmes s'étaient endormies près des feux. Le farceur Davin appelle à voix basse un de ses camarades et lui dit : — Viens avec moi, tu dormiras la nuit prochaine ; cette nuit, il vaut mieux rire. — Ah ! nous allons rire ? dit le voisin. — Tu verras, répondit Davin.

Le farceur se glisse dans la tente de Bernard avec son camarade, auquel il recommande de saisir le nez de Morissot, tandis qu'il se charge de celui du colonel. Bernard et Morissot, étendus sur la paillasse, exécutaient un duo avec leurs nez qui furent tout à coup hors d'état de laisser échapper l'air autrement que par d'aigus sifflements.

Bernard s'éveille en sursaut et dit :

— Commandant Morissot!

Mais comme, par l'effet de la pression que subissait son nez, il avait une voix nasillarde, Bernard ne reconnut pas sa voix, ce qui le troubla quelque peu.

Morissot s'éveille à son tour et dit :

— Colonel Bernard !

Continuant à parler du nez, Bernard ajouta :

— Ah ! j'y suis... Pourquoi me pressez-vous le nez ? êtes-vous fou, commandant Morissot ?

— Dites que c'est vous qui me serrez le mien et qui nasillez pour vous moquer de moi.

— Je vous serre le nez, moi !

— Eh ! certainement...... Aïe ! mais finissez donc, colonel Bernard !

— Finissez vous-même !... Mais, fichtre ! c'est abominable ce que vous faites-là !

Deux chiquenaudes venaient de retentir sur les nez des chefs de l'armée de Solans.

— Mais je vous dis, colonel Bernard, s'écria Morissot, que je ne vous ai pas serré le nez.

— Ni moi non plus.

— Mais qui alors nous a serré nos nez et donné des chiquenaudes? Voyons, qui nous a fait tout cela? En m'éveillant, j'ai senti mon nez pris.

— Moi aussi.

— Il y a quelqu'un dans la tente !

— Voyons; y a-t-il quelqu'un dans la tente ? répéta Bernard ; c'est qu'on n'y voit goutte.

— Etendez les mains, colonel Bernard, et peut-être saisirez-vous quelqu'un.

— Vous pouvez bien étendre les vôtres, commandant Morissot.

Davin et son camarade, pendant ce débat, s'étaient esquivés sans faire le moindre bruit.

— C'est une fausse alarme, dit Morissot, que le sommeil reprenait, pourtant j'aurais juré que vous m'aviez pris le nez.

— Et moi aussi, parbleu !... Allons, dormons.

A peine étaient-ils endormis, que Bernard est encore tiré de son sommeil par le jet d'un liquide qui inonde sa face.

— *Sapresti !* Il pleut maintenant, Morissot, je suis tout trempé ; pourtant quand nous nous sommes couchés, le temps était diantrement serein.

— Mais, il pleut à verse, dit Morissot, qui s'était mis sur son séant et qui recevait autant d'eau que Bernard.

— Et je remarque, dit Bernard, qu'il pleut par côté, la pluie me vient par côté ; qu'en dites-vous ?

— Mais c'est ce que je remarque aussi.

Les deux chefs se lèvent et cherchent vainement à se garantir de l'inondation qui les poursuit. S'élançant d'un de ces instruments que les farceurs affectionnent, le liquide réfrigérant jaillissait avec une telle abondance et atteignait si bien l'endroit, que les imprécations de nos deux chefs arrosés désignaient, que Bernard et Morissot étaient déjà trempés des pieds à la tête.

— Est-ce qu'on aurait mis la tente près d'une fontaine ? dit Bernard ; ce Dupré n'en fait jamais d'autres.

— C'est alors, répondit Morissot, une fontaine qui sait ce qu'elle fait ; ouf ! me voilà encore arrosé ; c'est une fontaine qui sait ce qu'elle fait.

— Ça se ralentit, il me semble.

Bernard finissait à peine de parler, que tout le contenu de l'instrument mis plus tard à la hauteur d'un symbole politique, et dont Davin s'était muni, dans de facétieuses intentions, se répand de nouveau sur le colonel et sur Morissot, par portions égales.

— Voyez comme ça se ralentit ! cria l'adjoint ; sortons d'ici, et allons éclaircir ce mystère aquatique.

— Je remarque, dit Bernard, que, dans les moments décisifs, vous avez la parole facile et moins besoin de vos *et cætera*.

— Il s'agit bien, dit Morissot piqué, de faire ces observations ; il me semble que je sors du bain.

— Que vous dirais-je ? je m'y perds ; allons voir autour de la tente.

Bernard et Morissot ne trouvèrent rien qui pût leur donner l'explication de ce que l'adjoint venait d'appeler un mystère aquatique ; ils rentrèrent dans la tente, s'enveloppèrent de leurs manteaux qu'ils avaient cherchés en tâtonnant, et se rendormirent sur la paillasse, en se promettant de faire, au jour, des recherches sur la double énigme des chiquenaudes et de l'inondation.

Mais Davin ne lâchait pas si facilement ses proies. A l'aide d'une baguette de fusil, il avait creusé un roseau et était venu, avec son camarade, qui avalait presque son mouchoir pour étouffer ses éclats de rire, se poser

encore près de la tente du colonel. Quand le farceur entendit les deux chefs ronfler, il sortit de sa poche une
provision d'étoupe, passa son roseau par le trou que
l'extrémité du symbole politique avait fait au linceul, et
souffla par ce roseau un morceau de son étoupe à laquelle
il avait eu soin de mettre le feu ; on eût dit un feu follet
qui venait voltiger dans la tente. L'étoupe s'abattit sur le
visage de Bernard, qui se réveille encore et s'écrie :

— Du feu maintenant ! mais c'est une conjuration
d'éléments !

Les morceaux de cette étoupe allumée se succédaient rapidement, toutes ces flammèches volaient sous la tente ; il y
eut bientôt une pluie de feu. Bernard et Morisot n'osaient
se communiquer l'idée superstitieuse qui vint les assaillir ! Cloués par la terreur sur leurs paillasses, ils avaient à
peine la force d'écarter par le souffle et par les mains les
petits tisons qui descendaient en tournoyant sur eux.
Enfin Morissot s'écria :

— Mais c'est le diable qui fait tout ceci ?

— Ou Davin ! cria le farceur d'une voix lamentable.

A ce nom désopilant de Davin, Morissot partit d'un
grand éclat de rire et dit :

— Alors, alors, c'est différent !

— Comment, c'est différent ? dit Bernard.

— Oui, oui, répondit Morissot, ce n'est rien, c'est
Davin qui s'amuse. Ah ! quel drôle de corps ! si vous le
connaissiez !

— Mais je le ferai fusiller demain, votre drôle de corps !
s'écria Bernard courroucé.

— Mais vous n'entendez donc pas la plaisanterie ? Je

parie que c'est lui qui a fait une farce à mon cheval ! Il
en est diablement capable; j'aurais dû le deviner.

— Je vous dis que je le ferai fusiller !

— Lui ! il est trop farceur pour ça.

— Comment , parce qu'il est farceur.....

— Oh ! les farceurs sont comme ça..... Ah ! la bonne
plaisanterie ! Dormons maintenant, demain vous rirez
comme un fou.

— Que je rie, moi ! ah ! nous verrons ça... Arroser et
incendier son colonel , le chiquenauder, lui saisir le nez ,
vous appelez cela des farces !

— Eh ! certainement, c'est un si drôle de corps que ce
Davin ! J'aurais dû le deviner ; mais quand on est à
moitié endormi , on n'a pas les idées lucides.

— Vous le prenez comme ça ?

— Dormons , colonel , nous rirons bien demain. Et
Morissot s'endormit en murmurant : — ce farceur de
Davin ! j'aurais dû le deviner !

XVI

Bernard et son camarade de tente ne dormirent que
quelques heures et furent sur pied dès que l'aube commença à percer la profondeur du bois voisin du campement. L'adjoint Morissot obtint du colonel la grâce du
farceur Davin, que Bernard n'aurait pu d'ailleurs punir
qu'en courant le risque fâcheux de compromettre sa po-
pularité. En quittant sa tente, notre colonel vit venir vers

lui Dupré et Frenet, dont les figures étaient étrangement
bariolées. L'agronome étalait une raie noire, laquelle, partant du front et s'allongeant sur le nez, dessinait ensuite
au-dessus de la lèvre supérieure des moustaches qui atteignaient les yeux de leurs lignes ébouriffantes. La figure
de Frenet ressemblait assez à celle d'un chef océanien ;
elle était tatouée. Le bouchon brûlé dont le farceur s'était
servi y avait représenté des fleurs et des insectes bizarrement esquissés. A la vue de ces deux visages si drôlement
charbonnés, Bernard éprouva un accès de rire qui fut
partagé par Frenet et Dupré. L'astronome ne revenait
pas de la joyeuse surprise où le jetaient les audacieuses
menaçantes moustaches de l'agronome, et celui-ci
était pas moins agréablement étonné de voir le bario-
e de Frenet.

— Mais, capitaines, dit Bernard, est-ce pour vous
dre plus terribles que vous avez fait une si étrange
toilette à vos figures ?

A nos figures ? répondit Dupré, le colonel veut
pa des fleurs et des insectes qui s'épanouissent sur le
vis de M. Frenet !

— Mais vous avez, capitaine Dupré, ajouta Bernard,
des moustaches terrifiantes, cela vous donne un air terrible, un air de Gengiskan !

— Ah ! j'ai des moustaches ? répondit Dupré, mais
vous plaisantez, colonel ?

— Est-il drôle avec ses moustaches ? s'écria Frenet,
qui avait un colimaçon dessiné au bout du nez.

— Parlez plutôt des animaux de votre figure ! dit
Dupré.

— Que me chantez-vous là? dit Frenet.

— Allez, ajouta Dupré, vous êtes joliment accommodé.

— Le fait est, dit Bernard, que vous avez tous les deux le visage drôlement arrangé!

— Et ne voyez-vous pas, dit Morissot, que c'est le farceur de Davin qui vous a ainsi bariolés! Vous savez? Davin dont le génie est tourné aux facéties? Vous comprenez, *et cætera*?

— Ah! c'est Davin qui a mis ce colimaçon au bout du nez de Frenet? dit Dupré.

— Et qui vous a donné cette superbe paire de moustaches? dit l'astronome.

— Allez vite vous débarbouiller, dit Bernard; l'eau...

— L'eau, continua Morissot, est un détersif puissant, surtout l'eau savonneuse, vous comprenez?

Frenet et Dupré s'empressèrent de suivre le conseil de Bernard et de remettre leurs visages dans leur état naturel. Quand l'astronome eut fait disparaître son espèce de tatouage, il vint, tenant à la main sa lunette d'approche, proposer au colonel d'aller explorer le pays, du haut du Saint-Pilon.

— Allons, dit Bernard.

Les lieux que parcourait en ce moment Bernard, en compagnie de Dupré, de Frenet et de Morissot, sont, comme on sait, consacrés par la sainte et poétique légende de Madeleine pécheresse et repentante. La légende du moyen-âge était toujours bien inspirée dans le choix des sites où elle se révélait à nos pères avec toute la grâce sauvage du désert. Quand on arrive par le pittoresque chemin qui conduit de Nans au Plan-d'Aups, la haute montagne dont les flancs recèlent la grotte connue sous le nom de Sainte-Baume, vous apparaît comme un mur de granit taillé par des mains de géant. On a suivi, pendant la dernière partie du pieux pèlerinage, une rampe bordée de petits chênes et de genêts qui, du premier plateau du village de Nans, s'élève en tournoyant jusqu'à la steppe aride, où la neige et l'intensité du froid donnent aux chasseurs qui s'aventurent, l'hiver, dans ces solitudes glacées, une idée des climats du pôle. A l'extrémité de la rampe qui finit au Plan-d'Aups (c'est le nom de cette steppe), les sauvages magnificences du bois, de la montagne du Saint-Pilon et de la grotte, éclatent tout à coup au regard. La lumière du ciel ne parvient jamais à adoucir la teinte morne et sévère de ce long mur cyclopéen qui regarde le nord et allonge ses pieds sous les mille racines de la forêt druidique. Le bois de la Sainte-Baume, plein de gémissements de sources, déploie sur la base de la montagne ses longues draperies qui viennent festonner les marges de la grotte, ainsi suspendue sur un abîme de verdure. A côté de cette grotte s'élève dans l'air un monastère qui semble faire effort pour ne pas glisser sur la pente des vives arêtes du mont. La vénération religieuse qui s'attache à cette grotte, date de la naissance du christianisme; des récits évangéliques s'y retracent à la mémoire : on y songe à la courtisane syrienne de Magdala, au parfum qu'elle versait d'un vase d'albâtre sur les pieds du Christ, à cette blonde chevelure aimée des peintres, à ces premiers pélerins de Jérusalem qu'une frêle barque vint jeter sur nos bords, à cette pécheresse repentante que les anges transportaient la nuit, de sa couche de pierre, sur le sommet du Saint-Pilon, pour la rapprocher du ciel.

Le désert ainsi sanctifié reçut d'illustres visiteurs : les rois et les reines de France vinrent s'agenouiller devant cet autel taillé dans la roche, ou dans cette chapelle enfoncée qui contient une source miraculeuse formée par les pleurs de la célèbre pénitente. Des écussons royaux parent encore l'entrée de la Baume que l'on quitte, pour faire l'ascension du Pilon, en passant devant des oratoires. A mesure que l'on gravit le sentier de la montagne, on croit, en inclinant le regard vers la base, assister à un assaut que les géants du grand bois exécutent contre le rempart de granit; toute l'armée végétale, aux panaches déployés, aux pieux dressés, aux attitudes menaçantes, est accourue au pied de la montagne et en tente l'escalade; les plus hardis de ces géants de la forêt ont déjà posé le pied à mi-côte, et sous leurs vestiges puissants le roc s'est fendu; d'autres les suivent et s'accrochent où ils peuvent; le reste de la troupe, dans un désordre inextricable, fourmille dans l'ombre; il y a partout un incroyable pêle-mêle de cîmes luttant d'audace; de branches se frayant un passage, de troncs noueux et revêtus de leur cuirasse de lierre, de vieux arbres fiers de leurs rejetons; et quand le vent s'engouffre dans tous ces rangs pressés, des clameurs confuses montent au Saint-Pilon, qui, les jours d'orage, semble appeler à son aide la foudre, dont les chênes étalent les profondes cicatrices. Mais, comme l'a fait observer un grand écrivain, la grâce se montre toujours dans les œuvres les plus sévères de la nature. Egarez-vous dans ce bois d'un aspect si sombre, au bas de ce mont septentrional ; pour peu que la lumière du jour , aux heures de l'été , le pénètre , vous ne verrez que de gracieux accidents de rayons , d'ombre , de mousse et d'eau ; ici , dans ces gracieux cloîtres de verdure, au tournant de ces allées de frênes , de trembles et d'alisiers, auprès de cette fontaine qui coule sur un velours humide et lustré , vous vous croirez transporté dans un de ces parcs anglais où l'art n'a cru pouvoir mieux faire que d'imiter les charmants caprices de la nature. Un souvenir romain ne tarde pas cependant à restituer à ce bois son caractère antique : en vous rappelant que la tradition y voit le dernier et vénérable débris de cette forêt chantée par Lucain , et qui , des collines marseillaises , s'enfonçait dans la terre des Celto-Ligures , votre esprit remontera le cours des âges et évoquera , sous les retombées de ces voûtes végétales , les souvenirs des sacrifices druidiques. Sur notre noble terre provençale, tous les siècles, tous les cultes , toutes les civilisations accourent plus aisément qu'ailleurs aux appels de l'imagination émerveillée ; on n'y remue pas le moindre coin de terre sans en faire jaillir les plus beaux souvenirs historiques.

Des pensées moins érudites et moins poétiques préoccupaient Bernard et ses compagnons, quand ils se trouvèrent à côté de cette chapelle aérienne voisine du large précipice que forme la montagne à peu près taillée à pic. A cette hauteur, l'œil embrasse une étendue de pays immense ; à l'est , dans les profondeurs lumineuses de l'horizon , brille la mer qui baigne Toulon la guerrière ; en face, le soleil éclaire les neiges du mont Ventoux ; à vos pieds, du côté du midi, on dirait que les collines et les montagnes en fusion se sont figées à l'instant même que la puissance volcanique en action leur imprimait les formes les plus bizarres ; on croirait voir une mer qui se serait glacée quand la tempête en soulevait toutes les vagues. Bernard, collant son œil à la lunette, voyait danser devant son verre des villages modestes, des toits pointus de bastides, des bouquets d'arbres, des champs de luzerne et de blé, des prés et des troupeaux ; quand il eut assez promené ses yeux sur ce pêle-mêle d'objets fuyant et bondissant, il dit à Frenet en lui passant l'instrument dont celui-ci avait cru devoir se munir pendant sa campagne anti-napoléonienne :

— Eh bien ! à quoi bon ce que vous me faites faire ici ?

— N'avez-vous rien aperçu sur les grandes routes ? répondit Frenet ; à cette hauteur nous pouvons distinguer beaucoup de choses.

— Que voulez-vous que je voie sur les grandes routes ?

— L'armée de Napoléon, parbleu !

— Je n'ai rien vu, dit Bernard, qui ressemblât à une armée, et je crois que ce détour que vous m'avez fait faire vers la Sainte-Baume pourrait bien nous faire manquer notre coup.

— Napoléon est débarqué au golfe Juan, n'est-ce pas de ce côté ? dit Frenet en étendant les bras au sud-est.

— Eh bien ?

— Je pense qu'il doit marcher sur Toulon, ajouta l'astronome ; la prise de Toulon doit être dans son plan stratégique.

— Je pense comme vous, dit Bernard, qu'il a dû se proposer de s'emparer de Toulon ; vous avez raison.

— Donc, ajouta Frenet, braquez la lunette du côté de Toulon.

— Je l'ai braquée.

— Que s'y passe-t-il ?

— Je ne distingue rien.

— Voyez-vous la fumée des batteries et des forts ?

— Pas la moindre fumée.

— Il y a assez loin de Cannes à Toulon ; l'usurpateur doit encore battre la campagne ; allons à sa rencontre.

— C'est ce qu'il y a de mieux à faire, répondit Bernard ; puisque je n'ai vu aucune fumée du côté de Toulon, cela prouve qu'il est encore loin.

— Indubitablement.

— Savez-vous, dit Bernard en se rengorgeant, que nous n'entendons pas mal le métier de la guerre, la stratégie ! L'excellente idée que nous avons eue de venir inspecter le pays, du haut du Saint-Pilon ! l'excellente idée ! Nous sommes aussi rusés que Turenne et qne Montecuculli !

— Allons rejoindre nos gens, dit Frenet.

— Allons, dit Bernard.

Le récit de la promenade exécutée par Bernard, qui s'était mis bravement aux trousses de Napoléon, égaie encore les veillées des petites villes et des villages de la Provence que notre héros, dans son étrange costume, traversa, à la tête de deux cents volontaires d'Aubagne et de Solans ; il marcha de déceptions en déceptions, de déconvenues en déconvenues. Tant qu'il eut affaire à des royalistes, cette promenade militaire consistant dans des zigs-zags, ne fut pas sans charmes pour lui : échauffé par le soleil qui faisait bouillir sa cervelle sous son chapeau, magnifiquement surmonté d'une plume de coq, Bernard lorgnait d'une manière fort significative les jeunes paysannes de la route ; il voulait mêler, disait-il à Frenet, quelques myrthes à ses lauriers. Dans les auberges, Morissot était obligé de faire une incroyable dépense d'*et cœtera* pour ramener le colonel au sentiment des convenances, dont il commençait à s'écarter toutes les fois qu'une servante avenante se montrait à lui.

A Pachoquin, vaste hôtellerie située dans la vallée de Gapeau que suivit l'armée de Bernard après avoir descendu le côté méridional du mont Cassien, une vive et attrayante servante vint tenir l'étrier du cheval du colonel, qui se disposa à mettre pied à terre pour mieux considérer une bouche ornée de deux *cassies* et meublée d'une double rangée de dents d'ivoire. La servante de Pachoquin, brune haute en couleur, se tenait baissée, et comme son fichu s'était dérangé, elle aperçut la direction que Bernard donnait à ses yeux inquisiteurs, elle se trouva grandement offensée de la persistance que le colonel mettait à profiter du léger désordre de son corsage, et d'un coup de main aussi rapide qu'énergique, elle fit glisser la jambe de Bernard dans l'étrier et poussa Pompée vers l'écurie ; Bernard, dont la jambe était prise au trébuchet, arriva à l'écurie traîné sur le dos, la tête renversée et les mains étendues. On vint le relever, et comme il voulait tirer une vengeance éclatante de l'action irrévérencieuse de la servante de Pachoquin, on lui dit, pour le calmer, que cette fille, la plus belle de la vallée de Gapeau, n'avait consenti à achalander l'auberge qu'à la condition de réduire les bourgeois d'alentour au régime platonique de l'admiration de sa taille et de sa figure, sans qu'il fût permis, sous peine d'être sevré ignominieusement de cette admiration, de lui prendre même le bout des doigts. On verra, dans le chapitre suivant, que Bernard était peu au fait des mœurs provençales.

Bernard était réservé à d'autres surprises : à la Valette, on lui dit que Napoléon devait être près de Gap, et que c'était du côté de cette ville que les volontaires marseillais comptaient se diriger. Il blâma l'Empereur de la faute qu'il avait commise de ne pas prendre Toulon, et déclara à son état-major que décidément la capacité militaire de l'usurpateur baissait beaucoup. — Allons à Gap, s'écria Bernard. — Après trois jours de marche, il atteignit le bac de Mirabeau, sur la Durance, et prit la route de Forcalquier et de Sisteron. Les dispositions des habitants des pays où il se trouvait, maintenant, n'étaient plus les mêmes ; les montagnards des Basses-Alpes étaient dévoués à l'Empereur ; aussi Bernard, en passant dans les défilés que dominaient des mamelons escarpés, commença-t-il, lui et sa troupe, à courir des dangers qui assombrirent sa figure et mirent son courage à une difficile épreuve : il connut les inconvénients de la lapidation. Des montagnards cachés derrière les rochers faisaient pleuvoir des pierres sur lui et sur ses gens. Les volontaires hâtaient le pas et commençaient à se repentir de s'être mis à la poursuite d'un homme insaisissable. La fièvre qui avait allumé le sang de Bernard, lui donna une sorte d'ardeur qu'il prit pour du courage ; il s'obstinait dans une entreprise qu'il voulait conduire à bon terme. Frenet et Dupré avaient beau lui montrer leurs souliers et ceux de leurs soldats déchirés par les ronces et les pierres de la route, Bernard, la pointe de son épée tournée vers Gap, criait toujours en avant, et faisait faire à ses troupes des marches forcées ; son cheval était rendu et trébuchait à chaque pas ; Morissot avait été forcé de vendre le sien en route. Bernard prit le parti d'aller à pied, mais ne s'obstina pas moins à s'avancer vers Gap, où il se flattait de surprendre Napoléon. Une nuit, tandis que ses gens ronflaient sur la terre nue, Bernard, tourmenté par l'insomnie, voulut faire aspirer à ses lèvres la fraîcheur de l'air ; il sort de sa tente et se dirige vers le sommet d'une colline. En face du revers de cette colline qui protégeait son camp, notre colonel distingue un feu devant lequel passaient des ombres ; l'une de ces ombres était immobile, les mains derrière le dos. Il s'approche d'un arbre, et le bruit d'une patrouille le décide à se cacher entre les branches de cet arbre, qui croissait, isolé, au milieu d'une plaine où passait le vent de la Durance ; à cheval sur une branche, retenant son souffle, notre héros prête l'oreille et recueille ces paroles :

— L'empereur a un corps de fer, à peine a-t-il voulu nous faire faire un peu de halte cette nuit ; il veut être à Grenoble dans deux jours.

Un autre disait :

— Il paraît que le petit caporal ne veut pas dormir, cette nuit, il est là, debout, les mains derrière le dos, devant son feu.

— Silence dans les rangs, cria le chef de la patrouille ; il y a du monde par ici... J'entends du bruit dans cet arbre.

Ce chef prend une lanterne, la soulève, et aperçoit Ber-

nard, qui faisait, entre les branches de l'arbre, la re-
commandation de son âme à Dieu.

— Que fais-tu là sur cet arbre ? demanda le chef !

— La peur des loups m'a forcé d'y chercher un gîte,
répond Bernard.

— Allons, descends, l'ami, dit le chef de la patrouille,
et viens te chauffer au bivac.

— Merci, mon bon monsieur, merci ! dit Bernard.

— Veux-tu descendre ?... tonnerre ! ou bien...

— Suffit, suffit ; je suis à vous.

Quand le chef de la patrouille vit l'accoutrement de Bernard, il ne put s'empêcher de dire :

— Mais quel costume avez-vous pris ? Des épaulettes de
colonel, une cocarde blanche, une épée et une plume de
coq ?

— C'est un costume de fantaisie, dit Bernard.

— Non, dit le chef de la patrouille, c'est le commandant d'un de ces corps francs que les Marseillais ont mis
à nos trousses et qui nous épiait du haut de cet arbre ; sa
troupe ne doit pas être éloignée.

— Conduisez-le à l'Empereur, qui le fera fusiller sur
l'heure, dit le chef, qui prit Bernard au collet.

— L'Empereur ! dit Bernard, qui chancelait comme un
homme ivre ; me faire fusiller ! Vous plaisantez ?

— Au bivac ! dit le chef.

Peu d'instants après, Bernard, qui se demandait s'il
ne rêvait pas, était brusquement présenté à l'Empereur,
à cette ombre que notre héros avait vue immobile, les
mains derrière le dos, devant un grand feu.

— Qui m'amenez-vous-là ? mes amis, dit Napoléon.

— Le colonel d'un corps franc, probablement, répondit le chef de la patrouille.

— Et que veux-tu que je fasse de lui? dit l'Empereur, en fixant son œil d'aigle sur Bernard, qui se pelotonnait.

— Nous le fusillerons, si Votre Majesté l'ordonne.

— Bonhomme, dit l'Empereur à Bernard, qui était tombé sur ses genoux, que venez-vous faire ici? répondez.

— Sire, répondit Bernard, que vous dirais-je?

— Est-ce qu'on vous a mis, dit l'Empereur, à ma poursuite?

— Oh! pour cela, je puis...

— Voyons, répondez, avez-vous une troupe ici près?

— Deux cents hommes d'Aubagne... De braves gens qui sont sur les dents.

— Où donc?

— Là, dit Bernard en montrant la colline derrière laquelle était campée son armée.

— Eh bien! allez réveiller vos hommes et retournez à Aubagne, à l'instant même.

Et l'Empereur se tourna brusquement; Bernard salua jusqu'à terre le dos de Napoléon, et revint à son camp, qu'il éveilla en battant un tambour.

— En route, en route! cria-t-il, en route!

Et Bernard s'interrompait pour faire avec son tambour un bruit formidable.

— Mais qu'arrive-t-il? demanda Morissot en se frottant les yeux et en bâillant.

— En route! m'entendez-vous, répondit Bernard, qui, tirant à part Morissot, Frenet et Dupré, leur dit à l'oreille :

— Je l'ai vu !

— Qui? demandèrent Morissot, Frenet et Dupré.

— Qui? l'Empereur !

Les dents de Morissot, de Frenet et de Dupré claquèrent, et ils restèrent, ensuite, bouche béante.

— Et il m'a ordonné de retourner à Aubagne, ajouta Bernard. Que vous prend-il?

On eût dit des hommes frappés de la foudre : Morissot cherche l'épaule de Dupré, Dupré celle de Frenet, Frenet celle de Bernard. La peur est contagieuse. Bernard s'affaisse le premier; en s'affaissant, il détermine la chute de Frenet, qui détermine celle de Dupré, qui détermine celle de Morissot. Les quatre chefs se trouvèrent à terre sur leurs séants et tremblant de tous leurs membres.

Morissot eut à peine la force de dire :

— Vous, vous, colonel, col... colo... colonel, vous dites que vous l'avez vu?

— Il... il m'a... m'a par... parlé, comme je vous parle.

— Lui? dirent les chefs des volontaires, l'Empereur !... Retournons à Aubagne.

Et une heure après, Bernard, Morissot, Dupré et Frenet reprenaient la route d'Aubagne en silence, à la tête de leurs soldats qui disaient :

— Ce colonel est un homme *doou tron dé l'air !* il n'a pas même voulu nous faire dormir deux heures, cette nuit ; il a le diable au corps !

XVII

Les quatre chefs des volontaires de Solans et d'Aubagne n'eurent pas grande peine à se tenir le serment qu'ils
s'étaient mutuellement fait de ne pas divulguer l'entrevue
de Bernard avec Napoléon. Soit que ce fût l'effet d'un prudent instinct de lâcheté et de conservation, soit que ses
yeux, ne pouvant trop discerner les objets à la lueur des
rares feux du bivac, eussent considérablement grossi
l'escorte de l'empereur, Bernard déclara à ses trois compagnons Morissot, Frenet et Dupré, que l'usurpateur
avait au moins dix mille hommes avec lui, et que c'était
folie d'exposer deux cents *Aubagnens* ou *Solaniens* à
une inévitable boucherie. Ce raisonnement fut trouvé
péremptoire, et nos quatre poltrons convinrent de faire
rétrograder leur armée vers Aubagne, et de répandre la
nouvelle, pour justifier cette retraite, que Napoléon était
assiégé dans Antibes par tous les régiments de la hui-
tième division militaire; ce qui les dispensait parfaitement de marcher à sa poursuite.

Tandis que les volontaires, bien aises, au reste, de
regagner leurs foyers, après tant de marches pénibles,
reprenaient la route d'Aubagne, Bernard, voyant qu'il
lui fallait ajourner ses grandeurs militaires, revint à ses
pensées habituelles et se remit en mémoire cette belle
servante de Pachoquin qui l'avait fait honteusement trébucher. A cette idée, son sang s'alluma et son cerveau

singulièrement exalté s'enflamma au point qu'il regarda comme étant d'une facile exécution, le projet le plus insensé qui soit jamais tombé dans une tête ; il ne voulait pas que cette campagne, si tristement avortée, fût pour lui sans aucune espèce de résultat. Puisqu'il avait sous la main deux cents hommes qui avaient fait preuve d'une grande docilité et d'une patience exemplaire, il se demanda s'il ne pouvait pas s'en servir pour se donner la satisfaction d'assiéger une auberge, et d'y entrer en vainqueur irrité et bien résolu à user des droits de la victoire, dans toute leur étendue. N'ayant pu faire les affaires de son parti, il devait au moins, se disait-il, chercher à faire les siennes, et couronner son entreprise manquée, par une de ces expéditions bellico-amoureuses qui allaient si bien à sa tournure d'esprit. Une occasion unique lui permettait de mettre en action les principes de la stratégie qu'il n'avait que moralement appliquée au siége de sa femme, Eugénie, à Alexandrie ; cette occasion, devait-il la négliger, quand il lui était si facile de tracer de véritables circonvallations autour de l'auberge de la servante de Pachoquin, de parlementer avec elle, de dicter ses conditions et d'imposer au besoin sa volonté, en la faisant soutenir par deux cents fusils braqués sur les murs de cette auberge ?

Bernard commença par s'assurer des dispositions de ses trois compagnons, Morissot, Dupré et Frenet.

— Nous ne pouvons pas, leur dit-il, un soir, tandis que la troupe faisait une halte sur les bords de la Durance, revenir à Aubagne sans avoir fait la moindre action d'éclat ; qu'en pensez-vous ?

— Mais quelle action d'éclat pouvons-nous faire? demanda Frenet ; une action d'éclat? vous en parlez à l'aise.

— Quelque chose qui nous fasse honneur, ajouta Bernard, comme le serait celle d'assiéger un repaire de bonapartistes.

— Vous connaissez quelque repaire de bonapartistes ? dit Morissot.

— Si le temps me l'avait permis, ajouta Bernard, je mettais l'auberge de Pachoquin à feu et à sang ; vous vous rappelez le tour humiliant qu'une servante m'y a joué ?

— Ah ! je sais, dit Frenet : une écurie où vous entrâtes dos à terre ! Heureusement votre cheval allait au pas.

— Je dissimulai mon mécontentement, dit Bernard ; je le dissimulai ; mais je me promis de tirer vengeance de cette action déplaisante.

— Mais c'est là le fait seulement d'une servante, colonel Bernard, dit Frenet.

— Capitaine, vous n'y êtes pas, répondit Bernard ; non, vous n'y êtes pas. Je surpris, dans cette auberge, bien des regards de travers, et je vis, même, des gestes menaçants.

— Au fait, dit Morissot, on m'a assuré que la vallée de Gapeau était peuplée de bonapartistes.

— C'est cela, commandant, s'écria Bernard, c'est bien cela ! Je suis bien aise de voir que vous saisissez ma pensée. Il faudrait donc assiéger cette auberge de Pachoquin et la raser de fond en comble. Nous aurons au moins quelque chose à raconter au retour de notre expédition.

— Il est vrai, dit Frenet, que notre expédition n'a pas été fertile en incidents remarquables.

— Oh ! il y en a eu un d'incident, mais pour celui-là, *motus !* dit Dupré.

— Je le crois bien ! dit Bernard. Donc, si nous rasons un repaire de bonapartistes, cela nous fera quelque honneur ; il me semble que j'ai là une bonne idée.

— En effet, dit Dupré, tout bien considéré, le sac d'un repaire de bonapartistes ne peut que nous faire beaucoup d'honneur. Nous ne nous serons pas au moins inutilement promenés en Provence.

— Va donc pour le sac de Pachoquin ? dit Bernard.

— Va pour le sac de Pachoquin ! répondirent les autres.

L'auberge de Pachoquin s'élève sur les bords de cette fraîche rivière du Gapeau qui prend sa source dans la plaine de Signe et va se jeter à la mer non loin d'Hyères, après avoir serpenté dans un vallon resserré par de hautes collines couvertes de pins et de petits chênes. Ce vallon, qui commence après la plaine de Signe, ceinte de montagnes, s'enfonce, à son début, entre de sombres masses rocheuses que tapissent des plantes robustes et que sillonnent des eaux torrentielles ; son aspect, d'abord sévère, prend ensuite de douces et riantes teintes ; de charmants villages, Méounes, enveloppé d'arbres, Belgencier, patrie de Peyresc, s'élèvent sur les bords de sa limpide rivière qui fuit, profondément encaissée, sous les cintres arrondis des peupliers et des aulnes. De Méounes, un chemin qui se déroule sur la montagne, de l'autre côté du Gapeau, vous conduit à une des merveilles architecturales de la Provence, à cette chartreuse de Montrieux *(Mons Rivorum)*, si belle encore dans ses ruines. Après avoir gravi deux hautes collines, on arrive sur un vaste plateau couvert de chênes ; sur ce plateau, les eaux des torrents se sont creusé des lits profonds ; les sources qui s'échappent par les fentes des rochers y entretiennent une pâle verdure ; le jour y prend des teintes mélancoliques, parce que les cimes des monts forment, en se rapprochant, une sorte d'entonnoir où s'engouffrent les vents. Les rochers qui semblent avoir été coupés par de puissantes mains en forme de murs, enveloppent un vaste espace que les chênes couvrent d'une ombre éternelle. A mesure qu'on avance vers le monastère, l'entassement des rochers et des arbres redouble ; c'est une confusion inexprimable de masses granitiques et de branches touffues, un pêle-mêle de couleurs et de tons grisâtres, de nuances foncées qui, par de rapides dégradations, arrivent au noir, de manière à répandre sur cette scène sauvage, un air de désolation. Au-dessus de ce chaos de sombre verdure, de pierres rongées par les lichens, s'élève l'abbaye qui pousse ses longues avenues d'arcades au milieu des pâles clairières. Par ses deux clochers hardiment élancés, par ses grands murs, par ses cintres majestueux, elle parvient à une telle hauteur, qu'après avoir déroulé sa base enfoncée et perdue dans tous ces entrelacements de rochers et d'arbres, elle plane de toute son imposante majesté sur les abîmes verdoyants d'où elle semble sortir.

Une fontaine creusée dans le roc coule mélancoliquement devant la Chartreuse. On entre dans une cour où

rien n'annonce encore les surprises architecturales qui
sont réservées à l'artiste voyageur. Au fond d'un long
corridor, on franchit un seuil en pierres disjointes et l'on
se trouve dans la salle du réfectoire.

A la vue de cette salle, la réputation culinaire des
Chartreux se retrace à l'esprit. Rarement, dans les plus
beaux palais, on admire des salles à manger aussi or-
nées : d'élégants pilastres soutiennent un entablement
que recouvrent des moulures savamment ciselées ; au
haut des murs, sur le plafond, au-dessus des portes,
autour des fenêtres éclatent les fantaisies les plus ingé-
nieuses de la renaissance. Ce réfectoire est coquet et
riant; si le cloître et l'église réveillent de mélancoliques
et pieuses idées, ici, tout flatte l'œil et caresse l'imagination. Les religieux qui bâtirent ce couvent s'étaient ménagé, au milieu de ces arcades sévères, à côté de la sombre
nef de l'église, un doux asile où les colonnes corinthien-
nes, l'acanthe fleuri des Grecs dissipaient, pendant les
heures lentes de la réfection corporelle, les idées graves
que les autres parties du couvent exprimaient par leur
austère architecture. La grâce presque épicurienne de ce
réfectoire vous surprend d'autant plus que la nature des
lieux ne vous avait préparé qu'à la contemplation d'une
morne et grave abbaye; mais le sentiment de la sévérité
monacale reparaît tout entier dans une église formée
d'une seule nef et d'une construction extrêmement hardie.
Là, tout a disparu, autel, tableaux, vitraux; on n'a
devant les yeux qu'un squelette, la chair a été emportée,
mais les articulations sont intactes (1). Le couvent de Mont-

(1) Depuis l'époque où ce livre a été écrit, les Chartreux sont ren-
trés dans ce monastère en partie réparé.

rieux n'a pas souffert du vandalisme révolutionnaire :
grâce à la solitude qui l'entoure , à son éloignement des
routes fréquentées , il s'est dérobé au fauchage des monuments religieux ; mais , devenue veuve de ses hôtes ,
l'abbaye a eu à soutenir une longue lutte contre les tempêtes et l'action destructive de la nature ; les racines des
arbres lui ont déclaré une guerre sourde ; une sape
mystérieuse s'est avancée sous sa base ; les chênes pour
s'étendre à l'aise , ont fendu les murs ; des manteaux de
lierre ont tellement enveloppé les arcades des cloîtres ,
qu'elles les ont pénétrées d'une humidité corrosive ; le
fort ciment s'est fondu. Le cloître , qui semblait pouvoir
défier les rochers voisins en durée , a craqué dans ses
puissantes membrures ; une première pierre se détacha
de sa voûte , à sa place s'élança , triomphant, un jet rapide de feuillage ; la nature ressaisit ses droits. Pourtant,
un petit cloître a pu échapper à ces assauts de l'humidité
et d'une végétation conquérante et sacrilége ; ce petit
cloître est revêtu de marbre sur toutes ses faces, c'est une
émeraude enchâssée entre l'église et le grand cloître ,
renversé et béant. Quelle exquise élégance dans ce petit
cloître ! L'évasement des cintres , la souplesse de leurs
supports, les lignes déliées des voûtes et surtout le fini
des ornements de quatre fontaines , tout y est d'une dé-
licatesse achevée : c'est un souvenir de l'Alhambra.

On voit que si Bernard eût appartenu à la classe intéressante de ces touristes qui se mettent en quête des belles
ruines et non des belles servantes , il se serait empressé,
puisque le bizarre itinéraire qu'il s'était donné pour poursuivre Napoléon , l'avait conduit au pied de la chartreuse

de Montrieux, d'aller visiter une abbaye si remarquable
encore. Mais l'homme qui avait dédaigné de jeter même
un coup-d'œil à la dérobée sur les monuments égyptiens,
ne pouvait avoir un instant l'idée de faire l'ascension de
deux collines pour aller prendre une attitude d'admiration devant des murs écroulés et un gracieux cloître.
Satisfait d'avoir fait adopter à Morissot, à Dupré et à Frenet le projet d'assiéger l'auberge de Pachoquin, il se dirigea vers la vallée de Gapeau, et, après plusieurs jours
de marche, il vit un soir, s'élever la fumée qu'un feu
chargé de cuire le repas d'une trentaine d'admirateurs
de la belle servante, faisait tourbillonner dans la haute
cheminée de cette auberge.

Ces trente admirateurs étaient bien éloignés de croire
qu'on allait les assiéger. Venus les uns de Méounes,
les autres de Belgencier, d'autres de Toucas, d'autres
encore de Solliers ou de la Valette, ces bourgeois de
petites villes ou de villages, avaient l'habitude de se
réunir à Pachoquin, un jour par semaine, pour faire
honneur à un repas payé à frais communs. Pourquoi
avaient-ils choisi l'auberge de Pachoquin? Ceci tient aux
mœurs exceptionnelles des jeunes et paresseux bourgeois
de nos petites localités.

Les bourgeois de ces petites localités se sont fait de la
beauté féminine, une idée qu'ils trouvent rarement réalisée autour d'eux. Soit que cela leur vienne des Grecs
ou des Romains, soit par une disposition psychologique
dont l'énigme n'a pas encore été devinée par la science,
ces bourgeois ne comprennent pas la beauté quand elle
n'a pas au moins cinq pieds et beaucoup de pouces : une

taille à mettre entre les doigts, un corsage de guêpe, une charmante désinvolture, des traits fins, des pieds microscopiques ne sont nullement leur fait. Or, la nature ne s'est guère souciée de tirer pour eux, dans notre pays, à un grand nombre d'exemplaires, leur modèle rêvé et admiré de la beauté féminine. Nos femmes se rapprochent généralement plus, et je les en félicite, du type sévillan que du type romain ; cependant, sur deux ou trois lieues carrées, on rencontre parfois une femme douée de cette beauté virile, de cette splendeur de formes, de cette exubérance de taille qui se montraient avec quelque exagération dans Mme Frenet. Cette femme devient alors l'objet d'un culte, à trente kilomètres à la ronde. Nul ne s'avise de s'en déclarer l'adorateur exclusif ; une sorte de convention, qui n'a pas besoin d'être formulée, la met à l'abri des persécutions amoureuses ; on l'admire : voilà tout ! Elle passe à l'état de statue sur un piédestal ou de madone dans une niche. Les rivalités qu'elle excite ne se manifestent que de ville à ville ou de village à village ; si, à son occasion, des querelles s'élèvent, ces querelles sont produites par la prétention qu'une petite ville ou qu'un village aura de posséder une plus belle femme que ses voisins. La femme admirée remplit le rôle agréable et national que sa beauté virile lui a donné, tant que ses charmes puissants sont respectés par l'âge ; mais, de son vivant, elle est condamnée à voir une héritière recevoir le sceptre que ses mains sont forcées de laisser passer à d'autres ; alors restent pour elle les souvenirs d'un passé glorieux ; seulement, on a pour ses ruines moins de respect et d'enthousiasme que pour celles des monuments de pierre. L'archéologie n'a rien à voir dans le culte de ces belles statues de chair et d'os.

La servante de Pachoquin avait, malgré l'humilité de sa profession, l'honneur d'être la *femme admirée* de la vallée de Gapeau ; elle devait cet honneur à sa taille qui lui permettait de dominer de la tête un grand nombre de ses admirateurs, à son visage brun, fortement coloré, à ses yeux noirs d'où le feu jaillissait à travers de longues paupières, à ses opulentes épaules dont une Romaine aurait été fière. Cette énergique servante, appelée Margoton, avait aussi des traits d'une finesse sculpturale : son nez, sa bouche, son menton reproduisaient le nez, la bouche et le menton d'une Junon homérique, et deux *cassies* parfumaient constamment ses lèvres. Fière de son rôle, sachant toutes les obligations qui en découlaient pour elle, cette servante admirée faisait une provocante toilette, et se montrait toujours disposée à rappeler par un coup de poing, s'il le fallait, que les yeux seuls avaient le droit de glisser plus ou moins amoureusement, plus ou moins extatiquement, sur les belles lignes de sa personne. Bernard avait, comme on l'a vu au chapitre précédent, fait une déplaisante expérience du danger auquel s'exposait celui qui s'avisait, à l'égard de cette servante, de franchir les limites d'une admiration sagement contenue. Les bourgeois, ses adorateurs, se donnaient donc de fréquents rendez-vous à l'auberge de Pachoquin pour se livrer, tout en dévorant un civet de lapin, au plaisir d'une contemplation platonique ; et c'était dans ce double but de gastronomie et d'adoration presque muette qu'ils s'y étaient rassemblés, quand Bernard vit tournoyer sur la cheminée de l'auberge la fumée du repas des trente admirateurs de la servante.

Bernard fit faire à ses gens un grand cercle autour de l'auberge et commanda l'exercice. Au bruit des fusils qui résonnaient par temps égaux, le maître de l'auberge accourut sur sa porte et reconnut la troupe qui, quelques semaines avant, avait défilé sur les bords du Gapeau.

— Vous voilà de retour, mes camarades? dit l'aubergiste, qui, ayant fait toutes les campagnes de l'empire, n'était guère disposé à émettre des vœux pour le succès d'une expédition tentée contre Napoléon ; aussi ajouta-t-il :

— Et vous revenez sans l'avoir attrapé? Il a de meilleures jambes que vous autres, n'est-ce pas? Allez c'est un luron qui ne se laisse pas facilement attraper.

— Vous l'entendez! cria Bernard, nous sommes en face d'un repaire de bonapartistes, et il faut avoir raison de ces gens-là. Attention au commandement !

— Mais que diable allez-vous faire? demanda l'aubergiste.

— Ce que nous allons faire ? répondit Bernard, monté sur Pompée, vous allez le savoir. Avez-vous toujours cette insolente servante qui me fit trébucher ?

— Margoton? dit l'aubergiste, elle est avec ces messieurs.

— Quels messieurs !

— Une trentaine de bons enfants qui l'aiment bien et qu'elle sert à ravir !

— Trente bonapartistes ?

— Non, trente bons vivants qui font à Margoton l'honneur de venir prendre un bon repas chez moi.

— Ah ! c'est la servante qui les attire ici ? dit Bernard.

— Mais cela , répartit l'aubergiste, est en tout bien et en tout honneur. Ils sont ravis d'avoir devant les yeux, quand ils mangent, une belle santé et une belle figure !

— Et ils complotent en attendant, dit Bernard.

— Contre ma garenne et ma basse-cour, répondit l'aubergiste, voilà tout.

— A d'autres ! cria Bernard ; je mets le siége devant ton auberge , et je ne veux faire aucun quartier à tes bonapartistes.

Puis, se penchant à l'oreille de l'aubergiste :

— Vous voyez , ami , que je suis en forces , dit Bernard tout bas ; mais ça pourrait s'arranger, si Margoton est raisonnable. J'ai toujours , dans ma vie, pardonné au crime en faveur de la beauté ; c'est ma règle : tu comprends ?

— Mais, savez-vous , dit l'aubergiste, qui recula de surprise et fit une grimace de dégoût, que ce que vous dites là est d'un malhonnête homme !

— Ah ! c'est comme ça que tu le prends ! s'écria Bernard, qui, se tournant vers ses volontaires, s'écria :

— Mes amis, j'avais bon nez, comme vous voyez, attention plus que jamais au commandement ! Apprêtez vos armes !

Les volontaires se regardèrent d'un air ébahi, et Davin ne se gêna pas pour dire : — Mais ce colonel a perdu la tête, que va-t-il nous faire faire là ? — Personne n'apprêtait les armes. L'aubergiste était rentré et avait raconté à ses hôtes sa conversation avec Bernard. Un élan digne des beaux temps de la chevalerie et dont nous sommes fiers pour notre pays, se manifesta, comme une secousse électrique, parmi les admirateurs de Margoton. Ils se levèrent tous, la servante en tête; celle-ci était encore plus rouge d'indignation que de modestie. La chute qu'elle avait fait faire à Bernard lui revint à l'esprit.

— Oh! c'est cet *arléri*, dit-elle, qui a une plume de coq au chapeau? Je m'en charge.

La fière amazone sort, suivie de ses admirateurs qui battaient des mains; elle leur ordonne, d'un geste imposant, de se ranger le long des murs de l'auberge, et va droit à Bernard, qui était descendu du cheval pour essayer de réchauffer par ses discours, en se mêlant à ses soldats, des esprits peu disposés à le seconder dans son entreprise bellico-amoureuse. Bernard se tourne et voit, le poing fièrement appuyé sur une hanche rebondissante, la virile servante qui s'avance vers lui.

— Peste! elle est plus belle que je ne croyais, pensa Bernard en voyant si près de lui celle qu'il venait assiéger.

Il achevait à peine de se dire ces paroles, que Margoton lève une main énergique, lui fait rapidement fendre l'air, et comme la joue droite de Bernard se trouva malheureusement sur le passage de cette main vigoureuse, il en résulta un soufflet qui fit tournoyer notre héros sur ses pieds et le culbuta.

Souffleté et renversé, Bernard entend d'immenses éclats de rire répondre à l'action muette mais éloquente de la servante de Pachoquin. Les volontaires battirent des mains à l'unisson des trente admirateurs. Le triomphe de

Margoton fut inouï, on l'accabla de *bravo*, et, généreuse dans sa victoire, elle tend la même main qui avait
outragé notre héros à Bernard, qui la saisit, se remet
sur pied et dit :

— Bien ! vous ne m'avez pas manqué, tudieu !

Tel fut le dénoûment de cette burlesque campagne, qui
commença sous les auspices d'un geste méprisant et
prophétique de Jollivet, et finit par un soufflet brusquement appliqué sur la joue du colonel Bernard. Celui-ci
congédia ses volontaires et arriva à Solans, où les premiers
mots qu'Eugénie lui adressa furent ceux-ci :

— Tu n'as jamais été qu'un imbécile !

XVIII

C'était le 25 juin 1815, le soir touchait à sa fin. M. de
Melval marchait à grands pas dans le salon de son château,
et s'arrêtait, de temps en temps, pour regarder par
dessus l'épaule de sa fille Emma, les gravures que
celle-ci, assise devant une table à côté de Daniel Assouna,
feuilletait dans un album soigneusement relié.

— Dis-moi, mon père, dit Emma en renversant la
tête en arrière et en fixant ses yeux sur ceux de M. de
Melval, est-elle bien exacte cette vue du Caire ?

M. de Melval examina la gravure et dit :

— C'est exact, elle est prise du haut de la citadelle.

— Et celle-ci qui représente le Nil ?

— Oui, le Nil avec les djermes qui le parcourent : c'est

encore fort exact. Vous avez de belles gravures, Daniel, dit Melval.

— C'est tout ce que je connais de mon pays, répondit le jeune Assouna.

— J'étais bien jeune, j'avais un peu plus de vingt ans quand je visitai l'Egypte, ajouta M. de Melval, et vous, Daniel, vous n'avez gardé aucun souvenir de votre patrie ?

— Il m'en est resté, répondit Daniel, une image confuse, comme celle d'une longue plaine toute brillante de soleil, et d'un fleuve qui se tord comme un serpent.

Daniel ajouta en parlant à M. de Melval :

— Vous avez vu, vous, la belle expédition de l'empereur !

— J'ai assisté, mon ami, à la naissance de cette gloire que l'Europe cherche encore à faire disparaître. J'ai vu les premières campagnes de Bonaparte en Italie ; c'est là que naquit sa gloire, si belle et si pure à son lever ! J'ai ensuite entendu, au Caire, les fanfares de ses bataillons, le lendemain de la bataille des Pyramides. Que le Dieu des armées veille sur Napoléon !

— Comme les événements ont vite marché, dit Daniel, depuis quelques mois !

— En effet, répondit Melval. J'attendais la mort, mes enfants ; mes juges auraient été inexorables, quand tout à coup la porte de mon cachot s'ouvre et l'on me dit : — Vous êtes libre ! L'empereur avait traversé la France au milieu des acclamations de son peuple ; il était à Paris ! Les Bourbons avaient pris la route connue de l'exil, et la France se relevait fière et menaçante en face de l'Europe ;

toutes les humiliations de l'invasion étrangère étaient effacées, nos couleurs nationales nous étaient rendues. Je crus sortir du tombeau, tant je m'étais familiarisé avec l'idée de la mort.

— Il fallait voir, dit Emma, la joie de notre pauvre Fenoul, quand il vint m'annoncer que mon père allait être libre, que l'empereur était en France ; il m'avait tout caché, ce bon Fenoul, sans lui je serais morte de douleur. Il savait tout et ne me disait rien, ou il ne me portait que de bonnes nouvelles, tandis que j'étais sur le point d'être privée de mon père. Je ne croyais que la moitié de ce qu'il me disait, sa gaîté me donnait quelquefois des soupçons, et puis il n'avait pas trop l'air de se fier à notre voisine, à Mme Bernard, qui nous évite maintenant depuis le retour de l'empereur.

— Il a donc bien fait l'hypocrite, Fenoul ? dit M. de Melval.

— Parfaitement. Je crois même, dit Emma, que les jours où il avait reçu les plus mauvaises nouvelles, il se montrait encore plus gai.

— Et, ajouta Daniel, comme il voulait un peu se soulager avec M. Jollivet et moi, il nous faisait faire des serments terribles pour que nous ne le trahissions pas.— « C'est trop fort, nous disait-il, j'ai diablement envie de pleurer, mais si par malheur Mlle Emma me voyait les yeux rouges, elle ne croirait plus rien et se désespérerait. Un malheur est toujours trop tôt su. » Un jour, surtout, il arrivait de je ne sais où, il me rencontra près le *béal*, sa figure était bouleversée ; il s'arrêta près d'un arbre et se frappa le front avec le poing ; je le voyais lançant des regards furieux à la bastide de Mme Bernard. — « La scélérate ! disait-il d'une voix étouffée ; ah ! mon bon monsieur Daniel, tout est perdu ! » Et comme je m'asseyais en pâlissant à côté de lui, il me prit les mains et me dit : — « Jurez-moi, sur la tête de votre mère, que vous ne direz rien à Mlle Emma, rien, entendez-vous ?... » Son œil était terrible, je le lui jurai. Un moment après, je l'entendais chanter à tue-tête sur la terrasse de votre château :

Quand nous étions à Saragosse !

— Je sais d'où il revenait ce jour-là, dit Melval ; il m'a tout raconté, mon vieux camarade, mon bon Fenoul. Vous saurez un jour, mes enfants, tout ce qu'il a fait pour connaître mon sort ; c'est l'héroïsme de l'amitié, de l'amitié d'un vieux soldat, la plus sainte et la plus dévouée qui soit sous le ciel.

— Ah ! comme je vais toujours bien l'aimer, ce bon Fenoul. Il nous apportera aujourd'hui de bonnes nouvelles de Marseille, dit Emma.

— La nouvelle d'un grande victoire ! dit Daniel avec feu.

— Dieu vous entende, mes enfants, dit M. de Melval.

— Napoléon traverse le Rhin à cette heure, ajouta Daniel ; il chasse les barbares, j'en suis sûr.

— Et la France redevient la grande nation, dit M. de Melval.

— Je ne veux pas, dit Emma, que l'empereur fasse toujours la guerre !

— Et pourquoi ? demanda son père.

— Parce qu'il y a des jeunes gens qui depuis deux mois, continua Emma, ne rêvent que canons, que combats et que grands coups de sabre.

— Tu les connais ces jeunes gens ? dit Melval.

— Certainement, surtout un qui se reproche en ce moment de ne pas charger les soldats de Blücher et de Wellington. Cela lui irait mieux que de voir les gravures du Caire et du Nil.

— Mademoiselle, répondit Daniel, croyez-moi, il n'y aura plus de grandes guerres ; je suis né trop tard pour la gloire, mais assez tôt pour aimer, une éternité, la plus aimable, la plus charmante créature de Dieu.

— Il est vrai, Emma, dit Melval, que nous jouons un vilain tour à M. Daniel ; à coup sûr, il gagnait ses épaulettes à sa première bataille.

— Eh bien ! M. Daniel, dit Emma, chantera les batailles auxquelles il n'a pas assisté. M. Daniel est poète : n'est-il pas du pays des *Mille et une Nuits* ?

— Quand il ne dormira pas, fit observer Melval, nous lui demanderons de nous dire une de ces chansons qu'il sait si bien.

— Ou une de ses romances qu'il chante encore mieux, dit Emma.

— Et que vous n'avez pas entendue, riposta Daniel.

— Ah ! dit Emma, j'attendais mon père pour vous dire devant lui, devant mon bon et tendre père, que je n'en avais pas perdu un mot. Tu sauras, mon père, ajouta Emma, que M. Daniel, comme les Abencerrages, ses aïeux, chante la nuit sous les balcons, en s'accompagnant de la guitare.

17

— Il y eut cette nuit, dit Daniel, une avalanche de guitares : M. Jollivet en avait une, Lucien une autre et M. Bernard aussi. M. Bernard a ensuite suspendu sa guitare au seul olivier qui lui reste, pour se mettre à la poursuite de Napoléon.

— Nous avons de singuliers voisins, dit Melval.

— M. Bernard, ajouta Daniel, doit être à peine remis du rhumatisme qu'il a rapporté de sa glorieuse campagne. Je crois l'avoir vu, hier, en bonnet de nuit et en robe de chambre, sur sa terrasse.

— Vous parlez toujours, M. Daniel, et nous ne regardons pas les plus jolies gravures. Tenez, en voici une qui représente les ruines de Thèbes.

M. de Melval attachait un regard attendri sur ces deux enfants, assis l'un à côté de l'autre ; leur union était arrêtée dans sa pensée, il aurait au moins devant les yeux l'image de ce doux bonheur domestique dont il avait été cruellement privé. L'amour de deux beaux enfants remplirait de bonheur sa demeure, et ferait enfin arriver quelques reflets de joie sur sa figure. Ces deux enfants ignoreraient toujours le secret de leur naissance : une mère n'avait-elle pas veillé sur l'un et un père sur l'autre, avec une tendre sollicitude, et devait-on venir troubler l'allégresse de leurs âmes si pures et si innocentes, par de scandaleuses révélations qui leur apprendraient de lâches abandons et des trahisons criminelles ? Le dévoûment était si naturel à Melval, qu'il se complaisait dans la touchante idée de rester, jusqu'à la mort, la providence terrestre de deux créatures choisies et que Dieu semblait avoir destinées l'une à l'autre. Quel danger pouvait maintenant les menacer ? Une trahison plus lâche et plus hideuse que toutes les autres, avait été sur le point de les priver, Emma de son père, Daniel de son protecteur ; le retour de Napoléon venait de déjouer cette trahison infâme, et Melval avait exigé de Fenoul qu'il ne dévoilerait à personne au monde, la triste découverte qu'il avait faite du persévérant acharnement de Mme Bernard contre son maître. D'ailleurs, M. de Melval terminait ses dispositions de départ : il devait, au premier jour, quitter ce château où d'inattendues révélations étaient venues le surprendre, pour se retirer dans une de ses terres en Touraine, son pays natal. La mère de Daniel et son fils ne se quitteraient plus. La veuve Assouna ; femme d'un caractère viril et d'une généreuse exaltation de cœur, avait cru entendre un ange lui parler, quand M. de Melval lui fit part de ses projets et de tout ce que sa tendresse réservait au jeune Daniel. Nedjema raconta toute sa vie à Melval, et ils se promirent l'un et l'autre de ne jamais confier à leurs enfants la triste expérience qu'ils avaient faite des lâchetés et des misères du cœur humain. Le jour du départ pour la Touraine était si proche, que la veuve Assouna, qui avait été mise en liberté en même temps que Melval, s'était rendue à Marseille pour prendre congé de quelques familles égyptiennes, toutes réunies dans un quartier solitaire qu'on appelle le cours Lieutaud. On l'attendait au château de Solans, où devait la ramener Fenoul, que M. de Melval envoyait tous les jours à Marseille pour y prendre des lettres et des journaux, afin que l'ex-caporal devançât, grâce à la célérité d'un bon cheval, la lenteur ordinaire à la poste, à cette époque.

L'heure à laquelle Fenoul arrivait, était déjà passée, et le vieux caporal ne se montrait pas.

Un de ces épisodes malheureusement si fréquents dans la déplorable histoire des partis politiques, avait retardé l'arrivée de Fenoul au château de Solans.

En entrant le matin du 25 juin 1815 à Marseille, Fenoul s'aperçut que l'autorité militaire prenait des dispositions extraordinaires. De fâcheuses nouvelles, contredites par les uns, certifiées avec chaleur par les autres, commençaient à circuler. Les soldats des postes étaient graves et mornes, des aides-de-camp traversaient, d'un air soucieux, les rues ; les honnêtes gens de toutes les opinions se renfermaient chez eux ; des hommes, l'écume et la lie des grandes villes, presque tous étrangers à Marseille, formaient sur les places publiques des groupes sinistres. Dans l'un de ces groupes, Fenoul reconnut Bataglia, le faux ermite de Saint-Clair, qu'il avait vu descendre l'escalier du palais, le jour où l'ex-caporal alla annoncer à son maître qu'il était libre.

Fenoul se mêla à des soldats qui, fatigués de leurs pénibles corvées, s'étaient étendus devant la porte du général Verdier, à la rue Saint-Ferréol. On répondit brusquement à ses questions, et il vit des larmes tomber sur de vieilles moustaches.

A deux heures après midi, notre caporal arriva au cours Saint-Louis; le cours était vide de promeneurs, seulement une troupe d'une vingtaine d'hommes déguenillés et hâlés suivait un d'entre eux qui, ayant attaché une serviette à peu près blanche à un bâton, poussait le cri de *Vive le roi!* En même temps arrive ventre à terre, accompagné d'un aide-de-camp, le général Verdier, lequel arrête brusquement son cheval devant cette troupe et dit :

— *Mes amis, ne criez ni vive le roi! ni vive l'empereur* ! Le chef de cette bande, Bataglia, secoue la serviette qui servait de drapeau, et couvre la voix du général Verdier d'un sauvage éclat de rire qui est répété par ses compagnons. Cette troupe sinistre s'éloigne, et Fenoul, la main à la hauteur de son chapeau, s'incline devant le général et lui dit :

— Général, je suis Fenoul, me reconnaissez-vous?

— Oui, mon brave, je te reconnais parfaitement; tu vas te faire tuer.

— Qu'y a-t-il donc? Notre empereur....

— Il n'y a plus d'empereur, nous avons perdu une grande bataille à Waterloo, et, dans ce moment, ces bavards de députés se chamaillent à Paris, selon leur usage. Cache-toi, car ici le pavé brûle ; *les pierres mêmes sont royalistes !* (1)

Fenoul salua le général Verdier et prit le chemin du cours Lieutaud, où l'attendait Nedjema Assouna.

Les rues étaient désertes. A mesure que Fenoul s'avançait de la place de Rome, il croyait entendre des coups de fusil et des cris de détresse.

Autour de lui régnait un profond silence ; le vent qui soufflait, agitait les branches des arbres de la place, et un soleil de feu dardait sur sa tête.

Les coups de fusil éclataient toujours et les cris d'agonie leur succédaient.

(1) Mot historique.

— Que se passe-t-il de ce côté? se demanda Fenoul.

Il hâte le pas, entre dans la rue du Vieux-Chemin-de-Rome, et voit courir des hommes qui hurlaient : *aux Mamelucks* ! (1)

L'écrivain honnête ne doit pas taire ces atroces assassinats, pour qu'ils ne viennent plus souiller les pages d'une ville illustre.

D'ailleurs, la honte de ces assassinats n'est à aucun parti ; elle s'attache à quelques misérables qui restèrent, depuis cette lamentable époque, marqués du sceau de Caïn. Après la stupeur et l'effroi, un cri d'indignation sortit de presque toutes les bouches, et ce cri était vraiment marseillais !

La troupe que Verdier avait si infructueusement harangué, s'était mise à l'œuvre ; elle n'eut pas même besoin d'un peu de courage.

Fenoul resta immobile d'horreur ; il vit des vieillards qu'on tuait, des femmes qu'on tuait, des assassins couverts de sang qui exécutaient d'horribles danses autour des cadavres ou des mourants mal achevés !

Une femme se traînait sur les pieds et sur les mains, elle avait la tête fendue d'un coup de sabre, et la balle d'un pistolet lui avait percé le sein ; cette femme se traînait, et le sang de ses blessures laissait sur le sol un long sillon. On la laissait aller rendre l'âme où elle voudrait, elle en avait assez pour ne pas survivre, et elle se sentait mourir. Les bourreaux ont partout les mêmes idées.

Cette femme qui se traînait dans son sang, arriva près

(1) *Ai Mamalous !*

de Fenoul ; le vieux caporal se met à genoux et reconnaît Nedjema Assouna.

On eût dit deux figures de spectres !

— Il faut le tuer... dit la mourante d'une voix faible ; lui m'a tuée !... lui, Bataglia !

— Je le tuerai ! dit Fenoul.

— Daniel, mon fils !... Ah !...

Ce n'était plus qu'un cadavre.

— *Vive le roi !* s'écria Fenoul avec des éclats de rire d'un fou, *vive le roi !*

Et prenant le pistolet qu'il portait dans la vaste poche de sa longue redingote, Fenoul, criant, sans s'interrompre, à tue-tête : *Vive le roi !* charge le corps de Nedjema sur ses épaules, brandit en l'air le pistolet et se met à courir, aussi vite que son fardeau le lui permettait, vers le quartier isolé et solitaire, alors, de la Grand'Plaine.

Il disait en courant :

— J'en ai descendu une, moi aussi, et je vais la mettre devant la porte de son père, qui loge là-bas, au bout de la rue Ferrari.

Parmi les rares passants auxquels il expliquait ainsi son action, les uns détournaient la tête avec horreur, et d'autres, mais en très-petit nombre, lui criaient *Bravo !*

Fenoul alla dans la pinède touffue d'une campagne non habitée du Petit-Camas, personne ne l'aperçut; il y attendit la fin du jour. Quand la nuit fut venue, il plaça le cadavre de Nedjema près d'une petite porte au bout d'un mur voisin de Jarret, rentra en ville, courut brider son cheval, retourna à l'endroit où il avait déposé le corps de l'Egyptienne, mit ce corps en travers de la selle, et, comme le personnage d'une ballade allemande, il prit la route de Solans, soutenant d'une main une morte et tenant de l'autre les rênes.

Daniel était inquiet de ne pas voir retourner sa mère ; il avait vu et revu, à côté d'Emma, les gravures de son album ; il avait couru vingt fois à la grille, était revenu vingt fois au salon, où M. de Melval et sa fille éprouvaient autant d'anxiété que lui.

— Fenoul est si exact, disait M. de Melval ; je m'y perds !

Ces paroles redoublaient l'agitation fiévreuse de Daniel, qui se rassurait, cependant, quand Emma lui disait :

— Nous, femmes, nous avons toujours quelque chose à faire ; vous verrez que c'est votre mère qui aura causé tout ce retard. Pourvu que Fenoul n'ait pas trop juré !

— Ma fille fait une excellente réflexion, disait Melval ; il se seront mis tard en route.

— Si j'entendais au moins le galop du cheval, disait Daniel, qui prêtait l'oreille à tous les bruits de la route.

— Votre mère, disait Emma, arrivera comme une fière amazone en croupe de Fenoul, elle se tient parfaitement à cheval ; et comme Fenoul doit être galant et fier de faire route avec Mme Assouna !

— Mais je n'entends encore rien, disait Daniel ; j'y vais encore voir.

Daniel sortit. M. de Melval et Emma restèrent seuls.

— Réellement, disait Melval, je crains quelque malheur. Il y a au moins quatre heures que Fenoul devrait être ici.

— Mais on tire des coups de fusil ! dit Emma en tressaillant.

—C'est probablement, dit Melval, quelque *bravade* de nos paysans ; les paysans de ce pays-ci sont comme les Arabes, ils tirent des coups de fusil dans leurs réjouissances. N'est-ce pas la Saint-Jean ?

— Mais ces coups de fusil continuent, dit Emma.

— Fenoul nous expliquera cela, dit Melval.

Daniel, en quittant encore une fois Melval et Emma, s'était rendu en toute hâte vers la route et il s'était mis à appeler Fenoul. Il entendit un grand bruit de voix et des pas précipités vers Solans ; voulant savoir ce que signifiaient tous ces bruits, il s'était avancé et avait distingué dans l'ombre une masse d'hommes qui criaient d'une voix enrouée : *Vive le roi !*

Ces hommes étaient précédés d'un chef qui avait les manches de sa chemise retroussées jusqu'aux coudes, et du sang sur la poitrine et les bras ; ce sang n'était pas le sien.

Cette espèce de chef, n'étant qu'à deux pas de Daniel, qui s'était arrêté tout surpris de cette rencontre de gens armés et criant : *Vive le roi !* reconnut le fils de l'Egyptienne, pirouetta et dit d'une voix échauffée par l'ouvrage de l'après-midi :

— Allons, mes amis, ils viennent tous à nous, regardez !

Et faisant partir la détente de son pistolet, Bataglia (cette espèce de chef était Bataglia) étend le jeune et infortuné Daniel.

— Celui que je viens de tuer, dit Bataglia, était un Mameluk aussi, l'enfant de celle à qui j'ai fendu la tête, aujourd'hui, à une heure, au cours Lieutaud. La nuit s'annonce bien.

La troupe des brigands fit alors, en signe de joie, une décharge de fusil.

C'étaient ces coups qu'Emma avait entendus.

Ces coups de fusil retentirent dans tout Solans. Jollivet, suivi de Lucien, de Dupré, de Mme Dupré, des filles de l'agronome, accourut, le premier, vers la grande route où une première détonnation suivie de plusieurs autres se fit entendre. Eugénie Bernard, qui avait vécu, pendant les cent-jours, dans une profonde solitude, tandis que son mari se faisait mettre par Madelon des emplâtres de *poix de Bourgogne* sur les parties de son corps où la douleur rhumatismale le tenaillait, jugea, au bruit de ces décharges de fusil, qu'il devait se passer quelque chose d'extraordinaire. Bernard, en qualité d'ex-colonel, devait aussi chercher l'explication de ces bruits de guerre. Il suivit, en robe de chambre ramagée et en bonnet de nuit, sa femme qui s'était élancée vers la grande route; M. Frenet et Mme Frenet en avaient fait autant de leur côté. Presque tous les personnages de cette histoire se trouvèrent donc réunis sur les lieux où se passèrent les derniers et douloureux événements que j'ai à raconter.

Les assassins rechargeaient leurs armes et Bataglia qui avait distingué les arbres du parc de Solans, avait dit :

— Nous y sommes, mes amis !

Lucien Aubert, qui marchait à côté de Jollivet, croit voir à une petite distance de la troupe, qui s'était arrêtée pour prendre les ordres du chef, un homme étendu à terre. Il s'avance, se baisse vers cet homme étendu à terre, et pousse un cri sanglotant. Jollivet vient, se baisse aussi et dit :

— On vient de tuer M. Daniel !

— Qu'est-ce ? qu'est-ce ? dit Bernard qui arrivait.

— Il y a là un mort, reprit Jollivet, ce brave jeune homme d'Egypte, M. Daniel !

— Daniel ! Daniel ! s'écria Bernard.

Je dois à la vérité de dire que Bernard sentit ses entrailles émues, et que, se précipitant sur le corps de Daniel, il s'écria :

— Mon enfant ! mon enfant !... Mais peut-être il respire encore !... Qu'on le porte chez moi. M. Jollivet, aidez-moi. Oh ! mais c'est un quartier maudit que le quartier de Solans !

En effet, Bernard en passant les mains sur la poitrine de Daniel, traversée par la balle, avait réellement senti un reste de chaleur.

Bataglia avait reconnu Eugénie Bernard ; il était allé à elle.

— Madame, je viens gagner mon salaire aujourd'hui, dit-il ; j'ai fait quatre lieues en moins de trois heures, après la plus fatigante journée de ma vie.... Y est-il ?

— Melval ? dit Eugénie à voix basse.

— Oui.

— Il y est.

— Bien !

Et Bataglia et Eugénie se serrèrent la main et se comprirent.

— Allons, encore un peu d'ouvrage, mes amis, dit Bataglia, et puis nous irons nous reposer chez cette bonne dame.

Mais un homme s'avançait au galop, sur la route,

comme le messager de la mort. On entendit le pas rapide de son cheval qui ne fléchissait pas sous son lugubre fardeau.

Cet homme avait entendu les coups de fusil, et se doutant de quelque événement sinistre, il avait de la voix et de l'aiguillon accru l'ardeur de son coursier. Devant son vol, devant ses lamentables cris, car cet homme criait : — Je porte la morte, et je donne la mort ! — les assassins ouvrirent leurs rangs et sentirent leurs cheveux se dresser sur leurs têtes. Fenoul (cet homme était Fenoul) lâcha les rênes, prit la morte de ses deux mains et la dressa en l'air, en criant : — Voilà la morte ! je porte la mort ! — Sa voix était un glas. Un rayon de lune vint tomber sur la figure de Nedjema, dont les traits semblèrent se contracter.

Malgré l'égarement de son esprit, Fenoul reconnait Bataglia, vers qui se serrait Eugénie épouvantée.

— Ah ! ah ! ah ! dit le vieux caporal, en faisant entendre un rire strident. Bien ! bien ! c'est le jour des cadavres !

Il ne dit pas autre chose ; mais, laissant glisser le corps de Nedjema à terre, il prend son pistolet, le décharge sur Bataglia, qui ne fut que gravement blessé, saute à bas du cheval et venant à Eugénie :

— Madame, je suis, moi aussi, un assassin !

La famille Dupré, les époux Frenet, Jollivet, étaient venus former un cercle autour de Fenoul et d'Eugénie ; Bernard et Lucien avaient transporté Daniel à la bastide de Solans.

Attirés par le bruit des décharges de fusil et par un grand tumulte de voix, les volontaires de Solans et de

Saint-Pierre étaient accourus, armés, et leur présence intimida la bande de Bataglia.

Fenoul continua :

— Cette femme....

— Oh! grâce, monsieur! dit Eugénie aux genoux du vieux caporal.

— Point de grâce! dit Fenoul d'une voix terrible. Cette femme a trahi M. de Melval....

Eugénie colle ses lèvres à l'oreille de Fenoul et lui dit rapidement :

— Vous respecterez au moins les morts, vous ne parlerez pas devant un cadavre ?

Fenoul arrête un regard surpris sur Eugénie, qui se baisse, ramasse le poignard de Bataglia et se l'enfonce dans le sein.

Un cri d'horreur sortit de toutes les poitrines!

—❀—

En parcourant, il y a bien des années, les papiers et les manuscrits, tels que prônes, sermons, homélies, laissés par un vieux parent, mort curé du hameau de Saint-Pierre, à peu de distance de Solans, je trouvai un discours qui fut prononcé aux funérailles de Mme Bernard et de Nedjema Assouna. Ce bon curé n'était pas sans lettres, il avait toujours sur sa table les parallèles de l'abbé Rapin de Thoiras et Quintilien. Son ambition la plus grande, une ambition qu'il ne put jamais satisfaire, aurait été de se faire un nom par un parallèle et par une oraison funèbre. Attiré par les coups de fusil dont le silence de la nuit lui apporta le bruit dans son cabinet, au moment même où il lisait un parallèle entre César et Alexandre, attiré, dis-je, sur le lieu où se passaient les tragiques évènements que nous venons de raconter, il ne songea d'abord qu'à remplir les devoirs de son saint ministère. La vie n'avait pas encore quitté le corps de Mme Bernard qui, par un serrement de main, sur la signification duquel le bon curé ne se trompa pas, lui faisait comprendre qu'en cet instant suprême sa pensée se tournait vers le Dieu des miséricordes. Il approcha son visage de celui de la mourante, et quelques mots faiblement articulés lui permirent de s'assurer qu'une âme chrétienne voulait, avant de prendre son vol vers le monde invisible, recevoir le sceau de la réconciliation avec le ciel. Le prêtre montra, alors, la sublimité de son rôle. Par un geste plein d'une autorité irrésistible, il écarta les assistants, et leur fit prendre, à distance, une attitude recueillie. Quand il eut prononcé les paroles qui délient, Eugénie ferma les yeux pour ne plus les rouvrir.

Le lendemain eurent lieu les funérailles. Avant que les personnes réunies dans l'église de Saint-Pierre eussent pris la route du cimetière, le digne curé s'avança de la balustrade du sanctuaire et prononça un discours, qui avait été l'œuvre beaucoup raturée d'une nuit; voici ce discours :

« Mes frères,

« Nous allons rendre à la terre deux corps, hier matin encore pleins de vie, et qui, ce soir, seront couchés sous les hautes herbes du cimetière (1). De ces deux femmes, l'une a été tuée et l'autre s'est ôté la vie. La première, je le sais, était entrée dans le giron de l'Eglise, et le jour même où une balle homicide l'a atteinte, un saint prêtre de Notre-Dame-du-Mont, mon vénérable confrère, l'abbé L...., avait reçu sa confession, ainsi qu'il vient de me l'écrire ; la seconde a pu, par l'infinie miséricorde du ciel, tourner ses yeux où le voile de la mort descendait, vers la religion, et entendre les paroles fortifiantes du ministre du Seigneur, avant de mourir. Aussi les prières de l'Eglise viennent de descendre sur ces deux cadavres, comme une rosée, et mon cœur, dans la douleur qui l'oppresse, se ressaisit-il à de saintes espérances de pardon pour ces deux infortunées. Mais la religion n'a pas terminé sa tâche ; je sais bien que ma faible voix ne retentit que sous l'humble voûte d'une chapelle rurale, autour de laquelle s'élèvent de modestes héritages. N'importe, elle n'arrivera pas moins aux oreilles et aux cœurs de vous, mes frères, qui avez vu, avec effroi, un coin de terre ignoré boire le sang versé par d'épouvantables passions. Voilà ce qu'amène l'oubli des préceptes de l'Evangile, de ce livre divin où la brebis égarée retrouve le bercail, grâce au pasteur qui l'y ramène, après qu'il l'a placée sur ses épaules, où le Samaritain verse l'huile sur les blessures du voyageur, où la pécheresse essuie de ses cheveux le parfum répandu sur les pieds du Sauveur, où Jésus-Christ meurt en pardonnant à ses bourreaux. Et ils osent se dire chrétiens, ces malheureux qui, hier, promenaient la mort dans

(1) Daniel Assouna n'avait pas été blessé mortellement.

une grande ville, qui, cette nuit, ont troublé la paix de
ces campagnes écartées, par des cris sauvages et des
coups homicides! Quel deuil dans bien des familles, un
de ces deuils qui troubleront le sommeil de ceux qui l'ont
causé, un sommeil où de sanglants fantômes passeront et
montreront aux assassins les plaies faites par le fer et
par le feu! Je voudrais pouvoir vous dire, ô mon Dieu!
pardonnez-leur; mais puis-je ajouter qu'ils ne savaient
pas ce qu'ils faisaient? Ils ont tué des pères de famille,
des femmes, des étrangers; ils ont rougi l'eau d'un port
du sang de leurs victimes; un vieillard est tombé sous
leurs coups, et ils ont fait cela parce que leurs victimes
ne partageaient pas, comme ils le disent dans leur langage absurde, leurs opinions politiques!

« Non, ils ont su ce qu'ils faisaient; ils ont outragé Dieu
et l'humanité, parce qu'ils n'ont jamais cherché à se dépouiller du vieil homme; et le vieil homme, savez-vous
ce que c'est? c'est la bête féroce, c'est le tigre sous un
masque humain, c'est Caïn tuant Abel, c'est le bourreau
clouant le Christ sur la croix, c'est ce féroce gênois assas-
sinant cette pauvre étrangère couchée, là, dans le cer-
cueil. Voyez où conduisent les haines politiques; non
seulement elles arment les mains des meurtriers, mais
elles poussent aussi au suicide; et dans cette exaltation
impie et criminelle qui fait monter à la tête de sombres
vapeurs, les saintes notions de la charité, de la douceur
des mœurs, de la paix annoncée par les messagers célestes aux hommes de bonne volonté, s'effacent du cœur où
une éducation chrétienne les avait mises. Le poète anti-

que s'était affligé de ces maux causés par les guerres ci-
viles ; le poète moderne nous a représenté le fils

« Tout dégouttant du meurtre de son père,
« Et, sa tête à la main, demandant son salaire !

« Oh ! quand finiront ces excès ; quand luira le jour où
le glaive ne sortira plus du fourreau d'où l'ont si souvent
tiré les mains de ceux qui poursuivent, comme si c'était
un crime, une différence d'opinion politique! Faut-il
que le sang coule parce que les uns veulent que la France
s'abrite sous le manteau fleurdelysé des Bourbons, et les
autres sous le manteau de guerre de Napoléon ? Et c'est
parce qu'on écoute des instincts féroces condamnés par
l'Evangile, condamnés par ce divin Maître qui disait que
son royaume n'était pas de ce monde, que le deuil entre
dans les familles, que l'on rougit de sang le pavé de nos
rues et l'herbe de nos champs. Je proteste de toute l'énergie de mon âme sacerdotale contre ces monstrueuses et
abominables folies, et je demande devant ces deux cer-
cueils, au Dieu clément, au Dieu miséricordieux, de
faire descendre dans nos cœurs la charité et l'amour du
prochain, c'est-à-dire la vraie religion, que tant d'âmes
égarées et perverties ignorent et outragent. »

EPILOGUE.

Daniel Assouna, ainsi qu'on a pu le pressentir, guérit de
sa blessure. Deux ans après les événements que l'on vient
de lire, Bernard et Melval conduisirent à l'autel, dans une

18

chapelle située au bout du parc d'un château de la Touraine, le jeune Daniel et sa belle fiancée Emma. Ce jour-là, Fenoul fit une magnifique toilette de caporal de la grande armée. Dupré, devenu le régisseur de la terre de Melval, maria aussi Scholastique avec Lucien Aubert, qui fut nommé précepteur des futurs enfants des deux jeunes ménages. Jollivet disait habituellement : — Je ressemble à Proserpine : j'habite six mois en Touraine et six mois en Provence. — En effet, il partageait son année entre le château de Melval et sa bastide de Solans.

Il eut une dernière rivalité avec Bernard. L'astronome Frenet, en s'obstinant à chercher sa comète dans la cuisse d'Orion, attrapa un catarrhe qui dégénéra en pleurésie ; il mourut avec le calme que donne une vie consacrée aux calculs astronomiques.

Bernard épousa, un an après les obsèques de l'astronome, la veuve Cornélie Frenet, malgré les menaces de Jollivet, qui dit :

— Il me l'a puis soufflée, le gredin !

M. de Melval réconcilia les deux rivaux, et Bernard finit par devenir le marguillier de sa paroisse : ce fut le terme de son ambition.

FIN DES VOISINS DE SOLANS.

—

LE SERGENT DE LA BÉRÉSINA

—

LE SERGENT DE LA BÉRÉSINA.

I

Jacques Servan après avoir fait, comme sergent, la campagne de Russie, reprit le service pendant les Cent Jours et fut élevé au grade de capitaine le lendemain de la revue du premier mai, au Champ-de-Mars. Quand le licenciement de l'armée de la Loire l'eut fait entrer dans la classe des officiers en demi-solde, Jacques Servan résolut de vivre dans une solitude champêtre, afin de pouvoir y porter le deuil de l'Empire, sans se donner même la distraction d'une partie de *dominos*, arrosée d'un verre de cognac ou de kirch. Il croyait devoir à la mémoire du prisonnier de Sainte-Hélène et aux malheurs de la France, le sacrifice de ces parties de *dominos* et de ces verres de cognac ou de kirch. C'était pour Jacques Servan un véritable sacrifice, car personne, à l'armée, ne s'entendait mieux que lui à réunir dans sa large main toutes les pièces dont se compose le jeu savant des *dominos*, à faire de superbes coups de partie, et à absorber toute l'eau-de-vie renfermée dans un flacon, sans que sa parole perdît de sa fermeté, son œil gris de sa fixité brusque et son geste de sa décision impérieuse. Mais il rompit avec toutes ses habitudes récréatives, dès qu'il eut assisté à la chute de l'Empire ; sa main se ferma irrévocablement devant les *dominos*, et ses doigts se refusèrent à tenir le petit verre où il voyait, autrefois, avec une satisfaction dont l'énergie intérieure se reproduisait sur ses traits, briller la liqueur dorée qui châtouillait si agréablement ses narines.

La fermeté de son caractère lui aurait sans doute permis de tenir, dans une ville remplie de cafés et de bureaux de tabac, le serment qu'il avait fait de ne plus jouer aux *dominos* et de ne plus introduire dans sa bouche une goutte de ce qu'il appelait le nectar de la victoire. Notre sergent aurait pu voir, après ce serment, les plus belles parties s'engager devant lui, les flacons d'eau-de-vie décorés des plus recommandables étiquettes, lui faire leurs plus agaçantes mines, sans que la moindre velléité de succomber à toutes ces engageantes tentations se fût insinuée dans sa tête ; il se sentait de force, et il avait parfaitement raison, de venir même en aide à un joueur novice ou distrait, de remplir lui-même le petit verre d'un ami, et de ne prendre que cette part, pleine d'abnégation, au jeu et aux libations de ses voisins. Sa douleur patriotique lui fit, seule, chercher la solitude des champs, parce que si la vue d'un compagnon d'armes pouvait faire éclore le doux sourire d'une mélancolique amitié sur ses lèvres ombragées d'une épaisse moustache, il savait que les personnes qu'il rencontrerait ne partageraient pas, toutes, son opinion et ses regrets, et qu'il lui faudrait souvent terminer une discussion politique, engagée dans un café ou dans un cercle, par un rendez-vous d'honneur.

Jacques Servan n'était pas homme, comme on le pense bien, à reculer devant ce moyen énergique de clore une discussion ; c'était parce qu'il se sentait trop disposé à recourir à ce moyen, qu'il ne voulait pas se faire la réputation d'un obstiné et intraitable duelliste, toujours prêt à introduire, dans une conversation, les reflets de son épée ou la menace de son pistolet. Au premier mot qui choquait son opinion ou qui avait l'air de vouloir contester le mérite de l'objet de son culte, Jacques Servan cessait d'être maître de lui, *animi compos,* les oreilles lui tintaient horriblement, le sang lui montait au visage, ses lèvres s'agitaient, et ces mots : — *Je vous en demande raison,* — cherchaient si impérieusement à s'échapper de sa bouche, qu'il était forcé d'opter entre une foudroyante attaque d'apoplexie et le soulagement instantané qu'il procurait à son cerveau et à sa poitrine, en les lâchant d'une voix assurée et terrible. Se connaissant si peu propre à opposer de pacifiques arguments à ceux de son interlocuteur, Jacques Servan avait donc pris le parti de s'isoler et d'éviter ainsi des conversations qu'il aurait eu l'air d'avoir provoquées, pour faire parade de son incomparable force dans le maniement des armes, et de la sûreté meurtrière de son coup-d'œil et de son doigt sur le terrain. Une bastide solitaire, entre Roquevaire et Saint-

Jean-de-Garguier, vis-à-vis le pont de l'Étoile, était devenue l'asile du sergent de la Bérésina, mais il ne s'y confina pas seul.

A ce passage de la Bérésina, qui a introduit dans notre histoire une date si lugubre, Jacques Servan qui n'était que sergent à cette époque, essaya vainement, au moment où le pont se rompit sous un millier de soldats, de sauver une jeune femme, qui, tenant sa fille dans ses bras, — une enfant de deux ans, — tomba, tête première, au milieu du fleuve. Servan parvint à saisir l'enfant; mais emportée par les flots, la pauvre mère eut à peine le temps d'adresser au libérateur de sa fille un regard d'une expression si douloureuse et si touchante, que notre brave sergent jura ses grands dieux, en regagnant le rivage, qu'il n'abandonnerait jamais le dépôt confié à sa loyauté de soldat.

Dès ce moment, Servan ne se sépara plus de l'enfant sauvée au passage de la Bérésina, et qu'il ne cessa d'appeler sa chère Julie. Il rentra en France par ce long chemin glacé où des cadavres abandonnés, des caissons brisés, des canons encloués attestèrent le douloureux passage de notre armée vaincue par le géant du pôle, et son principal soin fut de garantir du froid l'enfant dont la Providence et le vœu muet d'une mère l'avaient rendu le protecteur et le père. Quand il se fut retiré dans sa maison de campagne, située à quatre lieues de Marseille, Servan n'eut plus d'autres distractions que celle que lui donnait la gentillesse de la petite Julie, laquelle croissait en grâces et en beauté sous les yeux de son père adoptif.

Servan se crut en état de faire, seul, l'éducation de

l'enfant de la Bérésina ; il lui apprit à lire et à écrire ; et quand Julie eut cinq à six ans, notre ancien sergent jugea que le moment était venu de lui raconter toute la grande épopée impériale, l'Illiade napoléonienne. A ses yeux nulle autre histoire n'était digne de figurer à côté de celle qui avait commencé en Italie et s'était achevée dans les détresses de Waterloo. Les regards de Julie s'étaient de bonne heure arrêtés sur tous les emblêmes impériaux; elle voyait son père pleurer comme un enfant devant une petite aigle d'airain, et déployer, en sanglotant, un drapeau tricolore noirci de poudre et troué par les balles. Julie dormait souvent, enveloppée dans les plis de ce drapeau, et le sergent se plaisait à fixer sur son petit bonnet une cocarde proscrite.

A plusieurs reprises, dans la journée, Servan prenait Julie sur ses genoux et lui racontait une des batailles auxquelles il avait assisté. Il aurait fallu voir l'attention qui se peignait sur les traits enfantins de la petite auditrice, qui retenait son souffle et laissait à demi-ouverte sa jolie bouche, de peur de perdre un mot du récit du sergent. Elle pâlissait et rougissait tour à tour d'émotion, de peur, de plaisir et de joie; et quand, imitant le bruit d'une salve victorieuse, Servan répétait les détonations du canon et les clameurs des deux armées, Julie battait des mains, criait : *Vive l'Empereur !* et confondait ses baisers avec ceux dont son père couvrait ses lèvres et ses joues.

Le drame impérial, Servan l'avait commencé dans les splendeurs de la victoire, sous les soleils rayonnants de l'Italie et de l'Egypte; mais après plusieurs années de longs récits, de répétitions souvent redemandées par Julie, il lui fallut arriver à l'agonie de cette grande gloire. Alors, la voix de Servan devint tremblante et saccadée. Il hésitait, le noble soldat, à avancer le pied sur cette terre qui avait dévoré tant de braves. Il semblait avoir choisi l'hiver pour la saison de ses derniers récits. Julie avait, à cette époque, atteint sa quinzième année. On eût dit qu'elle pressentait de bien tristes histoires: Son imagination, si puissamment surexcitée, n'avait pas, au reste, tardé à deviner que de grandes douleurs habitaient le cœur de son père, et que toute cette magnifique histoire que celui-ci lui racontait devait finir dans le deuil. Servan avait voulu la préparer à entendre ce qu'il avait longtemps différé de lui dire : les circonstances de la mort de sa mère dans les flots de la Bérésina. Jusqu'alors Julie s'était crue la fille de Servan ; et, comme le sergent gardait le silence toutes les fois qu'elle l'avait interrogé sur sa mère, elle crut que la douleur d'une perte dont elle n'avait pu, à cause de son âge, se rappeler les tristes détails, était si grande au cœur de son père, que celui-ci restait sans voix au souvenir de cette perte. Un soir, la lampe qui brûlait dans le modeste salon de Servan ne faisait, par sa faible clarté, que mieux ressortir l'obscurité qui remplissait, presque en entier, ce salon. Assis près de la cheminée, le sergent tenait la tête baissée et les yeux fixés sur la flamme pétillante du foyer. Le mois de décembre touchait à sa fin ; le vent répandait des notes plaintives dans l'air. Etendu près du feu, le chien du sergent levait des yeux caressants sur Julie, l'orpheline de la Bérésina. Julie n'osait interrompre le silence de

Servan, dont les jets d'une large flamme, nourrie par des souches de vigne et des branches résineuses, illuminaient la noble et mâle figure ; la jeune fille attachait un regard passionnément affectueux sur celui qu'elle croyait son père. Servan n'avait que trop exalté cette jeune et ardente imagination, toute remplie de cris de victoire, de bruits de guerre, et dans laquelle passait et repassait sans cesse la grande figure de Napoléon. Un hasard qui était venu ajouter aux adorations de Julie, avait voulu que Servan ressemblât à Napoléon, seulement, notre sergent avait une plus haute taille. Quand la jeune orpheline comparait le portrait de l'Empereur avec la figure de son père adoptif, elle trouvait de frappantes identités dans les traits des deux visages : des cheveux d'une finesse soyeuse et peu abondants s'arrêtaient au-dessus du large front de Servan, qui, lui aussi allumait des éclairs et faisait éclore des sourires d'une inexprimable douceur, dans des yeux gris et profonds, son menton un peu recourbé, son nez d'une perfection sculpturale, son profil qu'on pouvait retrouver sur les médailles de Trajan, son profil d'empereur romain, causaient de singulières illusions à la jeune orpheline, élevée dans l'admiration du moderne dieu des batailles.

Le sergent avait juré de cacher aussi longtemps qu'il le pourrait, à sa fille adoptive, son origine entourée d'un si douloureux mystère; il s'était dit qu'il fallait que les premières années de cette enfant, sauvée des eaux d'un fleuve moscovite, ne fussent pas attristées par le spectacle d'un fantôme que Julie, avec sa vivacité d'imagination, se serait représenté sortant du sein de la Bérésina et tendant vainement, comme une ombre des temps antiques, ses mains vers elle, sans pouvoir déposer le baiser maternel sur son front. Pourtant notre sergent croyait le moment venu de tout révéler à son enfant; ne l'avait-il pas lentement préparée à confondre son propre deuil avec celui de la France? N'était-ce pas, se disait-il, un devoir sacré de révéler à Julie les derniers moments de sa mère et le nom véritable qu'elle doit donner à celui dont elle croit avoir reçu le jour? Le mensonge ne pouvait plus longtemps être justifié par la crainte de porter le trouble dans une tête trop jeune et trop débile pour supporter un coup affreux : la précocité d'esprit de Julie était grande, son caractère dénotait déjà la fermeté et même le courage; à quinze ans elle avait des pensées et des paroles d'un âge beaucoup plus avancé; Servan décida que Julie verrait enfin clair dans son existence.

Telles étaient les réflexions qui préoccupaient Servan, dans cette soirée de décembre, pendant laquelle Julie commençait à s'étonner du long silence de son père adoptif. Servan releva enfin la tête et dit :

— Il fallut donc quitter Moscou.

— En effet, la ville était brûlée et l'hiver s'approchait, dit Julie.

— Oui, l'hiver s'approchait, mon enfant. Je t'ai parlé souvent de cette belle étoile que notre empereur avait toujours vue au ciel, si pure, si splendide! Eh bien ! il se trompa, notre empereur, ou il voulut nous tromper, avec de bonnes intentions sans doute, quand il dit que cette étoile, le soir qu'il la montra au-dessus du Kremlin, était toujours pure et splendide. L'étoile avait pâli, et elle ne redevint plus sereine comme l'était dans toutes ces nuits qui succédaient à nos immortelles journées. Sûrement il avait une étoile ; il y en a toujours une qui se lève sur le berceau d'un grand homme ; mais crois bien que lorsqu'il la regarda d'une fenêtre du Kremlin, il la vit peut-être sanglante, mais à coup sûr bien pâlissante, bien sombre !

— Ah ! mon Dieu ! qu'allez-vous me dire, mon père, s'écria Julie en joignant les mains !

— Tu as été, mon enfant, la joie dans mon deuil, le rayon dans ma nuit. J'ai pu encore sourire parce que tu es là, là, devant moi, belle et caressante ! Tiens, cherche un peu dans ta tête, il n'y a pas là, dans un coin, le souvenir d'une longue plaine couverte de neige et d'un pont qui se brise.

— Cette plaine, dit Julie, je l'ai toujours vue, et ce pont aussi ; la plaine est longue et couverte de neige, et le pont se brise.

— Tu avais deux ans alors, et tu ne te rappelles plus rien ?

— Rien que cette plaine et ce pont ; je les revois souvent dans mes rêves.

— Mais tu ne m'en as jamais parlé ?

— Vous m'auriez dit : A quoi penses-tu, petite visionnaire ?

— Non, je ne t'aurais pas dit : A quoi penses-tu, petite visionnaire ? Car tu as réellement vu cette plaine et ce pont. Ecoute : Nous quittâmes Moscou et nous reprîmes le chemin de la France. Nous marchions, les pieds dans la neige, et nous étions bien tristes ; lui, l'Empereur, souffrait beaucoup. Enfin, nous arrivons devant un fleuve qu'ils appellent la Bérésina; ta mère...

— Ma mère était avec vous autres, en Russie, s'écria vivement Julie?

— Oui, c'était une noble et digne femme que ta mère; elle n'avait pas voulu quitter son mari; elle l'avait suivi depuis Paris jusqu'à Moscou, souvent à cheval, à côté de lui, et nous admirions tous son dévouement et son courage.

— Ma mère! Et pourquoi ne m'avez-vous parlé d'elle que pour me dire: Elle est là-haut, avec le bon Dieu? Ma mère vous avait suivi en Russie?

— Elle n'avait pas voulu quitter son mari, le comte de **, colonel des hussards de la garde.

— Vous êtes le comte de ***, dit Julie!

— Mon enfant! mon enfant! dit Servan, je ne suis pas ton père. Ton père était le comte de ***, colonel des hussards de la garde, tué à un combat que nous livrâmes à quelques lieues de Moscou, pendant notre fatale retraite. Ta mère n'avait voulu se séparer ni de son époux ni de son enfant, elle se serait tuée plutôt.

— Vous n'êtes pas mon père! dit Julie avec un accent qui causa à Servan une profonde surprise. Il y avait presque de la joie dans cet accent!

— Est-ce que, se demanda Servan, l'orgueil d'appartenir à une caste noble la remplirait tout entière?

Après cette réflexion qui l'affligea excessivement, il se hâta de dire:

— Tu ne savais pas que tu étais d'une noble maison?

— Je ne songeais pas à cela, dit Julie, qui vint s'asseoir à côté du sergent et lui prendre la main. Elle ajouta:

— Servan !

— Tu ne m'appelles plus *ton père*, tu ne veux plus m'appeler ainsi?

— Vous avez été mon père jusqu'à ce moment, mais moi.... Oh ! mon Dieu ! s'écria-t-elle, je crois que je deviens folle. Achevez :

— Ta pauvre mère ne devait plus revoir la France. Ce pont de tes rêves, ce pont fatal s'abîma sous des milliers de soldats ; elle y était, sur ce pont, et je te reçus de ses mains, et je ne pus la sauver. La Bérésina.....

— Ma pauvre mère! assez ! assez ! mon père!

Julie, tout en sanglotant, se reprit et dit :

— Assez! assez! Servan.

II

Ceci se passait en 1825. Servan était alors âgé de trente-trois ans ; Julie, l'orpheline de la Bérésina avait, comme nous l'avons dit, atteint sa quinzième année.

Les parents du comte de *** et ceux de la mère de notre orpheline, apprirent d'abord la mort du père de Julie, tué peu de jours après l'évacuation de Moscou, et crurent ensuite que notre orpheline avait péri avec sa mère dans les flots de la Bérésina. Servan songea, à son retour en France, à s'informer du lieu où se trouvaient les parents de la jeune orpheline, pour la leur remettre ; mais son cœur se brisait à l'idée d'une séparation qui aurait accru son deuil et précipité la fin de ses jours. Le

moment de la quitter, pensait-il, viendra toujours trop
tôt, et il croyait qu'il pourrait se résigner moins difficilement à la voir s'éloigner de lui, quand elle n'aurait
plus besoin de sa tendresse et de ses soins. Il se donnait
ainsi une excuse mensongère, pour retarder l'instant
d'une cruelle séparation. Car, son affection pour Julie
était devenue une sorte de culte, une idolâtrie véritable.
L'entendre, le matin, chanter dans sa chambre, la voir
courir dans l'allée des mûriers, contempler son visage
sur les côtés duquel tombait une pluie de cheveux blonds,
c'était un bonheur suprême pour notre sergent qui n'a-
vait devant les yeux et dans l'âme que deux figures
également adorées, celle de l'orpheline de la Bérésina
et celle de l'empereur. Associant ces deux noms, ces deux
figures, l'une adoucissant par sa beauté et sa grâce, la
sévérité de l'autre, Servan passait ainsi de l'enchantement de la gloire à l'enchantement de la paternité et son
cœur pouvait à peine contenir la double émotion qui le
remplissait tout entier.

Mais notre sergent s'était courageusement reproché
d'avoir laissé croire à la jeune orpheline qu'il était son
père, de lui avoir caché sa noble origine ; le motif qui le
porta à lui laisser une erreur dont son cœur avait si avidement profité, finit par lui paraître criminel, et le
remords bouleversa cette âme grande et noble.

Quand Julie eut commencé à se dépouiller de son air
enfantin et à prendre la tournure et la grâce suprême d'une
jeune et belle personne, Servan ne put s'empêcher de
s'avouer tout bas, bien bas, que la séparation aurait
maintenant, pour lui, un côté bien cruel et qu'il n'avait

pas prévu. Son cœur paternel s'attendrissait au point de lui faire craindre qu'un sentiment d'une nature inconnue encore pour lui, ne s'avisât d'y pénétrer. Les soucis, les agitations d'une vie toute militaire, la douleur qui le saisit, à la chute de l'empire, ne lui permirent jamais de connaître ces ineffables tendresses où deux personnes d'un sexe différent voudraient confondre et épuiser leurs vies. La femme s'était révélée à lui, une fois que Julie fut entrée dans la splendeur rayonnante des ses quinze ans, sous le plus séduisant aspect ; le rude soldat s'amollissait au voisinage de cette jeune fille, grande, svelte, et portant sur un front blanc et pur le signe adoré d'une beauté magnifique. Il avait assisté à ce frais épanouissement de grâces irritantes ; mais de cette bouche dont il n'osait plus approcher la sienne, sortait pourtant, quand Julie lui parlait, un nom, celui de père, un nom qui rappelait des devoirs sévères.

Servan ressemblait, enfin, à un homme dont le pied va glisser sur la pente fatale d'un abîme, et qui n'ose sonder du regard la profondeur de cet abîme! Il s'étourdissait, il chassait d'importunes et torturantes idées, il se détournait de certaines pensées qui avaient germé dans son âme ; mais comme les efforts qu'il faisait pour ramener le calme dans cette âme, y faisaient luire une clarté qui l'effrayait, il ne fut que plus décidé à initier Julie à tous ses secrets de famille et à lui aider à retrouver les parents de son père et de sa mère.

L'état de l'âme de Julie mérite aussi d'être exposé.

L'orpheline avait été, à douze ans, amoureuse de la figure, pour elle idéale, de l'empereur. Comme une affec-

19

tion vive dans une jeune fille, même pour un être ima-
ginaire, pour le héros d'un roman, par exemple, tourné
toujours à l'amour et lui donne les spasmes de la passion,
Julie rougissait, pâlissait, restait confuse devant le
portrait de Napoléon, et, quand elle découvrit une si
grande ressemblance entre la figure de l'empereur et
celle de Servan, elle fut tout étonnée de ressentir à la
vue du sergent, le trouble où la jetait une toile qui repré-
sentait le général Bonaparte au passage du pont de Lodi.
L'image du capitaine victorieux se dressait toujours, si
belle, dans les longs récits de Servan, que Napoléon ne
quittait plus la pensée déjà orageuse et ardente de la
jeune orpheline.

Mais, à mesure que les années se succédèrent et que
les récits de batailles s'allongeaient, les deux figures,
celle de l'empereur et celle de Servan, se confondirent
dans cette tête troublée et exaltée. Le respect filial prenait
bien le dessus et apaisait l'orage intérieur ; pourtant, le
calme disparaissait quelquefois, et Julie s'était un jour
demandé si elle ne devait pas fuir, fuir pour toujours, ce
toit où la lecture d'un drame antique, imité par Alfieri
sous le nom de *Myrrha*, l'avait remplie d'une terreur
inexprimable, d'une sombre épouvante.

Servan avait deviné juste ! Il y eut de la joie dans l'accent avec lequel Julie lui avait dit : — Vous n'êtes pas
mon père ! Mais le sergent s'était trompé sur le sentiment
qui avait éclaté dans les paroles de sa fille adoptive. Le
lendemain de la conversation qui termine la première
partie de cette histoire, Servan, armé d'une résolution
inflexible, du moins il la croyait telle, appela Julie qui

venait de donner à sa toilette des soins minutieux, et lui dit :

— Ma fille, car vous me permettez de continuer à vous donner ce nom, je n'en sais pas de plus doux ; ma fille, je vais me mettre à la recherche des parents de votre père et de votre mère, afin de vous rendre un nom et une famille.

Julie adressa au sergent un regard qui le déconcerta un peu.

— C'est presque un regard d'amoureuse, se dit Servan étonné !

— Eh bien ! vous ne me répondez pas, mon enfant.

— Dites-moi, d'où vient que vous ne me tutoyez plus ?

— Parce que je parle à la fille du comte de ***, du colonel des hussards de la garde.

— Ai-je d'autres parents au monde que vous, que vous qui m'avez sauvée quand j'allais périr, que vous qui m'avez tenu lieu de père, qui avez eu pour moi les soins et la tendresse d'une mère. Je veux rester votre.... votre fille.

— Julie, je ne puis plus être votre père. Songez qu'une famille riche, noble, puissante sans doute, vous réclamera, vous appellera dans son sein, et que la fille du comte de *** ne peut pas appeler son père un sergent, le fils d'un laboureur !

— Cette famille riche, noble, ignore mon existence ; elle doit croire que la Bérésina a tout dévoré : la mère et la fille.

— Aussi, je veux, en demandant pardon d'avoir si

longtemps causé , par ma tendresse peut-être criminelle, cette erreur, je veux lui rendre un enfant, l'héritière d'un grand nom et sans doute d'une grande fortune. Je le veux !

Julie, que les larmes suffoquaient , tomba , à ces paroles , sur une chaise, et se mit à sangloter.

— J'avais prévu vos larmes, Julie, dit le sergent un peu ébranlé , et je m'étais dit qu'elles ne changeraient rien à ma résolution.

— Vous, vous ne pleurez pas ! vous me quittez l'œil sec et le visage impassible.

— Moi !

— Oui, vous serez fier d'avoir fait ce que vous appelez votre devoir, et vous rentrerez seul, sans votre...... sans votre Julie, dans cette maison où nous avons, où j'ai, du moins, moi, passé des jours si heureux !

— Cette maison, vous l'avez bénie pour toujours , mon enfant ? Absente , vous la remplirez de vous. Dieu m'est témoin que le seuil de ma porte gardera à jamais la trace de vos pas , et que vous me serez toujours présente.

La jeune fille se leva , courageuse , et vint prendre la main du sergent !

— Servan ! dit-elle.

— Mon enfant !

— Non , dites Julie !...

— Eh bien ! Julie ?

— Servan, si nous ne nous quittions pas; car, enfin , pourquoi nous quitterions-nous? Tenez, écoutez, Servan. Je vous ai toujours caché une chose , j'ai mal fait , peut-être ; mais que voulez-vous, on ne voit pas toujours clair dans son cœur : — J'ai un amoureux !

— Un amoureux ! s'écria Servan, qui recula et pâlit.

— Je lui ai beaucoup parlé, à cet amoureux, et souvent j'ai approché mes lèvres de son visage.

— Mais vous avez perdu la tête, Julie !

— De son visage peint, peint sur toile. Mon amoureux est l'empereur Napoléon.

— Ah ! ceci est différent ! Ah ! celui-là, aimez-le tant que vous voudrez.

— Mais un autre, vous me permettriez de l'aimer, n'est-ce pas ?

— Un autre, un autre ! Mais est-ce que vous en aimez un autre dans la solitude où nous vivons ?

— Eh bien ! j'ai un autre amoureux ; avec Napoléon, j'ai aimé une autre personne.

— Peinte sur toile encore ?

— Oh ! que non !

— Mais ceci !...

Cette fois Servan ne put achever sa phrase.

— Qu'avez-vous dit ? Julie.

— J'ai.... j'ai...

Et, faisant effort sur lui-même et puisant une soudaine énergie dans tous les sentiments tumultueux qui l'agitaient excessivement, il avança vers Julie une figure toute bouleversée, serra les dents et put à peine donner passage à ces mots prononcés avec une colère concentrée :

— Le nom de cet homme, son nom, je veux savoir son nom ?

Partant d'un soudain éclat de rire, Julie s'écria :

— Vous ne le saurez pas !

— Enfer ! dit Servan, malédiction sur moi ! Mais que s'est-il passé ici ? Que se passe-t-il dans votre tête ? Etes-vous une folle, un démon ? Au nom du ciel, pitié ! oui pitié ! Car, enfin, j'ai bien le droit de savoir le nom de cet homme qui a tout détruit ! Au nom du ciel, le nom de cet homme ?

— Eh ! quand vous le saurez, le nom de cet homme, que ferez-vous?

Emporté par un sentiment qu'il n'osait encore appeler de son véritable nom, notre pauvre sergent s'écria :

— Je le tuerai.

Un nouvel éclat de rire de Julie, un éclat de rire immodéré vint porter à son comble l'exaspération de Servan qui, portant les mains à sa tête, dit :

— Mais c'est à devenir fou !

— Je vais vous dire le nom de cet homme, dit Julie : cet homme est un brave qui s'est vaillamment battu pour l'honneur et la gloire de la France; il porte de nobles cicatrices et a fait nos plus glorieuses campagnes. Cet homme s'est battu en Espagne.

— Moi aussi je m'y suis battu.

— En Allemagne....

— Moi aussi !

— En Russie...

— Moi aussi !

— Cet homme m'a sauvée à ce passage funeste de la Bérésina, où périt ma pauvre mère !

— Ciel ! qu'entends-je ? c'est donc...

— Oui ! c'est vous que j'aime, que j'ai aimé comme on

aime un père, et que j'aimerai, quand vous le voudrez, comme on aime un noble et loyal époux.

Servan transporté, hors de lui, croyant d'abord faire un rêve, éprouvait un embarras charmant et presque risible. La transition, bien que très-légitime et très-naturelle, était aussi par trop brusque. Julie vint encore à son secours.

— N'est-ce pas que tu aimeras bien ta bonne, ta petite femme, que tu lui permettras de t'appeler mon empereur ?

Et un regard qu'une vive tendresse illumina, accompagna ces paroles.

— Toujours, toujours je t'aimerai, Julie, mais je crains de succomber à tant de joie ! Un bonheur si imprévu !

— Je te sauverai, comme tu m'as sauvée.

— Oh ! qui m'eût dit que cette petite fille que je reçus dans mes bras....

— Serait un jour ta femme, et qu'elle ne voudrait porter d'autre nom que le tien.

FIN.

LA COURSE AU MARIAGE.

LA COURSE AU MARIAGE.

I.

Georges de Mirbel s'était rendu à Paris, quand il eut atteint sa dix-huitième année, pour y étudier le cheval à la Croix-de-Berny et la femme à l'Opéra. Maître, grâce à la complaisance d'un tuteur nullement incommode, des revenus considérables que son père, ancien émigré, lui avait laissés, il quitta, non sans éprouver quelque peine de se séparer de son vieux précepteur allemand Michel Klegmann, le château où son enfance s'était écoulée, situé dans la partie la plus reculée de la vieille Bretagne. Georges partit avec la résolution bien arrêtée de continuer sur le turf de Chantilly et de commencer aux premières loges de l'Académie royale, un cours de chevaux et de femmes. Il pensait que rien dans la création ne devait autant l'intéresser, et il était trop gentilhomme, il ressemblait trop

à ce noble animal dont sa figure reproduisait le profil,
pour croire qu'il y eût dans des projets d'études qui mettaient presque sur la même ligne le cheval et la femme,
quelque chose dont celle-ci dût se tenir pour offensée.
Une grande institution du moyen-âge ne tirait-elle pas du
cheval son nom de chevalerie? Le titre de chevalier ne ré-
sumait-il pas, jadis, les idées du dévoûment, de l'amour,
de l'enthousiasme, de la valeur; les dénominations les
plus fastueuses de la hiérarchie féodale, telles que celles
de connétable (*Comes stabuli*, *comte de l'étable*), de
maréchal, ne se rattachaient-elles pas au cheval? Cet
intrépide compagnon des héros ne jouait-il pas dans les
romans du moyen-âge, un rôle souvent surnaturel?
Georges pouvait, donc, croire que le gentilhomme qui par-
tage sa vie entre l'écurie et le boudoir, ne fait que suivre
d'anciens et mémorables exemples, et prouver que *bon
sang ne peut mentir*.

De tous les hochets créés pour nous empêcher de trop
détester la vie, Georges de Mirbel n'en connaissait et ne
voulait en connaître que deux. Dompter, comme il le
faisait depuis l'âge de huit ans, un fier coursier, essayer d'en faire autant à l'égard d'une femme, leur mettre
à tous les deux le mors et les contraindre de marcher au
gré de sa volonté ou de ses caprices, dans la voie où il leur
plairait de les conduire, user avec l'un de l'éperon, avec
l'autre de la parole, se prendre à admirer la crinière flottante du coursier et la belle chevelure de la femme, tel
était le double but qu'il se proposait d'atteindre, dût-il,
dans cette double expérience, courir le risque de se casser
le cou ou de se brûler la cervelle.

Au reste, il avait reçu de bonne heure un pli aussi singulier qu'ineffaçable. Son précepteur allemand lui enseigna, dès qu'il fut en état de comprendre ses leçons, que rien ne tenait en haleine et n'activait l'intelligence, comme l'exercice du cheval. En joignant l'admiration d'une jeune personne au maniement du cheval, Georges pensait qu'il aurait ses heures merveilleusement remplies, et que son sang se maintiendrait dans l'agitation nécessaire au mouvement des idées et à la vivacité des sensations. Il se disait aussi qu'à une organisation comme la sienne, ces deux élégantes créatures étaient indispensables. Sur un cheval plein de feu et habilement dressé, il avait, dès son enfance, devancé le vol du vent et dévoré l'espace ; auprès d'une femme, il goûterait un repos fiévreux, il passerait de l'espérance à la crainte, de la confiance à la jalousie et accroîtrait, de cette manière, l'énergie de son indomptable nature.

Son tempérament était de fer ; il le devait à une éducation qu'il avait reçue à cheval ou dans les eaux qui baignaient les grèves voisines de son vieux manoir. Klegmann, son précepteur, ne le tint jamais renfermé dans un cabinet de travail ; il ne se contentait pas de le faire chevaucher, pendant une partie de la journée, il l'obligeait aussi, à fendre de ses bras, les vagues de l'Océan ou à faire voler, à l'aide des rames, une légère embarcation.

Georges de Mirbel était né très-myope ; mais comme il avait les yeux très-beaux, très-noirs et pleins de feu, il n'était nullement d'humeur d'atténuer ce moyen de succès, par le prosaïque emploi des bésicles. Avec le lorgnon encadré entre l'arcade sourcillière et la pommette, il corrigerait, sans avoir l'air de faire autre chose que de se donner la contenance d'un dandy, l'insuffisance de ses rayons visuels. A l'Opéra, il comptait avoir recours à ces lunettes qui pourraient presque faire l'office des télescopes. Mais, je vous l'ai dit, Georges était très-myope ; aussi, son lorgnon ne lui transmettait pas les objets dans toute leur netteté ; ce qui le contrariait beaucoup.

L'éducation excessivement originale qu'il avait reçue, eut une trop grande influence sur ses pensées et ses actions, pour que l'historien de sa vie ne se croie pas tenu de faire mieux connaître la manière dont ce jeune homme fut élevé.

Sur une langue de terre qui s'avance dans la plus orageuse et la plus triste des mers, se montre, avec ses tours peu menaçantes et rongées par le vent, un château que le père de Georges était venu habiter, quand il eut épousé la fille du propriétaire de ce manoir. M. de Mirbel le père était né dans un autre château moins battu par les tempêtes, que l'on vous fait voir, en face de la splendide plage d'*Agai*, non loin d'Hyères, en Provence. Il avait embrassé la carrière de marin ; mais une jeune et jolie Bretonne, qu'il vit à Brest, où ses parents l'avaient conduite pour y passer quelques jours chez une vieille tante, l'enflamma tellement que, renonçant à la mer et à la Provence, il demanda et obtint la main de la belle Armoricaine ; il ne quitta la demeure des aïeux de sa femme que pendant les terribles années de l'émigration. Quand il revint en Bretagne, M. de Mirbel n'était accompagné que d'un valet de chambre qu'il grondait beaucoup, mais qu'il admirait encore davantage. On amena, un jour, dans

ce château où Mirbel et Klegmann, ainsi s'appelait le valet de chambre, avaient l'air de deux nécromans occupés
à chercher la pierre philosophale, un petit enfant tout
rose, que le vieux marin traita comme son fils et dont
il confia l'éducation à Klegmann. Dès ce jour-là, ce dernier obtint de son maître des égards qui le rendirent plus
que jamais odieux aux domestiques dont il avait été jusqu'à ce moment à peu près l'égal.

M. de Mirbel avait eu, maintes fois, en Allemagne, où
il s'était réfugié, pendant tout le temps de l'émigration,
l'occasion de s'applaudir du hasard heureux qui lui pro-
cura dans Klegmann un valet de chambre si dévoué et si
zélé. En vrai Provençal, M. de Mirbel était toujours tenté
de casser la tête à celui qui s'avisait d'émettre une opinion
différente de la sienne. Il ne concevait pas qu'on pût avoir
sur les sujets les plus graves, comme sur les sujets qui
l'étaient le moins, un avis qui ne fût pas celui qu'il avait
formulé, avec ce ton tranchant qui force au silence ou pro-
voque une vive riposte. Klegmann, qu'une dispute avec
le chancelier de l'Université d'Iéna contraignit à chercher
une place de valet de chambre, ne murmura pas contre
la destinée, et vint demander à M. de Mirbel, qu'il rencontra dans une auberge d'Altona, l'honneur de le servir.
La figure honnête du professeur disgracié et fugitif, car
Klegmann avait occupé une chaire dans l'Université
d'Iéna, plut à l'émigré français qui lui demanda s'il
savait cirer les bottes et verser à boire. Sur un signe de
tête affirmatif de Klegmann, M. de Mirbel, qui n'aimait
pas les longs discours et trouvait qu'on devait l'écouter
et se borner à lui répondre à l'aide des signes, pensa que

ce bon allemand faisait usage du langage mimé, et lui dit : « C'est bien, te voilà à mon service. »

Rien ne dompte un homme comme la misère— *turpis egestas.* — Si Klegmann avait voulu adopter le système d'Hegel, il n'aurait jamais été obligé de se faire valet de chambre ; avant le coup terrible qui vint inopinément le frapper, Klegmann se montrait, même devant ses chefs, prêt à assommer le téméraire qui se serait avisé de le contredire ; il se mettait en colère au moindre signe d'improbation, et lançait à son adversaire des défis accompagnés de termes injurieux. Cette manière d'expliquer la philosophie lui attira une foule de désagréments ; un soir, il reçut, dans une rue étroite et obscure, une volée de coups de baton que déchargea sur ses épaules un ami de la philosophie universelle d'Hegel ; un jour, dans un jardin où il buvait de la bière, un violent bourgmestre qui l'entendit s'égayer aux dépens de la monade de Leibnitz, lui rit au nez ; ce rire échauffa la bile de Klegmann qui lança son verre à la tête du bourgmestre ; celui-ci, aussi peu endurant que le professeur de l'université d'Iéna, cassa une dent à Klegmann, et sans des amis communs qui les séparèrent, le bourgmestre et le professeur se seraient peut-être tués sur place. Mais cruellement corrigé par la perte de son emploi, Klegmann jura d'être de l'avis de tout le monde sur cette terre où l'on a menti quand on a dit que la vérité avait au moins un puits. Il nia l'existence de ce puits et se permit de ne pas même combattre l'absurde.

M. de Mirbel ne pouvait donc pas rencontrer un valet de chambre qui lui convint mieux que Klegmann, grâces aux dispositions d'esprit où celui-ci se trouvait. Quand un Allemand adopte un système, il le pousse à ses dernières conséquences. Klegmann avait une belle figure et n'était pas insensible à l'amour. La jolie fille d'un aubergise lui plut, et il en aurait volontiers fait sa femme, quand il s'aperçut que son maître la lorgnait fort attentivement. Le moment était venu de montrer, même pour une rivalité qui lui torturait le cœur, une déférence pareille à celle qu'il avait pour toutes les opinions ; il traita la jeune fille d'auberge qui rougissait toutes les fois qu'il lui adressait la parole, comme si elle eût été un système que la crainte d'offenser un ami ou même un indifférent ne lui aurait pas permis de défendre ; il ne lui parla plus et se défendit d'épier les heureux essais de séduction de M. de Mirbel auprès de cette blonde fille du pays d'Arminius ou Hermnn, ou Arminn.

M. de Mirbel qui avait perdu sa femme à Hambourg, retourna, accompagné seulement de Klegmann, dans le château de son beau-père, mort depuis plusieurs années. Héritier des biens considérables de Mme de Mirbel, le père de notre héros se résigna à vivre dans une province froide et humide, afin d'y mieux surveiller ses terres. Klegmann reçut de son maître une haute marque de confiance en figurant, comme témoin, dans l'acte solennel par lequel M. de Mirbel reconnut, en présence du maire et de son adjoint, le petit Georges né dans une auberge allemande, pour son fils et son héritier.

Devenu ensuite le précepteur de cet enfant, dont la mère mourut à l'âge de la Marguerite de Faust, Klegmann adressa cette question à M. de Mirbel :

— A quelle profession destinez-vous M. Georges?

— A aucune, répondit le vieux marin, il vivra de ses rentes.

— Que dois-je lui apprendre?

— Tout ce que tu sais.

— Vers quel but dois-je diriger ses facultés?

— Vers le bonheur!

— Qu'entendez-vous par le bonheur? Mon professeur d'esthétique à Gœttingue, entendait par le bonheur l'ivresse du vin; mon professeur du symbolisme, un ami de M. H. Fortoul, à Heildeberg, disait que le bonheur ne consistait que dans l'amour; mon professeur du spinosisme, à Altona, assurait que le bonheur se trouvait dans l'abstinence du vin et de l'amour. Où le placez-vous, M. le baron?

— Dans la joie perpétuelle du cœur.

— Bien, mais c'est là l'effet du bonheur, la cause, la cause?

— Quand on se sent joyeux, on se dit: je suis heureux. Tu chercheras à rendre Georges toujours joyeux.

— Mais s'il m'adresse un jour cette redoutable question : Maître, que dois-je faire pour être toujours heureux ou joyeux, que lui répondrai-je?

— Evite les occasions d'être triste.

— Mais dépend-il de nous d'éviter ces occasions, de les éviter toutes. Georges sera riche, il aura des passions, il voudra les satisfaire; il sera, donc, tantôt heureux, tantôt malheureux, parce que son humeur dépendra de celle de ses amis et de ses maîtresses.

— Mais, enfin, je te laisse le maître d'élever Georges, comme tu voudras; tu n'as donc pas à me consulter.

— C'est là que je voulais vous amener. A moins d'être

Dieu ou Gœthe, on ne peut trouver le bonheur dans une majestueuse immobilité. Il faut être doué d'un esprit bien rare, tellement rare, qu'à peine s'en présente-t-il un tous les mille ans, pour être heureux en gardant un solennel repos. Il est vrai que bien des hommes cherchent le repos et le goûtent, mais savez-vous ce qui leur arrive? Quand ils ont passé de l'agitation au calme, ils deviennent à peu près stupides, ils s'engourdissent, leur cerveau se pétrifie presque, et ils ne sont heureux que parce qu'ils ne peuvent plus ni sentir ni penser. L'agitation, l'agitation perpétuelle est le seul élément du bonheur, et si j'osais vous dire toute ma pensée, je vous proposerais de faire de M. Georges un écuyer ou un sauteur de corde.

M. de Mirbel fit entendre un grand éclat de rire.

— Ah! vous riez, M. le baron, reprit froidement Klegmann, c'est parce que vous n'avez pas étudié nôtre organisme. Le grand Boerrhaave qui ne put empêcher Frédéric, roi de Prusse, de manger le jour de sa mort une tourte aux macaronis, guérissait tous les hypocondriaques par ces seuls mots empruntés à l'évangile : *Allez et marchez*. Moi, j'ai dissipé le chagrin d'une foule de personnes en leur disant: *allez et courez*. Comment écarte-t-on l'ennui qui commence à peser sur une soirée? N'est-ce pas par ces paroles: *Dansons*. On est heureux quand le sang court avec impétuosité dans nos veines, et cela est si vrai que si on ne l'eût pas maladroitement supprimée, la secte des flagellants aurait fini par enrôler tous les hommes; tant les coups que ces fanatiques se distribuaient, donnaient à leur sang de la chaleur et de la vivacité! Et le bonheur n'est que cela : la chaleur et la vivacité dans le sang.

On l'a instinctivement compris : le vin, l'opium, le hadschich ne sont pas tant recherchés, parce qu'ils apportent avec l'ivresse, l'oubli des misères de la vie, que parce qu'ils précipitent la circulation du sang, mais ils la précipitent trop et finissent par causer la ruine de la santé. J'aime mieux le procédé de la belle Diane de Poitiers.

— Ah! dit le baron émerveillé, voyons le procédé de Diane de Poitiers.

— Diane de Poitiers fut aimée du père et du fils, comme vous savez; elle garda sa beauté, une beauté éclatante et solide, jusqu'à plus de soixante-dix ans, parce qu'au lieu de s'étioler dans un appartement et de vivre sur des coussins, elle enfourchait, de grand matin, un cheval, se perdait dans les profondeurs du bois, et retournait au logis avec le meilleur des fards sur les joues : la saine et naturelle rougeur que l'exercice, qu'un exercice violent y avait mise. Aussi était-elle heureuse, d'abord parce qu'elle restait toujours belle, ensuite parce que son sang circulait vivement dans ses veines, sous sa peau ferme et blanche. Les sauvagesses des îles des Amis, des îles de la Société sont belles jusqu'à la vieillesse, parce qu'elles nagent toute la journée.

— Donc, la meilleure éducation, fit observer M. de Mirbel qui avait un grand sens, s'obtient par la gymnastique?

— Vous l'avez dit. Le corps et l'âme gagnent beaucoup à un exercice violent, à de longues courses, à des mouvements presque désordonnés. Au lieu de tenir le petit Georges renfermé dans un cabinet de travail, je l'endoctrinerai partout, sur les bords de la mer, dans les flots de l'Océan, sur les sommets des collines ; je le tiendrai constamment en haleine, et il fortifiera également ses membres et son intelligence dans cette activité que le sommeil et les repas interrompront seuls.

M. de Mirbel laissa Klegmann diriger, comme il l'entendrait, l'éducation de Georges.

A cette époque grandissait démesurément sur la scène politique, un homme qui attirait fortement à lui la pensée de Klegmann. Dans les conversations du soir, les gentilshommes du voisinage qui venaient visiter M. de Mirbel, cherchaient à s'expliquer, et par les circonstances et par le caractère de cet homme, sa prodigieuse fortune. Un vieux marin qui avait retenu quelques bribes de latin, répondait invariablement à celui qui lui demandait son avis sur M. de Buonaparte : *Audaces fortuna juvat*. Un autre voisin assurait que si M. de Buonaparte n'avait pas eu une affection de foie qui le rendait silencieux, il aurait échoué ; ce voisin qui étudiait toujours Cabanis, ajoutait que le bavardage fait avorter les projets les mieux conçus, et s'écriait : Le secret est l'âme des affaires. On convenait, aussi, que d'incontestables talents militaires devaient être comptés pour quelque chose dans l'avancement rapide de M. de Buonaparte ; quand on eut débattu les causes de cet avancement, Klegman prit la parole et dit :

— L'Empereur doit sa fortune à son cheval ; il fait tous les jours vingt-deux lieues à cheval.

— Tu veux donc faire de Georges un empereur, lui dit M. de Mirbel ?

— Plus que cela, répondit le bon Allemand !

— Comment?

— Je veux en faire un poète.

— Et c'est pour cela que tu le tiens huit heures par jour à cheval.

— Le cheval a donné une couronne à Mazeppa, ajouta Klegmann.

II

Sur ces grèves longues et tristes que l'Océan salue de sa voix solennelle, dans ces profondes vallées où descend l'ombre des châtaigniers, au pied de ces collines druidiques où frissonne une herbe rare et robuste, on rencontrait souvent deux cavaliers, l'un âgé de soixante ans, l'autre de huit ans : le vieillard et l'enfant. Le vieillard était Klegmann, l'enfant, Georges. Montés sur deux chevaux qui dévoilaient, par la finesse de leurs têtes et l'élégance de leurs membres une race noble, un sang oriental, Klegmann et Georges échangeaient beaucoup de paroles dans leurs courses incessantes. Le précepteur, au fort du galop, levait la main et montrait du doigt tantôt la profonde mer, tantôt le ciel barbouillé de nuages, et récitait quelques vers de ballades. Georges répétait ces vers et s'en servait pour exciter sa monture. Au retour de ces promenades fortifiantes, Klegmann enseignait le monde et la création, tels qu'un poète un peu fou aime à les concevoir, dans les heures de la rêverie. Abhorrant la chimie qui déchesse l'âme et ne fait plus de l'univers qu'un laboratoire de gaz et de matières pondérables et solubles, Klegmann appelait les nuages les robes des sylphides, l'écume des mers les franges de ces robes. Par l'exaltation de sa parole et la tendresse de son regard d'illuminé, il versait, à flots, la poésie dans le cerveau de Georges.

— Chaque homme, disait Klegmann, crée à son tour le monde : le négociant, l'épicier se le font tout différent de celui qu'imagine le poète.

Il aurait pu aisément remplir sa tâche de précepteur, comme le fait un séminariste ou un bachelier de l'université, et agir sur l'intelligence de Georges avec des livres bien secs et une méthode mécanique, lui faire réciter des définitions, l'astreindre à copier des pages et finir par lui enseigner la prosodie latine. L'enseignement, tel qu'on le pratique, du moins Klegmann le jugeait ainsi, ressemble à une machine de tourneur ; on applique le cerveau à cette machine, la roue est mise en mouvement et le cerveau est travaillé, comme s'il était composé d'argile ou de cire. C'est ce qui fait, disait Klegmann, que le monde est peuplé d'imbéciles et ennuyeux perroquets.

En Allemand consciencieux, Klegmann eût renoncé à sa méthode, si Georges lui eût semblé un enfant ordinaire ; mais complètement rassuré sur l'avenir de cet enfant, puisqu'il devait être très-riche, et l'ayant jugé intelligent et sensible, il voulait que la vie de son élève fût une fête perpétuelle, jusqu'à ce que les infirmités de la vieillesse eussent amené, à une époque reculée, l'inévitable désenchantement des choses terrestres. Georges devait

longtemps et passionnément jouir des dons de Dieu ;
robuste et sain , accoutumé à braver les intempéries de
l'air, toujours en haleine , il vivrait , se disait le bon précepteur, comme si la nature l'eût créé aigle ou condor.
Toujours à cheval , roi de la solitude , il ne connaîtrait
pas ces énervantes timidités qui empêchent les fleurs de
l'adolescence de s'épanouir au soleil de nos printemps.
Exercé au maniement de l'épée et du pistolet, ne tenant
à la vie que tant qu'elle garderait ses promesses d'émotions et de plaisirs , il briserait l'obstacle , si l'obstacle ne
le brisait pas lui-même , ou ne disparaissait pas devant
l'ascendant de son regard et de son geste dominateur. Maître
de la création , Georges devait regarder le monde comme
son vassal et exiger de ce vassal qu'il se mît à la hauteur
de sa pensée et qu'il satisfît les exigences de son âme
avide. Il saurait vivre seul , sans ennui , sans affaisse-
ment , ou se mêler aux hommes sans les craindre , ni
trop les braver. Par son éducation exceptionnelle , par la
chaleur de son sang , la souplesse nerveuse de son corps,
les enchantements de son esprit, l'élévation de ses idées,
il maîtriserait les foules et n'aurait pas besoin d'elles pour
ajouter aux mouvements de sa pensée ou aux émotions
de son cœur. De partout , des choses et des hommes , du
ciel ou de la terre , lui viendraient des sensations inexpri-
mables ; pareil au voyageur qui , arrivé sur le pic de
l'Himalaya , voit à ses pieds , comme une ombre à peine
aperçue , l'antique berceau du genre humain , il tiendrait
sa pensée à une telle hauteur , il serait si grand , qu'aucune peine morale ne pourrait lui venir de ses semblables.
L'ambition , l'envie lui seraient à jamais inconnues ! Ces

pauvres humains ne font que transformer, se dirait-il, en d'autres hochets, le petit joyau dont la nourrice avait armé leurs mains naissantes ! Ce hochet, qui leur arracha leur premier sourire, devient ensuite un ruban, une plaque, un bout de broderie, une croix, une toison d'or. Misérables vanités ! A l'absurde satisfaction de trôner devant les hommes, Georges devait toujours préférer une rêverie devant la mer, ou une halte sous les grands arbres de la forêt.

Georges avait appris le grec, le latin, l'allemand, l'anglais, l'italien, dans sa vie de jeune centaure; il connaissait tous les poètes, peu de moralistes, encore moins de philosophes et beaucoup de voyageurs. Les comédies et les romans l'auraient attristé et fait prendre en pitié l'espèce humaine, s'il eût pu compâtir aux misères du cœur; l'ode le ravissait, l'ode avait pour lui des ailes qui le transportaient dans le monde de ses illusions ineffables. Ce fut par l'ode que la pensée humaine se connut elle-même !

Klegmann prétendait, aussi, que les muses n'avaient jamais habité le sommet radieux de l'Olympe, mais qu'elles s'étaient toujours tenues sur les collines des bords du Rhin. Chaque goutte de Johannisberg, prétendait-il, brillait comme un beau vers de Gœthe ou de Schiller ! Jamais il ne donnait une leçon à son élève, qu'avant il n'eût lentement avalé une bouteille de bon vin en face de l'Océan. Klegmann avait rappelé dans son âme, à force de boire, toutes les illusions pieuses et poétiques de son adolescence, qui s'étaient effeuillées ou fanées à la desséchante lecture de Voltaire, de Hobbes ou de

Collins. Un insatiable désir de savoir l'avait poussé dans les champs arides et ardents comme le désert, de l'incrédulité moderne ; à mesure qu'il amassait des arguments impies, il sentait, sans qu'il s'en alarmât trop d'abord, que la nature devenait moins belle pour lui ; ce naïf poète trouva presque importuns les sons des cloches. Cette triste découverte lui causa, il faut le dire, une sombre surprise : lui qui avait tant aimé à entendre ces voix pieuses de l'airain, dans le calme des champs, dans les échos des collines ! Hélas ! l'incrédulité, comme une ivraie triomphante au milieu de la moisson, étouffa toutes ses croyances et il devint morose et contempteur de tout. Alors il compara son ignorance si enchantée, si heureuse, avec sa science si sèche, si triste, et il tomba dans un profond découragement. Comment rappeler dans leur nid les harmonieuses couvées de la foi et de la poésie? Comment faire refleurir cet arbre que le vent de la raison avait dépouillé de sa parure? Le vin du Rhin pourrait seul, se dit un jour Klegmann, opérer ce miracle! Le vin est crédule, ami des fictions, peu raisonneur, quoique bavard, et ne se pique pas de logique. Aussi le précepteur de Georges desserrait rarement les dents quand il était à jeun ; mais une fois que la fumée de la grappe exprimée sur les coteaux de son fleuve chéri, venait doucement tournoyer dans son cerveau, il se déridait, il sentait toutes les fraîches idées de sa poétique adolescence revenir en foule, comme un troupeau de jeunes brebis aux blanches toisons, rejoignant le toit de l'étable. Dans ce moment de poétique expansion, Klegmann devenait éloquent et inspiré, il faisait fête à toutes les naïves idées

qui ont bercé l'enfance de l'esprit humain ; il disait gravement à Georges que nous sommes entourés d'anges,
bons ou mauvais, d'ondines, de willis, de sylphides ;
que dans la voix gémissante d'une source, au fond d'un
bois, dans la plainte du vent, à travers les branches, dans
celle du flot sur les rochers, l'imagination croit entendre
les accents éplorés d'une créature surnaturelle.

M. de Mirbel mourut sans avoir pu s'applaudir ou s'at-
trister de la confiance qu'il avait eue dans la méthode de
Klegmann ; à seize ans, Georges perdit son père, et
quand il eut atteint sa dix-huitième année, son précepteur voulut qu'il se rendît, seul, à Paris, afin d'y faire
la grande expérience de ce que peut pour le bonheur
d'un jeune homme riche, poète et robuste, une civili-
sation avancée.

— Ayez toujours de bons chevaux dans votre écurie,
d'excellent vin dans votre cave et ne vous interdisez pas
l'amour, mon poète, dit Klegmann à Georges auquel il
recommanda de l'instruire des moindres incidents de la
vie nouvelle qu'il allait mener.

Georges se hâta de paraître aux courses de l'aristocratie
parisienne. Un jour, tandis qu'il excitait de la voix et du
geste le cheval pour lequel il avait parié, il vit entrer
dans un des pavillons de l'hippodrome un gentilhomme
très-grand et très-sec, qui fit placer sur des chaises, sur
le devant de la loge, deux femmes dont l'une lui parut la
mère de l'autre. Il ne se trompa pas ; M. de Steinker,
riche Belge et amateur effréné des turfs de tous les peuples, avait conduit sa femme et sa fille à ce spectacle de
chevaux lancés à toute bride, de jockeys penchés et de

parieurs exaltés. Georges dirigea son lorgnon vers la loge de M. de Steinker et saisit deux grappes de cheveux blonds, qui tombaient sur les côtés d'un visage dont il ne put détailler qu'imparfaitement les traits ; mais il en vit assez pour se persuader que ce visage ne pourrait que gagner à être examiné de plus près. Dès ce moment, son attention fut absorbée complètement par une figure qui se révélait à lui, avec toute la grâce d'une apparition depuis longtemps rêvée. On nomma à ses côtés le père de la jeune personne qui le troublait déjà, au point de lui faire croire qu'il sortirait amoureux d'une enceinte où il n'était entré qu'en qualité de parieur, et il grava dans sa tête le nom de M. de Steinker, l'amateur des turfs.

Il ne comprit pas un de ses voisins qui lui dit que ce M. de Steinker comptait faire gagner la main de sa fille à la course.

M. de Steinker ne restait assis qu'aux courses et à l'Opéra. Hors du turf et du théâtre, il passait, lui aussi, sa vie à cheval, et comme il aimait à imposer ses goûts à tous ceux qui dépendaient de lui, il avait fait de sa femme et de sa fille Marie deux intrépides amazones. Il fallait que le ciel fût bien en colère, la pluie bien abondante, le froid bien vif, le vent bien impétueux, pour que M. de Steinker renonçât à son exercice favori ; on le voyait attendre le moment d'une éclaircie, une chaise entre les jambes et le haut du corps penché. La nuit même, il rêvait qu'il fendait l'air, de toute la vitesse de son cheval ; à Gand, sa patrie, on l'appelait le centaure Steinker.

Dès qu'il avait fait sa toilette du matin, M. de Steinker, suivi de sa femme et de sa fille vêtues en amazones,

descendait à l'écurie, et le couple belge et leur enfant se
hâtaient d'enfourcher des chevaux pur sang, qu'accompagnait un jockey penché sur sa monture. Cette manière
de vivre fut bientôt connue de Georges de Mirbel, qui
comprit qu'il serait heureusement obligé de faire l'amour
au trot ou au galop. En effet, les choses ne furent pas
autrement. Le bois de Boulogne était le lieu que M. de
Steinker choisissait habituellement pour y faire, avec sa
femme et sa fille, sa promenade équestre. Georges,
monté sur un cheval bai brun, s'y rendit et ne tarda pas
à apercevoir la famille belge qui, éperonnant ses coursiers, passa comme le vent devant lui. Georges sembla les
défier à la course; il mit son cheval au galop. M. de Steinker dut comprendre ce que voulait notre gentilhomme,
et cria : En avant ! Ce fut ainsi que Georges entra dans la
carrière de l'amour. Il savait que M. de Steinker n'ouvrait
sa porte à personne, afin de n'être pas obligé d'interrompre, pour les devoirs de la société, le violent exercice
qui lui plaisait tant ; impossible donc de se faire présenter
à cet homme toujours à cheval et au galop. La ravissante
image que Mlle Marie, dont les joues étaient sans cesse
agréablement empourprées, lui offrit, quand elle passait,
comme un tourbillon de gaze et de rubans devant lui,
avait donné à sa passion une énergie indomptable. Ses
vœux étaient, sous deux rapports, amplement satisfaits :
il tenait toujours un cheval sous lui, et c'était sur un
cheval que se présentait constamment à ses regards l'objet
de sa flamme, pour parler comme M. Scribe. Cet état de
surexcitation maintenait son sang dans l'agitation qu'il
désirait ; il avait de formidables bruits dans la tête, une

tempête dans le cerveau. M. de Steinker, d'une grande
originalité de caractère, s'était promis de piquantes jouissances de cet amour constamment en selle. Il avait juré
de ne laisser voir Marie à ce cavalier obstiné, comme
celui de la ballade de Léonore, que gracieusement et in-
trépidement placée sur le dos frémissant d'un cheval.
Avant de réaliser un projet qui lui sourit beaucoup, il
voulut, par d'impétueuses promenades au bois de Boulogne, faire tourner la tête à Georges et ne réussit que
trop.

Georges allait attendre la sortie de la famille belge,
mélancoliquement assis sur son cheval, à l'angle d'une
rue voisine ; un quadruple trot annonçait les Steinker ;
ceux-ci prenaient irrévocablement la route du bois de
Boulogne, et Georges, que la timidité d'un premier
amour tenait toujours à distance, les suivait en soupirant.
Au bois, le Belge piquait des deux, adressait une syllabe
d'excitation à son coursier, et sa femme et sa fille, rangées à sa suite, luttaient de rapidité avec lui. Georges,
lançant des soupirs enflammés, se précipitait, tête
baissée, sur la route où Marie dispersait les rayons de sa
personne ; combien de fois il hasarda avec son fouet un
signe de soumission et de chaste aveu ! Lancer quelques
paroles, c'était impossible, autant en aurait emporté le
vent. Ce diable de Steinker n'aurait jamais consenti à
mettre un seul instant les chevaux au pas ; on eût dit un
tourbillon formé avec quatre coursiers ; mais, en habile
cavalier qu'il était, et se fiant avec raison à la science
de ses compagnons, M. de Steinker interrompait brusquement la ligne droite, faisait faire promptement volte-

face à son coursier et obligeait Georges à tourner comme s'il eût figuré au cirque de Franconi.

— Si au moins, disait Georges, je pouvais saisir de près, et m'incruster dans la tête la figure de ma belle amazone !

Cette figure consistait, pour lui, dans deux magnifiques grappes de cheveux blonds et un teint rosé ; la couleur des yeux, leur forme, celle du nez, celle de la bouche, étaient encore, pour Georges, à un état vaporeux et agité ; la taille lui parut, avec raison, ravissante, mais cette taille passait si vite devant lui, qu'il ne pouvait pas avoir une juste idée de sa richesse et de sa flexibilité. Il aimait un éclair fait femme.

Comment saisir un éclair, embrasser un éclair ? Question désolante que Georges s'adressait souvent. Dès que les Steinker l'apercevaient, le galop, un galop de Mazeppa, commençait, et c'était l'allure qu'il était contraint de donner à son cheval. Par une attention dont il fut touché, Marie terminait la cavalcade qu'ouvrait Steinker précédé de son groom : il s'était aperçu que la figure de Marie se tournait vers lui, mais la faiblesse de sa vue ne lui permettait que de saisir ce mouvement, sans pouvoir embrasser du regard des traits qu'il croyait admirables ; si son cheval le rapprochait de la jeune amazone, celle-ci se hâtait de regarder du côté opposé au sien, et il n'avait plus devant les yeux que la longue et pudique robe dont l'agitation de la course tourmentait les plis ondoyants.

M. de Steinker avait d'excellentes raisons pour croire qu'on peut, quelquefois, se trouver bien de faire au rebours des autres. Cependant, au lieu de chercher à réformer, par ses écrits ou par ses paroles, la société, il se borna à se réformer, lui-même, persuadé qu'il était qu'avant de tenter de philosophiques expériences sur les autres, on doit les essayer sur soi. Aimant extrêmement sa fille, il voulait lui choisir un époux, après qu'il l'aurait soumis, sans que celui-ci s'en fût souvent douté le moins du monde, à des épreuves décisives. Ce futur époux, il l'avait vainement cherché dans toutes les capitales du monde ; son expérience d'une course matrimoniale au clocher avait fini par rebuter les plus intrépides amoureux de Marie et de sa dot. Cette fois, Georges, sur le compte duquel il prit, avec le génie calculateur d'un Belge-Hollandais, tous les renseignements dont il avait besoin, pour éclairer sa sollicitude paternelle, lui parut n'être pas homme à se décourager du violent exercice qu'il lui faisait faire chaque jour. Comme, à son grand étonnement, il n'aperçut jamais la moindre grimace douloureuse sur la figure de Georges, dans les premiers temps des courses, il jugea que notre amoureux, pour ne pas manquer à ces rendez-vous désordonnés, domptait, par l'énergie de son caractère, l'apprentissage du cavalier. Mais Georges n'avait pas à craindre, malgré le frêle tissu qui le recouvrait, cet atroce frottement qui soumet le cavalier novice à d'inouies tortures, jusqu'au jour où un bienfaisant calus rend impossible le retour de ces tortures.

— Diable, dit Steinker à sa femme, j'augure bien de Georges de Mirbel, mais cet héroïsme chevaleresque ne me suffit pas.

III

Tout le Paris élégant se disposait à figurer dans un bal qui devait réaliser les enchantements des *Mille et une Nuits* dans la salle de l'Opéra. On assurait que la fête serait splendide au-delà de tout ce que l'imagination la plus exigeante pouvait rêver. La lumière y éclipserait le soleil, les parures des femmes y rappelleraient les écrins de toutes les sultanes de l'Asie, les décorations y ménageraient d'inouies surprises aux yeux ravis de la foule, et sur toutes ces clartés éblouissantes, sur ces visages animés par le plaisir, sur ces vêtements d'une richesse orientale, bondiraient, en cascades sonores, les sons d'un millier d'instruments.

Georges de Mirbel arriva, un des premiers, dans la salle et se vit accosté par trois personnes masquées, dont l'une, qu'à la douceur musicale de la voix et à un parfum de boudoir, il reconnut pour une jeune femme, lui demanda s'il voulait bien danser avec elle pendant toute la nuit. Je ne sais quelle voix intérieure lui dit qu'il avait devant lui son amazone ; il s'empressa de répondre qu'accoutumé au galop comme il l'était, il ne prendrait pas un moment de repos, s'il le fallait, et qu'il serait son cavalier pour tout le temps du bal.

— Vous faites, peut-être, un engagement téméraire, dit une des personnes masquées qui donnait le bras à la jeune inconnue ! Avez-vous des jambes d'airain ?

21

— Et une tête de fer par dessus le marché, répondit Georges.

— A la bonne heure, lui fut-il dit, avec un léger accent ironique.

— Ce sont mes Belges, se dit Georges, la singulière famille! Qui pourrait, cependant, concevoir mon bonheur!

Tout frémissant d'aise et d'amour, Georges, attendit, à côté de son inconnue, le signal de la danse. Aux premières notes de la musique, sa danseuse se lève, il la suit et les voilà sautant sur leurs pieds et se balançant avec grâce. Georges avait affaire à une femme infatigable; après une foule de contredanses, elle n'avait rien perdu de sa souplesse et de son énergie. Dès cet instant, il entrevit une épreuve du genre de celle dont il était sorti, triomphant, au bois de Boulogne; il se dit qu'avant de lui permettre de faire l'aveu de son amour, on voulait s'assurer de la force de ses nerfs et de la solidité de sa poitrine. — On ne peut pas, ajouta-t-il, me proposer de gagner ma belle Marie à la course, au saut, au pugilat, mais on a imaginé des exercices équivalents. Je trotte, depuis deux mois, comme un courrier chargé de porter une nouvelle importante, on veut voir si je danserai toute une nuit. Georges qui avait lu les *Nibelungen*, se rappela ce qui suit:

« A une époque dont M. Fauriel n'a pu indiquer la date, vivait, dans une île de la mer du Nord, une reine qui disait ceci à tous ses amants: — Tâchez de soulever cette pierre, de la lancer aussi loin que je le fais moi-même et d'atteindre, d'un saut, l'endroit où cette pierre tombera. Si vous le faites, vous m'épouserez, mais je vous couperai la tête, si vous échouez. Comme cette reine était très-belle, on se soumettait, et l'on tremblait quelque peu, en voyant qu'il s'agissait de manier et de jeter bien loin un rocher que cent hommes n'auraient pu ébranler. La reine prenait ce rocher d'une main, se penchait gracieusement, le faisait voler dans l'air, et arrivait en même temps que lui à l'endroit où il tombait, après avoir décrit une courbe. »

— M. de Steinker a dû lire les *Nibelungen*, pensa Georges de Mirbel, et j'ai affaire à une héroïne du pays des Sagas, ajouta-t-il, en se parlant à lui-même.

Autorisée par l'usage, Marie de Steinker déguisait sa voix, en parlant à Georges.

— Vous paraissez soucieux, lui dit-elle?

— C'est que je fais, depuis quelque temps, un métier plein d'originalité et de mystère.

— Comment cela!

— Je fais l'amour à cheval.

— Et vous le menez bon train.

— A me casser le cou. N'en sauriez-vous pas quelque chose?

— Est-ce que vous n'aimez pas l'exercice du cheval?

— Le cheval, je l'adore presque autant que ma belle inconnue, et je me crois de la force de M. de Steinker. Je passe ma vie à cheval, à suivre la plus jolie, la plus séduisante, la plus attrayante amazone qui ait jamais paru sur les bords du Thermodon.

— Du Thermodon?

— Oui, c'est un fleuve scythe dont vos aïeules buvaient les eaux.

— Et pour vous reposer, vous venez au bal de l'Opéra?

— Comme vous voyez, mademoiselle ; mais je pense que nous avons assez dansé.

— Assez dansé ! Nous commençons à peine.

— Je crains pour vous quelque fatigue.

— Et les galops ! et les walses !

— Nous en ferons quelques-uns ?

— Oh ! moi, je suis ici jusqu'au jour, c'est décidé et vous savez ce que vous m'avez promis.

— Je vous tiendrai parole, dussé-je mourir.

— Un cavalier comme vous ?

— Auprès de vous, avec vous, mademoiselle, je ferais le tour du monde, en dansant le galop, s'il le fallait.

— C'est bien, à nos postes.

Le galop dans la salle de l'Opéra, c'est une cascade de Niagara d'hommes et de femmes, ce sont des tourbillons humains se déroulant avec un déchaînement de tempête ! Dans ces bonds tumultueux, le vertige s'empare des cerveaux, les yeux se voilent, les hallucinations de l'opium, du hadschi, des liqueurs les plus enivrantes envahissent la tête ; on dirait qu'un vent furieux emporte, ploie, redresse, recourbe, fait tournoyer ces hommes et ces femmes, sous lesquels le sol semble disparaître. Au lieu de puiser l'ivresse dans une coupe, on se la donne par le mouvement circulaire, la course et l'haleine de la danseuse ; cette ivresse, les willis la rendaient mortelle, et Georges se demanda s'il n'était pas entraîné par une de ces cruelles willis.

Question bien naturelle.

Dans les courts entr'actes des danses, Georges enten-

dit sortir les propos suivants de la bouche de sa danseuse :

— Vous aimez à faire de l'exercice ?

— Je suis toujours sur pied ou en selle !

— Mais, c'est miraculeux !

— Comment cela, beau masque ?

— C'est que je suis ainsi, moi ! Je ne puis épouser un
coureur, et pourtant, jusqu'à présent, un coureur seul
avait quelque chance d'être agréé de mon père. Les hommes tournent singulièrement à l'indolence dans ce siècle
dégénéré, aussi me font-ils pitié. Voyez ces jeunes gens
réunis dans un salon, ils ont de molles attitudes de
convalescents, ils parlent, marchent, gesticulent lentement, du bout des lèvres, du bout des pieds, du bout
des doigts. Rien de viril ne se trahit en eux ; nous tom-
bons dans l'affadissement et dans la langueur, rien de
grand ne se fait plus ; on dénoue les affaires les plus com-
pliquées avec des congrès ; on bavarde à la chambre,
depuis que Napoléon est enfermé à Sainte-Hélène ; lui,
était venu rendre à l'espèce humaine son énergie et sa
vigueur, il faisait vingt lieues au moins, par jour, à
cheval.

— C'est ce que me disait sans cesse Klegmann, mon
précepteur.

Et ces deux jeunes gens se précipitent, tête baissée,
dans le tourbillon rapide du galop infernal. Anneaux
d'une chaîne souvent brisée, à laquelle ils semblaient
être invinciblement soudés, ils croyaient qu'un vent en-
gouffré dans la salle sonore et resplendissante, les soutenait en l'air, en leur communiquant de rapides et vifs

trémoussements. Ils traçaient une ellipse immense, au son des instruments qui versaient dans leurs têtes une tempête de notes stridentes, ils la traçaient, cette ellipse, serrés l'un contre l'autre, fendant l'air où les atômes de la lumière et les voix de l'orchestre s'agitaient et tourbillonnaient; une haleine de feu semblait flotter sur leurs lèvres !

— Oh ! c'est là la vie ! Elle n'est qu'ainsi, la vie, disait la jeune fille, qui tournait comme si elle eût été une feuille emportée dans l'espace ! Les anges ont l'univers pour salle de bal !

— Les anges! disait Georges étonné.

— Oui, les anges, les poètes ne nous l'ont-ils pas dit; ne vont-ils pas sans cesse, ces messagers divins, du ciel à la terre, de la terre au ciel, et comme il y a des milliers et des milliers de planètes, — l'infini, — leur éternité se passe dans des courses sans fin. Le paradis, c'est un galop éternel.

— Vous ne vous asseyez donc jamais, mademoiselle ?

— Pour prendre mes repas seulement ; hors de table, je cours à pied ou à cheval. Après demain, mon père, ma mère, un domestique et moi, nous irons jusqu'à Rome à franc étrier. Nous partons à deux heures de l'après-midi.

M. de Steinker, le lecteur l'a déjà compris en parcourant cette bizarre histoire que m'a racontée un neveu d'Hoffmann, il y a bien des années, dans un château situé à Caseneuve, entre Coudoux et le bois de La Barben ; M. de Steinker, dis-je, avait juré de ne donner sa fille, la plus belle et la plus riche héritière de la Belgique, qu'à l'homme qui resterait aussi longtemps que lui à cheval, et qui

verait la solidité de son tempérament par des exercices
violents, sans qu'il parût, à la fin de ses exercices, ressentir trop de fatigue. C'est là une manière de voir qui,
peut-être, a bien son prix. « Sans une santé de fer, point de
bonheur et de calme dans le ménage, s'était dit le baron
belge; nos défauts, nos impatiences, nos disputes, nos
humeurs, nos crimes mêmes sont souvent, ajoutait-il,
le résultat d'une mauvaise santé, d'une trop grande ir-
ritabilité ou d'une trop grande faiblesse de nerfs. Il s'étonnait de voir tant de pères imprudents et imprévoyants ne
s'enquérir nullement, quand ils mariaient leurs filles, du
genre de santé de leurs gendres. S'il agit, pensait-il,
d'acheter un cheval, on l'examine avec un soin scrupu-
leux, de peur qu'un vice caché, une maladie dissimulée
ne viennent ensuite vous faire repentir d'un marché qui
aurait été trop négligemment conclu, et l'on prend des
gendres sujets à des migraines, avec des dents cariées,
des faiblesses d'estomac, des rhumatismes, des gendres
cacochymes et malsains ! — Moi, s'écriait de Steinker,
je le prendrai à l'essai l'époux de ma fille, j'aurai mille
moyens pour m'assurer s'il a l'haleine puissante, ou s'il
ne cache pas, sous l'apparence d'une santé trompeuse,
un mal qui finirait par rendre la vie commune insuppor-
table. »

A Gand et dans bien d'autres villes, on se raconta
longtemps les risibles épreuves auxquelles ce Belge original soumit les jeunes gens qui avaient aspiré à la main
de sa fille. Un jeune banquier toujours essoufflé avait fait
une singulière expérience de la manie du baron. Celui-ci
s'aperçut bien vite qu'il n'était pas son fait, pourtant il

lui proposa, comme une condition sans laquelle il ne pouvait pas accueillir sa demande, de faire en courant, dix fois le tour du parc de son château. Le jeune banquier accepta l'offre du baron, mais au second tour il se laissa tomber sur un banc en montrant à Steinker, qui riait comme un fou, un visage blême et des yeux hagards ; il était suffoqué. Le baron belge, peu de temps après son arrivée à Paris, put voir que les florins de sa fille mettaient bien des prétendants en campagne ; il déclara à une dame qui recevait beaucoup de monde, que sa fille ne se marierait qu'avec le premier cavalier du monde. Cette singulière exigence parut ce qu'elle était, extrêmement ridicule, et l'on avait fini par ne pas la croire sérieuse. Mais Steinker décidé à tenter un coup décisif, fit annoncer dans plusieurs salons qu'il y aurait, en l'honneur de sa fille, une course au clocher depuis Paris jusqu'à Rome, et écrivit, de sa main, le programme suivant de cette singulière course, la plus originale qu'il y ait jamais eu :

Une course au mariage depuis Paris jusqu'à Rome.

Prix : Mlle Marie de Steinker avec une dot de deux millions, douée d'un père qui a six millions de rente.

ARTICLE PREMIER.

M. de Steinker, accompagné de sa femme, de sa fille et d'un jockey, partira de Paris, à cheval, le 2 mars 1817, à deux heures après-midi.

ART. 2.

Les prétendants, en culottes de daim, se réuniront à Villejuif, à l'heure ci-dessus indiquée.

ART. 3.

Il y aura, au moins, une distance de six lieues entre chaque relais.

ART. 4.

On montera à cheval à sept heures du matin et l'on n'en descendra qu'à quatre heures de l'après-midi.

ART. 5.

Un coureur, à la livrée de M. le baron de Steinker, ouvrira la marche, et il sera défendu de le devancer.

ART. 6.

Si plusieurs prétendants se trouvaient au point d'arrivée, qui est la place d'Espagne à Rome, Mlle Marie de Steinker choisira parmi les prétendants celui dont elle fera son époux.

Signé : LE BARON DE STEINKER,

Commandeur de la Légion-d'Honneur et rentier.

IV

Georges de Mirbel quitta le bal à cinq heures du matin, et se disposa à faire à cheval la route de Paris à Rome. L'épreuve ne lui paraissait pas bien pénible, et dans ce moment surtout, il rendit un million d'actions de grâces à Klegmann, auquel il s'empressa d'écrire les incidents de son séjour à Paris. Comme notre héros était doué d'un rare bon sens, il n'eut pas grand'peine à s'expliquer la conduite du baron Steinker, qui, à son retour du bal, lui envoya une copie de son programme. Voici le raisonnement que fit Georges, et qu'il coucha sur de belles feuilles de papier raisin, sous ce titre:

M. de Steinker est-il fou, ou le plus sage des hommes?

« Les précepteurs, qui ne ressemblent nullement à Klegmann, enseignent à leurs disciples qu'il faut faire comme tout le monde. Si ce prétexte rendait les hommes plus heureux et meilleurs, je l'approuverais pleinement. Mais cela ne signifie pas même qu'on puisse faire comme tout le monde; car si les Parisiens ne prennent qu'une femme, un Turc prend toutes celles qu'il peut nourrir, car si les Parisiens se mettent sur la tête le plus ridicule des couvre-chefs, un chapeau disgracieux, qui ne les garantit d'aucune impression d'air, les Orientaux se l'entourent de magnifiques shalls, et les Persans se l'enfoncent dans un bonnet d'Astrakan. Il s'agit donc de faire comme nos voisins, mais si je m'aperçois que mes voisins sont stupides, moutonniers, singes les uns des autres, dois-je les imiter? Voici l'acte le plus important, aux yeux d'un père, celui du choix d'un mari pour sa fille. Ce père, qui fait comme tous les pères français, ne s'informe que d'une chose, de la fortune de son gendre futur. Mais la fortune ne suppose ni la santé, ni l'intelligence, ni le bon caractère; elle est souvent la négation de ces excellentes choses. M. de Steinker doit à ses courses à cheval le maintien d'une santé florissante, et il sait qu'un poitrinaire ne résisterait pas deux jours à la vie qu'il mène toute l'année. Au lieu de juger un jeune homme au milieu des afféteries d'un salon, sous ses airs d'emprunt, il veut l'examiner, pendant une longue course, aux prises avec les éléments, sur cette selle où l'homme déploie ses grâces naturelles, son adresse, sa présence d'esprit; est-ce là agir comme un fou? Pour moi, quand même le sort me serait contraire, bien que je sois sûr d'arriver sain et sauf sur la place d'Espagne, ne vais-je pas réaliser, grâce à mon éducation et à mes instincts poétiques, le plus enivrant des rêves? Je m'élance vers l'Italie, à la suite de la plus ravissante des femmes, d'une femme qui semble un tourbillon de fleurs, de rubans et de parfums, que je n'ai presque jamais vue que penchée sur le cou de son cheval, ou inclinée sur mon épaule, quand je l'emportais dans la furie du galop. Il me semble que ma nature a changé, que je suis un habitant de l'air, que rien de la vie sociale ne descend sur mes épaules, ne s'imprime dans mon cerveau. Depuis que je me connais, je suis toujours en action, en course, ma vie est un bondissement perpétuel. J'avais à craindre de rencontrer une femme qui eût voulu mettre l'aigle en cage, qui m'aurait pris de sa douce main, pour m'emprisonner dans une maison dorée? Le ciel en a, heureusement, autrement ordonné. Il m'ouvre ses espaces sans fin, il me condamne, ô bonheur, à faire l'amour en plein air, à cheval, à suivre de mon vol, sur les routes, à travers les cités et les solitudes, le vol de la femme aimée. Dans nos haltes du soir, que de regards, que de douces paroles n'échangerons-nous pas? Belle et fière amazone, je vais me précipiter sur ton lumineux sillon; j'entends le galop rapide de ton coursier, je vois le vent se jouer dans tes cheveux et agiter ton voile ; j'aurai l'air d'un chasseur attaché à une douce proie ! ah ! je sens que l'épreuve deviendra pour moi un triomphe ! »

Le lendemain matin, Georges, les poches pleines d'argent et le portefeuille garni de bonnes lettres de crédit, fut exact au rendez-vous ; il vit arriver plusieurs jeunes gens qui le saluèrent, tandis que l'un d'eux approchant son cheval du sien, lui dit :

— Ah ! vous aussi vous avez vu le programme de M. de Steinker ? Voilà un original parfait.

— Nous allons donc, de ce pas, à Rome répondit Georges.

— Du moins, nous allons en faire l'essai, dit son interlocuteur. Ma foi, après avoir beaucoup ri de l'idée bizarre de notre Belge, nous nous sommes promis de nous y associer. Un *steeple-chase matrimonial*, mais c'est délicieux ! la course est seulement un peu longue.

— Mais le prix de la course est inestimable, dit Georges ?

— Monsieur est amoureux !

— Il me semble que répondre à l'appel de M. de Steinker, c'est le prouver.

— On peut aussi aimer les florins.

— Cela ne suffirait pas pour se décider à faire cinq cents lieues à cheval.

— Je ne dis pas comme vous. Si Mlle Marie de Steinker n'avait que le talent de se tenir à cheval, pendant cinq cents lieues, je lui conseillerais de s'enrôler dans une troupe équestre, mais je ne l'épouserais pas.

— Vous n'irez pas à Rome, dit Georges.

— Je crois que sans les florins de la jeune personne, aucun de nous ne serait venu ici.

Georges garda le silence et se tourna au bruit d'une cavalcade qui s'avançait. M. de Steinker précédé de son coureur, poussa son cheval vers les prétendants, et se découvrant, leur dit :

— Messieurs, je ne me serais pas attendu à vous trouver si nombreux. Je vois que mon idée n'a pas paru aussi bizarre qu'elle en a un peu l'air. Je me charge des frais de route, mon coureur a des ordres ; il y aura, à chaque relai, le nombre de chevaux nécessaire, et le soir nous sommes sûrs de trouver un excellent repas et de bons lits. Je vous donne ma foi de gentilhomme que les articles de mon programme recevront une entière et sincère exécution. Voici ma fille, messieurs, et ma femme, ce sont nos compagnes de route. Vous voudrez bien vous régler sur moi, et je dois vous dire que vous avez à faire à des cavaliers éprouvés ; les Steinker sont des centaures. En route pour Rome.

— En route pour Rome, s'écria la joyeuse troupe !

Marie était si belle, son costume d'amazone faisait si bien ressortir la richesse de sa taille, une douce lumière s'échappait, si pénétrante, de ses yeux, que, sauf un chercheur d'une étude d'avoué et un élève premier numéro de l'école polytechnique, qui se trouvaient au nombre des prétendants, les autres oublièrent, en ce moment, les florins de Steinker pour ne songer qu'à la ravissante fille du baron belge. En femme habituée aux excentricités de son père et nullement déconcertée par l'étrangeté de la situation, Marie leur adressa à tous un regard qui effaça le ridicule de ce *steeple-chase* et lui donna le relief d'un tournoi chevaleresque. La transition de la vie prosaïque et bourgeoisement réglée, à une existence folle et bizarre, s'opéra par enchantement, sous l'influence magnétique de ce regard divin, si pur et si calme! Tous les instincts poétiques se réveillèrent dans ces jeunes gens, sauf chez le chercheur d'études d'avoué et chez le premier numéro de l'école polytechnique. L'idée de M. de Steinker leur parut alors sublime et naturelle, tant il est vrai que là où une jolie femme appuie le doigt, la lumière et le bonheur éclatent. Georges s'aperçut de cette révolution soudainement opérée par la grâce de la femme, dans les dispositions de ses compagnons de route, de ses co-prétendants, et il en frémit de toute son âme. Le pari devenait sérieux et la course véritable. Le double attrait de la jeune fille et de l'or allaient agir avec une égale force et enchaîner sur les pas de Steinker cette troupe de poursuivants. Mais une pensée le rassura ; y aurait-il un seul parmi ces poursuivants, qui fût aussi bon cavalier, un cavalier aussi éprouvé que lui; y aurait-il eu un autre Klegmann au monde?

Pendant les premiers jours, tous tinrent bon. Il y avait bien des douleurs dissimulées avec plus ou moins d'habileté, bien des découragements réprimés, toutes les fois que le voile vert se montrait à l'œil d'un cavalier éreinté, bien des jurons qu'on aurait volontiers lancés au baron, brisés par les dents à leur passage et avalés; mais Georges observait les visages et il pouvait déjà comprendre que les courages fléchissaient. Steinker, sa femme et sa fille avaient l'air de n'avoir fait autre chose, dans leur

vie, que de longues courses à cheval ; sur pied avant tout
le monde, ils donnaient avec aisance, et sans que la fatigue imprimât le moindre pli sur leurs faces sereines, le
signal du départ, et depuis sept heures du matin jusqu'à
quatre du soir, ils fesaient à peine souffler un quart-
d'heure leurs montures. C'était un curieux spectacle, un
spectacle dont notre siècle a le droit de s'étonner, que
cette promenade faite depuis Paris jusqu'à Rome, pour
conquérir une jeune fille.

La compagnie de ses rivaux enchaînait les facultés
poétiques de Georges ; il attendait, pour donner l'essor
à ses pensées exaltées, de n'avoir plus devant lui que la
famille belge, que l'ange dont il connaissait, enfin, la
figure et qui l'inondait d'amour. Les propos que ses
oreilles recueillaient, se ressentaient de la rage sourde
qu'une lutte entre la passion et la lassitude, entre l'âme
excitée par la beauté, et l'or et la faiblesse des nerfs
élevait dans ces poitrines brisées. Le chercheur d'études
d'avoué et le premier numéro de l'école polytechnique
paraissaient, pourtant, ne pouvoir pas aisément se décider
à lâcher prise. La dot de deux millions était là, devant
leurs yeux, toute flamboyante ; elle ranimait leurs forces
et calmait les tortures de leur épiderme horriblement
endommagé. Pour se donner du cœur, au moment qu'ils
craignaient de succomber à la fatigue et à la douleur, il
se répétaient : *deux millions !* et ces deux millions, sous
les traits d'une femme céleste, gracieusement vêtue
d'une longue robe de chasseresse, leur apparaissaient
dans l'éclatante lumière de la route, à travers le voile
d'une chaude poussière. A cette vue, ils se haussaient

sur les étriers pour se procurer quelque soulagement, et ils rejetaient, comme une lâche pensée, celle de revenir honteusement sur ses pas.

Mais ces poursuivants voyaient avec un amer dépit que Georges était du calibre de Steinker. Notre héros, ferme sur sa selle, radieux et serein comme il l'était à la barrière de Ville-Juif, semblait s'être identifié avec le cheval; rien dans ses traits, ni dans son attitude, ni dans son accent n'annonçait la lassitude; il avait repris sa bonne humeur, à mesure que les signes d'une souffrance physique, à chaque moment accrue, se faisaient lire sur les visages de ses rivaux. Il pensait qu'il serait délivré d'eux avant d'avoir atteint la Savoie, et que pas un ne franchirait le Mont-Cenis. De Steinker le jugeait ainsi.

Toutes ces grâces de salon, ces airs conquérants de bonne compagnie avaient disparu, et la salle d'auberge où l'on se réunissait pour prendre le repas du soir, présentait un coup-d'œil risible. Steinker et sa famille s'y rendaient d'un pied ferme, et se tenaient debout, pour recevoir gracieusement les poursuivants. Ceux-ci, sauf Georges, écloppés, rendus, courbés, courbaturés, ne pouvaient ni s'asseoir, ni rester sur leurs pieds, sans montrer, par des tiraillements de visage et des soupirs mal étouffés, à quelle rude épreuve ils s'étaient soumis. Le visage de Marie avait fini par perdre tout empire sur leurs sens exaspérés; ils étaient tentés de la prendre pour une diablesse qui leur faisait faire un métier aussi ridicule qu'atroce; Steinker, qui était facétieux, leur disait:

— Nous allons bien : dans un mois et demi au plus, nous serons à Rome. Il me semble que je n'ai pas fait une lieue, tant je suis dispos.

Bichon, un chercheur d'études d'avoué, poussait, alors, un profond soupir.

— Qu'avez-vous, M. Bichon ? demandait Steinker.

— J'ai tout, répondait Bichon. Je me fais l'effet d'un homme sur qui roulerait une meule de moulin.

— A ce point ! s'écriait Steinker.

— Y a-t-il beaucoup de chandelles dans l'hôtel, criait Versoir, le premier numéro de l'école polytechnique, qui, en qualité de savant, méditait un cataplasme de suif.

Sa lumineuse idée était saisie à la ronde et tous nos éclopés réclamaient des chandelles et recommandaient de les faire fondre.

— Ah ! j'y suis, s'écriait en riant à gorge déployée l'impitoyable baron belge ; ah ! j'y suis.... c'est déjà ainsi !

— Comment, disait Bichon, déjà! Quel diable d'homme êtes-vous ? Je n'avais pas fait cinq lieues que j'avais...

— Assez, se hâtait de dire Versoir. C'est compris. Allons-nous coucher.

— Bonsoir, messieurs, ajoutait le baron, nous avons à trotter demain.

Or, tandis que les Steinker étaient couchés, tous les poursuivants, à l'exception de Georges, se réunirent dans la chambre de l'ancien élève de l'école polytechnique, lequel préparait les cataplasmes.

— Ce diable de baron se moque de nous, disait Bichon, qui formait avec ses jambes un angle démesurément ouvert et appuyait les mains sur le marbre d'une commode.

— Aussi, lui répondit un de ses compagnons, nous

aurions dû prévoir les inconvénients d'un pareil voyage.
Il fait de nous tous des Mazeppas.

— C'est au Mont-Cénis que cela deviendra exorbitant,
disait un autre.

— Avec des chandelles, puisqu'il n'a pas prévu les
chandelles dans son damné programme, disait Versoir,
nous nous en tirerons.

— C'est notre dernière espérance, s'écriait-on à la
ronde.

Un peu encouragés par l'idée des effets heureux qu'ils
se promettaient du bienfaisant cataplasme, ils se déridè-
rent et revinrent à se demander quel serait le vainqueur.

— Elle fait, dit Bichon, bon visage à tout le monde,
et je ne crois pas que l'un de nous, pas même ce M. Georges de Mirbel, le silencieux, ait pu saisir un signe de
préférence sur sa figure.

— Pourtant, dit Versoir qui préparait des charpies,
elle a dû choisir, dans son cœur.

— Je ne crois pas, répondit le chercheur d'études
d'avoué, elle veut laisser au sort le soin de décider.

— Mais, ajoutait Versoir, si nous arrivons tous à
Rome.

— Elle nous jouera à croix ou face, répondait Bichon,
tu verras. Allons, messieurs, faisons vite et tâchons de
dormir. Je songe toutes les nuits que je fais le grand écart
au cirque Franconi.

— Il est vrai que si nous allons jusqu'au bout, nous
serons les premiers écuyers du monde, dit Versoir.

— Nous y aurons au moins gagné cela, répondit
Bichon.

Le lendemain, à sept heures, Steinker et sa famille étaient déjà à cheval, que Georges seul, de tous les poursuivants, se trouvait prêt à partir. Le baron belge ordonna aux garçons de l'auberge d'aller dire à ses compagnons que l'heure de se mettre en route était déjà sonnée. Hélas, ils étaient dans l'impossibilité de remuer leurs jambes et leurs bras; l'atroce courbature enfonçait ses tenailles dans leurs corps et les rendait immobiles. Le plus léger mouvement leur arrachait des cris et des blasphèmes. Les garçons revinrent et dirent au baron :

— Monsieur, tous vos compagnons vous envoient à tous les diables, ils ne peuvent plus bouger.

— A ce point, dit l'imperturbable de Steinker ! Allez leur dire que je veux bien leur donner une demi-heure, mais que cette demie écoulée, nous partons sans eux.

Ils firent d'incroyables efforts, mais à l'exception de Bichon, ils ne purent s'arracher aux lits où la douleur les tenait cloués. Bichon, le chercheur d'études d'avoué, parvint donc seul à quitter sa couche ; et quand on l'eut habillé, il se fit descendre et mettre en selle. Sa figure cadavéreuse exprimait toute la grandeur et tout l'héroïsme de son obstination. Steinker réduit à deux poursuivants se borna à dire :

— Quelles femmelettes ! Voilà bien les hommes d'à présent ! La belle génération que nous préparent nos collèges !

Or, tandis que notre troupe diminuée chevanchait, les poursuivants abandonnés tenaient conseil.

Laisser une si belle proie s'échapper, après tant de souffrances et de persistance, était un parti auquel ils ne pouvaient se résoudre. Ils étaient tous riches, hardis, accoutumés à satisfaire leurs moindres caprices, et ne reculant devant aucune dépense pour arriver à leurs fins. Avec des chevaux de poste et de bonnes voitures, ils pouvaient atteindre Steinker, et choisir un moment favorable pour enlever la belle héritière et la forcer de choisir son époux parmi ceux que la route avait tant maltraités. Puisque Georges de Mirbel et Bichon n'avaient pas voulu faire cause commune avec eux, ils les déclarèrent déchus de leurs droits sur la fille du baron, et ajoutèrent que liés par le même échec, ils se devaient à tous la même assistance.

— A nous seuls à disputer le prix, se dirent-ils, après s'être réunis dans une même chambre, où ils complotèrent l'enlèvement de Marie. Un repos de plusieurs heures les rendaient un peu dispos, les chevaux et les voitures furent bientôt prêts, et les voilà à la poursuite des Steinker.

V

Tandis que les poursuivants éclopés roulaient sur la route de la Savoie, ils traversèrent une petite ville, et pendant qu'ils relayaient, Versoir aperçut à l'angle d'une porte une grande affiche annonçant que, dans la journée, un physicien allemand ferait une ascension en ballon. Cette affiche fit naître, à l'instant, dans la tête de Versoir, une idée qu'il s'empressa de communiquer à ses compagnons.

— L'or ne nous manque pas, leur dit-il, si nous prenions ce physicien allemand et ce ballon avec nous? Ils pourront nous être utiles, vous verrez.

On sait que l'homme le plus admiré en France est l'ancien élève de l'école polytechnique. L'avis de Versoir fut trouvé superbe, et l'on fit appeler le physicien.

Ce physicien n'était autre que Klegmann.

Klegmann s'était mis à étudier la physique, dans le but seulement de pouvoir se promener dans les nuages. Resté seul dans le château où il avait élevé Georges, l'enfant de sa tendresse, le fils de son âme, il conçut, dans le but de calmer les douleurs d'une séparation où toutes les forces de son cœur s'étaient anéanties, le projet de préparer, pour le retour de son élève chéri, une nouvelle manière de parcourir le monde. L'aérostat se peignit à son imagination, après qu'il eut gravement vidé sa bouteille de vin du Rhin, sous les couleurs les plus attrayantes. Dès ce moment, il n'eut plus de repos qu'il n'eût étudié à fond l'invention due au génie de Montgolfier. Klegmann se faisait une fête de pouvoir dire à Georges, quand il le verrait se diriger vers l'écurie pour y prendre son cheval :

— Si nous allions faire un tour dans les nuages; la monture est prête et docile! Qu'en pensez-vous?

Il pensait que la proposition serait vivement acceptée, et il se figurait les deux aéronautes s'élevant en un clin-d'œil au-dessus de ce petit amas de boue qu'on appelle la terre, pour errer dans des routes où les pas des sylphides ne sauraient même s'imprimer. Mais Georges ne se montrait guère disposé à retourner en Bretagne, et Klegmann.

voulant s'exercer la main, et désirant aussi augmenter son pécule, pour pouvoir faire de plus abondantes libations des vins du Rhin, se mit en tête d'aller, dans les provinces éloignées de la France, exécuter quelques ascensions. Notre Allemand, sans qu'il se l'avouât, était très-sensible aux éloges, et il ne pouvait pas se dissimuler qu'il recevrait des applaudissements, à mesure qu'il s'élèverait au-dessus des spectateurs enchantés. Il se trouvait, donc, dans une petite ville voisine d'une de nos frontières, au moment de sa quatrième ascension, quand il reçut de Versoir l'invitation de monter en chaise de poste avec son ballon et ses instruments. Il accepta sans savoir ce que l'on voulait faire de lui et de son aréostat. L'inconnu a toujours de si grands attraits pour les bonnes natures allemandes !

Nos poursuivants donnaient d'énormes pour-boire, aussi les chevaux de leurs trois voitures brûlaient la route ; à l'endroit où le chemin, formant un coude, se détournait à droite pour s'enfoncer dans une vallée où la grande ombre des Alpes descendait déjà, ils aperçurent la cavalcade belge ; on reconnut Bichon qui, couché à plat ventre, sur son cheval, gardait l'immobilité d'un ballot. Notre chercheur d'études d'avoué n'avait plus la conscience de lui-même ; il lui semblait qu'il était devenu une boule roulant dans l'air. Les chaises de poste furent mises au pas, et Versoir s'aperçut que M. de Steinker avait choisi un endroit peu éloigné de la route pour y faire souffler ses chevaux et donner quelque repos à ses compagnons. Le tableau de la halte exaspéra les poursuivants. Georges, qui leur tournait le dos, flattait de la

main le cou de son cheval, et penchait la tête vers Marie
assise sur le gazon et attentive aux paroles de son cavalier.
L'attitude de Georges exprimait un bonheur parfait. La
pensée d'un assassinat entra dans la tête de son rival, et
peut-être l'eût-il réalisée, s'il n'eût entendu un paysan,
qui menait un cheval, dire à un postillon :

— Ils ne pourront partir que dans une heure, et cela
contrarie beaucoup ces messieurs, à ce qui paraît. Il y a
loin d'ici au premier relais.

— Une heure, s'écria Versoir, ô bonheur ! M. le physicien, ajouta-t-il, en s'adressant à Klegmann, dans
une heure votre ballon pourrait-il faire une ascension ?
Je vide mes poches dans les vôtres, et je les ai diablement
garnies.

— Une heure suffit, répondit Klegmann.

— Bien, et comme je vous ai amené ici pour faire une
expérience scientifique dans les couches de l'air, je serai
votre compagnon de voyage. Dépêchez-vous.

Ils descendirent tous de voiture, et, tandis que Klegmann enflait son ballon, Versoir prit à part ses rivaux
et leur dit :

— Vous entourerez M. de Steinker, sa femme, Georges
et Bichon, tandis que moi, pendant que vous les empê-
cherez d'agir, j'enlève Mlle Marie ; mais je vous jure sur
l'honneur que je vous ferai connaître la retraite où je
l'aurai conduite, et qu'elle sera maîtresse de choisir celui
de nous dont elle voudra faire son époux.

Caché par des rochers et par des arbres, Klegmann ne
put être aperçu par les Steinker, tandis qu'il faisait les
préparatifs de son ascension. Le ballon était suffisam-

ment tendu et s'agitait entre les cordes qui le retenaient encore captif ; la nacelle se trouvait parfaitement disposée. Versoir y prit sa place, Klegmann, s'y tenant debout, coupa les cordes, et l'aréostat s'éleva lentement, dans un air assez calme. Le groupe formé par les Steinker, Georges et Bichon, vit tout-à-coup, au-dessus d'un amas de rochers, se balancer un ballon, ce qui leur causa une vive surprise ; mais, au moment le plus grand de cette surprise, les poursuivants, armés jusqu'aux dents parurent et formèrent autour de la famille belge et des deux jeunes gens un cercle infranchissable.

— C'est une trahison, s'écria le baron !

En un clin-d'œil ils furent tous dans l'impuissance de fuir ou de résister.

Alors, on vit le ballon d'où Versoir lançait aux Steinker des regards d'oiseau de proie, suspendu sur l'endroit où tous les acteurs de cette singulière scène étaient réunis. Klegmann, que possédait la passion de l'inconnu, obéissait à tous les ordres de son compagnon. Celui-ci lui disait de faire descendre son aréostat au milieu des groupes qu'il lui montrait, et de se hâter de remonter dès qu'il lui en aurait donné le signal. L'Allemand se conformait à ses instructions et la nacelle rasait presque la terre, quand Versoir la quitte brusquement, prend Marie à mi-corps, et s'élançant dans la nacelle avec sa proie, ordonne d'une voix forte et brève à Klegmann de faire reprendre à leur véhicule son mouvement ascensionnel. Georges, pendant que tout ceci se passait avec la promptitude de l'éclair, avait levé les yeux et reconnut Klegmann dans le conducteur de l'aérostat. Il lui crie :

— Eh ! c'est vous, mon maître, que je rencontre dans les nuages, vous qui me ravissez la femme que j'aime, en compagnie d'un voleur de grand air ! Klegmann, à moi !

L'Allemand reconnaît la voix et la figure de son élève ; mais Versoir, occupé à jeter le lest, faisait exécuter au ballon une ascension rapide. Klegmann, étourdi, ne put que faire des signes de détresse. Presque évanouie au fond de la nacelle, Marie avait appuyé sa tête sur le frêle rebord d'osier, et sa chevelure, que l'action de Versoir avait dérangée, s'enflait au souffle de la brise comme une voile aérienne. Georges, ne consultant que son désespoir et sûr de sa force et de son adresse, renverse d'un coup acéré les deux poursuivants qui le gardaient, et, plus rapide que la foudre, il court comme si ses jambes eussent pu lutter de vitesse avec le ballon qui emportait Marie. L'aérostat, arrivé à un certain point du ciel, cessa de s'avancer en droite ligne, et n'eut plus qu'un mouvement ascensionnel qu'il suivit, avec le calme d'un aigle qui, les ailes tendues, regagne lentement les hauteurs du firmament. Georges s'arrête et tombe à genoux, les mains levées vers le navire aérien où il mettait toute son âme ; de sinistres pensées le bouleversaient ; ses yeux se fatiguaient à ne pas perdre la trace de l'aérostat, qui diminuait peu à peu et finissait par n'être plus qu'un point noir, qu'une petite tache sur l'azur du ciel. Quand son lorgnon ne lui retraça plus le ballon, il poussa un cri de rage et de désespoir.

En rouvrant les yeux et en reprenant les sens, Marie porta des regards effarés autour d'elle, et se leva pour accomplir un suicide. Versoir, la retenant fortement par le bras, lui dit :

— Ce que je fais, c'est de la bonne guerre ; avec votre père il est permis de ne pas agir comme tout le monde, et sa conduite autorise la mienne. Ne m'en voulez donc pas ; vous serez ici dans les nuages, hors de la vue des hommes, devant ce bon Allemand, qui a l'air de chercher le mot d'une énigme, aussi respectée que si vous vous trouviez sous le toit paternel, avec les auteurs de vos jours. Mais daignez m'écouter avec un visage moins irrité, sinon je brise ce ballon, et nous périssons tous les trois. Un coup d'ongle suffit.

— Mais, mais que dites-vous là, mon jeune monsieur, s'écria Klegmann, est-ce que vous êtes le maître ici ?

— La seule personne qui commande ici, répondit Versoir, c'est mademoiselle ; pourvu qu'elle veuille promettre de nous dispenser de suivre son père jusqu'à Rome, et de faire son choix, dans la ville la plus voisine, pourvu aussi que Georges de Mirbel et Bichon soient mis hors du concours ouvert par M. le Baron de Steinker, je serai son esclave le plus soumis.

Un Français, en entendant prononcer le nom de Georges, se serait écrié : — Ah ! vous connaissez ce digne monsieur, et, par son imprudente exclamation, il se serait ôté les moyens d'être utile à son ami. Mais Klegmann, très-peu bavard quand il était à jeun, eut l'air de ne pas connaître Georges, et vit sur-le-champ que son compagnon de voyage voulait souffler sa maîtresse à son élève. De cette pensée à celle de déjouer les projets de Versoir, il n'y avait pas loin pour l'intelligence et le cœur de Klegmann, qui, rompant tout à coup le silence, et portant sur l'horison un regard inquiet, dit, avec un effroi supérieurement joué :

— Le vent va souffler, hâtons-nous. Je n'ai pas à me mêler de vos affaires, je m'occupe seulement de mon ballon.

Et debout, à côté de la soupape, l'œil aux aguets, le front pensif, Klegmann, dont la vue était perçante, manœuvrait de manière à se rapprocher d'une hauteur sur laquelle il avait aperçu une créature humaine. L'aérostat commença bientôt à descendre lentement. Versoir, placé en face de Marie, cherchait à justifier, par les bizarreries de M. de Steinker, son action si cavalière, et continuait à jurer ses grands dieux qu'il n'avait voulu qu'une chose, une chose raisonnable, celle de né pas devenir, avec ses compagnons, les jouets d'un baron excentrique, mais extrêmement aimable. Son ton, ses gestes et ses paroles avaient rassuré Marie, qui cessait d'assigner un dénoûment fâcheux ou terrible à cette singulière aventure. L'ancien élève de l'école polytechnique n'avait fait, au reste, pensait-elle, qu'opposer une ruse à une exigence absurde ; dans sa persistance et dans celle de ses compagnons à essayer d'atteindre la cavalcade belge, il y avait quelque chose de chevaleresque qui ne déplaisait pas à la fille du baron. Versoir s'aperçut qu'il était favorablement écouté, et il se persuada qu'on pourrait bien ne savoir qu'à lui seul un grand gré de son téméraire et original enlèvement.

Bercé par cette idée et par le ballon, il se prit à considérer la femme séduisante à qui il n'aurait jamais cru pouvoir un jour parler d'amour, dans le royaume des oiseaux. Si Klegmann eût eu la pensée d'atteler deux colombes ou deux cygnes à son char aérien, l'élève de l'école polytechnique, un peu nourri de mythologie et classique renforcé, se serait rappelé Vénus emportée dans les airs, avec ses amours ailés ; Mlle de Steinker pouvait être comparée à la déesse de Cythère, et Versoir se permit de le lui dire ; ce qui lui valut un sourire qui le rendit triomphant.

Soit pour montrer la décision de son caractère, soit pour mieux pénétrer Versoir, Marie parut avoir résolument pris son parti et se trouver bien de sa nouvelle façon de voyager.

— Je ne m'attendais pas, ce matin, en me mettant en route, dit elle à Versoir, que je finirais cette journée dans les nuages ; c'est là une aventure des plus piquantes, à laquelle j'étais bien loin de songer, il y a à peine une heure. Les singulières surprises que l'on pourra faire à ses amis, quand on sera un peu plus maître, qu'on ne l'est maintenant, de ces véhicules aériens !

— Alors celui qui arrivera tout-à-coup, répondit Versoir, à l'aide d'un ballon au milieu de ses amis, pourra dire : *Je tombe du ciel.*

— Tenez, il me vient une idée que notre manière de voyager excuse, ajouta Mlle de Steinker.

— Voyons cette idée, mademoiselle.

— Une ville flottante !

— Comment cela ?

— Figurez-vous un immense quadrilatère en madriers solides, entouré d'une rampe à hauteur d'appui, et soutenu en l'air par un nombre considérable d'aérostats, disposés de manière, en la maintenant à la hauteur voulue, à transporter cette puissante machine. Ces madriers seraient recouverts d'une terre végétale qui se pareraient d'un tendre et vert gazon. A des distances rapprochées, s'élèveraient d'élégants pavillons destinés à servir de demeures aux habitants de l'île errante. Parfois cette île voyagerait avec une telle vélocité, que l'on s'y procurerait deux fois dans vingt-quatre heures le spectacle du lever et du coucher du soleil; on y ferait à volonté la pluie et le beau temps; quand on voudrait de l'eau, on se dirigerait en un clin-d'œil vers ces latitudes où tombent, pendant six mois de l'année, des pluies diluviennes, et on les quitterait rapidement, pour aller à travers les vapeurs subitement disparues, se sécher et s'éclairer aux rayons d'un soleil brûlant. Le roi de cette île suspendue et ambulante, pourrait dire qu'il a tous les autres rois sous ses pieds, et qu'il plane sur tous les empires. A un signal de sa main, on s'enfoncerait dans les ténèbres et l'on entrerait après dans les splendeurs d'une aurore naissante. Le calendrier serait bouleversé, l'ordre des saisons complètement dérangé. Du pôle, on voyagerait, avec la vitesse du condor, vers l'équateur. On y pêcherait aux oiseaux qui viendraient se prendre aux perfides hameçons qui leur seraient tendus du haut de cette île, où...

Tandis que Marie continuait à décrire la Délos de l'espace, et que Versoir, attentif à ses paroles, la couvrait d'un regard qu'il croyait doué d'une fascination irrésistible, le ballon se rapprochait de l'endroit où Georges s'était arrêté, dès que celui-ci eut vu que la machine aérienne avait l'air de descendre vers la terre. A mesure que l'aérostat laissait échapper son gaz, son mouvement de descente s'opérait avec une rapidité croissante ; Versoir entendait l'air siffler avec force à ses oreilles, et comme il jeta un regard au-dessous de lui, il vit un homme saisir une corde que Klegmann avait lancée et essayer de monter vers la nacelle, comme un naufragé qui a pu atteindre le cable de salut. Cet homme c'était Georges. Klegmann avait refermé la soupape et le ballon reprenait son mouvement ascensionnel.

A la vue de Georges, Versoir sentit une sourde colère s'allumer dans sa poitrine. Klegmann, penché vers Georges, amenait à lui la corde que son élève tenait de ses mains fortement serrées ; celui-ci pirouettait dans l'espace, et le vertige commençait à le gagner ; sur sa tête il avait l'abîme aérien où se pressaient, comme des vagues, des nuages lentement amoncelés ; sous ses pieds, se creusait, à une profondeur effrayante, un autre abîme. Couper cette corde, parut à Versoir un excellent moyen pour se délivrer d'un rival excessivement hardi, et qu'il rencontrait là où l'on a d'assez belles chances d'éviter un importun. Avec la promptitude de l'éclair, il prend son couteau et l'ouvre, quand Marie, frémissant de l'horrible danger qui menace celui qu'elle aime, s'élance sur Versoir, lui arrache son arme, et donne ainsi le temps à Georges d'arriver dans la nacelle.

Klegmann indigné de la trahison que Versoir aurait accomplie, sans l'intervention de Mlle de Steinker, dit froidement à Georges, en lui montrant Versoir qui les regardait tous les trois avec des yeux sinistres :

— Prenons cet homme et lançons-le dans l'espace.

— M. Versoir, s'écria Georges, prenez cette corde.

Versoir prit la corde.

— Serrez-la bien, car il y va de votre vie.

Versoir serra étroitement la corde.

— Klegmann, dit Georges en s'adressant à son maître, faites descendre le ballon.

Klegmann obéit.

Quand le ballon se balança au-dessus d'un précipice au fond duquel grondait un torrent des Alpes, Georges qui, depuis qu'il avait adressé la parole à Versoir, tenait ce dernier au bout de son pistolet, lui dit :

— Maintenant vous allez descendre dans ce précipice, ou je vous brûle la cervelle. M. Klegmann lâchera avec précaution la corde ; allons, un peu vite.

Le malheureux, tout pâlissant, s'appuie extérieurement au rebord de la nacelle, saisit d'une main la corde, puis s'y cramponne également de l'autre ; et le voilà s'enfonçant dans le précipice, tandis que le ballon remontait lentement dans l'air ; quand Georges, qui se montrait sourd aux prières de Mlle de Steinker, eut vu son rival au milieu du gouffre, il lâcha la corde et Versoir disparut dans la nuit du précipice.

VI

L'action que Georges venait d'accomplir, avait un côté trop tragique pour qu'il n'éprouvât pas une sorte d'effroi de lui-même. Dans un moment d'irritation indicible, dans un mouvement terrible de haine, il venait de lâcher une corde au bout de laquelle une vie, un être humain étaient suspendus, et le noir abîme ne rendrait peut-être pas sa proie. Bien qu'à la distance où il se trouvait de la terre, les cris d'une atroce agonie ne pussent parvenir jusqu'à lui, Georges ne se cachait pas qu'au fond du précipice béant sur lequel il avait tenu Versoir suspendu, une mort affreuse avait pu terminer les terreurs de son rival ; cette pensée torturait le meurtrier. — Cependant, Versoir, se disait-il, n'avait eu que le sort que celui-ci voulait lui faire subir, et la vengeance, surtout quand elle se satisfait, au moment même où elle a réellement l'air d'une légitime défense, ne prend-elle pas le caractère de la justice ? Georges avait besoin, pour calmer un remords naissant, d'envisager ce qui venait de se passer comme un duel légal et logique, un duel dans lequel il aurait voulu des chances égales pour les deux adversaires, et où Versoir s'était montré un déloyal combattant, un assassin ! Le couteau dont celui-ci s'était armé pour couper la corde de salut, Georges l'avait vu briller, et si la corde eût été tranchée, notre héros se serait brisé, en tombant sur les pointes aiguës des rochers.

Pourtant, je dois le dire à l'honneur de Georges, il désirait vivement, malgré tant de légitimes ressentiments contre l'ancien élève de l'école polytechnique, qu'une branche d'arbre eût pu retenir au-dessus de l'abîme, l'homme qui y avait été brusquement lancé. Pendant ces premiers moments, si pénibles pour Georges, pendant que, s'associant à ses pensées, et les devinant avec son instinct de femme, Marie, atterrée par toutes ces scènes de deuil, gardait un douloureux silence, Klegmann, notre poète, notre excentrique philosophe, était inondé d'une joie surnaturelle. Ce bon et candide Allemand était le plus désintéressé des hommes; il demandait, au plus, dans le drame de la vie, le rôle de confident. La manière un peu leste avec laquelle son élève avait traité Versoir, lui paraissait la chose du monde la plus naturelle et la plus sensée : à l'affût des grandes émotions, il était satisfait, extrêmement satisfait du genre de mort si terrible et si grandiose, que le hasard avait pu ménager à Versoir, et de la sombre expression qu'avaient prise les traits de Georges, quand la main de ce dernier s'était ouverte et que Versoir était tombé, comme une flèche, dans l'abîme. Amoureux des contrastes, il avait, après avoir vu le corps de l'élève de l'école polytechnique disparaître, arrêté ses regards charmés sur ces deux jeunes amants, immobiles, l'un à côté de l'autre. Le tableau, pour peu que le visage de Georges et de Marie se déridassent, pouvait devenir attrayant au-delà de toute expression ! Rarement, la nature s'était plu à créer deux êtres aussi parfaits que l'étaient ces jeunes gens. La mâle beauté de Georges, ses cheveux noirs, ses yeux noirs et grands, sa taille souple et haute lui donnaient, dans ce drame, l'air d'un admirable *jeune-premier*. Mais, Klegmann convint toujours que la plume de Gœthe aurait été impuissante pour décrire les grâces de l'*amoureuse*; Marie réalisait, dans ce moment, le rêve des poètes grecs et romains; elle avait retrouvé, dans les nuages, le sillon éblouissant du char de la reine d'Amathonte. Si les colombes de Vénus n'eussent pas été immolées sur l'autel du christianisme, elles seraient venues roucouler, palpitantes d'amour, autour de cette jeune reine de l'air. Des larmes de joie mouillèrent les yeux de notre aéronaute allemand, qui joignit les mains, et s'écria :

— Muse de Wolfengracht, muse d'Odin, muse de Hagen le terrible, de Brumilhd, de Chrimild, muse des Walkiries et de nos vieilles chansons nationales, vous deviez ce ravissant spectacle au vieux professeur d'Iéna ! Je puis mourir maintenant !

L'exaltation que Klegmann mit dans ses paroles fit éclore un mélancolique sourire sur les lèvres pâles de Georges et de Marie. Le professeur allemand ajouta :

— Mes enfants, si vous saviez combien vous êtes beaux et charmants, quelle poétique auréole entoure vos fronts, vous comprendriez l'enthousiasme que vous me faites éprouver ! Voyez comme tout nous seconde, le ciel donne rarement une plus belle fête à la terre, et cette fête se passe pour nous dans le bleu firmament. Ne sentez-vous pas le poids si triste de vos corps disparaître et des ailes poindre à vos blanches épaules ? Sommes-nous, êtes-vous des mortels ? Les vents se taisent, le soleil donne à ces nuées resplendissantes ce *sourire innombrable* dont parle Eschyle ; les habitations des hommes se sont évanouies ; de cette hauteur, nous apercevons la mer de glace toute irisée, les épaules chenues du géant des Alpes, et nous voguons, heureux navigateurs, sur une océan tout-à-fait assoupi ! Moi, je n'ai que le spectacle et vous autres, jeunes, beaux, vous avez l'amour, et c'est bien l'amour, puisque vous êtes suspendus entre deux abîmes ! Je suis le le pilote de la nacelle enchantée où vos haleines se confondent, où vos regards se mêlent, où vos seins, comme ceux de la pythonisse, reçoivent, en se dilatant, le Dieu ! ne craignez rien, oubliez la terre et les hommes, parlez-vous d'amour ; que le sourire de l'un appelle le sourire de l'autre, que la parole humaine ne vienne pas glacer les silencieux transports de vos âmes ! Vous le voyez, les hommes ont beau former une ligue impie contre la poésie, la traiter comme une folle qui ne mérite pas même le regard d'une stérile pitié, la bafouer, la poursuivre de leurs huées, elle n'a pas voulu reprendre la route de sa patrie, du ciel, elle est restée au milieu de nous. La poésie, mes amis, a été ma grande consolatrice, car la terre, la société m'ont traité en paria ; j'ai bu à toutes les coupes du malheur, et quand j'arrivai à la dernière goutte de cette liqueur amère, je ne sais quel bienfaisant génie me faisait voir dans cette dernière goutte toutes les splendeurs de la fortune et du bonheur ! Les anges se sont mis de la partie, et ont fait pour vous, Georges, pour moi, votre professeur, de véritables miracles. Vous m'écrivez, au moment que je me disposais à exécuter des ascensions aérostatiques, que vous allez faire un *steeple-chase* matrimonial ; tandis que vous partiez à franc étrier, pour Rome, je m'acheminai vers la Savoie, avec mon ballon ; vous pensiez que je festoyais le vin du Rhin, dans votre château, tandis que j'étais l'innocent complice du ravisseur de Mlle Marie de Steinker ; vous m'apercevez dans un ballon, où vous avez fini par prendre place à côté de la jeune femme, qu'un rival abhorré croyait vous avoir soufflée ; je deviens pour vous le *Deus ex machinâ* ! Et ce n'est pas des frises menteuses, des frises de carton d'un théâtre que je descends sur la scène, mais des frises du bon Dieu, de ces véritables frises faites avec du gaz impondérable. Tout cela était écrit. Pourquoi ? je n'en sais rien.

— Si nous pouvions toujours rester dans ce ciel où notre nacelle se fraie une route facie, dit Georges !

— Oh ! oui, dit Marie.

— Toujours rester dans le ciel, s'écria Klegmann ! hélas, c'est impossible, ma chère Eve. Si vous n'aviez pas un père et une mère que votre absence doit rendre fous de douleur, je vous dirais........

L'Allemand arriva au paroxisme de la poésie.

— Que nous diriez-vous, Klegmann, demanda Georges ?

Klegmann était transfiguré ; une main sur la soupape, une autre élevée vers les nuages, il ajouta d'un ton inspiré :

— Ne suis-je pas le pilote de la jeunesse et de l'amour, de la beauté virile, de la beauté de la femme ! Où trouver deux jeunes gens qui vous ressemblent ; on dirait deux génies de l'air vêtus d'une adorable forme mortelle ! Ah ! vous ne savez pas quels doux éclairs jaillissent de vos brunes paupiéres, Georges, de vos blondes paupières, Marie ! Si là bas, un père, une mère ne se désolaient pas, si vous pouviez rompre avec des affections trop chères, j'activerais le mouvement ascensionnel de notre esquif ; le ballon monterait, monterait, il parviendrait à ces froides et immenses plages où l'air raréfié brise les poitrines humaines ! nous entrerions dans le domaine du vide, dans ces solitudes mornes et glacées où la voix de l'homme ne trouve point d'écho ! Si le ciel nous aimait, il nous enverrait un messager divin, qui montrerait aux voyageurs égarés, la route où passa, jadis, le char brûlant d'Elie, qui jeta , comme le symbole de l'espérance, son manteau sur notre triste terre. Où va cette route ? Je le demande au génie de Kleper, au génie de Newton : comme une zone aux mille rayons, se divise-t-elle en branches infinies , pour atteindre toutes les sphères, pour se briser à tous les soleils et à toutes les planètes ? Ou bien doit-elle à jamais s'effacer sous les pas de la science ou sous ceux de l'âme affranchie des liens du corps ? Mystère insondable ! mystère terrible qui , dans ce moment, se montre à moi avec sa face ridée et moqueuse de sphinx ? Tentons Dieu, mes jeunes amis ! »

Et des larmes, les larmes que la science aux pointes aiguës peut seule arracher, au moment qu'elle frémit de son impuissance, couvrirent la noble figure du professeur d'Iéna. Combien d'illustres solitaires ont versé de ces larmes sublimes ! Le christianisme, seul, sait les essuyer !

— Le vent souffle du nord , s'écria Georges, et nous commençons à courir avec rapidité vers le midi.

— Le midi! répondit Klegmann, le midi, la région du soleil, la mer brillante, les beaux jours, les tièdes nuits ! Ce n'est que là que notre exil est doux !

Georges trouvait que Klegmann était trop poète; sûr , maintenant , de l'amour de Marie, il n'était nullement d'avis de faire élection de domicile dans les nuages; Mlle de Steinker partageait tout-à-fait son opinion et ils se réunirent pour engager leur enthousiaste aéronaute à leur faire prendre terre le plus tôt possible. Malheureu-reusement, le vent ne permettait pas de descendre aussi aisément qu'ils l'auraient désiré ; tout en diminuant le lest de son navire, Klegmann, qui montrait pour les avis de Georges, une déférence respectueuse, ne cherchait plus qu'à faire arriver son élève et Marie sains et saufs, sur la planète sublunaire. On va très vite en ballon ; quand l'aérostat se rapprocha de la terre, Klegmann vit à sa droite étinceler la mer et à sa gauche une multitude de toits rouges briller au soleil.

Le Ballon se balançait sur une pinède dans la banlieue de Marseille.

Sous cette pinède, qui pend, tout effarée, sur une anse voisine de la Madrague, se trouvaient réunies plusieurs personnes qui prêtaient une oreille assez dis-traite au récit des succès obtenus par l'une d'elles dans la *censerie* des huiles.

Cette conversation était éminemment marseillaise. Le commerce, comme on l'entend quelquefois, arrive à toute la hauteur du jeu, et le jeu est fécond en émotions, en incidents, en péripéties dramatiques.

Au moment même que se prononçaient sous cette pinède, ces paroles mémorables :

— Et les huiles montèrent tout à coup à 80 !

Une jeune personne s'écria :

— Un ballon !

— Un ballon ! répéta-t-on à la ronde.

Un navigateur terrestre, en quête de nouvelles îles, dans la mer du Sud, n'aurait pu choisir un lieu de débarquement, plus riant à l'œil, plus doux à la pensée.

Ce coin de terre où se trouvent les restes de plusieurs
villas phocéennes, respire une grâce latine. Après la sévère
et brune falaise que surmonte la petite tour du télégra-
phe, le rivage offre une succession de collines et de
petits vallons tout resplendissants de lumière et de transparence marine ; on ne saurait rêver une plus charmante
solitude. On s'étonne, cependant, de voir que l'amour
effréné de la figue marseillaise, de l'olive et de la vigne,
ait empêché les propriétaires de ces riants coins de terre,
d'y montrer, dans une association complète de verdure et
d'eau, la mer fesant contraster ses bruits et ses clartés
avec le calme et les ombrages du sol voisin. De tristes
rangées de vignes et d'oliviers descendent jusqu'au rivage
bordé de maigres haies de pourpiers ; et l'on s'étonne que
la main de la richesse commerciale ne soit pas venue,
par l'élégance orientale des kiosques, l'éclat des terrasses
italiennes, le charme des bosquets anglais, mettre
sur ces collines et sur ces vallons, en face de cette mer,
l'empreinte de la grâce artistique. Il y a eu quelques heureux efforts, mais réduits à des proportions étroites. A
l'endroit où le vallon se met au niveau de la mer, à l'extrémité de ce vallon, après les inévitables vignes et les
pâles oliviers s'étend un petit bois tout plein de fleurs et
d'ombres, jeté comme un voile gracieux sur la régulière
et pacifique monotonie des *oulières*. Encadré à droite
et à gauche par des masses de pins, ce bois, véritable *lucus*
virgilien, semble suspendu sur les eaux. A la droite
de ce bosquet élyséen, soutenue par des rochers, se
déploie, la belle pinède où quelques Marseillais étaient
réunis au moment de l'arrivée du ballon de Klegmann.

Cette pinéde est le glorieux débris de la vaste forêt druidique que percèrent plus tard de leurs faîtes aigus les
tourelles de Vallamar, et qui montant du rivage jusqu'aux hauteurs voisines, se retrouve encore dans des
restes magnifiques, autour de la chapelle de Notre-Dame-
de-la-Mer.

Au bas de la pinède de Vallamar, un charmant vallon
descend jusqu'à la mer; Klegmann le choisit pour son
lieu d'arrivée. La mer incendiée par le soleil s'offrait à
ses regards éblouis, dans toute son incomparable beauté.
Georges et Marie sautèrent de la nacelle et frappèrent
joyeusement des mains, quand ils sentirent la terre sous
leurs pieds. Klegmann en fit autant et se mit gravement
à plier son ballon, tandis que plusieurs personnes des
deux sexes, surprises de cette aventure, s'acheminaient
de la pinède vers leurs hôtes aériens.

— Où sommes-nous, demanda Klegmann ?

— A Vallamar, lui répondit-on. La ville en face, de
l'autre côté de l'eau, c'est Marseille.

— Ah ! s'écria Klegmann, Marseille qui fut bâtie par
Protis dont on parle beaucoup, et par Simos dont on
ne dit presque jamais rien, nous avons fait diablement
du chemin !

VII

Les poursuivants qui, le pistolet au poing et la menace
dans l'œil, attendaient autour de M. de Steinker consterné
et de sa femme désespérée, l'issue de la téméraire entre-

prise de Versoir, purent de l'endroit où ils s'étaient réunis
voir distinctement les incidents du drame qui se passait
dans l'air. Ils aperçurent Georges pirouettant dans l'espace et gagnant le navire aérien à l'aide de la corde de
sauvetage que Klegmann lui avait tendue, ils aperçurent
aussi Versoir exécutant le même saut périlleux que Phaë-
ton et Icare avaient fait par une route semblable, et ils
ne tardèrent pas à entendre des cris de détresse retentir
non loin du lieu où ils se trouvaient. Ces scènes qui s'é-
taient accomplies sur le mobile théâtre du ciel, les rem-
plirent de surprise et de terreur, et les regards qu'ils
échangèrent exprimaient le regret d'être sortis des voies
ordinaires de la vie sociale, et d'avoir consenti à s'associer aux bizarres idées d'un fou. Une perte considérable
au jeu, une querelle vidée par l'épée ou le pistolet au
bois de Boulogne, un procès, une intrigue, une trahison
d'amour étaient les seuls événements qui leur avaient,
jusqu'à présent, paru devoir rompre l'uniformité de leur
existence et agiter un peu fortement leurs âmes. Mais
ces événements prévus et se répétant jusqu'à la monotonie, ne ressemblaient nullement à une course à cheval de Paris à Rome, à la suite d'une femme, et encore
moins à ce qui venait de frapper leurs regards dans le
voisinage des Alpes : une jeune fille enlevée à l'aide d'un
aérostat, et deux rivaux troublant de leur querelle tragique la paix de l'atmosphère, et se disputant leur proie,
là où les aigles seuls emportent la leur ! Confondus, at-
terrés par l'étrangeté du spectacle, ils pâlirent tous en
voyant leur chef de file, Versoir, disparaître derrière un
amas de rochers et en recueillant les cris de désespoir de

leur malheureux compagnon. Dans ce moment, les bons sentiments se firent seuls écouter, et nos poursuivants abdiquant leur rôle farouche, se prirent de pitié pour ce Belge fantasque qui voyait d'un œil d'effroi, immobile comme un homme que la foudre avait frappé, sa fille fuir à tire d'aile, pour ainsi dire, dans les champs de l'air. Mme de Steinker s'était évanouie et quelques-uns des poursuivants s'empressaient de la faire revenir à la vie, tandis que les autres adressaient des excuses au baron qui semblait aussi, bien qu'il ne fléchît pas tout-à-fait sous le poids de sa douleur, avoir perdu l'usage de la parole.

Mais les cris de détresse s'élevaient toujours du fond du précipice voisin.

Secouant tout-à-coup sa léthargie, M. de Steinker qui se reprochait d'avoir perdu un temps précieux, s'écria :

— Messieurs, il y a un homme à sauver et ma fille à retrouver. Je vous pardonne votre guet-à-pens ; d'ailleurs, nous ne sommes pas dans les conditions ordinaires de la vie bourgeoise. C'est vous dire que je vous excuse et vous approuve presque. Rien n'est perdu, pourvu que le vent respecte le ballon et que ma fille me soit rendue.

Et donnant l'exemple du sang-froid, le baron marche, suivi des amis de Versoir, vers le précipice où l'ancien élève de l'école polytechnique se tenait suspendu par les mains à une branche qui l'avait retenu au-dessus d'un abîme, au fond duquel mugissait un torrent des Alpes. Les forces de Versoir s'épuisaient dans une lutte contre la mort qui l'attendait dans la nuit grondante du précipice ;

encore quelques minutes, et les nerfs de ses bras se détendaient, et roulant de rochers en rochers, il allait se perdre et périr au milieu de ces ténèbres glacées. Ce fut M. de Steinker, qui se cramponnant à des arêtes de granit, le saisit, comme s'il eût été un naufragé, par les cheveux et le ramena, pâle, mourant, sur les bords du précipice.

Les poursuivants baisèrent les mains du libérateur de Versoir.

— Le vent du nord souffle, se hâta de dire M. de Steinker, vous dans vos voitures, moi sur mon cheval, tandis que ma femme ira attendre dans la ville de..., les nouvelles de sa fille et les nôtres, nous nous mettrons à la piste du ballon qui a pris la route du Midi.

Ces paroles rallumèrent les espérances éteintes ; ils reprenaient, tous encore, le rôle qui les avait réunis, au rendez-vous donné à la barrière de Ville-Juif, dans le but d'obtenir la main de la plus riche héritière de l'Europe, de la femme la plus séduisante de leur époque, et ils le reprenaient, ce rôle, avec l'assentiment du baron qu'ils savaient être un homme de cœur.

Comme ils questionnaient tout le monde en route, dans les chemins, dans les hameaux, dans les villes, et qu'un ballon, pourvu qu'il ne dépasse pas, en traversant l'espace, la portée du rayon visuel, ne peut garder l'incognito, M. de Steinker et sa troupe ne perdirent jamais la trace de l'aérostat. Malgré la vitesse de leurs chevaux, il ne pouvaient, cependant, égaler celle du véhicule où Klegmann débitait à nos deux amants son pathos germanique ; mais on leur disait, à chaque relai, qu'on avait aperçu le navire aérien voguant avec la célérité de l'éclair vers le sud.

— Où diable, se demandait Steinker, ce ballon sera-t-il descendu ?

Enfin, les deux chaises de poste qui transportaient les poursuivants et le cheval que montait M. de Steinker arrivèrent à ce point de la route de Marseille, d'où le regard ébloui embrasse un immense et radieux panorama de mer et de terre. Là, un paysan leur dit que, quelques jours avant, un ballon était descendu non loin de la plage de la Madrague, par une belle soirée et un magnifique soleil couchant.

L'espoir rentra, enfin, dans leurs cœurs, et délivré en partie de ses craintes, M. de Steinker, qui avait, dans sa vie plusieurs fois traversé l'Océan, eut, en face de la Méditerranée, l'idée d'un nouveau *steeple-chase* matrimonial.

— La belle fête nautique que je vais me donner ! pensa-t-il.

Depuis que Georges de Mirbel, Marie et Klegmann étaient descendus à l'hôtel des Empereurs, sur la raillée Cannebière, ils envoyaient des lettres dans une foule de directions, pour rassurer sur leur sort M. et Mme de Steinker, et se disposaient, après quelques jours donnés au repos, à se mettre à la recherche de nos Belges. Georges regardait les mâtures des navires ancrés dans le port, du haut d'un balcon. Il entend tout-à-coup le roulement de deux chaises de poste qui s'arrêtent devant la porte de l'hôtel, et il reconnaît M. de Steinker dans un cavalier sec et maigre qui descendait à côté des chaises de poste. Tous ses rivaux se montrèrent à lui et firent retentir de leurs voix l'escalier de l'hôtel. Versoir criait : « Je l'ai reconnu, M. de Mirbel était au balcon ; nous avons atteint les fugitifs. »

Bouleversé par toutes ces apparitions inattendues et ne sachant comment s'expliquer la présence du baron au milieu des poursuivants de sa fille , Georges fut tenté de croire que depuis son départ de son château , de ce château peuplé de revenants , il menait une vie de fantôme. Les cent lieues qu'il venait de faire en ballon le confirmaient dans cette idée, et il se demandait , comme il l'avait fait dans la salle de l'Opéra , s'il n'aimait pas une willi !

L'hôtel résonnait de la voix du baron, qui , ouvrant toutes les portes, gravissant toutes les marches , agitant toutes les sonnettes, criait : « Marie, ma fille, où es-tu ? je suis ici. » Marie accourut à ces doux et inattendus appels, et vint , en pleurant de joie et de tendresse , se jeter dans les bras de son père , derrière lequel se dressaient les têtes stupéfaites de ses poursuivants remis de leurs courbatures. La scène devint curieuse. On était entré dans un grand salon et l'on s'accablait de questions. Georges , suivi de Klegmann , se montra , les yeux effarés et le visage sombre.

— Mes amis, dit de Steinker, qui tenait dans sa main celle de sa fille , les anciens , nos maîtres, nos instituteurs , avaient matérialisé la fortune ; ils la représentaient sous les traits d'une femme qui tournait sur une roue ; j'adore les allégories et je cherche à les mettre en action. Je suis si riche, que j'ai redouté le spleen ; une fille m'est née , belle , gracieuse et douée d'un courage viril.

Elle a été proclamée dans les cercles de nos plus brillantes capitales, dans les raouts anglais, aux courses d'Al-
mark, aux courses de Chantilly, aux bains d'Ems, de
Baden-Baden, des Pyrénées, partout où se réunit l'aristocratie de l'Europe, le meilleur parti de l'époque. J'ai
donc fait d'elle cette déesse qu'Horace a chantée dans une
ode qui commence ainsi :

Diva quæ regis Antium.

Elle est la plus intrépide des amazones, vous ne l'i-
gnorez pas ; elle vient d'accomplir un voyage aérien, ce
qui va très-bien à son rôle de déesse, d'une déesse qui
aura six millions de rentes ; Vénus n'en eut jamais autant. On l'a donc poursuivie, mais en vain, sur la terre
et dans les cieux ; il nous reste la mer, et je vous donne
à tous, sans m'expliquer davantage, un rendez-vous à la
Madrague de cette ville, dimanche à quatre heures du
soir ! »

Sans savoir ce qui adviendrait de l'invitation de M.
de Steinker, les poursuivants furent exacts, et quatre
heures sonnaient à peine, qu'ils se tenaient tous, debout,
l'esprit agité de mille pensées, sur les rochers que bat la
mer, en face de la Madrague. Georges, à qui M de Steinker n'avait pas adressé une parole, et Klegmann qui ne
doutait pas d'être le jouet de quelque sorcellerie, regar-
daient en silence les poursuivants et s'étonnaient du retard que M. de Steinker et sa fille mettaient à paraître.
— Tout cela, pensaient-ils, pourrait bien finir par une
mystification de la part de ce singulier millionnaire. —
Cependant, la calanque avait un air de fête ; une quinzaine

de bateaux munis de leurs voiles et remplis de rameurs, se balançaient, dans la prévoyance visible d'une course. Or, tandis qu'on se perdait en conjectures sur l'absence du baron et de sa fille, on vit descendre d'une petite colline vêtue de pins, M. de Steinker dans le plus drôle des costumes : un bonnet de toile cirée couvrait sa tête, un caleçon de nageur était son vêtement, ce qui permettait de compter les saillies de son osseuse charpente. Il donnait galamment le bras à une jeune fille dont une résille espagnole tenait captive, sans en cacher les soyeux et lumineux reflets, la belle chevelure. Un pudique peignoir qu'entourait une flottante ceinture, descendait, comme une tunique de déesse, du cou aux pieds sévillans de cette jeune personne. Vénus allait revoir son lieu natal, pensa Versoir.

— Messieurs, dit Steinker, en s'approchant des poursuivants, mon domestique va vous distribuer des caleçons de baigneurs ; vous irez faire dans ce cabaret vos toilettes nautiques, et nous partirons tous à un signal donné. Des bateaux nous suivront, pour recueillir les nageurs fatigués ou inexpérimentés ; j'ai tout prévu, des relais sur terre, des relais sur mer ; j'en aurais mis dans le ciel, si j'eusse songé au ballon. Celui qui, le premier, saisira la main de ma fille, deviendra mon gendre, c'est mon dernier mot et la dernière épreuve.

— Irons-nous bien loin, demanda Bichon.

— Aussi loin que le voudra ma fille, elle nage comme un poisson.

Les poursuivants se regardèrent avec des yeux étonnés ; sept d'entre eux déclarèrent qu'ils ignoraient tout-à-fait

la natation ; les cinq autres, parmi lesquels se trouvaient
Versoir et Bichon, étaient très-peu exercés dans cet art,
mais un immense courage les soutenait et les poussait à
tenter cette dernière chance qui leur semblait, d'ailleurs,
peu périlleuse.

La mer était calme et unie comme une glace, elle pal-
pitait à peine, un petit flot jouait sur le sable ou mordait
légèrement les aspérités des rocs; le soleil saupoudrait
d'or et de rubis cette surface d'eaux attirantes.

Debout sur la pointe d'un rocher, Marie semblait par
ses deux mains tendues, répondre à un appel que lui aurait adressé, du fond de sa grotte rocailleuse, quelque
déité marine. Le baron voyant les poursuivants qui s'é-
taient résignés à figurer dans cette course matrimoniale,
prêts à s'élancer dans les flots, allait donner le signal,
quand il s'aperçut que Georges avait disparu. Celui-ci,
pourtant, ne devait pas trouver l'épreuve nouvelle au-
dessus de son courage. Une mer plus orageuse que cette
tiède et capricieuse Méditerranée l'avait souvent bercé
dans ses rudes vagues; souvent il avait lutté dans son enfance, contre le sombre Océan. Il venait de mettre son
caleçon, quand Klegmann irrité de ne pas trouver sous
sa main un vêtement de nageur, et décidé à ne pas aban-
donner son élève dans cette course maritime, fit un large
trou à un drap de lit que lui remit, sur sa demande,
l'hôtesse du cabaret, et passant la tête dans ce trou, se
drapa d'une façon assez risible.

— Mais comment t'y prendras-tu, lui dit Georges,
mon bon Klegmann, pour agiter les bras ?

Klegmann troua, alors, en deux endroits, au niveau

des épaules , le linceul et par ce moyen , il eut la libre disposition de ses bras , sans que la destination de son drap de lit fût trop modifiée.

Le baron frappa des mains , en signe de satisfaction , à la vue de Georges , et s'écria : .

— A l'eau , messieurs.

On eût dit que la mer reprenait , en recevant Marie , une des charmantes filles du vieil Océan , du père de tous les fleuves , comme l'appelle Homère. Il y eut , pour ainsi dire , une immense sourire qui courut , en paillettes dorées , sur les flots ; l'eau se divisant au tranchant de ses mains , formait autour d'elle de légers cercles bientôt effacés. Barbottant , soufflant , avalant l'onde amère, la rejetant par les narines, par la bouche, et pestant tout haut , Bichon se hâta de saisir la rame qu'un batelier lui tendit et déclara qu'il retournait à Paris , bien dégoûté de toutes ces courses ridicules. Versoir tint bon ; pourtant quand il regardait devant lui, il se voyait devancé par Marie que suivait son père. Sûr de lui-même , mais mécontent du soin que la fille du baron avait mis à éviter sa présence et à ne pas lui ménager une entrevue avec son père, Georges nageait avec une lenteur qui exaspérait Klegmann.

— Mon fils , lui disait l'ex-professeur d'Iéna , qu'est devenue votre force ? Qu'est devenue votre adresse ? Vous laisserez-vous enlever par un rival maudit, le fruit de tant de leçons et de soins ?

Mais Georges indifférent à ce qui se passait , se traçait une route qui l'éloignait de Marie. Versoir redoublait d'efforts et le baron s'étonnait de la nonchalance inexplicable de Georges. Marie jurait en elle-même, de ne se laisser approcher que par son compagnon aérostatique, et quand elle tournait la tête, elle voyait avec dépit l'ancien élève de l'école polytechnique, s'avancer vers elle, comme un marsouin triomphant,

Klegmann se hâte, dépasse Versoir, et fait pleuvoir d'une main sur les yeux de celui-ci, une averse d'eau salée, tandis qu'il nageait de l'autre. Le bon Allemand s'était fait obstacle! Il finit par rentrer les mains sous son linceul, par se soutenir à l'aide de ses pieds qu'il agitait en nageur consommé, et par envelopper la tête de Versoir qui se démenait sous le drap de lit ruisselant. Mais Versoir s'exaspère, repousse Klegmann, et se dispose à gagner le temps que cette attaque déloyale lui avait fait perdre. Georges était retourné au rivage et s'était assis sur le sable.

En ce moment, un doux appel traversa l'air et vint expirer aux oreilles de Georges; une blanche main, un doigt levé donnaient à cet appel un sens beaucoup plus significatif. Pourtant, encore quelques efforts, et Versoir nageait à côté de la fille du baron. Mais Georges a entendu l'appel, a vu la blanche main et le doigt levé, et se précipitant dans la mer, il sembla bondir, sur les eaux. Versoir se vit tout-à-coup contraint de tourner sur lui-même, et il ne put entendre, tant la secousse l'avait momentanément étourdi, le bruit que fit une douce main en tombant dans celle de Georges.

— Invoquez, s'écriait Klegmann, devenu tout-à-coup classique, Neptune, Amphytrite! Que le chœur des Néréides accoure à ma voix, que Palémon lève la tête au-dessus des eaux, et vous, Marie, n'allez pas toujours vous confier aux flots, de peur de devenir tout-à-fait déesse.

Notre bon Allemand avait, dans ce moment, l'air d'un Triton hors de lui-même.

Il ajouta :

— Je porte sur mes épaules le *flamen* des jeunes époux, le voile nuptial :

Pueri spargite nuces.

Et il recita des fragments de l'épithalame de Catulle.

Notre mer si païenne, si mythologique n'excusait-elle pas ce retour, de la part d'un enfant de la Germanie, aux idées et aux paroles antiques ? Cette grande et poétique imagination allemande, n'avait-elle pas le droit d'éprouver une exaltation classique, au moment où le tableau qui termine cette histoire se passait sous les yeux de Klegmann ?

Deux jeunes gens regagnaient le rivage, en s'avançant dans une mer resplendissante et assoupie ; de leurs cheveux tombaient des perles humides ; de doux sourires brillaient dans leurs yeux, et ils entendaient le baron belge qui les suivait, dire :

— Je ramène avec moi mes deux enfants.

Cette étrange nouvelle , qui ne fera quelque bruit dans
le monde littéraire que cinquante ans après la mort de
son auteur , — c'est l'opinion de M. Bénédit, un de nos
plus spirituels critiques (1), — a été écrite dans une maison de campagne, à laquelle mon frère , qui a eu le bon
sens de publier ses livres à Paris , au lieu de le faire en
province , donna le poétique nom de *Vallamar*. Cette
maison de campagne, située au quartier de Saint-Louis ,
s'élève entre la haute colline où M. R .... transforme le
sable en bouteilles et en verres , et une propriété qui,
malgré son bosquet suspendu sur les eaux de la Méditerranée et la transparence lumineuse dont la mer voisine
l'inonde , garde, pour moi, de bien douloureux souvenirs. Cette dernière propriété , acquise, il y a quelques
années, par une respectable dame , l'épouse d'un de mes
cousins-germains (2), une dame qui causerait à Rotsh-
child lui-même une profonde surprise par sa merveil-
leuse capacité financière , avait appartenu à l'homme le
plus bizarrement mystérieux qu'il m'ait été donné de
connaître. Devenu un de mes voisins de *villégiatura*, cet
homme a torturé mon esprit jusqu'au jour où , reconnaissant l'impossibilité de pénétrer la plus singulière énigme
qui se soit jamais logée dans un corps, je pris le sage et
tardif parti de renoncer, par un philosophique éloignement, à chercher le mot de cette insondable énigme. Si

(1) Voir le *Sémaphore* du 31 décembre 1858.

(2) M. F... B...., mort un de nos premiers industriels, fils d'une
sœur de mon père.

j'avais eu l'énergie musculaire et l'audace de l'auteur du *Corsaire* et de *Lara*, j'aurais continué une étude qui me faisait éprouver des sentiments bien opposés ; mais je ne suis pas un lord Byron. Que l'on juge de mes désolantes perplexités par ce que je vais dire.

Le site était ravissant. Au couchant s'allongeait la bleue Méditerranée, qui s'enfonçait dans un lointain vaporeux. Par une douce pente on arrivait à un bosquet plein de fleurs et d'ombres, en face de cette mer, où l'or et la lumière se roulent dans un lit de vagues sonores, et c'était dans cette retraite radieuse et sereine que se dressait, pour moi, un véritable sphinx thébain, m'apparaissant sous les retombées des pins, ou sortant, ruisselant d'eau, du sein des ondes où il se plongeait fréquemment, couvert d'un très-succinct caleçon. Ce sphinx prenait, pour ses bains de mer, un caleçon. Il faillit me rendre manichéen, parce que je me demandais souvent si Oromaze et Arimane ne s'étaient pas fondus en lui. Voilà la pénible question que je m'adressais sans cesse, et qui, par l'état de singulières incertitudes où elle me jetait, me gâtait ces beaux aspects de terre et de mer, que je ne pouvais contempler qu'avec des yeux sur lesquels s'étendait, parfois, un voile de larmes. Quelque jour, peut-être, je raconterai ces pénibles incidents de ma vie cachée.

Je ne fais aujourd'hui allusion à ces incidents que parce j'écrivis *la Course au mariage* (1) dans la maison de campagne voisine de celle du sphinx marseillais. Cette maison de campagne appartenait à un ami que la mort a

(1) En 1847, au mois de septembre.

surpris en Afrique (1). Ainsi, ces lieux où se passent les derniers événements de mon livre, se revêtent pour moi de lugubres teintes, car ils me rappellent, aussi, la plus grande des afflictions domestiques.

(2) M. Edouard Fabre, décoré pour sa belle conduite à Marseille pendant une de nos épidémies cholériques et mort, il y a deux ans, à Alger. Sa mort a été un deuil pour les nombreux amis de cet homme d'esprit et de cœur.

FIN DE LA COURSE AU MARIAGE.

UN

INSPECTEUR DES MONUMENTS

SATISFAIT.

UN
INSPECTEUR DES MONUMENTS
SATISFAIT.

Les inspecteurs des monuments ne se montrent pas
très-exigeants à l'endroit de ces monuments, mais ils veulent qu'on leur en montre quelques-uns, un ou deux au
moins, dans leur tournée archéologique ; sinon, ils
traitent, dans leurs rapports, avec un souverain mépris,
la localité qui n'a pas pu leur faire flairer une pierre antique de quelques millimètres. Les maires, assez ordi-
nairement peu archéologues, sont ensuite fort surpris
de se voir en butte aux sarcasmes de ces inspecteurs,
qui les dénoncent au ministre et à la France, comme pro-
fessant le plus superbe dédain pour les antiquités de leur
commune. Que voulez-vous, les maires ont bien assez de
leurs conseils municipaux, sans se mettre encore à la

recherche des monuments cachés ou enfouis qui peuvent se trouver dans leurs ressorts administratifs ; ils subissent, donc, les épigrammes imprimées des savants et se contentent de maudire tout bas cette antiquité qui aurait pu fort bien se dispenser de construire des tombeaux, des temples et des arcs-de-triomphe.

Un honnête maire d'un village des Bouches-du-Rhône était sur le point de recevoir un inspecteur des monuments ; ce maire s'exagérait beaucoup l'importance de cette visite archéologique, et il se dépitait de n'avoir rien à servir à l'insatiable faim de cet inspecteur ; son amour-propre lui paraissait compromis et son écharpe tricolore déshonorée s'il n'avait pas sous la main quelque maçonnerie respectable, dont le ciment, la couleur et l'appareil permissent de faire croire à une vieillesse de deux mille ans.

Les inspecteurs sont divisés en plusieurs séries; les uns chassent aux ruines romaines ou grecques, les autres veulent du gothique, très-peu se contentent de la renaissance, tous détournent fièrement la vue d'un monument jeune de deux siècles. Notre maire le savait et il se creusait la tête de cent façons, pour pouvoir sauver son honneur et celui de sa commune, dans cette grave circonstance.

Le village de Cuges (1) qu'administrait ce digne magistrat, ne possède, en fait d'antiquités, que les montagnes dont sa belle plaine est cernée de tous côtés ; son nom même ne peut pas, à l'aide de l'étymologie, revendiquer, comme

(1) Le dernier village des Bouches-du-Rhône, sur la limite du Var au sud-est.

celui de Marseille ou celui d'Aubagne, une origine ligu-
rienne, ou grecque, ou latine. Faute d'une pierre, on sert
un nom à un inspecteur et celui-ci s'en contente ; mais
qu'y a-t-il dans Cuges, à moins de prétendre que Virgile
songeait à ce village quand il écrivit ce vers :

Dic mihi, Damœta, Cujum pecus, an Mœlibei ?

Les savants abhorrent les calembours, même quand
ils sont bons, à plus forte raison quand ils outragent deux
grammaires et qu'ils sont aussi peu spirituels que celui-
là ! Aubagne, la voisine de Cuges, a son nom d'abord,
Albanea, *ville des bains* ou ville des *Albiciens*, elle a
aussi une inscription mal gravée sur une pierre qui déter-
mina la vocation de l'abbé Barthélemy, elle a de plus ses
petits pâtés, dont la recette se trouve dans Apulée et le
type égyptien de ses femmes. Gémenos a aussi son nom :
Gemini, les deux jumeaux ; mais Cuges n'a rien du tout,
aussi son maire avait-il le cœur noyé dans une mer de
désolation et d'incertitudes.

Il se disait :

— Si au moins les Romains qui ont tant bâti, avaient
laissé, ici, une borne milliaire, je prendrais cette borne
et j'y ferais servir un déjeûner à M. l'inspecteur. Mais
je ne trouve rien, et dans quinze jours le savant parisien
me dira :

— Eh bien ! M. le maire, qu'avez-vous, ici, en fait
d'antiquités ? Vous habitez un pays où Rome a laissé une
profonde trace ; il n'est pas que vous n'ayez point fait faire
quelques fouilles ; montrez-moi ça ?

— Que répondrai-je à cette question, se demandait le maire, voyons, que répondrai-je ?

Et après une longue réflexion, il laisait tomber ses bras le long du corps et disait d'une voix étouffée :

— Rien ! absolument rien !

Ce maire n'était pas sans quelque érudition ; il avait lu les *Fastes de Provence* de M. Fouque, et il pouvait tenir tête à une conversation sur l'ancienne histoire de notre pays ; mais toute cette science ne servait qu'à accroître son dépit et à lui faire mieux comprendre l'impossibilité de dérider le front du savant qui allait lui adresser cette question :

— Eh bien! M. le maire, qu'avez-vous en fait d'antiquités, vous habitez un pays qui, etc., etc.

Le jour fatal approchait.

— A un tout autre savant, se disait le maire dans ses fréquents soliloques, je présenterais quelque tuile ébréchée, quelque cul de bouteille écorné, quelque moellon rompu à tous ses angles, et je reconstruirais avec tous ces débris une belle villa romaine, dont je montrerais l'emplacement au milieu de cette plaine ! Mais mon inspecteur est trop érudit pour se payer de cette monnaie ! Comment faire ? Comment faire !

Il eut, enfin, une idée.

La veille du jour redouté, il invita un assez grand nombre de ses administrés des deux sexes, à faire, pour le lendemain, une toilette de dimanche et à se réunir sur la place du village dans l'après-midi ; puis il donna tous ses soins à l'ordonnance d'un bon déjeuner d'où il exclut sagement toute recette romaine et grecque. Les archéologues professent un mépris absolu pour les mets grecs et romains.

Le savant arriva dans sa chaise de poste et fut reçu par le maire auquel il fit la question d'usage :

— Eh bien ! M. le maire, qu'avez-vous, ici, en fait d'antiquités; vous habitez un pays où Rome a laissé une profonde trace; il me semblait tantôt que les roues de ma voiture tournaient dans une ornière antique.

Le maire s'inclina et dit :

— Daignez accepter mon déjeuner, et après, je pense que je pourrai vous faire voir quelque chose d'inattendu !

Un éclair de joie illumina le front du savant, qui parut au maire beaucoup plus jeune et surtout mieux vêtu qu'il ne se l'était figuré. Le savant avait une taille haute et dégagée, une chevelure blonde et une poitrine en relief, sous une redingote habilement coupée. Ce savant était, par hasard, un homme d'esprit.

M. Obscur, de Cuges, jetait dans ce temps-là, le plus grand éclat sur son nom qui s'y prêtait peu, par la science qu'il déployait dans la confection d'un repas; ce nom d'Obscur figure, peut-être encore, sur l'enseigne de l'hôtel d'Europe, à Cuges. Le maire lui avait fait préparer le déjeuner qu'il offrit à son savant visiteur.

A table, on mangea, on but assez et l'on parla antiquités.

— Les romains, dit l'inspecteur, ont dû beaucoup se plaire dans votre plaine !

— Beaucoup, monsieur, répondit le maire, ils s'y sont même singulièrement montrés adorateurs de Vénus, de Junon et de Lucine !

— Comment l'entendez-vous, M. le maire ?

— Ils y faisaient l'amour et s'y mariaient volontiers.

— Vraiment !

— Oh ! nous en avons encore des preuves.

— Oui, vous avez quelque temple, quelque reste d'un monument à la divinité de Lampsaque?

L'inspecteur se servit de cette périphrase et évita le mot propre, à cause de deux dames qui figuraient au nombre des convives.

— Oh ! monsieur, dit le maire, nous avons mieux que des temples !

— Certes, je vois que Cuges aura une belle place dans mes notes, je me félicite de n'avoir pas poussé droit vers Toulon où il n'y a rien à voir.

Tous les administrés des deux sexes que le maire avait invités à se réunir sur la place du village, s'y étaient rendus, ne sachant trop pourquoi cet ordre leur avait été donné ; ils faisaient mille conjectures sur le grand personnage qui déjeunait chez le maire, et disaient que c'était au moins un prince qui aimait beaucoup Cuges.

Le savant posa la serviette sur la table et dit :

— Allons voir les antiquités !

Le maire offrit le bras à l'inspecteur, et, suivi de tous les convives, il se dirigea vers la place du village, où une quarantaine de paysans et de paysannes de tout âge se tinrent immobiles et stupéfaits à la vue du brillant cortége municipal.

Le maire aspira une prise de tabac et dit :

— M. l'inspecteur, Cuges vous tenait en réserve la plus délicieuse surprise que l'on puisse faire à un amateur d'antiquités aussi distingué que vous. Depuis un mois, l'annonce de votre visite m'a ôté le sommeil et la gaîté ; je dépérissais à vue d'œil, parce que vous autres savants, vous êtes sans pitié pour les communes où l'on ne peut pas vous faire voir la moindre antiquité. J'ai cent et cent fois parcouru ma commune dans tous les sens, j'ai inspecté la plus insignifiante pierre, j'ai interrogé le plus petit mur, afin de m'assurer si l'antiquité n'y avait pas passé. Hélas ! tout a été vain, Cuges n'avait rien à vous offrir ! J'étais consterné. Pourtant M. Toulouzan et M. Fouque, d'Arles, nous assurent que les Romains avaient pris la plaine de Cuges en grande affection et qu'ils y avaient construit une foule de *villæ*, de *Cellaria*, d'*Atria*, de *Fana*, etc. ; le temps a tout détruit, et sans une circonstance heureuse que vous allez connaître, notre commune que les Romains ont tant aimée, ne saurait comment prouver la prédilection dont elle fut l'objet de la part des vainqueurs du monde, ou si vous voulez, du peuple-roi. J'éprouvai, donc d'abord, une grande douleur, quand je songeais que Cuges n'obtiendrait pas de vous une ligne de souvenir, ou, ce qui est pis, que cette intéressante commune recevrait, en passant, une de ces spirituelles épigrammes dont les maires ne se relèvent pas. Il vous fallait, au moins, un tronçon, et l'antiquité n'a pas ici une pierre où elle puisse reposer sa tête ; mais je me trompe, M. l'inspecteur, Cuges est une commune favorisée ; l'antiquité ne s'y montre pas, à la vérité, sous des traits singulièrement vieillis ; ce n'est que mieux. Que désirez-vous, M. l'inspecteur ? Vous désirez l'antiquité, il vous la faut morte ou vive, eh bien ! Cuges vous la montre vivante. Elle est là, devant vous, fièrement posée sur ses jambes, vêtue à la provençale, avec un sang généreux dans les veines, cette antiquité que vous n'avez encore vue jusqu'à présent que rongée par les lichens, qu'horriblement mutilée, ici avec un bras de moins, là sans chapiteau ou sans base, partout ridée, écornée, balafrée, lézardée! Les monuments de Cuges, les voilà, — et le maire montrait ses administrés, — oui, les voilà. Tenez, ce jeune homme à l'œil noir, au teint basané, descend d'une famille consulaire, ce monument vivant s'appelle *Bonifay* (1) et M. Toulouzan nous a prouvé que *Bonifay* vient de *Bonifacius*. Ces vingt personnes que je vous montre du doigt s'appellent toutes *Bonifay*, qui est aussi mon nom. Je suis romain, M. l'inspecteur, je suis un monument, inspectez-moi. Mais en voici bien d'une autre. Ceux-ci sont les *Roumans*, *Romanus*, il n'y a pas ici à se tromper, si ceux-là ne sont pas Romains, qui le sera? Notre maître d'hôtel qui nous a si bien traités, n'a qu'à ajouter à son nom d'*Obscur* deux lettres, pour prouver sa filiation romaine : *Obscurus*. Nous nous appelons tous ou *Bonifay*, ou *Rouman*, ou *Obscur*, nous sommes tous romains, nous sommes tous des monuments, inspectez-nous. »

L'inspecteur qui avait avisé dans la foule une jeune *Bonifacia*, laquelle avait une belle paire d'yeux noirs, un nez agréablement retroussé, une peau dorée et des che-

(1) Il y a en effet, à Cuges, un grand nombre de familles du nom de Bonifay, et la statistique des Bouches-du-Rhône assure que ces familles sont d'origine romaine.

veux noirs d'un magnifique lustre, répondit au maire, en montrant cette charmante femme :

— Vous avez là un monument fort avenant et parfaitement conservé, le torse est très-bien tourné, je vous félicite de posséder ce précieux monument de l'antiquité romaine. Quand je trouve dans mes tournées un monument qui m'exalte, je ne puis m'empêcher de lui donner, dans mon enthousiasme, une marque de mon adoration.

— Que faites-vous ?

— Voici !

L'inspecteur s'approcha de ce frais monument et le baisa au front. Le monument rougit beaucoup et se trouva bien embarrassé, en recevant ce témoignage de la sincère admiration de l'archéologue. Les assistants des deux sexes ne comprenaient rien à tout ce qui se passait ; ils voyaient un monsieur embrassant une de leurs jolies compatriotes, en présence d'un maire.

L'inspecteur consacra à Cuges plus de temps à remplir les devoirs de sa mission, qu'il n'en avait mis à visiter les ruines de Nîmes et d'Arles. A la vérité, les monuments de ces deux dernières villes sont extrêmement vieux et ne sont pas souvent baisés sur leurs faces ridées.

FIN.

TABLE.

—

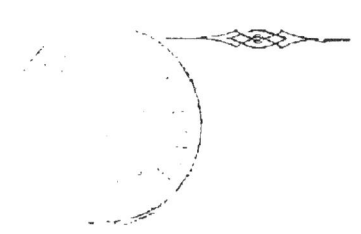